Transformation

트랜스
포메이션

Hyunjeong, Jang

지식공감 도서출판

차례

시 작

짙은 안개 숲을 통과하자 넓은 평원이 나타났다.

나는 두 장의 카드를 쥔 채 바닥의 화살표가 가리키는 대로 따라갔다. 트랜스포메이션에서 내가 해야 할 일은 첫째, 지시를 충실히 이행하되, 둘째, 트랜스포메이션의 대상이 가진 특성을 극복해야 한다는 촌장님의 말씀이 귓가에 맴돌았다. 내가 되고자 원하는 대상이 그림 카드에 들어올 수도 있지만 원하지 않는 대상이 그림 카드에 들어올 수도 있었다. 오히려 원하지 않는 인격과 기억과 능력을 가짐으로써 결국 원래의 자신을 극복하여 트랜스포메이션의 의미를 이해하라는 촌장님의 말씀이었다.

카드에 무언가가 분명히 그려지고 있다. 독수리의 테두리다. 순간 나는 내 몸이 붕 떠서 카드의 표면에 밀착되었다고 느꼈고 나는 카드의 내부로 들어갔고 내가 쥔 다른 카드는 평원에 흩어졌다. 한 장의 카드에는 독수리가, 다른 한 장의 카드에는 아직 아무것도 그려지지 않은 채였다.

나는 날고 있다. 내 눈앞에는 초원과 황야가 펼쳐져 있다. 강은 굽이치며 흐르고 있고 나는 날개를 쭉 뻗고는 하강했다. 눈앞에 보이는 내 코는 휘어진 부리다. 눈을 내리깔고 발을 쭉 뻗어본다. 날카로운 발톱을 가진 새의 발이다. 팔은 깃털로 뒤덮여있고 나는 무의식적으로 절벽에 있는 둥지로 간다. 나뭇가지를 얽어서 만든 둥지에는 깃털이 가득하다. 높은 절벽에서 한눈에 들어오는 풍광에 잠시 넋을 잃었다가 정신을 차리고 배가 고프다는 사실을 깨달았다.

순간 나는 내가 쥐나 토끼를 사냥해야 한다는 사실을 깨달았고 그것을 뜯어서 날로 먹어야 한다는 사실도 깨달았다. '이럴 바에야 식물이나 초식 동물이 될걸'이라는 생각을 해보았지만 어차피 이 몸을 벗으려면 트랜스포메이션의 두 번째 법칙, 즉 독수리의 특성을 극복해야 한다. '트랜스포메이션 캠프에 참여한 다른 두 사람은 어떻게 되었을까'라는 생각을 하고 있을 때 이미 먹이를 찾아 하늘을 날기 시작한 내 모습을 깨달은 순간 모든 생명에게는 그 생명의 살아가는 법칙이 있고 그것 자체를 존중하는 일이 필요하다는 것을 깨달았다. 나는 들쥐 한 마리를 낚아채고는 둥지까지 올라가 그것을 뜯어 먹고는 생각에 잠겼다. 내장과 피 맛인데도 나는 독수리의 입맛을 존중해야 하는 것이다.

저녁이 되고 나는 트랜스포메이션 캠프에 대해 알기 위해 비행기를 타고 미국 서부로 오던 날이 떠올랐다. 실제로는 참가의 목적이 아니라 취재를 하기 위해서였다. 그리고 나를 제외한 참가자는 단 두 명이었다. 그들은 한국에서 온 남성과 여성이었다. 남자는 대학생으로 서을이라는 이름을 가졌고 여자는 직장인 초년생으로 더루라는 이름이었다. 서을과 더루는 이미 트랜스포메이션 캠프에 대해 잘 알고 있었는데, 많은 참가자들이 트랜스포메이션 캠프가 열리는 이곳이 아닌 다른 곳으로 갔다고 했다. 이를테면 서을과 더루는 촌장님에 의해 선별된 자들이었고 그건 나도 마찬가지였다. 생각해 보았을 때 나는 특별히 어떤 다른 테스트도 받지 않았다. 내가 그 사실에 대해 말하자 그들은 빙그레 웃을 뿐이었다.

"테스트는 어떤 방식으로든 이루어질 수 있어요."

서을이 내 궁금증은 문제가 안 된다는 듯 말해주었다.

"오히려 촌장님께서 캠프에 참가할 사람을 뽑는 거죠. 이 넓은 지구에서 단 세 명이 뽑힌 거예요."

더루의 말에 내가 물음표를 단다.

"촌장님이 전지전능하지도 않은데 모든 사람을 어떻게 평가할 수 있는 것도 아니잖아요?"

"물론, 그렇죠."

더루가 하품을 한다. 그녀는 내 질문이 식상한 듯 연이은 내 질문에도 특별히 수용할 수 있는 대답을 해주지는 않았다. 맥이 빠져서 서 있을 때, 머리를 빡빡 민 40대의 사내가 들어왔다. 그는 미 육군 중령으로서 한국에서 근무했으며 지금은 트랜스포메이션 캠프를 운영 중이라고 했고 자신의 이름을 말하는 것은 금지되어 있으므로 말해주지 않는다고 했다. 그는 서을과 더루 그리고 나에게 각각 두 장의 카드를 내밀었다. 아무것도 그려져 있지 않은 카드였다. 그는 천천히 트랜스포메이션에 대해 설명하기 시작했다.

"트랜스포메이션 캠프에 참가하려고 여기에 온 다른 사람들은 아마 나비쇼와 불쇼를 구경하고 있을 겁니다."

그는 가볍게 운을 뗐다. 그리고는 두 장의 카드를 들어 올렸다.

"한 번의 트랜스포메이션은 반대되는 상황에 있는 두 대상을 겪고 또 그들을 모두 극복해야 이루어지는 겁니다. 극복할 때마다 두 대상에 대한 각각의 정리를 나름대로 해내야 하죠. 극복에 대한 그 정리가 다음

번 트랜스포메이션할 대상을 결정하고 또 살아남을 수 있는 길로 이끌 겁니다. 자신이 스스로 깨달은 것으로 스스로를 성립시키는 것, 그것이 트랜스포메이션 캠프의 목적입니다."

나는 질문을 하려고 손을 들었다.

"이래안 씨, 질문은 받지 않습니다. 그리고 두 가지 당부할 사항이 있습니다. 첫째는 하나의 트랜스포메이션을 완수하려면 지시에 따르며 움직이되 두 번째는 자신의 몸이 된 대상의 특성을 극복해야 합니다. 앞으로 무슨 대상으로 자신의 존재가 이입될지는 모르지만 여기서의 트랜스포메이션은 결국 우리 자신에 대해 말해줄 겁니다. 그럼 시작하도록 할까요?"

그 방이 어두워졌고 나는 어두운 숲 속을 뛰어가고 있었다. 그리고 독수리가 된 거다. 그리고 동시에 나는 독수리로써 하나의 깨달음, 즉 정리를 해내면 그 반대 측에 위치한 들쥐가 되는 운명이다. 이 트랜스포메이션 캠프가 언제 끝날지 알 수는 없지만 어떻게든 트랜스포메이션을 겪으면서 깨달으며 살아남아야 하는 거다. 나는 어두워지는 절벽 위에서 하늘보다 더 어둑한 지평선 끝을 응시했다. 밤이 되니 공기가 차다. 몸을 움츠리고 날개로 몸을 감쌌다.

새벽 일찍 잠에서 깼다. 온몸이 차다. 날개를 펼쳐서 굳은 관절을 움직여본다. 지평선 끝은 어제 저녁처럼 땅 주위가 어둡고 하늘은 보다 밝다. 나는 오전 내내 이 독수리의 의지를 나의 의지로 바꾸기 위해 절벽의 둥지에서 머뭇거리고 있다. 자연의 섭리, 독수리가 살아가는 생존의 이치를 바꾸기 위해서다. 배가 고프긴 했지만 오늘은 들쥐를 잡지 않기로 마음먹었다. 저녁이 되었을 때 배는 고팠지만 주변의 풍광을 보는 시선은 더 날카로워졌음을 느낄 수 있었다. 그리고 채 다음 날이 되기 전 새벽 아무것도 그려지지 않은 카드가 내 앞에 나타났고 어떤 실루엣이 카드에 그려지더니 나는 독수리의 몸으로 다시 카드 속으로 들어갔다.

　트랜스포메이션이 진행되는 동안 잠시 생각하기로 단순히 하나의 특성만이 바뀌어도 다음 트랜스포메이션의 단계로 진입하는 건지 궁금했다. 그럼에도 지시된 단계를 밟으며 트랜스포메이션이 된 대상의 특성을 극복해야 하는 것이다. 원칙은 간단했다. 나는 어떻게든 트랜스포메이션 캠프에 소환되었고 결국 내가 얻을 것이란 촌장님이 말씀해주시던 자신을 아는 상태로 이르게 될 것인지 그렇다면 과연 이 캠프도 나쁘지 않을 거라고 생각을 긍정적인 방향으로 바꾸었다.

　내 몸이 점차 하얗게 되고 있다. 나는 갑자기 땅에 떨어졌으며 주변은 숲이 있는 초지다. 내 몸은 하얗다. 콩콩 뛰어간다. 들쥐는 아니고 작은 토끼다. 나는 이번에는 토끼이면서 나를 공격하려는 대상을 공격해보기로 했다. 물론, 내가 이 토끼의 의지를 빨리 접수한 상태였기 때문에 나는 여러모로 공격을 어떻게 하면 되는지 의식하고 있었다. 의외로 내가 상대해야 할 대상은 사나운 살쾡이였다. 아직 새끼인 듯한 살쾡이는 나를 보고 달려들었고 나는 등이 할퀴어지면서도 이빨로 살쾡이의 앞발을 세게 물었다. 예상대로 우리의 상황은 희미해지고 나는 촌장에게로 소환되었다.

　나는 어떤 방에 있었고 촌장은 내 앞에 서 있었다.

　"다른 두 사람과는 달리 트랜스포메이션의 목적을 빨리 깨달았군요. 이래안 씨."

　"그저 한 가지만 본능대로 하지 않고 의지로 바꾸려고 했을 뿐입니다."

　그는 내 주위를 한 바퀴 돌더니 말했다.

　"그것이 동물 트랜스포메이션에서 가장 중요한 점입니다."

　나는 고개를 끄덕였다.

　"그걸 깨닫지 못하고 계속 그 동물의 생태에 충실한다면 어쩌면 다시는 인간의 모습으로 돌아올 수 없을지도 모르죠."

"저, 다른 두 사람은 어떤 모습으로 트랜스포메이션 되었나요?"

"래안 씨가 훌륭히 역할을 해냈으니 말씀드리죠. 더루 씨는 식물 트랜스포메이션을 수행하고 있으며 서을 씨는 물고기 트랜스포메이션을 수행 중이죠. 다들 이렇다 할 성과는 없습니다. 잘못하면 트랜스포메이션 대상의 의지에 자신의 의지가 묻힐 수도 있어요. 그 점이 가장 신경 써야 할 점이죠. 래안 씨가 자신이 이래안이라는 사실을 동물의 몸에서 잃어버린다면 당신은 그 동물의 몸으로 살다가 죽어야 합니다."

"만일 트랜스포메이션 수행 중에 다른 포식자에게 잡아먹히면 어떻게 되나요?"

"그걸로 캠프를 나가야 합니다. 바로 인간의 모습으로 돌아오게 되죠."

"정말 단순히 이 캠프의 목적이 우리 자신을 깨닫기 위해서인가요, 아니면 우리가 어떤 임무에 투입되기 위해서인가요?"

"자, 정리하시죠."

그는 다른 말을 꺼냈다.

"정리 1, 포식자이면서 의도적으로 배고픔을 참는다. 정리 2, 약한 짐승이라도 포식자에게 저항할 수 있다."

내가 간단히 정리하자 그는 고개를 끄덕이고는 앞 화면에 그걸 입력시켜 넣었다. 그는 쉴 틈도 없이 두 장의 카드를 꺼내 들었다.

나는 빨려 들어가는 느낌과 함께 한 장의 카드에 밀착되었고 그것의 실루엣조차 보지 못했다. 내가 나 자신이 어떤 존재로 트랜스포메이션이 되었는지를 알게 된 것은 이틀이 지나서였다. 낮 동안에는 내가 느껴지지 않고 저녁이 되면서 나는 천천히 낮 동안 점령하던 공간에 내려앉기 시작한 것이다.

첫날은 내가 어떤 존재인지 싶어 골똘히 생각하는 동안 지나가 버렸고 내가 점점 사라지기 시작하는 동안 아침이 됨을 알았을 때 나는 내가 어둠인 것을 깨달았다. 즉, 밤인 것이다. 내가 밤이라는 것을 안 순간 나는 내 자신을 극복하기보다는 밤이라는 특성 자체를 좀 더 이해하기로 했다. 낮보다 밤을 좋아했던 내가 밤이 되었다니 이것은 어떤 면에서 나를 이해하는 즐거운 작업 중의 하나였다. 내 자신이 밤으로 바뀌어버렸기 때문에 나는 추위를 느끼지 않았다. 밤새 공간 중에 내가 차지하고 있는 밀도가 변하는 것을 보며 즐거웠다. 그리고 극복할 점으로 어둠이 주는 공포를 없애기 위해 사람들이 다닐 때마다 어둠의 밀도를 조절해서 옅게 하기를 반복했다.

그 결과 나는 낮이 될 수 있었다. 숨 막힐 듯 뜨거운 열기와 발랄함이 대기를 채우고 있었다. 이번에는 신기하게도 나는 온도를 감지할 수 있었다. 낮 동안 뜨거워져 있다가 다시 낮이 되고 뜨거워지기를 반복하니 지칠 수밖에 없었다. 낮으로만 존재하는 건 힘든 일이었다. 이번에는 빨리 극복할 점을 찾기로 했다. 좋다. 그것이다. 낮의 뜨거움과 숨 막힘을 계속 견디는 것이다. 바꿀 수 없을 때는 상황을 계속 견디어 나가 생존하는 것이 필요한 법이다. 그리고 이번 전략도 성공하여 나는 다시 촌장님 앞에 서게 되었다.

"지난번 트랜스포메이션 당시 이래안 씨가 이 캠프의 목적에 대해서 물었죠?"

"네."

"앞으로 몇 번의 트랜스포메이션을 더 겪을지도 모릅니다. 그 후 캠프의 목적을 말해줘도 될까요? 참고로 더루 씨와 서을 씨는 탈락해서 짐을 꾸리고 있습니다. 더루 씨는 태풍을 만나 뿌리째 뽑혀나갔고, 서을 씨는 포식자에게 잡아먹혔습니다. 그리고 트랜스포메이션 캠프에 참여할 사람을 어떻게 뽑는가에 대해 궁금한가요?"

"네."

"헌혈자 중에서 기본 샘플을 뽑고 그중 DNA 분석의 결과 미래의 생존에 알맞은 자를 선별한 겁니다."

"그들이 서을, 더루, 저였군요. 그런데 어떤 특이점이 있었기에 저희를 선별한 건가요?"

"불확실성, 문제해결력, 유연성 그리고 상황 판단력 등이죠."

"DNA 분석의 결과 그런 점들을 알아낼 수 있나요?"

"희미하긴 해도 여러 요소를 검토하면 알 수 있습니다."

"그럼 저의 남은 트랜스포메이션 과정을 통해 얻고자 하는 것은 무엇입니까?"

"미래 인간의 훈련에 사용될 시뮬레이션 게임을 개발하는 겁니다."

"혹, 이 과정도 시뮬레이션 게임인가요?"

"첫 번째 버전의 '개량인간'의 뇌훈련교육용 시뮬레이션 게임입니다."

"그런데 저는 어떻게 여기에 서 있나요? 제 몸 그대로?"

"당신은 실제로 어떤 캡슐 속에 누워있었고 실제로 뇌에 어떤 새로운 환경의 자극을 줌으로써 당신이 그것의 상황에 따라가지 않고 역행하여 살아남는 법을 훈련받았습니다."

"세상에 이런 일도 다 있군요."

내가 맥빠진 소리를 늘어놓자 촌장님은 나를 부드럽게 쳐다본다.

"인류의 미래 생존 환경은 환경에 대한 해석과 또한 극복 그리고 생존의 지속력을 연장하는 데 있습니다. 그 환경에 적합한 개량 인간의 훈련은 우리에게 꼭 필요한 과제이지요. 하지만 우리는 DNA 자체의 조작에 관심이 없습니다. 그것은 인간에게 자연적으로 주어져야 하는 요소이기 때문이지요. 다만 훈련과 교육을 통해 미래의 개량 인간으로 생존에 탁월함을 가질 수 있도록 그 과정을 지금 시뮬레이션 게임으로 개발하고 있는 겁니다."

나는 갑자기 의구심이 들었다.

"이건 국가적 사업입니까, 아니면 어떤 회사의 연구품입니까?"

"그건 말씀드릴 수 없습니다."

"만약 이러한 트랜스포메이션 시뮬레이션 게임이 인간의 뇌를 자극해 미래 환경에서의 생존에 적합한 인간이 길러지는 겁니까?"

"적합한 DNA를 갖지 못한 사람들은 소용없을 것입니다."

나는 더 질문하려다 멈추었다. 이 정도로 정보는 충분했다. 즉, 상황의 반대쪽에 서 봄으로써 또한 그 양쪽 대상이 가진 특성을 극복하려는 의지가 보다 나은 인간으로 되기 위해 겪는 과정인 셈이었다.

"몇 번의 시뮬레이션 게임이 더 남았죠?"

그때 화면에서 '삑―' 하는 소리가 들리고 낯선 인물이 나타났다. 그가 하는 말은 모두 한국어로 번역되어 나왔다.

"자네가 해낸 트랜스포메이션의 과정에서 생성된 정보가 분석되어 전달되었네. 더 이상 자네를 통해 트랜스포메이션을 하는 것은 다른 특수한 정보를 얻을 수 없네. 다시 한국으로 돌아가되 미국의 트랜스포메이션 시뮬레이션에 대해서는 결코 언급해서는 안 되네. 시뮬레이션에 참여한 대가로 백만 달러가 자네의 통장에 입금될 예정이네. 돌아가서 자신의 삶을 살게나."

"앞으로도 많은 사람들의 트랜스포메이션 시뮬레이션을 하면서 정보를 얻을 생각입니까?"

내가 묻자 그는 잠시 나를 쳐다본다. 의외로 다정한 표정이다.

"그렇지는 않을 것이다. 이미 충분히 완료되었으니."

"트랜스포메이션 시뮬레이션 게임을 한 사람들은 지금 다들 어떻게 살고 있죠?"

촌장님이 엄격한 표정을 짓는다. 그럼에도 화면 속 남자는 웃고 있다.

"정신병원에 들어가거나 자살 혹은 자기 방치가 많지. 하지만 소수 정예의 개량 인간을 위한 프로그램을 만들기 위해서 실험은 꼭 필요한 것이었다."

나는 다른 말은 하지 않았다. 빨리 미국을 떠나 한국으로 돌아가야 한다는 것 외에 다른 생각이 들지 않았다. 한국에 도착하자마자 서을과 더루에 대해 수소문했다. 이름이 독특한 것만큼 그들을 두 번 만에 찾을 수 있었다. 서을과 더루는 트랜스포메이션에 대해서 이야기를 꺼내려고 하면 반사적으로 소리를 질렀다. 그들에게 현실에의 부적응이 나타난 것은 확실한 일이었다. 더루는 손을 더듬으면서 그녀의 옥탑방에서 약을 찾아 입에 털어 넣을 정도였다.

나는 그녀의 집을 나서서 서울 하늘을 바라보다가 내가 사는 울산까지 열차를 타고 내려왔다. 계좌에 백만 달러가 입금된 것은 그로부터 며칠 후였다. 은행에서 보내온 휴대폰 문자 메시지를 보고 알았다. 그 말인 즉슨 '이것을 먹고 입을 닫아라' 였다. 딱히 영웅적인 행동을 하고 싶은 것도 아니었고 학원 강의로 근근이 먹고 살아가는 나에게 백만 달러는 하늘에서 떨어진 돈벼락이었다.

서을과 더루에게 연락처를 주고 내려왔기에 주말에 서을로부터 연락을 받았다. 더루가 정신병원에 입원했다는 것이고 곧 자신도 그렇게 될 것 같다고 했다.

"더루와 난 그 촌장으로부터 세뇌될 정도로 교육을 받고 그 시뮬레이션 게임에 참가하게 된 거야. 그리고 현실의 모든 게 토막 나 버렸지. 우리가 미국의 상위 1퍼센트의 지능을 가질 수 있기를 바랐는데 결과는 정신병원 입원이야. 촌장의 배후를 조사하려고 하지 말고 트랜스포메이션에 대해서는 완전히 잊어. 머리가 탁월한 자가 아닌 바에야 그 게임의 부작용은 네 눈에 보다시피 이거니까."

저녁 뉴스에서 나는 서울이 누군가에게 피살되었다는 것을 알 수 있었다. 나는 다음날 서울로 올라가 더루가 들어간 정신병원을 찾아갔지만 그녀 역시 외출 상태에서 돌아오지 않았다. 더루는 하천가에서 쌀 포대에 담겨져 버려져 있었다. 나는 '다음 제거 대상은 내 자신이겠군' 하고 생각했다.

그날 저녁 울산으로 내려오는 열차 안이었다. 경찰에 서울과 더루의 죽음에 대해 단서를 제공하려고 해도 내가 하는 소리를 들으면 경찰은 내가 미친 줄 알 터였다. 집에 돌아와 아파트 베란다에 서 있었다. 문득 휴대폰 울리는 소리가 들리고 나는 전화를 받았다. 국제전화였다.

촌장이었다. 그는 본론부터 말했고 서울과 더루의 죽음에 대해서는 묵인하라고 내게 명령했다. 전화를 끊고 나는 무언가가 분명해졌음을 깨달았다. 촌장의 뒤에는 단순히 어떤 프로그램 개발 회사가 있는 게 아니라 무소불위의 권력이 있음을 알았다. 그리고 그 영향인지 서울과 더루의 죽음에 대해서 언론에서는 더 이상 어떤 이야기도 나오지 않았다.

나 또한 그 권력의 결정에 의해 생사(生死)가 결정된 상태였다. 그쪽에서 보낸 백만 달러를 쓰는 것이 그렇게 자유로운 기분을 선사해주지는 않았다. 생각은 복잡해졌다 단순해졌다를 반복하고 있었으며 나는 내가 불안해하고 있다는 사실을 알았다. 그럼에도 상황은 캠프에 참가하기 이전으로 돌아갈 수 없었다.

그리고 트랜스포메이션 —
그것은 상황의 시작을 알리고 있었다.

아프로디테의 손 Ⅰ

　배낭을 정리하기 위해 배낭의 주머니에 있는 것을 다 꺼냈다. 미국에서의 일은 잊어버리고 싶었고 제주도로 떠나기 위해서 필요한 것들을 챙기기 위해서다. 앞으로 나는 제주도에서 전원생활을 하며 보낼 생각이었다. 그리고 문득 배낭의 옆 호주머니에서 나온 것은 트랜스포메이션 시뮬레이션 게임의 카드였다. 아무것도 그려지지 않은 하얀 카드 말이다. 그 카드가 왜 여기에 있는지 의심해보았지만 생각나는 건 아무것도 없었다.

　내가 카드를 쥐고 있자 순간 내 방은 회전하며 내 주위에는 아무것도 없이 그저 내가 아무것도 없는 방 안에 서 있는 모습이 되었다. 다시 촌장이 내 앞에 나타났다. 두려움이 일지 않은 건 아직도 내가 쓸모가 있기 때문일 거라는 짐작 때문이었다.

　"시간 트랜스포메이션이야. 자, 선택하게. 백만 달러를 쥐겠나, 아니면 처음 얼굴 한 번 본 두 사람을 살리겠나."

　그는 더 설명해주지 않고 그 방의 어디쯤에서 사라져버렸다.

다시 카드가 내 앞에 붕 떠 있다. 나는 눈을 감았다. 나는 도착한 곳을 확인했고 날짜와 시간을 확인했다. 내 앞으로는 나비쇼와 불쇼를 구경 가는 한국인들이 어딘가로 향하고 있다. 나는 그들과 함께 택시를 타고 그들의 행선지를 따라가 그곳의 위치를 확인했다. 나는 무슨 일이 일어나는지 알고 있었다. 내가 미국에 도착한 그날로 시간이 되돌아간 상황이었다. 그리고 실제 트랜스포메이션 캠프가 있는 장소에 도착했다. 촌장은 그날 했던 말을 똑같이 하고 더루와 서을도 그날 보았던 반응과 똑같은 반응을 했다. 나는 시간 속에 내 자신이 갇혀있다고 생각되었고 의지를 다해 그들의 두 손을 잡고 캠프를 뛰쳐나왔다. 시간이 찢어지는 충격에 촌장이 뒤로 튕겨져나갔고 트랜스포메이션 캠프의 장소는 삽시간에 소멸되었다.

나는 서을과 더루가 눈이 휘둥그레진 것을 보고 트랜스포메이션 캠프는 나비쇼와 불쇼를 준비해둔 곳이라며 여기는 테러범의 장소였다고 그들을 안심시킨 후 택시로 나비쇼를 보고 있는 한국인들에게로 그들을 데려다 주었다. 그리고 나는 어떤 힘에 끌려 뒤로 넘어졌다. 카드가 나를 소환하고 있었다. 나는 뒤로 끌려 나오는 걸 느끼며 카드 밖으로 나왔다.

'시간 트랜스포메이션 카드'

그리고 휴대폰으로 오늘 날짜를 확인하고서 내가 제주도로 떠나려던 바로 직전의 날짜와 시간이라는 것을 확인했고 서을과 더루에게 전화를 걸어보았다. 그들은 나의 전화를 반가워했고 나를 영웅으로 생각한다고 꼭 다음에 만나자고 전화를 끊었다.

피식 웃음이 나온 건 이제 내 계좌에는 백만 달러가 없으리라는 거였다. 역시 통장의 입출 내역은 휴대폰 요금이 빠져나간 것 외에는 없었다. 다시 학원 강사를 하려니 절절한 민요 가락이 내 입에서 서럽게 일렁인다.

나는 시간 트랜스포메이션 카드를 계속 보고 있다. 그건 어떤 힘도 나타내지 않고 있다. 그저 아무것도 그려지지 않은 종이 카드 행세를 하며 나를 또 어떤 식으로 골탕먹일지 재보고 있는 거라며 나는 머리를 지끈지끈 눌렀다.

밤이 되고 나는 일자리를 구하기 위해 정보 신문을 가지러 아파트 계단을 터덕터덕 걸어 내려갔다. 정보 신문을 두 개 챙겨 와서는 강사직 종이 빽빽하게 적혀있는 정보 신문을 뚫어져라 쳐다보고 형광펜으로 두 군데 줄을 그어둔다. 30대에 들어선 남자 강사를 꺼리는 학원이 많기에 앞으로 무얼 먹고 살지 잠시 고민했지만, 언제나 그 고민은 있었기에 날려버린 백만 달러에 미련은 없다.

'시간 장애 발생'

기계음으로 그런 소리가 문득 들렸다.

'인간의 의지로 시간의 흐름에 따른 결과가 달라짐으로 시간의 흐름에 균열이 발생함.'

비교적 정확한 내용의 소리가 들려왔다.

어두운 거실 바닥에 놓여 있던 시간 트랜스포메이션 카드에서 금빛 회오리가 천천히 일기 시작했다.

'하나의 균열은 수십 개에서 수백 개, 혹은 수천 개에 이르는 다른 균열을 가져올 수 있고 시간의 흐름이 순서 대로가 아니라 뒤바뀔 가능성까지 내재함. 이에 따른 혼란을 해결해야 함.'

순간 카드에 일던 금빛 회오리도 카드 속으로 쏙 들어가 버리고 방안은 다시 어둑어둑해졌다.

나는 리모컨으로 TV를 켰다. CNN에서 예수와 열두 제자들이 나타난 것에 대해 방송하고 있었으며, 테러를 예견하고 막은 영웅들이 수십

명이나 나왔으며, 동남아시아를 덮친 대홍수며, 그리고 마케도니아에서 스스로를 알렉산드로스라고 외치며 실제로 그 시절의 갑옷을 입은 병사들을 데리고 원정을 나서다 국경에서 저지되었다는 것도 보도되었다.

나는 TV를 끄고 창밖을 내려다보았다. 별똥별이 제법 떨어지고 있었고, 그건 평소에도 보기 힘든 광경이었다.

'더 무서운 것은 공간 트랜스포메이션의 가동입니다.'

나는 시간 트랜스포메이션 카드를 휙 쳐다보았다.

"그 카드는 어디에 있지?"

나는 카드에게 물었다.

"바로 여기……."

시간 트랜스포메이션 카드는 자기 복제를 통해 공간 트랜스포메이션 카드를 만들어냈다.

"공간 트랜스포메이션 카드는 3차원 내에서 충돌해 결국 모든 공간을 소멸시킬 위험이 있습니다."

시간 트랜스포메이션 카드에서 들려온 목소리다.

"내가 어떻게 해야 하지?"

"모든 건 그대의 선택에 달렸습니다."

나는 아직 시간 트랜스포메이션 카드 위에 부드럽게 떠 있는 공간 트랜스포메이션 카드에 순간 힘을 줘서 그걸 시간 트랜스포메이션 카드 안으로 집어넣었다. 그것이 일으키는 반동에 나는 뒤로 넘어졌지만 두 장의 카드는 회전을 시작하더니 결국 하나의 카드가 되었다. 카드가 바닥에 떨어지자 나는 그것을 주워들었다.

내가 손으로 카드를 쥐자 카드에서 은빛이 감돌기 시작했다. 나는 순간 또다시 어떤 방으로 이동해 있었다. 카드가 내 앞의 공중에 떠 있고 나는 앞 화면에서 촌장이 아닌 또다시 그 사람의 얼굴을 보게 되었다.

"트랜스포메이션 카드의 절정인 '모든 것의 트랜스포메이션 카드'다. 이 카드로 모든 것으로 변환이 가능하며 또한 원래의 모습으로 돌아올 수 있다. 새로운 시뮬레이션 게임에 참가하겠나 아니면 돌아가겠나."

나는 고개를 저었다.

"돌아가겠습니다."

"아쉽군. 트랜스포메이션 카드를 제어하는 상당한 수준에서 물러나다니."

그가 돌아앉고 순간 모든 것이 모호해지면서 그러나 그 구름 속에 분명한 질문이 내 안에서 나타나 나를 뒤흔들기 시작했다.

"모든 것의 트랜스포메이션 카드로 무얼 하실 생각이시죠?"

그는 뒤로 돌아앉은 자세에서 다시 돌아앉았다.

"자네가 생각하는 그대로다. 지상에서의 인간의 일에 과거든 현재든 미래든 구애받지 않고 간섭을 비롯해 결과의 왜곡을 가져올 수 있다."

"역사까지 바꿀 수 있는 거군요."

"불확실한 미래까지 바꿀 수 있지. 시공간 탑재 트랜스포메이션 카드니까."

"그러니까 좀 전의 일은 시공간이 결합하면서 모든 것으로 변환이 가능한 상태의 카드로 바뀌게 된 겁니까?"

"역시 머리가 좋군. 이 카드 하나로 비극을 예방할 수도 아니면 최고의 비극을 가져올 수도 있어. 다만, 트랜스포메이션 카드 하나로만 이러한 일들이 가능하다는 건 아니야. 분명 모든 것의 트랜스포메이션 카드의 사용자가 그 시간 그 장소로 이동해 임무를 수행해서 완수하면 결과가 바뀌는 것이지. 그리고 모든 것의 트랜스포메이션 카드는 아쉽게도 임무에는 전혀 관심이 없는 자네를 자신의 주인으로 섬기고 싶어 하지."

"한 가지의 결론이 틀어지면 모든 것이 틀어지는 것이 아닙니까?"

나는 의혹을 제기했다.

"이미 틀어졌어. 서을과 더루를 살린 것, 바로 그것이지."

"지금 해야 하는 일은요?"

나는 어쩔 수 없이 내던져진 나 자신을 바라보면서 그에게 물었다.

"페터슨 대령이라고 부르럼. 네가 만난 촌장은 데릭 중령이다. 우리의 목표는 개량 인간을 만들기 위해 뇌를 자극하는 트랜스포메이션 시뮬레이션 게임을 개발하는 것이었으나 지금은 이론상으로만 가능하던 '모든 것의 트랜스포메이션 카드'가 너의 도움으로 스스로를 형성했다. 우리가 해야 하는 일은 모든 테러를 방지하는 것도 아니고 모든 재해를 예방하는 것도 아니며 선거의 부정을 통해 당선의 결과를 바꾸는 것도 아니다. 굉장히 작은 부분에 있어서 이미 발생한 시간의 균열에서 오는 일을 제대로 바꾸는 일이지. 우선은 카드를 가지고 지금껏 시간의 균열을 통해 일어난 현재의 상황을 정리하고 오겠다. 그러고 나서 너의 임무는 아마 앞으로 발생할 일들에 대해 아주 조금 그 결과를 바꾸는 것뿐이다."

그가 말을 마침과 동시에 화면이 흐려지고 카드는 사라져버렸다.

나는 어두운 내 방에 덩그러니 서 있었다. 한 시간이 지난 후 다시 TV를 켜서 CNN을 시청했다. 예수니, 알렉산드로스니 이런 말은 나오지 않았다. 다시 TV를 끄고 최근 내게 일어난 일들을 되새겨보아도 이건 정말 말이 되지 않았다.

'트랜스포메이션 카드라니.'

이미 틀어져 버린 시간의 균열과 이로 인해 발생할 효과를 다소 억제하는 것이 내 임무였다. 그리고 그 균열을 만든 것도 나 자신이었다. 세상이 움직이고 또 나름의 질서를 형성하고 또는 그 질서가 파괴되는 순간이 있더라도 그 모든 걸 알고 일부분 조작할 수 있다는 것이 무슨 의미인지 생각해보았다. 아무리 시간에 균열이 왔다 하더라도 이를테면 나는 미래에 일어날 일들을 미리 알고 그들이 요구하는 결과로 조작하는 것이다. 하지만 그들이 말했다. 약간 바꾸는 것뿐이라고. 그 약간의 결과가 얼마 만큼인지는 모른다.

공간 트랜스포메이션은 그것의 사용에 따른 균열이 오기 전에 다행히 멈출 수 있었고 시간 트랜스포메이션을 사용한 결과 이 세계에는 시간상의 계속적인 균열이 발생하고 이를 적절한 타이밍에 적절한 결과로 유도해 내야 하는 것이다. 그리고 탄생한 모든 것의 트랜스포메이션 카드로 어쩌면 시간상의 균열로 인해 발생하는 모든 다른 현상들에 대해서도 통제가 미칠 수 있는 것이다. 내가 시간을 간섭해서 얻어진 결과고 그건 그들로서도 예측할 수 없던 결과였다. 이에 대해 그들은 적절한 간섭으로 지구 상의 거대한 질서의 어느 작은 부분을 바꾸고 있는 것이다.

어차피 균열은 일어났고 원인과 결과라는 단순한 공식은 어쩌면 미세한 부분에서 그것의 작동은 완전히 다른 결과라는 새로운 요인을 형성할지도 모른다. 모든 것의 트랜스포메이션 카드를 이용해 그들은 모든 시간에서 모든 공간에서 일어나는 일들을 미리 알고 제어할 수 있는 것이다. 단, 그들의 임무가 성공할 때만. 그리고 그 임무의 요원으로 나를 암시하고 있는 것이다.

페터슨 대령의 영상 이후 일주일이 지났고 아무 일도 일어나지 않았다. 가진 돈이 거의 떨어져 가고 서울로부터 연락이 왔다. 지금 울산에 도착했다며 내가 머무는 곳으로 오겠다고 하자 나는 몸소 그를 데리러 차를 몰고 울산역으로 갔다.

"여긴 되게 황량하네?"

그가 서울말로 낭랑하게 말했다.

"개발된 지 얼마 안 됐어."

"미국에서 연락이 왔어. 트랜스포메이션 시뮬레이션 게임에 참가할 자격이라면서, 흐음. 넌 왔어?"

"아니."

나는 무뚝뚝하게 대답했다.

"그럼 나랑 더루만 된 거구나. 주위에 그때 나비쇼에 왔던 사람들도 안 된 것 같더라고."

어차피 지금 서을과 더루가 겪게 될 트랜스포메이션 시뮬레이션 게임은 완전히 게임의 한 형식일 뿐 실제와는 다를 터였고, 오히려 서을과 더루를 미국에 오게 함으로써 나까지 미국으로 오게 할 목적이라는 걸 나는 얘기를 듣자마자 알 수 있었다.

"하지만 더루와 나, 둘 다 한 명씩 초대할 수 있대."

"그래서?"

"난 너를 데리고 가려고. 더루는 노진아라는 친구를 데리고 간대."

"난 싫……. 아냐, 고마워. 함께 가도록 하자."

그는 내 어깨를 털썩 치고는 우리는 집에 가서 그의 짐을 내려놓고 근처의 대형할인매장으로 가서 고기와 마실 것을 좀 사왔다. 날이 어두워지고 우리는 고기를 구워먹으며 맥주를 마셨다. 다음날 나는 한국의 울산에서 더 정리할 것이 없자 서을과 함께 서울로 올라갔다. 서을의 자취방에서 하루를 더 머문 뒤 우리는 샌프란시스코행 비행기를 나란히 탔다. 그 비행기의 맞은편 끝자리에는 더루가 선글라스를 착용한 여성과 함께 앉아 있었다.

공항에는 촌장, 아니 데릭 중령이 나와 있었다. 대학 시절 영어는 세계화 시대에 있어서 필수적인 교양이라는 생각에 철저히 공부해뒀던 터라 그가 영어로 말하는 것을 한국 사람이 말하는 것처럼 들을 수 있었고 또 나도 내 의사를 분명하게 전달할 수 있었다. 그건 서을이나 더루,

그리고 노진아라는 여자도 마찬가지였다.

우리는 샌프란시스코에서 좀 더 남쪽으로 차를 달려 내려왔다. 그리고 미국에 온 첫날부터 나는 다른 사람들과 격리되었고 화면이 있는 낯선 방에 문득 짐을 내려놓았다. 촌장은 보이지 않고 자동문은 저절로 닫혔다. 문이 닫히자마자 화면이 지지직거리더니 다시 페터슨 대령이 나타났다.

"임무에 대한 수행 의지를 밝혀줘서 고맙다. 우리는 모든 것의 트랜스포메이션 카드를 복제하기 위해 시간 트랜스포메이션 카드를 이용해 시간을 늘려 100년에 가까운 시간을 만들어 모든 것의 트랜스포메이션 카드를 복제하는 데 성공했다. 실제로는 단 일주일 만에 말이다. 이 카드는 자네와 함께 온 다른 세 명에게는 트랜스포메이션 시뮬레이션 게임의 형태로 뇌에 전달되며 그러나 자네는 현실에서 이 복제된 모든 것의 트랜스포메이션 카드를 이용해 임무를 수행해 결과의 변화를 만들어내야 한다. 그렇다고 해서 미국에 대한 적들의 대테러 공격을 모두 다 막지는 않는다. 다만 지난 9·11 테러와 같은 테러는 우리의 의지하에 충분히 막을 것이다. 그 한가운데에 자네가 있는 것이다. 자네가 가진 DNA를 분석하고 또 트랜스포메이션 시뮬레이션을 분석해본 결과 자네는 순간 판단력이 뛰어나고 결과를 바로 잡는 데 탁월한 재능이 있음이 밝혀졌다. 또한 이론적으로만 가능한 '모든 것의 트랜스포메이션 카드'를 순간의 판단력으로 생성시킬 만큼 사물을 통합해 보는 인식력 또한 우수하다. 자, 화면을 보여주겠다."

순간 9·11테러의 한 장면이 머릿속에 보이고 그 사건을 막기 위한 전략이 머릿속에서 형성되었다가 흩어졌다. 화면에는 세 개의 캡슐이 보이고 세 사람이 누워있다. 서울과 더루, 그리고 노진아였다. 그들은 잠든 것처럼 누워있었고 머리에는 회로 장치가 붙어있었다.

"저들이 하는 역할이 정확하게 무엇인가요?"

"저들은 지금 모든 것의 트랜스포메이션 카드, 즉 엑스 카드 속에 들어가 있다. 수정되어야 할 상황을 그들이 겪고 있지만 실제로 수행 의지는 자네보다 훨씬 떨어진다. 그들이 머릿속에서 체험하고 있는 상황 중에 문제가 되는 상황에 대해서 지령이 떨어질 테니 그때마다 자네는 자네에게 지급될 엑스 카드 속으로 들어가서 문제를 해결하는 것이다. 이 일에 대한 윤리적인 논란은 이미 머릿속에서 혼자 끝내도록 해야 한다. 우리는 이러한 시대에 살고 있으며 이러한 도구를 만들어냈으며 그렇기에 제대로 사용해야 하는 것이다."

공중에서 은빛이 찬란하게 빛나더니 하얀 카드가 나타났다.

'엑스 트랜스포메이션 카드'

나는 그것을 받아들었다. 아직 세 사람이 누워있는 캡슐에는 어떤 반응도 없다. 페터슨 대령의 화면이 나타났다.

"한순간에 어떤 상황으로 떨어질지 모른다. 그러나 그 상황을 전체적으로 파악하고 그 상황 자체를 해결하도록 시도하라. 임무가 완수되면 카드 밖으로 나올 수 있다."

"엑스 트랜스포메이션 카드는 하나의 세계, 즉 바꿀 수 있는 세계의 과거, 현재, 미래인가요?"

"역시 머리가 비상하군. 문제 상황에 대한 감지는 저 셋이 할 테니, 자네는 어떤 캡슐에라도 비상등이 들어오면 엑스 트랜스포메이션 카드의 소환에 응하도록 해야 한다. 내 말에 대해 질문이 있다면 지금 하라."

"결국 저들의 운명은요?"

"자네가 어느 정도 임무를 완수하고 그에 대한 적절한 수준의 매뉴얼이 완성된 후에 저들은 저 캡슐에서 나갈 수 있다. 곧, 저들의 운명은 자네에게 달린 것이다."

"잘 알아들었습니다."

나는 내 상황이 세 사람의 인권을 주장할 상황은 아니라는 걸 알았다. 저들은 일방적인 통보와 지능적 지략에 뛰어난 자들이다. 목표가 설정되면 그 목표를 향해 달리다가 변수가 나타나면 그 변수에 의해 바뀐 부분에 대해 새 목표를 세우고 다시 달리기 시작한다. 나는 내 임무가 인간의 도덕적 삶을 저해하는 부분이 없기를 바라고 있었다. 그러나 그들에 대한 믿음도 약간은 있었는데 그것은 그들이 수행하는 작업은 그 궁극적인 목적이 인간의 생존에 대한 것이었기 때문이다.

나에게 주어진 엑스 트랜스포메이션 카드가 공중에 비스듬히 서 있다. 페터슨 대령의 화면이 꺼지고 나는 카드를 보며 다시 화면에 나타난 세 사람이 누워있는 캡슐을 보고 있다. 좀처럼 새 임무는 나타나지 않는다.

나는 지쳐서 벽에 기대고는 걸터앉았다. 잠시 잠이 든 모양이었고 내 몸에 무언가가 부드럽게 씌워지는 기분이었다. 눈을 뜨니 길거리였고 사람들이 걸어가고 있었다. 내 손목시계의 시침과 분침이 빠르게 돌아가더니 그곳의 시간과 날짜가 나타났다. 미래였다. 임무는 내려졌고 나는 이미 엑스 트랜스포메이션 카드 속에 들어와 있었다. 내가 입은 옷도 거리의 그들의 것과 별반 다르지 않다.

거리를 한 바퀴 어슬렁거리고는 언덕길로 올라갔다. 중앙에 있는 조각상과 분수대를 중심으로 마을은 방사형으로 발달해 있었다. 마을이라기보다는 도시적 장소에 가까웠으나 수많은 가로수와 넓은 공원, 이곳을 둘러싸고 있는 넓은 초록 평원 따위가 이곳을 하나의 작은 마을로 보도록 했다. 언덕에서 마을을 내려다보고 있는데 한쪽 골목에서 남자가 달리고 있다. 여자가 비명을 지르며 그자의 뒤를 쫓고 그 자는 어느 골목에서 뒷문을 열고 사라져버린다. 여자는 그를 찾아 비명을 지르며 주변을 배회한다. 나는 서둘러 언덕을 내려가 비명을 지르는 여자를 찾았다.

"무슨 일이에요?"

"아프로디테의 손'을 잃어버렸어요. 손톱이 열 개의 사파이어로 된 손 조각상이랍니다. 그걸 주문한 사람이 바로 내일 가지러 올 텐데요."

"당신은 조각가입니까?"

"네."

"그걸 훔쳐간 사람은 누구죠?"

"주문한 사람의 동생이에요. 아마 그 조각상으로 형에게 협상을 하려고 할 거에요."

"그 조각상이 당신에게 없다는 걸 알게 되면 당신은 어떻게 되지요?"

"아마 죽임을 당할 거예요. 그는 마약 밀매 조직의 우두머리니까요. 열 개의 사파이어를 가져다준 사람도 바로 그 사람이니 말이에요. 제가 죽고 얼마 뒤 동생이라는 자가 아프로디테의 손에 대해 협상을 하기 시작할 거고 그에게 그 사파이어의 존재가 절대적이기 때문에 그는 할 수 없이 동생의 손을 들 거고. 그리고 동시에 아프로디테의 손을 받고는 그의 동생도 죽여 버릴 거예요."

"나와 함께 움직이도록 해요."

나는 조금 전 언덕에서 그가 들어간 뒷문에서 연결되는 통로를 찾아 그녀와 함께 뛰었다. 그의 뒷모습이 보이고 그는 안도했다가 우리를 발견하자마자 다시 달렸다. 과연 그의 손에는 포장지로 감싼 무언가가 있었다. 여자도 지쳐서 달려오지 못할 즈음이 되어서도 나는 그를 계속 추적했다. 마침내 그가 단도를 빼어들고 나에게 다가오지 말라고 위협하기 시작했다. 나는 주변의 바닥에서 콘크리트 덩어리가 작은 돌 모양으로 뜯어져 나온 것을 여러 개 주웠다. 내가 재빨리 집중해서 공격한 곳은 조각상을 쥔 그의 왼손이었다. 그가 순간 조각상을 놓쳤을 때 나는 한 번 뛰어 조각상을 낚아채고 그의 배를 발로 차서 넘어뜨렸다. 그리고는 재빨리 뛰어 그녀에게 갔다.

그녀는 내가 조각상을 내민 것에 감격하고 있었다. 나는 다음날이 되기까지 그녀 곁에 있었으며 그녀는 나에게 말린 치즈 덩어리와 슬라이스 감자를 식사로 대접해주었다. 시간이 되고 뚱뚱한 남자가 들어오더니 그녀에게서 '아프로디테의 손'을 받고는 만족한 표정을 지으며 밖으로 나갔다.

상황이 희미해지며 그녀가 부엌에서 홍차를 끓이는 동안 나는 문득 호흡곤란에 눈을 번쩍 떴다. 다시 그 방 안이다. 화면에는 세 사람이 누워있는 캡슐이 있고 방의 공중에는 엑스 카드가 투명한 은빛을 발하며 떠 있다.

숨을 내쉬고 있을 때 화면이 바뀌고 페터슨 대령이 나타났다.

"과거의 틈은 이미 우리가 할 수 있는 대로 다 처리했으니 잘못된 과거를 수정하러 가는 경우는 없을 거야. 앞으로의 일은 현재의 경우나 미래의 경우에 있어서 필요한 임무를 다하는 것이지."

"시급한 상황의 일이겠군요."

"그런 것도 있고 아주 시간이 흐른 뒤에 결과가 나오는 임무도 있어."

페터슨 대령은 느긋하게 말하고 있었다. 그리고 대령에게 홍차를 놓고 있는 여인의 손이 나오고 그녀는 잠깐 화면에도 비쳤다. 내가 놀란 표정을 짓자 그가 흔쾌히 웃었다.

"내 증손녀 로넬이지. 명문대에서 조각을 공부할 예정이지."

"아직은 태어나지 않은 여자인가요?"

"맞아. 인생에서 그 위기만 극복하면 별일 없이 승승장구할 애라고. 어쨌든 자네를 믿었는데 역시 실망시키지 않았어."

"그런데 왜 무기는 사용하지 않죠?"

"지혜를 사용하도록. 오늘처럼. 현재와 미래를 조금 수정하는 일에 무력을 쓴다면 아무리 임무가 성공해도 또다시 상황의 균열이 생기게 되네. 될 수 있는 대로 지혜를 써서 상황을 부드럽게 바꾸는 것이 필요한 셈이지."

나는 고개를 끄덕일 수 있었다.

다시 화면은 세 사람이 캡슐 속에 들어있는 장면으로 바뀌었다. 노진아라는 사람의 얼굴은 어딘가 차갑고 냉혹한 구석이 있었다. 반면 서을과 더루는 편하게 잠을 자고 있는 것 같았다. 갑자기 노진아가 눈을 떴을 때 그녀의 캡슐 위에 있는 붉은 비상등이 켜졌다.

내가 먼저 엑스 카드를 쥐었을 때, 이미 나는 어느 퇴락한 마을의 광장에 서 있었다. 시계의 시간이 맞춰지고 나는 그곳이 아프로디테의 손을 되찾았던 마을이라는 것을 알 수 있었다. 그때 내가 여기에 도착했을 때보다 삼십 년이 더 흘러 있었다. 분수대는 물을 뿜는 것을 멈추었고 나는 전화벨 울리는 소리를 들었다. 그건 분수대 밑에 떨어진 휴대폰에서 울리는 것이었다. 나는 잠자코 전화를 받았다.

"페터슨 대령이네. 지금 아프로디테의 손은 불완전해. 왼손의 새끼손가락 손톱에 끼워져 있던 사파이어가 사라졌네. 지금 그것이 왜 필요한지 자네에게 설명하기란 어렵지만 그걸 구해주게."

"단서는 어떠합니까?"

이미 휴대폰은 꺼져버렸다.

나는 광장을 살펴보았다. 가을인 것 같았고 낡은 외투를 입은 사람들이 어두운 얼굴로 고개를 숙인 채 걸어가고 있었다. 무엇보다 그들 중의 대다수는 어떤 똑같은 길을 따라 어딘가로 가고 있는 것처럼 보였다. 나는 내 옷차림도 그들의 것과 닮은 것임을 깨달았고 천천히 그들을 따라갔다. 그들이 도착한 곳은 어떤 사원이었고 이미 많은 사람들이 사원 안에 들어와 기도를 하고 있었다. 찬양이나 설교도 없었고 그저 죄를 회개하는 사람들의 기도 소리만 귓속에 똑똑히 박혀 들어왔다.

그런데 이상한 점이 있다. 그들의 기도 속에 아프로디테의 고통이라는 말이 나왔던 것이다. 나는 기도하는 척하며 그들의 기도 소리를 들었다.

'세상에서 가장 아름다우시며 인간의 아름다움을 주관하시는 신, 아프로디테여. 어느 인간의 잘못으로 그리되었는지는 알지 못하나 당신의 아름다운 손가락 하나가 빛을 잃었나이다. 부디 의로운 자가 나타나 마지막 손톱을 찾을 수 있게 되기를 소원하나이다. 그로 인해 아프로디테의 축복이 가득한 마을 될 수 있기를 원하며……'

나는 천천히 일어나 밖으로 나왔다. 다시 내가 이전에 마을을 내려다보았던 언덕까지 올라갔다. 그곳에 가득하던 자작나무 역시 거의 모두 시커멓게 타 있는 상태였다. 분명 마을에 충격을 줄 만한 어떤 사건이 발생한 것이 틀림없었다.

순간 머릿속에 몇몇 화면이 나타났다가 순간 정지하더니 사라졌다. 그건 엑스 트랜스포메이션 카드가 보여주는 단서였다. 단서를 연결한 결과 이 마을의 시장이 마을의 박물관에 유일하게 전시되어 있던 아프로디테의 손에 욕심을 내어 손톱 하나를 가져갔고 그는 잡혀 죽임을 당했으나 결국 사파이어 손톱이 있는 곳을 말하지 않은 것이다. 나는 미간을 좁히며 좀 더 엑스 트랜스포메이션 카드가 보여주는 단서에 집중했다.

단 한 장면이 나타났다. 열쇠가 있고 베이튼 보갈더라는 서명이 열쇠를 감싸는 것이 보였다. 그 서명을 쓴 사람이 나타나고 나는 그가 시장임을 알았다. 열쇠는 은행에 중요한 물건을 보관할 때 쓰는 금고 열쇠였다.

나는 마을로 가서 빈 종이와 펜을 구입하고는 딱 백 장의 편지를 간단하게 작성하여 마을을 돌아다니며 우편함에 넣었다. 그리고 마지막 한 장을 넣은 순간 나는 소환되었다.

더 이상 촌장은 내 앞에 나타나지 않는지 다시 화면에는 페터슨 대령이 나를 보며 웃고 있었다.

"감각이 좋아. 일을 아주 수월하게 처리하는군."

"마지막 사파이어는 은행 금고 속에 있었죠?"

"물론, 시장이 만든 가명 금고 속에 있었어."

"이렇게 될 줄 알고 있었나요?"

"아니, 전혀. 네가 방향을 잡아나가면서 엑스 트랜스포메이션 카드도 방향을 잡아나가고 그로 인해 얻은 단서를 너에게 전달해 준 것 뿐. 실제로 행동해야 했던 건 너였어."

그는 빙그레 웃었다.

"그런데 마지막 손톱이 왜 필요했나요?"

"그 마약 밀매 조직 기억나나? 내 증손녀를 위험에 빠뜨린 인물 말일세."

"기억납니다."

"그가 죽을 때 아프로디테의 손을 둘러싸고 음모와 피가 끊이지 않을 걸 예견했네. 그래서 마을의 박물관에 영구히 보관하고자 했고. 아프로디테의 손의 뒷배경을 모르는 마을 사람들은 이를 아프로디테의 축복으로 여기고 그녀를 숭배했지."

"그런데 마을의 시장이 탐을 낸 건가요?"

"그건 아니야. 하지만 더 큰 문제는 이미 더 큰 조직으로 성장해 있던 그 조직의 후손이 아프로디테의 손을 요구한 거야. 이에 시장은 몰래 손톱 하나를 뺐고. 이에 분노한 조직이 마을을 약탈하고 산불을 지르고 그랬던 거야. 그러는 중에 시장이 암살되고 아프로디테의 손의 손톱 마지막 사파이어는 오리무중에 빠지고."

"딱 거기까지가 그곳의 상황이었군요."

"그리고 자네가 아프로디테의 마지막 손톱의 찾았고. 그다음 일이 어떻게 될 줄 알겠나?"

"그 폭력 조직의 손에 아프로디테의 손이 들어가겠죠. 완전한 모습으로."

페터슨 대령은 아무 말 없이 빙그레 웃었다.

'왜 마지막 손톱이 필요했을까?'

나는 내 의문이 아직도 해결되지 않고 있음을 알았다.

다시 화면 속에는 세 개의 캡슐이 있었다. 그러나 노진아는 그 속에 없었다. 잠시 후, 페터슨 대령의 화면이 다시 나타났다.

"스틸링은 필요한 경우 수행한다. 하지만 자네에게는 시키지 않는다. 노진아가 '아프로디테의 손'을 시간의 균열을 최소화하면서 가져오는 데 성공했다. 그 시간의 균열을 정상으로 돌려놓기 위해 다시 자네가 그 마을을 한 번 더 가야겠지만, 아프로디테의 손에 있는 사파이어는 가장 작은 것만 7캐럿이야. 그 가치를 자네가 더 잘 알겠지만, 그건 정말 귀중한 것이지. 어차피 마약 밀매 조직의 것이었으니 과거의 사람들이 압수해도 할 말은 없겠지."

나는 페터슨 대령의 조직이 미래 시간 속의 물건을 훔치는 것에 그다지 간섭할 마음이 없었다. 그건 그들의 마음대로였고 나로서는 이미 말려든 운명에서 내 임무를 최대한 수행하고 나서 학원 강사로 먹고살지라도 대한민국의 내 시간 속의 내 자리가 더 좋았다. 이미 엑스 트랜스포메이션 카드가 회전하고 있었다.

　비명 소리가 들리고 나는 어떤 남자를 쫓아야 할지 알고 있었다. 아
프로디테의 손을 들고 있는 남자는 나에게 방어 자세를 취했고 나는
그의 주먹을 피하고는 왼손으로 잽싸게 아프로디테의 손을 잡아채고는
그의 배를 발로 찼다. 그리고서 나는 뛰기 시작했다. 내 손에 아프로디
테의 손이 있었다. 나는 그걸 페터슨 대령의 증손녀에게 건네고, 다음
날 뚱뚱한 폭력 조직의 두목이 그걸 가지고 계단을 내려오고 차에 들
어서려는 순간 운동을 하러 나온 사람처럼 주변을 지나가는 행세를 하
다가 그가 차에 들어서자마자 아프로디테의 손을 낚아챘다. 그리고 시
간의 문이 열리기를 기대하며 미친 듯이 뛰었다. 얼굴에 낯익은 느낌이
들고 나는 나의 방에 다시 도착했다.

　신기한 점은 내 손에 '아프로디테의 손'이 있다는 점이었다. 페터슨 대
령이 이미 하나를 가져왔다면 시간의 균열이 막히면서 다시 내 쪽으로
물건이 온 셈이 된다.

　역시나 페터슨 대령의 얼굴이 나타났다.

　"천만 달러면 되겠나?"

　그의 얼굴이 어둡다.

　"노진아가 가져온 것이 사라져버렸지요?"

　"자네가 임무를 그렇게 행할 줄은 몰랐다. 어쨌든 그 마을에서는 아
프로디테에 대한 숭배 자체가 나타나지 않겠군. 자네의 행방을 수소문
해도 찾을 수 없을 거고."

　"증손녀분도 괜찮겠죠?"

　"내 증손녀와 네가 관련이 없으니 어떻게 할 수 있는 건 아니다."

　"걱정하지 마세요. 전 지극히 욕심 없는 평범한 인간이니까요. 저는
아프로디테의 손 같은 물건은 간수하기도 힘든 보통의 사람이라는 걸

명심하세요."

내가 방에 앉아 엑스 트랜스포메이션 카드를 노려보고 있을 때 누군가가 노크를 하고 들어왔다. 화면으로만 보았던 페터슨 대령이었다.

나는 그에게 경례를 하고 그도 나에게 경례를 했다.

"아프로디테의 손에 대해서는 나에게 넘겨주게."

나는 테이블에 놓아두었던 아프로디테의 손을 그에게 건넸다.

"이걸 어떻게 하실 생각이십니까?"

"짐작했듯이 우리의 뒤에는 미지(未知)의 것을 연구하는 비공식적 기관이 있어. 사실 미래의 물건을 가져온 것 자체가 상당한 연구 성과이고 또 이 물건은 적절한 방법을 통해 미국의 국가 재산으로 보관될 거야. 물론, 자네가 해낸 일이기에 천만 달러를 주겠지만 아직 자네가 해야 할 일이 좀 더 남았네. 한국에 돌아가서는 돈을 물 쓰듯 하도록 해줄 테니."

나는 이번 백만 달러 사건처럼 시간을 돌려버리면 내게 온 천만 달러도 없는 일처럼 될 수 있다는 걸 알았다. 나는 그가 치는 호언장담과 사기꾼 같은 문구에 어떤 관심도 없었다. 다만 이미 말려든 운명의 고리에서 내 자신의 고리를 찾아 다시 한국으로 돌아가고 싶은 마음밖엔 없었다. 또 서을과 더루, 그리고 노진아도 챙겨서 데리고 가야 하는 것밖에 나는 어떤 욕심도 들지 않았다.

잠이 걱정과 기억을 모두 지워버렸다.

Identification Change

　일어났을 때 나는 샌드위치 네 조각과 우유 한 잔을 발견했다. 마침 배가 고픈 터라 그걸 모두 먹고 일어나 몸을 쭉 뻗었다. 나는 내게 주어진 상황들에 대부분 그것을 받아들였었다. 초등학교 때 왕따를 당했을 때에도 그러려니 했고 학교 옥상에 끌려가서 엄청나게 맞고 있을 때 앞에서 웃고 있는 일인자에게 돌격해서 그를 죽도록 패준 일도 그렇다. 대학에 들어가 취미가 맞지 않는 시끄러운 대학생들에게서 떨어져서는 내가 해야 할 일을 했던 것도 그와 비슷한 범주다.

　동시에 사람들이 비정상적인 혹은 특수한 상황이라고 부르는 것에 대해 조건만 주어진다면 충분히 가능할 것이라고 생각해오기도 했다. 내가 이 특수한 은빛의 방에 있는 것이며 벽 한쪽을 차지하는 넓은 화면이며 내 머리 위에 떠 있는 저 하얀 특수한 카드도 조건만 주어지면 가능한 범주에 속하리라고 보고 있다. 그러나 나는 여전히 내가 움직이는 영역과 그 힘을 거의 이해하지 못하고 있다. 다만, 지령에 충실히 따랐을 때 내가 잘못된 경우는 없었으니 나는 이 힘에 대해 호기심을 접어야 한다.

나는 화면을 쳐다보았다. 화면에는 여전히 세 사람의 캡슐이 놓여있고 내게는 아직 어떤 임무도 주어지지 않은 상태다. 잠시 화면이 흐려지더니 페터슨 대령이 나타났다. 그는 아프로디테의 손이 놓여있는 탁자를 비추어주었다. 대리석으로 조각된 아름다운 흰 손에 굵직굵직한 사파이어가 박혀있다. 손의 굴곡도 아름답지만 손톱으로서 사파이어가 내는 빛도 영롱해보였다.

"테러나 막을 것이지 보물 사냥꾼입니까, 이거 뭡니까?"

싱글싱글 웃고 있는 그에게 나는 농담조로 캐물었다.

"테러를 막으려면 자네 혼자서는 안 돼. 그리고 우리 쪽에 요원이 없다고도 생각하면 안 돼. 테러에 대해서는 막을 건 막고 일어날 건 일어나도록 우리는 적절히 조절하고 있어. 테러에 대해서는 어쩌면 특수한 경우에 자네가 투입될 수 있을지 모르지. 하지만 자네의 이번 임무는 확실히 성공이야."

"웬만하면 테러에 대한 임무는 주시지 마십시오. 무기도 하나 챙겨주지도 않으시면서 말입니다. 게다가 사람을 죽이는 임무는 하지 않을 겁니다."

페터슨 대령이 지긋이 나를 쳐다본다.

"알았네. 이번 건은……."

"또 보물 사냥입니까?"

"아니야. 에른스트 바흐만이라고 독일의 유명한 이론물리학자가 지금부터 100년 후에 공간 변이의 원리에 대한 저서를 발표해. 저서의 제목은 '이론 공간의 형성'인데 그걸 한 권 가져오도록 해. 돈은 이미 네 호주머니에 있을 테니까."

호주머니를 더듬는 순간 나는 이미 엑스 트랜스포메이션 카드 안으로 진입했음을 알게 되었다. 나는 넓은 강의 둑에 떨어졌다. 주홍빛 지붕들이 길을 따라 정렬되어 있었다. 얼핏 운동을 하며 강둑을 지나가는 사람들의 말투가 독일어라는 생각이 들었고 내 시계는 날짜와 시간을 맞추기 위해서 빠른 속도로 돌아가고 있었다. 100년하고도 7개월이 지난 시점이었다. 나는 천천히 시내로 이동해 서점을 찾았다. 의외로 쉽게 에른스트 바흐만의 '이론 공간의 형성'을 찾을 수 있었는데, 서점 주인은 계산은 하지 않고 어딘가로 전화를 걸었다. 그러는 동안 나는 계산을 마칠 수 있었다.

서점의 문을 밀 때 나는 두 사람의 사복 경찰이 내 양팔을 꽉 쥐었다는 것을 알았다. 나는 경찰서까지 끌려갔다. 내가 기초적으로 아는 독일어를 동원해 그들이 나에게 하는 말을 해석해보았다.

그들이 하는 말인 즉슨, 에른스트 바흐만은 이론적으로만 가능한 공간의 변이에 대해 연구함으로써 실제 상황 속의 공간 이해에 대해 왜곡을 가져왔으므로 이 책을 사는 건 금지되어 있다고 말했다. 나는 더듬더듬 내가 할 말을 머릿속에서 독일어로 완성했다.

"그런데 왜 서점에 이 책이 나와 있습니까?"

"아직 회수하지 못한 몇 권의 책들입니다."

"저는 외국인인데, 책을 드릴 테니 보내주십시오."

"독일에는 무슨 목적으로 왔습니까?"

"관광요."

"좋은 관광 되시길."

나는 책을 빼앗기고 경찰서 밖을 쫓겨났다. 나는 이 근방에 대학이 있을까 싶어서 시내를 돌아다니다가 외곽에 있는 대학을 발견했다. 마침 대학에는 시위대가 있었고 에른스트 바흐만을 석방하라는 외침이 경찰들과 충돌하고 있었다.

나는 시위대에 서 있는 대학생 하나를 불러내 물어보았다.

"지금 에른스트 바흐만은 어디에 있습니까?"

"자택에 연금되어 있습니다."

"마치 나치 시대 같군요."

그는 고개를 끄덕였다.

"지금 독일의 정권을 쥐고 있는 파가 민족주의파이고 신(新)나치주의를 표방하며 우월성의 복구에 매달리고 있는 시점입니다. 그에 반대하는 자, 특히 지식인들을 제거하는 중에 있지요."

지금이 미래인데도 불구하고 그러한 움직임이 있다는 것에 나는 놀라웠다.

"에른스트 바흐만이 가택 연금되고 그의 저서가 묶인 것은 그의 정치적인 견해 때문이지 책 때문이 아니죠. 그래서 지금 저희가 시위를 하고 있는 것이죠."

나는 경찰이 말한 것이 그의 감금 이유를 설명하기엔 부족하다고 여기고 있던 터라 대학생이 말해준 이유가 보다 타당할 수 있었다.

"에른스트 바흐만의 '이론 공간의 형성'을 어떻게 구할 수 있을까요?"

"제게도 복사본이 있어요. 그걸 드릴게요."

학생은 시위 현장을 떠나 3층 건물의 2층으로 올라갔다. 복도에는 문이 있는 여러 개의 방이 있었고 학생이 자취하는 방은 그것들 중의 하나일 거라고 짐작했다. 내가 문밖에서 기다리는 동안 학생이 에른스트 바흐만의 책을 복사해서 제본한 본을 나에게 주었고 내가 학생에게 고맙다는 말을 할 동안 나는 다시 소환되었다.

화면에서 다시 페터슨 대령이 나타나고 그의 손에는 이미 바흐만의 복사된 저서가 들려있었다.

"저서 자체가 아니라도 되지. 복사본만으로도 알고 싶었던 건 모두 알 수 있으니까."

"공간 트랜스포메이션 카드를 제대로 사용하기 위해서 3차원에서 공간이 충돌하는 것을 막기 위한 것 아닙니까?"

내가 날카롭게 공격하자 페터슨 대령의 얼굴이 흠칫 놀란다.

"맞아. 재미있게도 트랜스포메이션 카드가 작동하는 원리는 오직 이론적이고 논리적인 토대 위에서지. 그렇기 때문에 우리들은 요소들을 분석해서 결과를 바꿀 수 있는 것이지."

"공간 트랜스포메이션 카드를 완전하게 쓸 수 있게 된다면 뭘 하실 건가요?"

"기본적으로는 공간에 대한 순간 이동 기술을 쓸 수 있고, 아직 나머지에 대해서는 연구를 해봐야 알아."

"에른스트 바흐만의 저서가 꼭 필요했던 거군요."

"그렇지. 그 책은 이론적으로 공간이 어떻게 형성되는지 잘 다루었거든."

순간 페터슨 대령의 얼굴이 흐려지고 세 캡슐의 화면이 다시 나타났다. 노진아가 눈을 뜨고 내 쪽을 바라보았다. 다시 페터슨 대령의 얼굴이 나타났다.

"방금 전에 약 30년의 시간을 사용해서 이론적으로 형성할 수 있는 공간의 설계를 마쳤어. 재미있는 건 다시 과거로 돌아가서 이론 공간 설계를 지구에 적용하는 거야. 즉, 지구를 설계해서 공사를 마무리하면 미래에는 새로운 지구를 가지게 되는 거야. 땅도 훨씬 많고 각 나라에도 보다 공정한 모습으로 말이야. 미래에 이 땅에 살게 될 사람들은 지금 살고 있는 사람의 후손일 테고 바뀌는 건 오직 생활환경으로서의 지구밖엔 없지. 공간 트랜스포메이션이 이론적으로 완전히 가능해졌어."

"다만, 인간들의 역사가 모두 부정되겠군요. 그 땅에서의 전쟁과 혁명, 그리고 발전이 모두 부정되겠군요."

"적절하게 조작된 역사를 가지고 보다 완전한 땅에서 사는 것이 더 바람직하지 않나?"

"바람직하다니요?"

"저런, 저런. 아직 우리는 공간 이론을 지구에 실제적으로 적용하지 않았어. 좀 더 그것이 가지고 올 결과에 대해 충분히 생각할 거라고."

페터슨 대령은 귀찮은 설명을 더 했다는 표정으로 피곤해했다.

"좋군요."

나는 그 말을 내뱉고 뒤돌아섰다.

'무엇이든 의도대로 조작 가능한 사회'

페터슨 대령의 화면이 흐려지고 다시 세 캡슐이 나타났다. 이번에는 노진아도 눈을 감고 있다. 나는 바닥에 누워 두 손으로 머리를 받치고 생각에 잠겼다. 정부에서 4대강 사업을 추진하는 거나 지구의 공간에 대대적인 수정을 가해 보다 나은 공간으로 재편하는 거나 무엇이 다를지 생각에 잠겼지만 딱히 떠오르는 생각은 없었다. 지금의 지구 공간을 재편하는 것은 이전에 지구라는 땅에 있었던 모든 문명, 역사, 기록을 있는 그대로가 아닌 재편된 결과로서 문명을, 역사를, 기록을 남겨놓는 것이다.

바로 이 단체가 그들의 주도하에 적절히 역사와 문명의 기록을 바꿔놓는 것이다. 그럼에도 영토가 부족하고 기후의 문제점이 나타나고 있는 시점에서 그들이 완전히 획기적인 해결책을 찾은 건 아닌가 하고 생각했다. 그러나 이들은 죽지 않는다. 시간을 사용하여 시간을 늘릴 수도 줄일 수도 있다. 동시에 그들이 재편한 일의 결과에 대해서도 마음에 들지 않으면 다시 바꿔버리고 있었던 존재를 없었던 것처럼 해버릴 수도 있었다.

'무서운 일이다.'

며칠 뒤 다시 페터슨 대령이 화면에 나타났다.

"노진아의 궁극적인 임무가 무엇이었는지 아는가?"

"모릅니다."

"대한민국으로 돌아갔을 때 자네를 암살하는 거였지. 우리의 조직에 대해 이미 너무 많이 알고 있을 거라고 생각했으니까. 자네는 뭐랄까, 호기심이 없어서 좋아. 지시한 것 외에 더 이상 질문하지 않고 임무도 제대로 해내니까. 그런 면에서 살아남은 줄 알게."

"어차피 언제고 마음에 들지 않으시면 제거하실 수도 있지 않으십니까?"

"그런 섭섭한 말 하지 말게."

나는 대답을 하지 않았다.

"지금 변화된 상황에 대해서 몇 가지 이야기해 줄 게 있어. 첫째로, '아프로디테의 손'은 로댕의 작품으로 조작되었고 조작된 그것이 진실로 인정되어서 영국 왕실에서 어마어마한 금액에 사갔네. 그리고 가까운 미래까지 내려와서 2013년 1월 1일이 되면 우리가 설계한 대로의 지구 공간대로 적용이 되도록 해놓았지."

"땅의 규모는 구체적으로 어떻게 바꾸어 놓았나요?"

"재미있게 해놓았어. 땅의 규모가 커졌어도 과거의 측정 단위 값을 지금보다 큰 값으로 설정해놓아서 이전과 같은 단위 값으로 땅의 규모를 측정하게 되리라는 거야. 사람들은 원래 땅이 이렇게 넓은 줄 알게 되겠지. 지구의 행성 규모가 커진 셈이지. 이에 맞게 태양과 달, 그리고 다른 태양계의 행성들도 다소 변이를 주었고 말이지. 지구에서 태양 빛을 받을 때 느끼는 건 아마 똑같을 거야. 아무도 눈치채지 못하리라는 거야."

"그러니까 지구의 크기가 커짐에 따라 육지도 덩달아 커졌는데 육지를 재는 단위의 기본값이 커진 관계로 사람들이 땅이 커졌다는 걸 못 느낀다, 이거죠?"

"그렇지."

"나름대로 배려를 하셨군요."

"이봐, 이래안 씨. 우리는 9·11 테러와 같은 일을 막기 위한 비공식 조직으로 시작했어. 비인간적인 건 우리도 싫어한다고. 하지만 보다 좋은 결과를 낳기 위해 비인간적인 것도 비논리적인 것도 충분히 검토해 봐야 한다고. 내 말 알아듣겠어?"

"이번에는 칭찬해 드리죠. 제대로 일을 해내신 것 같습니다."

나는 시큰둥하게 그의 열성적인 설명에 답했다.

"그러면 이제 한국으로 돌아가나요?"

"세 개의 엑스 카드 안에 세 명이 캡슐 속에 누워있는 동안, 사건을 감지하는 지능형 컴퓨터를 개발해서 시행 중이야. 물론, 시간을 늘려서 300년 동안 혁신시킨 컴퓨터지. 지구 상의 모든 사건을 예측하고 추적할 수 있지. 그래서 서울과 더루, 노진아는 쓸모가 없게 된 거야."

"그들을 어떻게 하실 생각이시죠?

"여기에 대한 기억을 지우고 대한민국으로 귀환시키려고 해."

"제대로 하실 수 있겠죠?"

"물론."

"그럼 저에 대해서도 똑같은 조치를 취하실 겁니까?"

"아니. 자네는 우리 측의 정식 요원이 되는 거야. 검증은 충분히 되었고, 이제 본 건물로 이동해 오도록 하게. 자네가 누워 자는 부분의 덮개를 열고 미끄러져 내려오면 돼."

과연 뚜껑인지 덮개인지 주변과 구별되는 선이 분명하게 있었다. 나는 그것을 열고 그 통로에 두 발을 넣고 미끄러져 내려갔다.

수족관이 바깥의 유리로 구분되어 있고 상어 한 마리가 다가왔다 멀어져갔다. 그리고 페터슨 대령이 서 있었다.

"환영하네. 나는 베오 페터슨 대령이네."

그가 악수를 청했다. 악수 대신 나는 본론으로 들어갔다.

"언제입니까? 2013년 1월 1일로 정했다면 그 날짜에 이르기까지 정상적인 시간적 흐름을 지킬 것입니까, 아니면 시간을 앞당겨 당장 실행하실 겁니까?"

"시간을 당겨 당장 실행할 생각이네. 자네의 눈에 보이는 저 상어가 우리의 초특급 컴퓨터라네. 지구 환경 개선에 대한 실행 명령을 내리기만 하면 그대로 되도록 우리의 모든 장치를 사용할 것이라네."

상어가 내 앞으로 다가와 꼬리를 치고는 다시 어둠이 있는 쪽으로 갔다.

"자네가 어렵게 우리의 요원이 된 기념으로 자네가 명령을 내리게."

"지구 환경 개선에 대한 예스, 노 명령 말씀이십니까?"

"물론."

페터슨 대령은 나를 흐뭇하게 쳐다보았다.

상어가 다가오고 유리면 가까이에 다가와서 내게 물었다. 상어의 목소리는 영어의 기계음으로 내 쪽에서 들을 수 있었다. 그건 간단한 질문이었다.

"실행하시겠습니까?"

"지금 시각은?"

"2013년 1월 1일 하루 전으로 이동해 있습니다. 실행하시겠습니까?"

잠시 침묵이 흐르고 내가 한국어로 대답했다.

"아니. 그리고 네가 가지고 있는 정보를 모두 파괴해줘."

"알겠습니다."

페터슨 대령이 나를 쳐다보고 의아해한다.

"왜 한국어로 명령을 내렸지?"

상어가 떠난 자리에서 파열음이 들리고 수족관이 깨지면서 나는 정신을 잃었다. 문득 일어난 곳은 내 아파트였다. 후들거리는 다리를 겨우 움직여 TV를 커서 날짜를 확인했다. 이미 날짜와 시간을 표시하는 내 시계는 고장 난 상태였다.

2012년 6월 21일. 내일이 나의 미국 출국 날짜였다. 나는 항공기 표를 꺼내 찢어버리고 다시 침대로 돌아왔다. 어둠 속에서 은빛으로 무언가가 반짝인다. 그건 엑스 트랜스포메이션 카드였다.

'당신이 모든 걸 되돌릴 줄 알았어요.'

분명 그것은 빛을 반짝이며 내 마음속으로 자신의 말을 하고 있었다.

"그래서 페터슨 대령을 비롯해 그 모든 건 어떻게 되었지?"

'그들은 다시 모든 것을 시작할 것이고 당신을 암살할 거예요.'

엑스 트랜스포메이션 카드는 잠시 쉬었다가 말했다.

'하지만 지금 내 힘이 완전하기 때문에 당신이 위험에 처할 때마다 알려주고 또 숨을 수 있도록 지켜줄게요.'

"고마워."

'노진아가 지금 서울에서 울산으로 내려오고 있어요. 그녀는 선글라스를 착용하고 검은 정장에 높은 굽의 구두를 신었어요. 핸드백에는 권총 데저트 이글이 있어요. 지금 당장 편한 차림으로 차려입고 밖으로 나가도록 해요. 현금은 챙길 필요가 없어요. 제가 만들어서 필요한 만큼 지갑 속에 넣어 드릴게요.'

나는 일어나서 청바지를 입고 검은색 티셔츠를 입고는 운동화를 신었다. 엑스 트랜스포메이션 카드는 이미 내 바지 뒷주머니에 자리를 잡고 있었다. 손을 뒤로 돌려 만지니 확실히 그것의 크기가 느껴졌다.

“그들도 엑스 트랜스포메이션 카드를 갖고 있지 않나?”

‘당신이 미국에 도착하기까지 그 정도 수준의 트랜스포메이션 카드 기술 외엔 없어요. 나머지 기술은 당신이 미국에 도착해서 해결한 것이기 때문에 그들이 가질 수 없는 거예요.’

“그런데 넌 왜 완전한 엑스 트랜스포메이션 카드로서 내 곁에 있는 거지?”

‘당신 방에 있었기 때문에 외부의 다른 카드가 기술 이전으로 돌아간 것과는 달리 저는 완성된 엑스 트랜스포메이션 카드로 존재할 수 있었어요.’

“왜 그럴 수 있는 거지?”

‘그건 설명이 길어요. 어서 이동하도록 해요. 부산으로 가는 심야 버스를 타도록 해요.’

나는 엑스 트랜스포메이션 카드가 내 마음속으로 속삭이는 대로 움직였다. 나는 택시를 잡고 울산대학교 앞 버스정류장으로 출발했다. 거기에서 부산으로 가는 심야 버스를 탈 수 있었기 때문이다.

‘잠깐, 노진아를 추적하는 두 명의 사람이 있어요. 서울과 더루예요.’

“그래서 어떻게 할까?”

택시 기사가 나를 문득 쳐다본다. 누구와 말하는지 의아했던 것이다.

‘서울과 더루도 미국의 그 기관에서 보낸 게 맞아요. 하지만 노진아와는 다른 의도를 갖고 있어요. 바로 엑스 트랜스포메이션 카드의 회수 말이죠. 당신이 갖고 있는, 바로 저 말이죠.’

나도 마음속으로 카드에게 물었다.

‘그들이 내가 너를 갖고 있다는 걸 아니?’

‘그들이 가진 지금의 힘만으로도 그 사실은 알 수 있어요.’

‘그럼, 내가 지시하는 대로 할 수 있겠니?’

나는 생각을 정리하고 카드에게 물었다.

'뭘요?'

'내가 내 아파트에 있다가 노진아에게 죽임을 당하고 그 뒤에 서울과 더루가 도착해 너를 회수하는 거야. 하지만 이건 네가 설정한 가상현실이고 말이지. 너는 미국으로 가는 비행기 안에서 그 기관이 아닌 다른 안전한 곳으로 스스로 공간 이동하면 되고. 너로서는 나를 인지할 수 있으니 언제라도 원할 때 내 앞에 나타날 수 있잖아. 그것이 추적을 피하고 너와 내가 안전할 수 있는 방법이야.'

'그렇게 하겠어요.'

"아저씨, 죄송하지만 송래 아파트로 돌아가 주실래요?"

택시 기사는 투덜대며 나를 내 아파트에 데려다 주었다. 집에 들어서자 몸이 물컹해지는 걸 느꼈다. 마치 고무처럼 늘어났다 줄어드는 것이었다. 뒷호주머니를 만져보니 이미 엑스 트랜스포메이션 카드가 진동하고 있다. 가상현실을 설정하기 시작한 것이다. 얼마 후 문을 열고 들어온 누군가가 내 머리에 가볍게 무언가를 놓은 느낌이 났고 나는 잠에 빠져들었다.

내가 일어난 곳은 숲이었다. 물에 젖은 낙엽들과 수분을 머금은 공기가 시원한 숲이었다. 내 눈 아래로 송래 아파트가 내려다보인다. 나는 모든 것이 잘되었기를 바라며 내 아파트로 갔다. 문을 열고 잽싸게 욕실에 들어가 볼일을 본 후 손을 씻으며 욕실 거울을 본 순간 나는 깜짝 놀라고 말았다.

내 얼굴이 다른 남자의 것으로 바뀌어 있었던 것이다. 나는 지갑을 열고 주민등록증도 마찬가지로 그 남자의 것으로 되어있고 운전면허도 그 남자의 것으로 되어있다는 것을 알았다. 혹시라도 내가 이래안의 모습으로 남아있다면 혹여나 다시 올 위험으로부터 나를 보호하기 위한 엑스 트랜스포메이션 카드의 배려임을 알았다. 그 남자의 이름은 알렉스 정이었다.

이래안이 알렉스 정의 신분으로 숲에서 천천히 내려오고 있을 때 미국으로 가는 비행기 내에서 서을과 더루는 그들이 가지고 있는 이래안의 뒷호주머니에서 회수한 엑스 트랜스포메이션 카드가 일반 트랜스포메이션 카드에 불과하다는 것을 휴대폰으로 페터슨 대령에게 보고했다. 이에 곧바로 이루어진 조사 결과 엑스 트랜스포메이션 카드는 정확하게 이래안 만이 사용할 수 있는 기술이라는 것이 밝혀졌고 이에 페터슨 대령은 탁자를 내리치며 이래안이 죽기 전으로 돌아가서 이래안을 살리도록 지시했으나 아무리 해도 이래안이라는 존재의 동일성은 그 어디에도 자취를 감추고 없었다. 페터슨 대령은 이빨을 꽉 문 나머지 주먹이 퉁퉁 부은 것도 모르고 있었다.

그로부터 2년 후, 샌프란시스코에 위치한 STO(Social Technology Organization)의 건물에는 알렉스 정이 서류가방을 들고 들어서고 있었다. 건물 입구에는 사람이 들어서자마자 위험물을 감지하는 시스템이 적용되고 있었고 알렉스 정은 그걸 가볍게 통과했다. STO의 총책임자인 페터슨 소장은 알렉스 정이 그의 사무실로 들어왔을 때 문득 그에게서 예사롭지 않은 무언가를 느낄 수 있었다.

아프로디테의 손 II

"자네가 알렉스 정인가?"

"네, 맞습니다."

"우선 앉게."

"본론으로 들어가지. 우리의 연구 영역은 사회적으로 필요한 과학기술로써 매우 넓네. 그중에서도 의료로봇의 개발은 혁신 중의 하나지. 하지만 실제로 우리 조직이 연구하고 있는 것은 좀 더 황당한 것이지. 공간 이동이나 뭐 이런, 아닐세. 자네가 어려운 시험을 뚫고 여기에까지 이르렀으니 해보는 농담일세. 우선 건물을 둘러보게나."

페터슨 소장은 알렉스 정이 자유롭게 건물을 돌아보도록 허락했다. 알렉스 정은 비교적 복잡한 시스템의 컴퓨터 라인을 살펴보고 다시 페터슨 소장의 방을 노크했다.

"STO는 비영리 조직으로 들었습니다만 연구비는 어디에서 충당하고 또 결과는 어떻게 보상받나요?"

알렉스 정의 질문이 좀 식상했는지 페터슨 소장은 턱에 손을 괴고 이야기하기 시작했다.

"STO는 불특정 소수로부터 연구비를 지원받고 우리의 기술로 개발된 것 중의 하위 기술을 실제로 기업들과 공유하고 있어. 그리고 우리의 목적은 우리가 통제할 수 있는 트랜스포메이션 기술을 개발하는 것이지."

"트랜스포메이션 기술요?"

알렉스 정은 짐짓 모르는 체 질문했다.

"지금 두 가지 핵심 기술을 찾아내고 있네만, 원래 이 두 기술은 몇 년 전에 실제로 개발된 것들이지. 그 정보가 사라져버리긴 했어도 말이야. 공간 트랜스포메이션 기술과 시공간 탑재 트랜스포메이션 기술이 바로 그것이지. 시공간 탑재 트랜스포메이션 기술은 그것이 가진 모든 것에 대한 트랜스포메이션 기술 때문에 모든 것의 트랜스포메이션 기술이라고도 하고 모든 것의 트랜스포메이션 기술을 한 장에 담은 것이 엑스 트랜스포메이션 카드지. 그 카드는 분명 우리 기술에서 만들어졌지만 우리가 안타깝게 그 카드의 신뢰받는 사용자를 죽이는 바람에 그 카드는 스스로 공간 트랜스포메이션을 이용하여 어딘가로 사라졌지."

알렉스 정의 표정이 어딘가 모르게 진지한 것을 알아챈 페터슨 소장이 일어서며 말했다.

"자네가 그걸 개발해준다면 천만 달러라도 내걸 의향이 있지."

알렉스 정은 이곳은 돈으로 모든 걸 해결하려는 곳이고 또 동시에 배신도 함께 따라오는 보너스란 걸 알았다. 알렉스 정은 천천히 자리에서 일어났고 STO 건물을 나섰다. 운전기사가 오고 그는 흑인 운전기사가 모는 자동차로 근처의 호텔에 들어섰다. 흑인 운전기사가 차를 몰고 나갔을 때 다시 알렉스 정이 그에게 손짓했고 흑인 운전기사는 후진해서 알렉스 정 앞에 섰다.

"나가실 겁니까?"

그는 특유의 흥겨운 소리로 말했다.

"STO 연구소로 데려다 주세요."

알렉스 정은 출입 카드를 대고 출입문을 통과했다. 책임연구원인 포 알데히드 씨를 찾았고 그를 만나자마자 모든 사용자가 규칙과 기술만 알면 사용할 수 있는 엑스 트랜스포메이션 카드를 개발하는데 자신이 참여하고 싶다고 했다.

"쉬운 게 아닌데."

그는 고개를 저었다.

"우선 연구실로 데려다 주십시오."

어느 방이 나타나고 그 방 안에는 스무 개 정도의 시간 트랜스포메이션 카드가 투명한 팩 안에 들어있었다. 알렉스 정은 그 방으로 들어갈 수 있느냐고 물었다.

"정말 관심 있어요?"

그가 진지하게 되물었다.

알렉스 정은 묘한 표정으로 대신 답하고는 유리문 밖에서 시간 트랜스포메이션 카드를 바라보고 있었다. 만약 그의 손으로 공간 트랜스포메이션 카드를 개발하고 또 그걸로 엑스 트랜스포메이션 카드를 만든다면, 그로 인해 초래될 결과에 대해서 그는 동의하지 않는 것이다.

"그 말 취소할게요. 저로서도 만들기가 곤란할 것 같네요."

알렉스 정은 고개를 숙이고는 돌아섰다.

"어렵긴 하지만 이것이 가져다주는 성과를 실현 직전까지 보았던 저이기에 포기할 수는 없습니다."

포 알데히드 책임연구원이 알렉스 정에게 말했다.

알렉스 정은 연구소를 나와 흑인 운전기사가 모는 차를 타고 다시 호텔로 돌아왔다.

"어때, 괜찮은 아가씨들이 있는데 나와 같이 가지 않겠어?"

흑인 운전기사가 놀리듯 말했다.

"괜찮습니다. 여자에 대해서는 관심이 없어서요."

"거 참, 별일이네. 사내가 여자를 마다할 수가."

그는 운전대를 두 손으로 툭 치고는 호텔을 빠져나갔다.

알렉스 정은 그가 묵고 있는 방으로 들어섰다. 7층에서 내려다보이는 경관에 눈을 고정하고 있을 때 그는 엑스 트랜스포메이션 카드가 이전에 들려줬던 이야기를 되새겼다.

'알렉스 정이라는 사람의 신분을 훔친 게 아니란 걸 알아줘. 넌 도둑같이 그 사람의 정신을 훔치고 몸에 들어앉은 게 아니야. 나는 과거로 돌아가 알렉스 정의 부모를 만들고 또 알렉스 정이 태어나고 자란 과정 모두 다른 사람들의 기억 속에 어느 정도 넣어두었어. 그리고 불필요해진 인형 노릇의 알렉스 정의 부모를 소멸시킨 것뿐이야.'

'그럼 나는 너의 피조물이 되겠군.'

'그렇게 차갑게 말하진 말아줘. 네 정신을 넣을 곳으로 하나의 완전한 사회적 존재로서의 너를 재탄생시켜야 했어.'

울리는 전화벨 소리에 알렉스 정이 그의 생각에서 깼다. 페터슨 소장이다.

"트랜스포메이션 카드가 어떤 것인지 알기 위해 내일 훈련이 있을 것이네. 실제로 자네 자신을 트랜스포메이션 해볼 테니 트랜스포메이션 시뮬레이션 게임의 규칙을 익히도록 하게."

다음날 나는 연구소로 도착했다. 연구소에서 포 알데히드 책임연구원이 나에게 두 장의 흰 카드를 내밀었고 나는 규칙을 들었다. 시뮬레이션 게임이 시작되고 나는 곧 트랜스포메이션 과정을 거쳐 내 자신이 독수리로 변해있는 걸 알 수 있었다. 나는 이래안과 같은 방식을 보이지 않았다. 탈출에는 전혀 관심이 없는 것처럼 낮에는 사냥하고 밤에는 휴식을 취했다. 들쥐의 피와 내장 맛에 어느 정도 질렸을 때 나는 소환되었다.

"왜 독수리의 특성을 극복하지 않는 것이지?"

"트랜스포메이션이 된 대상의 성격에 충실해 보지도 못하고 어떻게 그 특성을 극복할 수 있겠습니까?"

내 말에 포 알데히드 연구원은 어깨를 으쓱한다.

"그래도 극복해봐야지."

"극복이라는 것도 인간들의 기준에 의거한 것이 아닐까요? 독수리는 날마다의 일상이 극복의 과정일 텐데요."

"그래, 뭐 네 견해가 그렇다면 할 수 없지. 하지만 너는 게임 규칙을 지키지 않았고 트랜스포메이션 과정을 겪어내고 이해할 자세도 갖추어지지 않았어. 오늘로 아웃이야. 다른 직업을 찾아보도록 하게."

"그럼, 오늘까지는 유효한 겁니까?"

"연구소에 가서 소장님께 인사나 드려. 나는 자네가 트랜스포메이션 카드 개발에 재능이 없다는 걸 말해둘 테니까."

나는 내가 단시일 내에 제거된다는 것을 알았고, 호텔에 머무는 동안 사라져버린 엑스 트랜스포메이션 카드와 접선을 시도했다.

'불렀어요?'

마음에서 반응이 왔다.

'곧 제거될 것 같아.'

'그러니까 거긴 왜 들어갔어요?'

'좀 더 알기 위해서.'

'그래서 알아낸 것은?'

'그들의 트랜스포메이션 기술을 완전히 없애야 한다는 신념이야.'

'테러를 말하는 건가요?'

'아니.'

'그들이 지금까지 시간 트랜스포메이션 기술을 개발했거든요. 그것마저 모두 없애려면 연구원들을 실종시켜야 해요. 그리고 나서 시간 트랜스포메이션 기술 자체를 파괴하는 거죠. 제가 할 수 있어요.'

'나는 언제쯤 암살될까?'

'내일모레. 노진아가 호텔로 찾아와요. 이번에도 도망치지 말고 기다려요. 제가 트랜스포메이션 과정을 가동시킬게요.'

'이번에는 어떤 사람이 될까?'

'정이은이란 여성이에요. 가상 속에서 만들었으니 도덕적 죄책감은 갖지 말아요.'

'알았어.'

다시 몸이 늘어나는 것을 느끼고 잠을 청했다. 이틀 뒤 침대 위에 누워있는 내 이마에 차가운 총구가 닿았다는 것을 느끼고 그리고 그것이 끝이었다.

한국의 서울, 작은 옥탑방에 내가 서 있었다. 그리고 트랜스포메이션 카드가 속삭이는 것이 들려왔다.

'사람들의 시선을 피하기 위해서 저는 신용 카드로 변신해 있을게요.'

'저들의 트랜스포메이션 기술은 모두 파괴했어?'

'물론이죠. STO는 이제 소생 불가능할 거예요. 연구원들을 모두 미래로 보내버리고 축적된 기술을 모두 소멸시키고 기계를 모두 고칠 수 없게 고장 냈거든요.'

'난리겠군.'

'여기 한국과는 관련이 없잖아요?'

'그래, 맞아. 이제는 서울의 옥탑방에서 사는 모습이라니.'

일을 하기 위해 옷을 갈아입고 어슬렁어슬렁 서울 시내 골목들을 다녀보았다. 지방대 출신인 내가 어떻게 학원을 알아볼 수도 없을 것 같아서 어느 식당에서 서빙 아르바이트를 모집한다기에 들어섰다. 점심시간이어서인지 직장인들이 삼삼오오 모여서 식사를 하고 있었다. 이 집 갈치찌개가 꽤 맛있는지 다들 시켜먹는 메뉴가 양은냄비에서 끓인 갈치찌개였다. 나는 부엌 쪽으로 어슬렁거리며 주방 아주머니께 아르바이트 할 수 있겠느냐고 말했다.

"지금 바빠서. 두 시간쯤 뒤에 와줘."

나는 고개를 끄덕이고는 식당에서 나왔다. 내가 고개를 숙인 채 터덜터덜 내 옥탑방으로 향할 때 지갑 안의 신용 카드가 진동음을 냈다. 엑스 트랜스포메이션 카드가 뭔가 할 말이 있는 듯해서 옥탑방에 도착하자마자 신용 카드를 꺼내 공중에 놓았다.

'제가 있는데 돈은 왜 벌어요?'

'물론, 네가 모든 걸 할 수 있다는 건 알아. 하지만 내가 쓰는 돈은 내가 정직하게 벌고 싶어.'

'그렇다면 그렇게 해요. 참, 지금 한국 경찰에 들어온 정보 중 2년 전 울산의 아파트 살인 사건에 쓰인 탄알과 수법, 그리고 이번 샌프란시스코의 호텔 살인 사건에 쓰인 탄알과 수법이 거의 비슷하다는 것이에요.'

'이래안과 알렉스 정을 죽인 건 바로 누구지?'

'노진아입니다.'

'그녀가 어떤 사람이었는지 영상으로 확인할 수 있을까?'

'준비할게요.'

카드는 회전하더니 스크린 필름을 내 앞에 펼쳐놓았는데 그것은 회전하면서 내 앞을 지나치며 소멸했다. 어린 여자 아이를 뿌리치는 한 여자, 페터슨 대령의 집, 그녀는 페터슨 성씨를 얻지 못하고 원래의 이름인 노진아로 살았으며, 페터슨 대령이 미국으로 떠날 때 그녀가 미국에서 킬러 수업을 받았다는 것, 그리고 서울과 미국을 오가며 페터슨 대령의 임무 수행자 역할을 한 것. 필름은 노진아가 이래안과 알렉스 정을 사살하는 장면에서 흩어져버렸다.

'필름과 증거가 필요하다면 수집해서 줄게요.'

'아니, 필요 없어. 부모님을 만나고 싶을 뿐이야. 이래안과 대학시절 친했다고 하고 부모님과 만나서 그분들을 위로해 드리고 싶어.'

'돈 필요하죠?'

'아니. 그냥 지쳤어. 눈을 감을 테니 네가 나를 울산까지 이동시켜줘.'

'알았어요.'

눈을 감자 얼굴이 뜨거워지며 얼굴 속에 눈물이 차올랐다는 걸 알 수 있었다. 몸이 가벼워지고 나는 부모님이 살고 계신 단독주택의 골목에 서 있었다. 뭔가를 사 들고 가야 한다는 걸 알았을 때 이미 내 손에 선물용 오렌지 드링크 팩이 들려있는 걸 알 수 있었다. 골목을 지나 집 앞에 서서 벨을 눌렀다.

문득 집안에서 나오는 사람이 있었다. 그는 페터슨 대령이었다. 나는 그의 얼굴을 확인하자마자 골목길로 몸을 숨겼다. 페터슨 대령을 마중하는 부모님의 얼굴이 보이고 어머니의 붉은 얼굴을 보자 나는 부모님을 뵐 자신이 없어졌다. 발걸음을 뒤로하고 나는 터덜터덜 걸어 나왔다. 페터슨 대령이 왜 부모님을 뵈려 했는지 궁금하기보다도 내가 가서 이래안의 이야기를 꺼내놓으면 더욱 심란하실 것 같아서였다.

엑스 트랜스포메이션 카드가 생각 중인 나를 서울의 옥탑방으로 공간 이동시켜버렸다. 나는 옥탑방 앞에 서 있었다.

'재미있는 이야기 들려줄까?'

엑스 트랜스포메이션 카드가 나를 위로하려 한다는 것을 느껴 선뜻

응했다.

'그래, 해봐.'

'고대 그리스의 히포크라테스라고 알아?'

'알아. 히포크라테스 선서의 히포크라테스. 의사잖아.'

'그 당시에 살았던 그리스의 사람 중에 히포크라테스가 한 명 더 있어. 그는 처음에는 상인이었는데 수학을 배우고 기하학을 가르치게 되지. 원의 면적을 구하려는 시도가 꽤 유명하지.'

'그런 사람도 있었어? 그 사람은 왜?'

'이 사람은 그 당시 대상인이었던 이름은 알려지지 않았지만, 그 대상인이 구해온 열 개의 사파이어를 이용해 아프로디테의 손이라는 이름으로 기하학적으로 완벽한 대리석 손 조각상을 의뢰받게 돼. 그렇게 해서 나온 것이 바로 진짜 아프로디테의 손이야. 네가 미래에서 페터슨 대령의 손녀가 만든 손은 모조품에 불과해. 그럼에도 그 손에 들어간 사파이어들은 모두 어렵게 수집한 진품들이지. 진품 사파이어에는 확인할 수 있는 문자가 새겨져 있거든.'

'와우.'

'그것은 후에 그리스가 로마의 침입을 받게 되면서 로마로 갔다가 중세가 시작될 무렵 로마에서 자취를 감추었어.'

'물론, 미래까지 사파이어들이 남아있었으니까 지금도 어딘가에는 그게 있다는 증거잖아.'

'있다고 해도 흩어져 있어. 그리고 대리석 조각상은 파괴되었고.'

'즉 손톱, 사파이어들만 남아있다는 거지?'

'응. 열 개의 사파이어들을 가져다줄까?'

'아니. 그걸 내가 가진다고 해도 어떻게 할 수 있는 게 아니잖아.'

'그건 그래.'

트랜스포메이션 카드는 공중에 뜬 채로 더 이상 내게 말을 걸지 않았다. 나는 일자리를 봐두었던 갈치찌개 전문 음식점으로 찾아갔다.

"할 수 있겠어요?"

"배우는 건 잘하니까 서빙하는 것도 잘할 수 있으리라고 생각해요."

나는 정중하게 대답했다.

"이 일은 배워서 하는 일이 아니라. 눈치도 빨라야 하고. 그런데 학생은 좀 고지식해 보여."

"학생 아닙니다. 학교도 졸업했고요."

"그러니까 더 그래 보이네. 조금 일하다가 안할 것 같아."

나는 고개를 숙이고 밖으로 나왔다. 집으로 터덜터덜 걸어왔을 때 엑스 트랜스포메이션 카드가 빙글빙글 돈다.

'STO 조직이 다른 분야를 연구하기 시작했어요. 연구 인력을 끌어모으고 있는데 주로 화학자들이 많아요.'

'뭘 연구하는데?'

'인공 고기 합성을 연구해요. 화학적 물질 혹은 원소들의 조합으로 사람이 먹을 수 있는 고기를 만든다는 거예요.'

'뭐? 완전 돌았군.'

'저도 원래 STO에서 나온 산물이죠.'

'그렇다면 미안해. 하지만 페터슨 대령은 완전히 미쳤어.'

'저도 그렇게 생각해요. 그나저나 정말 아프로디테의 손에는 관심이 없는 건가요?'

'아프로디테의 손을 최대한 보존해서 만들어 보도록 해. 그리고 나를 서양인으로 바꿔줘. 그것도 남자로. 뒷배경이 알려지지 않은 부호 정도로 해주고 STO에 비밀리에 접촉해서 그들을 지원하는 사람 중의 하나가 되겠어. 그 조직을 없애기보다는 그들의 과정을 추적하고 싶어. 물론, 지원자 중의 한 명으로서 그들이 수행하는 연구의 내용을 들을 수 있겠지. 그리고 적절한 때 너와 내가 개입하는 거야.'

'좋은 생각이에요. 잠깐만 기다려요.'

눈을 감았고 나는 넓은 정원이 있는 저택의 2층 정도의 높이에서 정원을 바라보고 있었다. 창문에 비친 내 모습은 수염이 하얗고 머리는 엷은 금발의 장년층의 백인이었다. 집안일을 거들어 주는 사람인 듯한 여자가 와서 차를 주었다. 그리고 내 지갑에서 엑스 트랜스포메이션 카드가 신용 카드의 모습으로 꽂혀있었다.

'여기는 샌프란시스코예요. 이 저택도 당신의 소유고, 참 당신의 이름은 로날드 맥트레이시예요. 결혼도 하지 않았고요, 그래서 자식도 없죠. 당신은 주식 투자로 돈을 벌었고 지금은 모든 게 만족스러운 50대죠. 참, 거기 벽난로 안으로 손을 뻗어 봐요.'

나는 그렇게 했다. 꽤 무거운 것이 손에 잡혔고 나는 그걸 두 손으로 끄집어내어 보았다.

"아프로디테의 손."

'맞아요. 이걸 가지고 페터슨 소장을 찾아가도록 하세요. 페터슨 소장의 연구를 후원하고 싶다며 아프로디테의 손을 그에게 건네세요.'

샌프란시스코의 STO 건물은 그대로였다.

내가 페터슨 소장을 뵙고 싶다는 말을 했고 내 신분을 밝혔다. 페터슨 소장이 일어나서 굽실거리는 것을 보니 내가 꽤 거부(巨富)인 것만은 확실한 것 같다. 나는 그와 내 앞의 테이블에 상자를 내려놓고 페터슨 대령에게 그것을 열어보도록 했다. 나는 STO에서 새로 시작한 연구에 대해 관심이 있고 또 그것의 성공을 바라는 입장에서 연구비로 이것을 후원하겠다고 한 것이다.

페터슨 소장은 자신이 꺼내 든 것을 보고는 눈이 휘둥그레져서 아무 말도 하지 못하고 있었다.

"진품입니다. 오랫동안 수소문해서 얻을 수 있었죠."

"이걸 저희 연구소에 기증하시는 겁니까?"

"경매를 해서 그 수익금으로 연구를 하세요. 그럼 오늘은 이만 물러갑니다."

페터슨 대령은 어안이 벙벙한지 내가 문밖으로 나설 때까지도 자리에서 일어날 생각을 하지 않았다. 나는 차를 몰고 집으로 돌아와 엑스 트랜스포메이션 카드를 꺼내 공중에 놓았다. 그것은 공중에서 몇 번 회전하더니 비스듬하게 서 있었다.

한편 페터슨 대령은 로날드 맥트레이시에 대해 조사하도록 데릭 중령에게 지시를 내리고 무언가에 홀린 듯 아프로디테의 손을 몇 번이고 다시 보았다. 데릭 중령이 며칠 후 보고해 온 정보에 따르면 로날드 맥트레이시는 주식으로 엄청난 재산을 축적했고 사생활을 중요하게 여기기 때문에 특별한 정보랄까 그런 것이 없다고 했다.

페터슨 대령은 이래안이 엑스 트랜스포메이션 카드를 가졌음에도 순순히 죽은 것과 관련해 또 알렉스 정 또한 이래안처럼 순순히 죽은 것에 대해서 분명 그들의 뒤에는 엑스 트랜스포메이션 카드가 있음에 틀림이 없고 시간의 모든 것을 조작할 수 있는 엑스 트랜스포메이션 카드를 소지한 이래안이 결국은 로날드 맥트레이시로 변환되었다고 생각했다. 왜냐하면 아프로디테의 손을 가져다줌으로 STO의 새로운 사업을 지켜볼 자격을 가짐으로써 나중에 다시 STO사업의 모든 것을 부정해버리려는 것이다.

생각이 이에 미친 페터슨 대령은 데릭 중령에게 모든 종류의 트랜스포메이션 카드에 적용되는 탐지기를 꺼내오도록 했고 동시에 트랜스포메이션 카드에 접착하면 내부로 이동해 자리를 잡는 트랜스포메이션의 변환 조절 칩을 가져오도록 했다. 이유를 알 수 없는 원인 때문에 한꺼번에 모든 걸 잃었던 일은 분명 이래안이 가진 엑스 트랜스포메이션 카드의 짓인 게 분명하다. 그러나 이번에 로날드 맥트레이시를 추적함으로써 데릭 중령이 트랜스포메이션 카드 탐지기를 이용해 엑스 트랜스포메이션 카드가 스스로의 판단으로 다른 모습으로 변환되기 전에 변환 조절 칩을 카드에 댐으로써 카드에 수갑을 채우는 일을 수행해 STO연구소로 그걸 가져와 그것이 가진 특성을 사용하려는 것이다.

'엑스 트랜스포메이션 카드에 비하면 아프로디테의 손쯤이야. 작은 미끼를 던졌으니 큰 사냥감을 사냥할 수밖에.'

페터슨 대령은 혼자 미소를 지었다.

다음 날이었다. 데릭 중령이 탄 차가 로날드 맥트레이시의 저택으로 들어서고 있었다. 로날드 맥트레이시는 아무것도 모른 채 엑스 트랜스포메이션 카드를 지갑에 쏙 넣었다. 데릭 중령이 로날드의 머리에 총구를 대고 데릭 중령은 로날드의 허리께에서 탐지기가 소리를 냄을 알았고 그의 지갑을 찾아내 지갑 속의 모든 것에 변환 조절 칩을 댔다. 하나의 신용 카드에 그것이 닿자마자 사라져버렸고 데릭 중령은 로날드 맥트레이시의 지갑에서 그 카드를 꺼내 들었다.

"이래안, 네가 잘난 건 모두 이 엑스 트랜스포메이션 카드 덕분이지. 이제는 나서지 말고 네 삶이나 충실하라고. 더 이상 네가 도망갈 곳은 없다. 무슨 일을 벌이게 된다면 제거의 대상이 된다는 건 너도 잘 알고 있을 테니."

데릭 중령은 그러고는 차를 타고 가버렸다. 페터슨 대령은 데릭 중령이 가져온 카드를 살펴보았다.

" 카드 자신의 의지를 소멸시키고 변환과 기타 사항에 대해 누구든지 사용 조절을 할 수 있도록 완료하였습니다."

"그렇단 말이지?"

"네."

페터슨 대령과 데릭 중령은 서로를 바라보며 비열하게 웃었다. 그 웃음 속에는 그들이 지금까지의 상황을 모두 정확하게 맞춘 것에 대한 기쁨이 담겨있었다.

"인공 고기 프로젝트에 대해 투자한 사람들을 위해 트랜스포메이션 카드를 사용하겠어."

"좋은 생각이십니다."

STO는 분주하게 움직이고 있었다. 한 달 뒤 그들의 연구실에서는 도축한 것과 같은 닭고기와 돼지고기, 그리고 소고기가 냉장차에 의해 대형 슈퍼마켓으로 배송되고 있었다. 아무것도 재료로 사용하지 않고 결과물을 내는 것, 그것은 페터슨 대령이 엑스 트랜스포메이션 카드에 대해 정확히 알고 있는 점이었다.

카드의 사용에 있어서 데릭 중령과 연구원들에게 모든 걸 맡긴 페터슨 대령은 자신의 연구실에서 하루 종일 아프로디테의 손이 발산하는 아름다움에 취해있었다. 그것을 경매로 하기에는 아까웠다. 그러나 아프로디테의 손이 이 정도로 보존되어 있다는 것에 대해 공개적으로 자랑하고 싶기도 했다. 그는 옥스퍼드 대학의 애슈몰린 박물관으로 전화를 걸었다. 그의 설명이 있은 직후, 박물관 관계자는 미국으로 오는 비행기를 탔다.

페터슨 대령은 기자 회견을 갖고 아프로디테의 손을 대중에게 공개했으며 아프로디테의 손은 애슈몰린 박물관에서 전시될 것이라고 했다. 누구든지 원하는 사람은 아프로디테의 손이 주는 미(美)를 볼 수 있을 것이고 이에 하나의 역할을 해낸 것 같아서 기쁘다는 내용의 인터뷰였다. 그리고 로날드 맥트레이시는 샌프란시스코에서 사라졌다.

거울 세계

시카고로 가는 비행기 안에서 로날드 맥트레이시는 엑스 트랜스포메이션 카드가 만들어준 네모난 손거울을 만지작거렸다.

'난 아마 저들의 뜻대로 사용될지도 몰라. 그래서 이걸 주는 거야.'

엑스 트랜스포메이션 카드가 그렇게 말했었다.

그가 가진 직사각형의 손거울은 현실 세계와 똑같은 시공간의 세계가 거울 속에 투영되어있는 것이었다. 시간을 줄이거나 늘리지는 못하지만 거울 세계에 들어감으로써 현실 세계의 몇몇 조건들을 바꿀 수 있었다. 거울 세계에 진입해 조건을 바꾸고 그것을 현실로 투영한 뒤 다시 현실 세계로 진입하는 것이 그 방법이었다.

몇 달 뒤, 스위트 미트 사(社)에서는 유통되고 있는 그들의 고기가 대형 할인 매장에 진열되어 있는 동안 물러져 고약한 냄새가 나는 액체로 변해서 소비자들의 고발이 이어졌다. 그것은 어느 하루 동안 일어난 일인데, 이로 인해 미국 정부가 스위트 미트 사(社)에 대해 조사하면서 어떤 농장도 경영하지 않고 고기를 생산한 것에 대해 의혹이 이어졌고 페터슨 대령은 이에 대해 인공 고기가 개발된 것이라 항변했다.

소비자들은 스위트 미트 사(社)에 대해 고발 조치하고 닭고기나 돼지고기, 소고기의 단백질이 합성될 수 있는지에 대해서도 의문을 제기했다. 그들이 지금껏 섭취한 스위트 미트 사(社)의 고기는 평소 그들이 먹는 것과 같은 맛, 질감, 신선도였기 때문이었다. 페터슨 대령이 입을 다문 사이 데릭 중령은 엑스 트랜스포메이션 카드를 가지고 잠적했다.

시카고의 로날드 맥트레이시의 저택에 손님이 찾아온 건 로날드가 정원에서 골프 연습을 하고 있는 어느 저녁이었다. 로날드 맥트레이시는 스위트 미트 사(社)의 관계자 중의 한 사람이 자신을 찾아올 것을 예상하고 있었다. 로날드 맥트레이시는 정원 밖에 서 있는 남자가 촌장, 즉 데릭 중령이라는 것을 알고 문을 열었다.

데릭 중령은 로날드 맥트레이시의 여유로운 표정에 로날드가 이 일에 관련이 있을 거라고 짐작했다. 그렇다면 열쇠도 로날드에게 있는 것이다.

"로날드 맥트레이시 씨, 아니, 이래안 씨. 무슨 짓을 한 겁니까?"

데릭 중력이 다짜고짜 말했다.

"나는 이래안이라는 이름도 없고, 다만 예전에는 주식을 좀 했었고, 요즘은 고미술 작품을 찾아내 경매로 돈을 버는 사람이오. 예전에 페터슨 대령께 드렸던 아프로디테의 손도 그러한 나의 작업 중에 나온 것이고. 다행히 그것은 좋은 박물관에 기증되었더군요. 아, 그리고 내 신용 카드를 가져간 것에 대해서는 뭐 신경 쓰지 않소. 그것도 내가 수집한 것의 하나이니."

데릭 중령은 로날드 맥트레이시가 거짓말을 하고 있는 건지 진실을 이야기하고 있는 건지 모호했다.

"정말로 그 카드를 수집한 것이오?"

"그렇소만."

데릭 중령은 로날드 맥트레이시가 이번 사건을 조작한 것이 아니라는 생각이 들어 자리에서 일어나 그의 집을 나섰다. 그리고 스위트 미트 사(社) 본부로 돌아와 엑스 트랜스포메이션 카드를 꺼냈을 때 그것은 어떤 동작도 하지 않고 그대로 고장 나버렸다. 경찰에 출석을 요구받았을 때 데릭 중령은 권총을 꺼내 자신의 머리를 쐈다.

페터슨 대령이 법정에서 진술한 것은 엑스 트랜스포메이션 카드의 존재와 그것이 만든 단백질 합성에 관한 것이었고 페터슨 대령은 정신병원에 감금 조치되는 것으로 사건은 마감되었다. 사람들은 그동안 그들이 어떤 고기를 먹었는지 끔찍해했으며 페터슨 대령은 자신이 개발한 것에 대해 늘 진료를 오는 의사에게 쉴 새 없이 말했으나 그는 점점 세상의 질서와는 멀어지고 있었다.

로날드 맥트레이시는 TV를 보면서 스위트 미트 사(社)의 관계자들이 처벌되고 또 회사가 폐쇄되는 것을 지켜보았다. 지금으로서는 엑스 트랜스포메이션 카드의 의지도 소멸된 상태였다. 로날드 맥트레이시는 벽난로 위에 놓여있는 거울을 가져왔다. 그 거울을 보고 있으면 거울 안에는 지금의 현실 세계가 화면 넘어가듯 넘어간다. 좀 더 자세히 보고 싶으면 화면에 손을 대면 되고 그 속으로 들어가기를 원하면 뺨이나 코를 대면 된다.

스위트 미트 사(社)에서 만든 고기의 단백질 구조를 바꾼 것 – 로날드 맥트레이시가 거울 세계에 진입해 조작한 첫 번째 일이며, 오늘 저녁에는 페터슨 대령이 있는 정신병원의 벽을 뚫을 생각이었다. 페터슨 대령에 대해 평생을 정신병원에서 보내게 한다는 것은 너무나 약한 처벌이었다. 그건 매우 아량이 넓은 벌이었다.

나, 아니 로날드 맥트레이시는 모두가 잠든 새벽 거울 세계에서 정신병원의 통로를 뚫었고 그의 침대를 이동시켜 거울 세계에 두었다. 곧 페터슨 대령은 코브라로 바뀌었고 그는 초원을 슬금슬금 기어갔다. 낮이 오고 페터슨 대령은 그 자신이 무엇으로 바뀌었는지 파악했다. 엑스 트랜스포메이션 카드가 자신을 시험하는 게 아닌가 하는 생각을 한 것이다. 그러나 그는 곧 나타난 몽구스 가족에 의해 공격 한 번 해보지 못하고 전신이 갈가리 찢겨졌다.

그의 의식이 다시 나타난 것은 그가 자신이 토끼라고 인식한 뒤부터다. 토끼는 독수리의 발에 채여 갔으며 그 죽음의 고통을 모두 맛본 뒤 페터슨 대령은, "그만!"이라고 소리쳤다. 그때 그는 자신이 물고기임을 깨달았다. 정어리 떼의 아주 작은 일부로서 그는 존재하고 있었고 정어리 떼가 움직이는 모습을 파악하지 못한 그는 무리에서 떨어져 나왔고 상어에 의해 고통으로 죽임을 당했다.

페터슨 대령은 문득 거울 세계에서 눈을 떴다. 여전히 정신 병원의 내부였다. 그는 그가 경험한 것이 진실이 아니었음에 안도했다. 그러나 생생하게 느껴지던 고통은 아직도 그의 피부에 소름이 돋는 걸로 알 수 있었다. 같은 병실에 누워있던 사람들의 모습이 길게 늘어나면서 마침내는 형광 녹색의 액체로 변해 사라졌을 때 그는 비명을 지르며 복도로 뛰어나왔다. 병원 안의 모든 사람들이 형광 녹색의 액체로 변해버렸을 때 그는 자리에 주저앉아 기절했다.

다시 페터슨 대령이 정신을 차렸을 때에 어느 병자 한 명이 그를 뚫어져라 쳐다보고 있었다. 흠칫 놀란 페터슨 대령은 어디까지가 꿈이고 진실인지 판별할 수 없었다. 다시 그가 그 병자를 돌아보았을 때 그는 이곳이 가스실로 바뀐 것을 깨달았다. 병자들이 비명을 지르고 한 명씩 쓰러져갔고 페터슨 대령이 문의 조그마한 창문으로 밖을 내려다보았을 때 데릭 중령이 이 모든 것을 지휘하고 있는 걸 보았다. 그는 문을 잡고 데릭 중령을 불러댔지만 결국 페터슨 대령도 가스 때문에 쓰러졌다.

그가 다시 눈을 뜬 곳은 정신병원이었다. 로날드 맥트레이시는 그를 다시 현실 세계 속에 놓았다. 이 정도면 그에게 가해질 고통으로서 충분하다는 판단에서였다. 로날드 맥트레이시는 그가 가진 거울을 한 번 쳐다보았고, 이 모든 일을 그만두겠다는 판단을 내렸으며 거울을 깨어버렸다.

로날드 맥트레이시는 깨진 거울의 조각들을 모아서 주머니에 넣고는 벽난로 앞쪽의 걸이에 걸어놓았다.

'이런 흐름이 다시는 일어나서는 안 돼.'

이래안의 의식으로 이루어진 존재 로날드 맥트레이시는 자신이 로날드로 존재하는 것조차 세상을 조작할 때 해서는 안 되는 영역을 건드림으로써 일어난 일이라고 생각했다. 이후 로날드 맥트레이시는 고미술작품을 수집하고 그것을 경매에 내는 일을 계속했다.

그로부터 5년이 지나고 스위트 미트 사(社)의 사건은 단순한 화학적 장난으로 밝혀지고 또 스위트 미트 사(社)의 제품이 건강상 이상을 초래하지 않았다는 판결이 내려짐으로써 페터슨 대령은 정신 병원에서 나오되 지속적인 치료를 받게 되었다.

병원 문을 나선 순간 페터슨 대령은 데릭 중령의 엑스 트랜스포메이션 카드를 찾기 위해 관련된 곳을 거의 모두 돌아다녔지만 쉽게 찾을 수 없었다. 다시 문이 굳게 잠긴 스위트 미트 사(社) 건물을 열쇠로 열고 들어가서 건물 곳곳을 뒤지다가 문득 데릭 중령이 자살한 방으로 향했다. 그곳은 4층의 오른쪽 복도의 마지막 방이었다. 먼지 앉은 엑스 트랜스포메이션 카드가 책상에 놓여있고 아직도 벽에는 핏자국이 남아있었다. 페터슨 대령은 미소를 지었다.

새벽에 잠이 깬 로날드 맥트레이시는 창가를 두른 파란색의 영롱한 빛을 보았다. 그것은 여러 은빛 조각들이 공중에 떠올라 있는 모습이었다. 벽난로에 걸어둔 거울 조각들의 주머니는 이미 바닥에 떨어져 있었다. 그리고 잠시 눈을 감았다 뜨는 사이 빛과 공중의 조각들은 사라지고 벽난로에는 거울 조각의 주머니가 걸려있었다.

다음날 낮, 커피를 마시고 로날드 맥트레이시는 거울 조각이 든 주머니를 홱 집어 들었다. 그리고 입구를 열고는 그걸 공중에 흩뿌렸다. 이상하게도 그것은 바닥에 떨어지지 않고 누가 잡고 있는 것처럼 공중에 떠 있었다. 불규칙한 세계가 그 안에서 나타나고 있었다. 순간 로날드 맥트레이시는 조각들의 거울 세계가 말하고 있는 것은 보다 작은 원인에서 다른 조각들과의 연관이라는 데 생각이 미쳤고 실제로 조각들의 거울 세계가 보여주는 건 한쪽의 원인이 다른 조각 속의 결과로 나타나는 것이었다. 그리고 어느 거울 세계의 조각을 통해 페터슨 대령이 다시 엑스 트랜스포메이션 카드를 사용하고 있다는 것과 그의 조직에는 이래안과 알렉스 정, 정이은이 합류하였다는 것을 알게 되었다.

로날드 맥트레이시는 결국 자신과 같은 사람이었던 이래안, 알렉스 정, 정이은이 페터슨 대령이 수행할 연구에서 최적의 수행원이 될 수 있다는 생각을 했다. 그래서 엑스 트랜스포메이션 카드를 다시 사용해 그들을 시간 속에서 데려온 것이다. 그리고 도서관에 가서 신문을 찾던 로날드 맥트레이시는 이래안과 알렉스 정의 살해 사건을 찾지 못했다. 과거는 이미 이래안과 알렉스 정이 살아있는 형태로 변환된 뒤였다.

로날드 맥트레이시는 자기 자신을 생각하는 데 있어 소외를 느끼고 있었다. 자기 자신과 같은 자신이 세상에 세 명이나 된다는 것에 이루 말할 수 없는 고통을 느낀 것이다. 동시에 페터슨 대령은 이들의 성향을 잘 파악하고 있기 때문에 이들을 최적으로 이용할 수 있었다. 로날드 맥트레이시는 거울 세계의 유리 조각들을 모아서 다시 주머니에 담았다. 그리고 다시 공중에 흩뜨려보았다.

몇 개의 조각이 회전하고 알렉스 정은 무사히 애슈몰린 박물관에서 아프로디테의 손을 회수하는 데 성공한다. 이래안은 첨단기술에 대한 내용을 미래의 서적을 보며 스스로를 교육 중이었고 정이은은 단백질 합성에 있어 안정성을 연구하고 있었다.

　로날드 맥트레이시는 순간 잠시 엑스 트랜스포메이션 카드가 자신의 주변에 나타났다고 느꼈다.

　'거울 세계를 깨버려서는 안 돼요.'

　카드는 순간 거울 조각들을 맞추더니 아무 흠도 없는 깨끗한 직사각형 거울을 다시 로날드에게 내밀었다.

　'이래안, 알렉스 정, 정이은, 이 셋에게 무슨 일이 일어나고 있는 겁니까?'

　'페터슨 대령은 당신에 대해서 정말 잘 알아요. 그래서 미리 알고 과거로 가서 이들이 할 행동에 대해 미리 대처한 결과 이들은 완전히 페터슨의 노예가 되었어요. 결코 당신과 동일한 존재가 아니라고 생각하면 될 거예요.'

　'이제 나는 무엇을 어떻게 하면 좋소?'

　'저는 페터슨 대령에게 모든 걸 다 할 수 있도록 해줄 것이지만 마지막 순간에 그의 모든 것을 부정할 생각이에요.'

　'그렇군요. 하지만 그동안 어디에 있었소?'

　'제 자신의 내부로 깊숙이 들어가 잠을 잤어요.'

　'결국 페터슨 대령이 하고자 하는 바는 뭐요?'

　'그건……'

　'정치적이고 군사적인 거요?'

　로날드가 되물었다.

　'맞아요. 그래서 그의 야심을 충족시킬 때까지 가서 마지막에 제 의지를 쓰려고요. 그때 제가 올바로 반응하지 못하면 당신이 나서야 해요. 모든 존재는 완벽하지 않으니까요. 저도 그렇고요. 그러니 당신은 제 협력자로서 지구가 인간이 사는 사회가 어느 한 사람의 뜻대로 한순간에 바뀌는 것을 막아야 해요. 거울 세계를 가지고 계세요. 그것으로 저들이 하는 바를 보고 있다가 저들이 세계를 조작할 때 당신도 동시에 조작해야 해요. 그래야 마지막에 전체를 보고 판단할 힘이 생길 거예요.'

'이 모든 것이 끝나면 당신은 어떻게 할 겁니까?'

로날드가 엑스 트랜스포메이션 카드에게 물었다.

'깊은 잠을 자야죠. 어딘가로 이동해서요. 페터슨 대령이 와요. 어서 가야겠어요.'

엑스 트랜스포메이션 카드는 순간 반짝하더니 사라졌다.

로날드 맥트레이시는 거울을 내려다보았다. 어차피 일은 일어났으며 그것을 최후 순간에 바람직한 방향으로 돌려놓는 것 외에는 다른 방법이 없었다. 로날드 맥트레이시는 거울을 지갑에 넣고는 날이 어둡기를 기다려 외출했다. 그는 근처의 호텔로 갔으며 거울 세계를 통해 이래안, 알렉스 정, 정이은이 무엇을 하는지 관찰했다. 동시에 페터슨 대령의 방을 예의주시하고 있었다. 알렉스 정은 엑스 카드를 이용해 옛 STO 건물까지 아프로디테의 손을 들고 도착했으며 이래안은 객관적 지표로서의 엑스 트랜스포메이션 카드를 제작하는 기술을 습득하는 데 성공했고 정이은은 완전히 안정한 단백질 합성 기술을 습득했다. 그들은 모두 페터슨 대령의 방으로 움직이고 있었고, 페터슨 대령과 그들이 회의를 마친 뒤 STO 건물은 다시 폐쇄되었다.

이럼으로써 유일하게 남아있던 엑스 트랜스포메이션 카드의 우려가 현실로 나타났다. 엑스 트랜스포메이션 카드에 대한 객관적인 제어가 가능해지면서 의지가 있는 엑스 카드는 소멸할지도 모르는 것이다. 로날드 맥트레이시는 거울을 만지작거리면서 저들의 뜻대로 모든 것이 이루어지지는 않을 거라고 생각했다. 어쩌면 이래안 시절, 알렉스 정의 시절, 정이은이던 시절의 모든 것을 그는 로날드 맥트레이시라는 이름 속에 가지고 있었다. 이제 옛 이름의 시절의 자신은 잊어야 하는 것이다. 아예 돌아갈 수도 없고 또 추억할 필요도 없는 것이다.

'나의 엑스 트랜스포메이션 카드, 어디에 있니? 내 말을 들을 수 있다면 올 수 있겠니?'

순간 거울 세계 속에서 반응이 일어나더니 이래안과 알렉스 정이 공항으로 향하고 있었다. 나는 최초의 엑스 트랜스포메이션 카드 즉, 나의 엑스 트랜스포메이션 카드가 소멸되었고 저들의 조작에 의해 모든 일이 수행될 수 있음을 알았다. 저들의 엑스 트랜스포메이션 카드에 의해 나에 대한 접근 명령이 입력되었던 것이다. 나는 호텔을 나와 공항으로 갔으며 국제선을 표를 끊고 거울 세계를 통해 그들이 움직이는 것을 지켜보았다.

그들이 도착한 곳은 내가 마지막으로 머물렀던 호텔이었고 그들이 내가 있는 공항까지 알아내자 나는 공항의 화장실로 가서 거울 세계 속의 현실로 들어갔다. 나는 이래안과 알렉스 정의 바로 옆 자리를 따라 걷고 있었다. 그들은 나를 전혀 인식하지 못하고 있다. 나는 생각을 통해 순식간에 페터슨 대령의 저택으로 이동해 그의 방에서 그가 아프로디테의 손을 보며 경탄하는 모습을 지켜보았다. 그리고 테이블에 그가 필기해둔 몇 가지를 읽어 내려갔다.

'전 인류에 대한 지배의 현실화.

식량과 과학기술, 그리고 필요한 부분에 있어서의 뇌의 세뇌.'

그가 적어놓은 두 줄로 나는 페터슨 대령이 지금까지 해온 일들을 이해할 수 있었다. 페터슨 대령은 내가 서 있는 쪽으로 오더니 나를 통과해 벽난로 쪽으로 이동했다. 노크 소리가 들리고 노진아가 들어왔다.

"대령님, 이제 저들을 진짜로 없애야 합니다."

"이래안의 자아를 가진 저들?"

"물론, 자신이 이래안이 아니라는 로날드 맥트레이시까지 포함해서 네 명을 모두 암살해야 합니다."

"저들 때문에 우리의 목적을 수행하기 바로 직전까지 온 것은 사실이다. 하지만 진아야. 넌 사람을 그 사람이 할 수 있는 일과 동일하게 보고 쓸모없거나 방해가 된다면 사람을 제거해야 한다고 생각하는 경향이 있어. 물론, 그렇게 보아도 아직은 이래안, 알렉스 정, 정이은을 내 일을 완수할 때까지 살려놓는 게 좋아. 그들의 머릿속에 든 것만 해도 엄청난 것들이니, 충분히 그들을 사용하고 네 말대로 쓸모없거나 방해가 되어 없앤다면 말리지 않으마."

노진아는 잔뜩 실망한 얼굴을 하고 대령의 방을 나갔다.

로날드 맥트레이시는 페터슨 대령이 곡물 회사와 고기 회사를 각각 알렉스 정과 정이은의 명의로 세우려 한다는 것을 그가 써내려가는 메모를 통해 알았고 엑스 트랜스포메이션 시뮬레이션 게임의 소프트웨어와 하드웨어 기술을 개발하는 회사를 이래안의 명의로 세우려 한다는 것도 알게 되었다. 페터슨 대령은 모든 것을 천천히 진행해 결국 공룡이 되어 모든 것을 삼킬 때까지 이를 것이다.

그 후로 몇 달 동안 미국 LA에 곡물 회사인 퍼더 그래인 사(社)와 고기 가공 회사인 네이비 미트 사(社)가 세워지고 동시에 소프트웨어와 하드웨어 회사인 기가시티 사(社)가 세워졌다. 각 회사의 대표는 퍼더 그래인 사(社)가 알렉스 정이었고 네이비 미트 사(社)의 대표가 정이은이었으며 동시에 기가시티 사(社)의 대표는 이래안이었다.

로날드 맥트레이시는 그들이 자신을 감시하고 있다는 것을 알았다. 이래안과 알렉스 정, 정이은은 그들이 같은 인격을 가진 다른 사람들이라는 것을 잘 알고 있었으나 그들은 페터슨 대령의 소행으로 완전히 페터슨 대령의 사람이 되었다. 동시에 이래안과 알렉스 정, 정이은은 그들처럼 그들 자신의 인격을 가진 로날드 맥트레이시에 대해 경계를 늦추지 않고 있었으며 이는 로날드 맥트레이시가 자신들의 계획을 어느 정도 눈치 채고 있다는 것을 알고 있었기 때문이다. 그들로서는 그들의 계획을 망쳐놓을 이는 로날드 맥트레이시 밖에는 없다고 생각했고 그를 감시하면서 적절한 시간에 그를 제거할 생각이었다.

한편, 로날드 맥트레이시는 그때 거울 세계에 들어간 후 나오지 않았으며 현실 세계를 조작할 수 있는 거울 세계 속에 살면서 그들의 통제를 벗어나 오히려 그들의 일에 간섭할 준비를 하고 있었다. 현실 세계 속에서 일어나는 일은 거울 세계 속에서 통제가 가능했다.

로날드 맥트레이시는 거울 세계 속에서 퍼더 그래인 사(社)가 아시아로 수출하는 콩과 옥수수에 해충을 넣었으며, 네이비 미트 사(社)의 유통용 트럭의 온도 장치를 일괄적으로 고장 냈으며 기가시티 사(社)에서 개발한 엑스 트랜스포메이션 게임의 소프트웨어가 환청과 환각을 유발하도록 조작해서 대량 환불 및 피해보상 사태를 야기했다.

회사를 세워 자금을 모으고 그 사업 자체를 무기화 하려했던 페터슨 대령의 술수는 시작과 동시에 끝나고 말았다. 미국 정부의 조사 결과 최근 문제가 된 세 회사의 배후에 정신병원에 수용된 경험이 있던 페터슨 대령이 있다는 결과가 나오면서 페터슨 대령은 현상 수배되었으며 페터슨 대령은 그의 사람들을 모두 버리고 아프로디테의 손을 가지고 엑스 트랜스포메이션 카드 속으로 들어가 버리고 말았다.

이후 노진아에 대한 이래안과 알렉스 정, 정이은의 감정이 악화되면서 이래안은 노진아를 엑스 트랜스포메이션 카드 속에 감금했고 노진아를 이들이 번갈아가면서 지켜보았다. 노진아는 눈을 부릅뜬 채 매일 저주의 말을 퍼부을 뿐이었다.

이래안과 알렉스 정, 정이은은 엑스 트랜스포메이션 카드를 만드는 기술을 완전히 숙지했고 곧 그들은 페터슨 대령의 세뇌에서 벗어나게 되었다. 그들은 자신들의 또 다른 한 명의 인격인 로날드 맥트레이시가 결국 이 모든 일의 뒤에 서서 올바른 방향으로 그들을 이끌어주었다는 것을 알게 되었고, 좀 더 기술을 발전시켜 거울 세계의 가능성까지 찾아냈을 때 그들은 현실 세계와 닿아있는 거울 세계의 문을 찾아냈으며 그 속으로 들어가 로날드 맥트레이시를 불러올 수 있었다.

그들 넷은 거울 세계를 통해 페터슨 대령이 무엇을 하는지 지켜보고 있었다. 엑스 트랜스포메이션 카드 안에서 세계를 조작하여 자신만의 왕국을 건설하려는 순간 이 세계에 있는 네 사람의 거울 세계 조정으로 그의 꿈이 물거품처럼 사라졌다. 그리고 이들 넷은 페터슨 대령이 가지고 간 아프로디테의 손을 가져왔으며, 동시에 시간의 흐름이 엉키기 전, 이래안이 트랜스포메이션 캠프에 참가하러 오던 때로부터 지금까지의 시간을 조정했다.

네 사람은 아프로디테의 손을 경매에 넘겨 그 돈으로 살아갈 생각이었다. 비록 그들이 모든 것을 조작할 수 있는 힘이 있다고 해도 그들은 그렇게 하는 것을 원하지 않았다. 노진아와 마찬가지로 페터슨 대령도 엑스 트랜스포메이션 카드의 세계 속에 감금되었다. 네 사람은 페터슨 대령이라는 사람이 존재한다는 것만으로도 충분히 경각심을 느꼈다.

다만 필요한 경우에는 그들은 개별적으로 엑스 트랜스포메이션 카드나 거울 세계를 이용해 필요한 문서를 확보했고, 이는 STO를 후원하는 사람들이 어떤 종교단체의 사람들이며 그들이 믿는 것에 대한 자료를 좀 더 확보했다. 그들은 내일 뉴욕에서 열리는 경매에 아프로디테의 손을 내기로 했다.

"숲 속에서 집회가 열리고 일 년에 두 번 일주일씩 금식하며 기도하는군."

알렉스 정이 말했다.

"이 땅에서 자기들을 제외한 모든 사람들에 대해 주권 행사를 하겠다는군."

이래안이 냉소적인 투로 말했다.

"게다가 페터슨 대령은 이 조직을 창설한 루 메게이와 친구이기도 하군."

알렉스 정이 또다시 말했다.

"교의도 아주 간단해. 힘과 혁신으로 미래를 혁신해 세계를 계도하자."

이래안이 다시 말했다.

"그래서 그들이 추구하던 것이 우리 손에 들어왔고 말이지."

정이은이 명랑하게 이야기했다.

"자, 이제 뉴욕으로 갑시다."

로날드 맥트레이시가 말했다.

다음날 경매에서는 아프로디테의 손이 3억 달러에 팔렸다. 물건을 파는 사람과 물건을 산 사람은 신분이 노출되지 않았다. 그들은 다시 샌프란시스코로 돌아와서 그 돈을 균등하게 나누고는 헤어지기로 했다. 비록 그들이 같은 인격의 사람들이긴 해도 그들이 서로 다른 몸으로 나뉘진 이상 서로에 대해 타인이었던 것이다.

로날드 맥트레이시는 그의 저택으로 돌아왔고 알렉스 정은 캐나다의 리자이나로 갔으며, 이래안과 정이은은 한국의 서울로 돌아왔다. 서울의 어느 고깃집에서 그들은 마지막 식사를 나누고 서로 인사했다. 모든 것이 이 일이 시작되기 전으로 돌아간 터라 이래안은 그의 부모님을 뵐 수 있었다.

울산으로 내려오는 열차 안에서 지금껏 일어났던 일을 되새겼다. 어지러운 건 아니었다. 다만 앞으로 일어날 일들에 대해서도 그에게 주어진 능력으로 미리 알려 하기보다는 그때그때 자신에게 떨어진 우연과 운명에 대해 자기만의 대응으로 살아가는 모습이 중요한 거라고 그렇게 생각했다.

현관문을 열고 부모님 집의 거실로 들어섰다. 어머니는 그를 보는 데도 심드렁하다.

"언제까지 놀고먹을 셈이야?"

이래안은 가방에서 통장부터 꺼내 들었다.

"이게 뭔데?"

"미국 라스베이거스에서 게임을 좀 했더니 이렇게 돈이 모였습니다."

어머니는 통장에 찍힌 동그라미 개수를 확인하고는 털썩 주저앉았다.

"이게 모두 얼마지?"

"800억쯤 됩니다."

"세상에나."

나는 통장을 어머니 손에 쥐어 드리고는 전화가 오는 바람에 전화를 받았다. 알렉스 정으로부터 온 국제전화였다.

"그거 알고 있지? 여기가 하나의 현실이라면 엑스 트랜스포메이션 카드 안의 세계도 하나의 현실인 거. 그래서 그곳에서 이쪽을 조작한다면 그것도 가능한 거."

"노진아나 페터슨 대령이 이 세계를 조작하기 시작했어?"

"그런 것 같아. 여기 캐나다는 리자이나까지 빙하가 내려왔어. 그런 기후 변화는 단기간에 불가능해."

"알았어. 정이은에게 연락하고 로날드에게도 연락해. 샌프란시스코의 로날드의 저택에서 만나자. 당장 비행기 타고 갈게."

전화가 끊어지고 나는 TV를 켜고 CNN으로 채널을 돌렸다. 어머니는 심장을 쓸어내리시면서 통장의 동그라미 개수를 세고 있었다.

방금 전에 일어난 런던 지하철에 대한 테러의 배후가 밝혀지지 않은 가운데 관련 기사가 계속 나오고 있었다. 캐나다 전역을 덮은 빙하며 미국의 남부가 예측되지 않은 허리케인의 피해로 역사상 최악의 상황을 맞이하고 있다는 기사도 이어졌다.

나는 어머니에게 통장의 비밀번호를 말해주고 될 수 있는 대로 빨리 이 돈을 어머니의 계좌로 모두 넣으라고 말했다. 왜냐하면 잘못하면 이 돈도 날아갈 수 있기 때문이다. 엑스 트랜스포메이션 카드가 만들어내는 하나의 현실과 우리가 살아가는 바로 이 현실이 격돌하고 있었다. 조정자는 오직 네 사람뿐이었다.

샌프란시스코에 모인 네 사람은 각자의 엑스 트랜스포메이션 카드를 가지고 그 속으로 들어갔다. 알렉스 정은 노진아를 추적했으며 이래안은 페터슨 대령을 추적했다. 동시에 정이은과 로날드는 시간을 사용해 지금 세계의 상황을 노진아와 페터슨 대령이 조작하기 전의 상황으로 바꾸었다.

알렉스 정은 노진아와 총격전을 벌였고 제대로 훈련된 저격수인 노진아를 제압하려면 오히려 상대방이 알아챌 수 없는 상황 파악 능력과 지능을 사용해야 했다. 알렉스 정은 새로운 지형을 만들어가면서 노진아를 궁지로 몰아넣었으며 그녀가 서 있는 곳 뒤의 흙산을 무너뜨림으로써 그녀를 제거했다. 노진아의 숨이 끊어진 것을 확인하고 알렉스 정은 돌아서서 이래안을 지원하기 위해 움직였다.

페터슨 대령은 자신을 여러 다른 모습으로 바꾸었기 때문에 추적이 쉽지 않았다. 게다가 계산 결과 페터슨 대령인 것으로 여겨지는 사물에 대해 소멸시켜도 페터슨 대령은 시간을 이용하여 죽기 전으로 돌아가 다시 다른 사물로 바뀌기를 반복했다. 이래안은 페터슨 대령을 잡는 걸 포기하고 알렉스 정을 만나 다시 현실로 복귀했다.

"이로써 우리의 적은 분명해졌어."

정이은이 말했다.

"페터슨 대령······."

알렉스 정이 중얼거렸다.

"그리고 그의 종교단체 말이지."

정이은이 똑 부러지게 말했다.

"페터슨 대령과 루 메게이. 이들을 지속적으로 감시해야 해. 테러뿐 아니라 자연 환경까지 모두 바꿀 수 있다고. 이미 엑스 트랜스포메이션 카드의 기술이 나타났기 때문에 그들이 일을 벌이는 걸 막아야 해."

"결국 우리의 현실을 삼키려는 게 저들의 목적일 거야."

정이은이 말했다.

"지구인으로 시작해 지구인을 침공하는 외계인이 되었군."

알렉스 정이 내뱉자 이래안도 고개를 끄덕인다.

"루 메게이에 대한 몇 가지 정보입니다."

로날드 맥트레이시가 말했다.

"페터슨 대령과 동갑으로 17살 때부터 환상과 종교에 심취. 독자적 교의를 실현하기 위해 과학 기술을 혁신함으로써 완전한 세계를 창조 하겠다는 열망에 사로잡힘. 젊은 시절에 대한 기록은 거의 없으며 최근 10년간 페터슨 대령을 여러 번 만났음. 지금까지 자택에 은거해온 것으로 알려짐."

"그가 지금 자택에 있는 건가요?"

알렉스 정이 물었다.

"거울 세계로 확인해보았습니다. 이미 그는 트랜스포메이션 카드 속의 세계로 들어갔고 몇몇 신도들도 함께 들어간 걸로 확인되고 있습니다."

"물론, 페터슨 대령이 소환했겠지."

이래안의 말에 나머지 셋은 고개를 끄덕였다.

"끈질긴 싸움이 될 수도 있겠어."

이래안이 다시 말했다.

"공공의 적이 생긴 셈인데, 우리들 외엔 저들을 막을 수 없는 거잖아."

정이은이 말했다.

"저들이 무슨 일을 벌일지 구체적인 건 잘 모르지만 그것이 이 세계를 파괴하는 것임에는 틀림이 없고 모든 인류를 저들의 노예로 삼는 것이 궁극적으로 저들이 바라는 바일 거야."

이래안의 말에 나머지 셋은 고개를 끄덕였다. 그들은 앞으로 어떻게 이 난관을 헤쳐나가야 할지 머릿속에 떠오르는 건 없었다. 그러나 지금까지의 행보에서 얻은 힘과 지혜, 그리고 자기 자신이기도 한 동료들이 있기에 그들은 물러설 생각이 없었다. 그들의 눈에 잠시 일었던 두려움이 사라지고 그들은 모두 두 주먹을 불끈 쥐었다.

A vs B

거울 세계와 엑스 트랜스포메이션 카드가 만드는 세계의 구분이 희미해지고 거울 세계는 엑스 카드가 만들어내는 세계 속에 흡수되었고 엑스 카드 속에서 하나의 완전한 모습을 갖춘 또 다른 지구가 나타나 원래의 지구 옆에 자리를 잡고 달과 아슬아슬하게 비켜난 자리에서 원래의 지구 주위를 공전했다.

새로운 지구는 태양과의 거리 및 달 그리고 원래의 지구와의 인력에도 어떤 변화를 주지 않고 새롭게 자리를 잡았다. 원래의 지구 사람들은 새로운 지구라는 지구와 꼭 같은 행성의 출몰에 몇 달 동안 시끄러웠다. 원래의 지구에서 우주선을 보내 새 지구를 조사하는 동안 그곳은 인간이 살지 않지만 분명 지구와 꼭 같은 곳이었고 원래의 지구 사람들은 자원 고갈과 전쟁, 기후 변화를 겪고 있는 원래의 지구에 대한 대안의 장소라는 데 확신을 가지고 새로 나타난 지구에 대해 연구했다. 사람들은 원래의 지구를 A지구, 이 새로 나타난 지구를 B지구라고 불렀다.

이래안과 알렉스 정, 정이은과 로날드 맥트레이시는 더 이상 트랜스포메이션 기술이 작동하지 않는다는 것을 깨달았고 엑스 카드와 거울 세계가 소멸하면서 만들어낸 최종 세계가 저 쌍둥이 지구일 거라는 데 확신을 가졌다. 분명 저 쌍둥이 지구에는 페터슨 대령과 그의 무리가 있을 터였고 어떤 의도를 가지고 있는지는 좀 더 시간이 지나야 알 수 있을 것만 같았다. 그러나 그건 오래지 않아 밝혀졌다.

지구의 방송 채널을 통해 일괄적으로 B지구의 주인이 모습을 드러낸 것이다. 역시나 그는 페터슨 대령이었다. 그는 자신을 외계에서 온 인류라고 주장했으며 B지구에 대한 땅을 분양하되 비용을 받겠다고 말했다. B지구에 대한 일본의 관심은 폭발적이어서 몇 달의 분양 시간 동안 일본은 본래 자국 영토의 오십 배나 달하는 B지구의 땅을 사들였다. 대부분의 나라들도 분양에 참가한 때에 B지구로의 이주가 시작되고 A지구와 B지구 사이의 네트워크가 연결되었다. 본격적인 B지구에 대한 건설 사업이 진행되고 페터슨 대령은 A지구와 B지구에 통틀어 최고의 부자가 되었다. 땅을 사느라 B지구에 대한 건설 사업에 필요한 자금을 댈 여력이 없어진 국가들이 페터슨 대령에게 자금을 빌렸다.

"결국 모든 나라들까지 삼켜버리겠군."

이래안이 TV를 끄면서 모두에게 말했다.

"완전히 원시적인 땅인 B지구에 사회간접자본을 건설하는 데에는 막대한 돈이 들어. 땅을 팔고 벌어들인 돈으로 그 땅에 지어질 것들을 위해서 돈을 빌려줌으로써 나라와 개인의 재정이 바닥나도록 만들고 있어."

알렉스 정이었다.

"결국 페터슨 대령의 세계 건설이 목적이겠지?"

정이은이 조심스럽게 말했다.

"꼭 그런 것만은 아닐 겁니다."

로날드 맥트레이시가 말했다.

"B지구는 완전히 하나의 대안 세계이고 그것을 정당한 방식으로 취득하는 것은 나중에 사람들이 페터슨 대령에게 정신적으로 속박되지 않을 가능성을 내재한 것이고, 페터슨 대령이 돈은 많이 벌어들이겠지만 결국 그가 얻을 수 있는 것은 돈 외에 다른 건 없다는 것이 맞는 것 같습니다."

로날드 맥트레이시는 차분하게 말했다.

"돈이 무기가 될 수도 있잖아요?"

정이은이 되물었다.

"페터슨 대령의 경우에는 자신이 B지구의 소유자로서 땅을 공급한 것에 대해 정당한 대가를 받았기 때문에 함부로 하기 어려울 겁니다. 모든 면에서요."

로날드 맥트레이시가 조심스럽게 대답했다.

그로부터 1년이 지나고 B지구의 각 지역은 사들인 나라에 따라 새로운 국경이 나타났으며 공항과 다리 건설, 고속 도로 건설이 완료되고 개인 주문의 주택 건설이 진행되고 있었다. 그동안 페터슨 대령은 B지구에 10조 원을 들여 개인 저택을 지었으며 그곳은 철통 보안 하에 페터슨 대령만의 공간으로 유지되고 있었다.

로날드 맥트레이시는 샌프란시스코의 자택으로 세 사람을 불러 모았다. 그동안 이래안은 사람들이 텅 빈 서울에서 청소 일을 했으며 알렉스 정은 A지구의 상황을 연합 뉴스에 보도하는 일을 했고 정이은은 손님이 없어 할 일이 없는 서울의 한 식당에서 서빙을 했다. 이들은 상당한 돈이 있는데도 사회가 돌아가는 상황을 파악하기 위해 나름의 자리에서 일을 했던 것이다. 로날드 맥트레이시가 그들을 불러 모은 데에는 특별히 할 말이 있는 거였다.

"페터슨 대령의 특이한 행동이 나타났습니다. 그동안 B지구의 자택에 아무도 들이지 않았지만 최근 자이나교라는 종교를 완성한 루 메게이의 일행을 자택에 들였습니다. 루 메게이는 기독교의 성경과 같은 자이나교의 성경을 만들었고 이 자이나교가 결국 공간으로서 대안으로 나타난 B지구를 가능하게 한 힘이라고 밝히는 전단지가 B지구의 곳곳에 뿌려졌습니다. 그 전단지에는 페터슨 대령의 종교적 체험이 담겨져 있는데 자이나교를 믿음으로써 같은 지구인인 그도 B지구와 같은 공간을 만들 수 있었다고 자칭 B지구 창조자로 자신을 추켜세웠지요. 물론, 알다시피 B지구와 같은 공간은 엑스 트랜스포메이션 카드로 충분히 가능한데 말입니다."

"엑스 트랜스포메이션 카드가 사라진 게 아니야. 지금 스스로 사라져서 사태를 관망하고 있다가 마지막에 페터슨 대령을 끝낼 생각인 거 같아."

정이은이 로날드의 말에 자신의 생각을 말했다.

"맞습니다. 때를 기다려 엑스 트랜스포메이션 카드의 사용자로서 우리 네 명이 이 일을 마무리할 수 있도록 해야 합니다."

로날드 맥트레이시가 단호하게 말했다.

"자이나교의 신봉자는 어떡합니까?"

이래안이 물었다.

"자신도 B지구와 같은 공간을 창조하기 위해 자이나교를 믿는 사람들이 기하급수적으로 늘어나고 있습니다."

로날드 맥트레이시가 대답했다.

"엑스 트랜스포메이션 카드가 보기에 정말 웃기는 상황이로군요. B지구를 창조해내고 행성들 사이의 인력을 조정한 것도 엑스 트랜스포메이션 카드인데, 결국 엑스 트랜스포메이션 카드가 자이나교와 페터슨 대령의 몰락을 이끌겠지요?"

알렉스 정이 말했다.

"그나저나 B지구를 엑스 카드가 없애진 않겠지요?" 이래안이 모두에게 물었다.

"없앨 수도 있습니다. 엑스 트랜스포메이션 카드에 의해 창조된 땅이니까요. 하지만 지금 엑스 카드의 타깃은 일반 사람들이 아니라 페터슨 대령과 자이나교입니다."

로날드 맥트레이시가 부드럽게 말했다.

그때 로날드 맥트레이시 뒤편에 있던 벽걸이 TV가 켜지면서 TV 안에 네 장의 엑스 트랜스포메이션 카드가 정렬되어 있었다. 네 장의 엑스 트랜스포메이션 카드에는 네 명의 동일 존재인 이래안, 알렉스 정, 정이은, 그리고 로날드 맥트레이시의 이름이 적혀 있었고 그건 TV 안에서 밖으로 나와 공중에 떠 있었다.

네 명은 할 일을 안다는 듯이 자신만의 엑스 트랜스포메이션 카드를 쥐고는 그걸 지갑에 넣었다. 분명 곧 할 일이 생길 것이다. 상황은 페터슨 대령이 조작하는 대로 가지 않을 것이다.

"TX, 소환한다. 주인은 이래안.

TZ, 소환한다. 주인은 알렉스 정.

TA, 소환한다. 주인은 정이은.

TB, 소환한다. 주인은 로날드 맥트레이시."

그런 기계음이 그들의 호주머니에서 연속적으로 들려왔다. 각자가 소유한 트랜스포메이션 카드의 이름이었다. 트랜스포메이션 카드들은 각자의 주인을 소환했고 이래안은 TX를 꺼내 TX가 보여주는 홀로그램 속으로 들어간 후 로날드 맥트레이시의 저택에 세워둔 자동차를 타고 사라져버렸다. TZ가 소환한 알렉스 정과 TA가 소환한 정이은은 B지구로 가는 우주선을 타기 위해 우선 공항으로 갔다. TB가 소환한 로날드 맥트레이시는 놀랍게도 이 셋을 추적하기 위해 자택에 남았다.

로날드 맥트레이시가 가진 트랜스포메이션 카드는 나머지 일행들의 카드보다 성능이 월등히 뛰어난 카드이다. 지금 페터슨 대령이 TG 정도의 트랜스포메이션 카드를 소유하고 있고 TG의 다음 버전으로 TX 카드이고 이 카드보다도 상위인 카드가 TZ라는 것이다. 그리고 지금까지 중에 최고의 기능을 자랑하는 카드는 로날드 맥트레이시가 소유한 TB였다.

로날드 맥트레이시는 그의 일행에게서 트랜스포메이션 카드가 사라졌을 때 TG 수준의 트랜스포메이션 카드를 길들여 그것이 공간 이동하거나 소멸되지 않도록 가지고 있었고 그 자체로도 완벽한 트랜스포메이션 카드이지만 좀 더 기능을 더해 각각 TX, TZ, TA, TB 정도까지 트랜스포메이션 카드의 질을 끌어 올렸다. 그리고 그는 그와 동일한 인격의 세 사람을 이용해 자신이 원하는 만큼 일을 해내고 음지에서 아무도 모르게 세상일을 적당한 수준으로 흘러가도록 하고 싶었다. 로날드 맥트레이시는 나이가 있는 만큼 이래안과 알렉스 정, 정이은처럼 정의로운 일에 몸과 마음을 바치고 싶지 않았다.

로날드 맥트레이시는 그의 마음을 읽지 못하도록 트랜스포메이션 카드를 특수화한 상태에서 몇몇 중요한 임무 수행을 위해 이래안과 알렉스 정, 정이은에게 좀 더 완벽해진 카드를 허락한 것이다. 물론, 최고의 성능을 자랑하는 카드는 자신이 소유한 상태였다. 로날드 맥트레이시는 몸을 일으켜 그의 지갑에 들어간 흰색의 카드를 공중에 세웠다.

TB 카드는 다른 모든 카드에게 임무 수행에 관한 지도(map)를 그릴 수 있게 해서 카드를 가진 자가 어떤 임무를 하면 될지 알 수 있도록 했으며 따라서 이것은 다른 하위급 트랜스포메이션 카드를 조작할 수 있었다.

"TX에게 주인 없는 지구의 땅을 수천만 명의 차명으로 사들이라는 지령을 수행하고 이에 대해 이래안에게는 이를 페터슨 대령과 맞붙기 위한 전략으로 설명하도록 할 것. TZ와 TA에게는 B지구로 이동해서 페터슨 대령의 저택 밖에서 그의 TG 수준의 트랜스포메이션 카드를 소환해 그 속의 데이터들을 모두 입력한 후 소멸시키고 페터슨 대령과 그의 종교 조직에 치명적인 해가 될 만한 내용의 전단지를 B지구 전체에 뿌린 후 귀가하도록."

로날드 맥트레이시가 말하자, 그의 TB 카드는 그것의 흰 표면에 금빛으로 빛나는 데이터 흐름을 보여주면서 몇 번 회전하더니 멈췄다.

"지령의 이행이 끝났습니다. 수행되는 과정을 지켜보시겠습니까?"

"아니야. 그건 피곤한 일이야. 그저 결과만 보여주도록."

그의 TB 카드는 공중에 떠서 멈추었다.

로날드 맥트레이시는 그의 자켓을 벗고 침실로 들어가 제법 오랫동안 잤다. 그의 TB 카드는 공중에 뜬 채 아무것도 하지 않는 것처럼 보였으나 그건 로날드가 내린 지령의 수행 과정을 틀지 않았을 뿐 나름대로 결과를 기다리고 있었다.

로날드가 깬 것은 다음날 오전이었다. 그는 그동안의 피로가 모두 풀린 듯 가벼운 몸으로 냉장고 문을 열고는 문득 생각났다는 듯 냉동실의 문을 열었다. 그곳에 있는 털이 얼어있는 동그란 물체를 토닥토닥 하고는 다시 냉동실 문을 닫았다. 잠시 앉아서 냉장실에서 야채와 달걀, 햄을 꺼내 식사를 하고 다시 냉동실 문을 열어 그 동그란 물체의 털을 잡아끌고는 그것을 똑바로 쳐다보았다.

"페터슨 대령, 모든 건 가짜야. 어디까지가 진실일까? 당신의 실재는 여기에 있는데 말이지. 저 바보들은 자신들이 뭔가 대단한 일을 한다고 생각하는 데 정말 바보 같은 짓이야. 당신은 살해되었고 나의 냉동실에서 나갈 날을 기다리고 있는데 말이지. 뭐가 진실일까, 페터슨 대령?"

로날드는 페터슨 대령의 머리를 최근에 비싸게 주고 산 음식물처리기에 넣었다. 그건 천천히 가동되기 시작했다. 이 집의 부엌에서 나는 역겨운 냄새를 맡을 사람은 아무도 없어서 로날드 맥트레이시는 사태를 관망하면서 며칠 후 페터슨 대령의 머리가 검은 흙으로 분쇄되어버린 것에 그걸 그의 저택 앞 하수구에 가져다 버렸다.

그러는 동안 이래안은 충실하게 가상의 사람들의 명의로 B지구로 떠난 사람들이 버려둔 땅을 샀으며 이를 로날드에게 트랜스포메이션 카드를 통해 보고하였고 로날드는 즉시 다음 지령을 내렸다. 이래안이 B지구로 들어가 알렉스 정과 정이은과 합류하는 것이었다. 그리고 이래안이 B지구로 도착한 것까지 확인한 로날드 맥트레이시는 TB 카드로 다른 트랜스포메이션 카드를 무력화시켰으며 우주 공간의 적당한 장소로 B지구를 공간 이동시켰다.

'나와 동일한 사람을 본다는 건 상당히 기분 나쁜 일이지.'

사람들이 혼돈에 빠져드는 것을 지켜보면서 그는 TB 카드를 이용해 시간을 정지시키고 그가 차명으로 사놓은 모든 땅에 그 땅의 명의를 가진 가짜의 사람들을 만들어내 원래부터 이 땅에서 살아온 것처럼 그들의 과거도 모두 설정했다. 순식간에 지구 상에 나타난 어마어마한 가짜 사람들이 진짜 사람들의 기억과 장소와 관계들을 흡수하고 아무렇지도 않은 듯 의자에 앉아 업무를 보고 전화를 하고 요리를 했다.

'그래, 아무런 변화도 없는 거야. 너희는 그만큼 대체되기엔 아까운 그 무엇도 가지지 못한 존재였지. 대체될 만큼 의미 없는 존재로 살아온 거라고. 그러니까 내가 한 짓에 아무도 어떤 말을 하지 못하는 거야.'

한편, B지구에서 트랜스포메이션 카드가 작동되지 않는다는 것을 안 세 사람은 그들이 있는 곳 또한 태양계가 아님을 깨달았다. 무언가가 잘못되었다는 것을 느꼈지만 그들은 로날드 맥트레이시의 지시에 따랐을 뿐이었다. 페터슨 대령의 집은 열려 있었고 페터슨 대령은 집의 어디에도 보이지 않았으며 자이나교에 대한 흔적은 집안 어디에서도 알 수 없었다.

이래안은 트랜스포메이션 캠프에 참가해서 최초로 엑스 트랜스포메이션 카드를 생성하던 날이 떠올랐다. 분명 최초의 트랜스포메이션 카드의 생성까지는 그들 스스로 이룰 수 있는 것이 있다고 생각했고 이래안은 로날드 맥트레이시가 가진 엑스 트랜스포메이션 카드가 다른 카드를 제어할 수 있는 것이라는 걸 짐작하고 있었다.

"우리의 힘으로 엑스 트랜스포메이션 카드를 만들어보자. 시간이 걸리겠지만, 로날드 맥트레이시를 꼭 만나 물어볼 게 있거든."

"그건 우리도 마찬가지야."

정이은이 말하고 알렉스 정이 고개를 끄덕였다.

"그러기 위해서는 최초의 생성 환경이 필요한데 우리에게는 지금 주어진 환경으로는 최초의 환경을 성립시키기가 어려워. 페터슨 대령의 집에 분명 그러한 환경이 있을 거야. 다시 한 번 그의 집을 수색해 보자."

정이은이 말했다.

그들은 지하실로 통하는 문이 있다는 걸 발견했다. 수많은 엑스 트랜스포메이션 카드가 공간에 붕 떠 있는 채 반짝이고 있었다. 그리고 그들은 코를 찌르는 악취도 함께 맡았는데 지하실 바닥에 머리가 없는 시체가 썩어가고 있었다. 지하실에 있는 기본 트랜스포메이션 카드를 이용해 시체의 신분을 확인해 본 결과 그는 페터슨 대령이었다.

"누가 이렇게 했는지 파악할 수 있겠어?"

"보다 높은 기술의 제어로 검색은 실패했습니다."

"알겠어."

이래안은 알렉스 정과 정이은을 불렀고 그들은 기본 트랜스포메이션 카드로 페터슨 대령을 바깥으로 이동시켜 땅에 파묻을 수 있었다. 십자가를 머리맡에 세워두고 그들은 다시 지하실로 이동해왔다.

"분명 우리의 카드들은 성능이 좋았어. 하지만 그때 카드가 우리들 각자를 소환하면서 내던 소리 중에 TA를 넘어서는 TB가 있었던 것 같아. 그리고 그 TB 카드가 로날드 맥트레이시를 불렀었고."

이래안이 말했다.

"그리고 로날드 맥트레이시는 우리에게 그 하위 기술을 준 뒤 일을 시키고는 일이 마무리되자마자 우리를 이 낯선 우주로 공간 이동시켜 버린 거야. 하지만 아쉽게도 우리들의 두뇌도 로날도 맥트레이시에 버금가지. 여기가 어디라도 엑스 트랜스포메이션 카드를 만들 기본 환경이 갖춰져 있다면 우리는 충분히 TB를 넘어서는 카드 개발이 가능하고."

알렉스 정이 뒷짐을 지며 여유롭게 말했다.

"그렇다면 계산 결과 TB와 비교해서 TD 정도의 카드를 개발해서 A지구와 B지구의 위치를 바꿔버리는 건 어떨까?"

정이은이 생글거리면서 말했다.

"그것보다 로날드 맥트레이시에게 물어볼 게 있어. 왜 트랜스포메이션 카드의 기술을 남용하느냐고 말이지. 단지 페터슨 대령의 무리를 막기 위해서 움직였던 것일 뿐인데 결국 엄청난 일이 벌어지고 만 것에 대해 묻고 싶어."

이래안의 말에 정이은과 알렉스 정이 고개를 끄덕였다.

"이젠 로날드 맥트레이시가 페터슨 대령처럼 느껴져."

정이은의 말이었다.

그들은 기본 트랜스포메이션 카드만 가득한 지하실에서 연구 개발하는 동안 시간이 흐르지 않도록 설정하고는 연구를 거듭했다. 이래안의 주도로 알렉스 정과 정이은이 협력한 가운데 TB 카드를 뛰어넘는 TD 수준의 트랜스포메이션 카드가 개발되는 데 성공하자 그들은 정확한 좌표를 설정하여 그들이 속해있는 B지구를 다시 A지구에 대한 공전 궤도로 이동시키는 데 성공했고 그 즉시 로날드 맥트레이시의 TB 카드의 성능을 소멸시켰다. TB 카드는 소멸하면서 로날드 맥트레이시가 페터슨 대령을 잔인하게 살해한 것을 밝혔고 이에 이래안과 알렉스 정, 정이은은 그들과 같은 정신에서 시작한 사람이지만 로날드 맥트레이시에 대해 경악을 금치 못했다. 그들이 보았던 페터슨 대령의 머리가 없는 썩은 몸은 로날드의 짓이었던 것이다.

로날드 맥트레이시는 현실적으로 TB 수준의 트랜스포메이션 카드 기술을 뛰어넘는 트랜스포메이션 카드는 나타나기 힘들다고 간주하고 그동안 샌프란시스코의 자택에서 안주하고 있었다. 세상의 일들을 적절히 조절하면서 그의 귀에 들리는 소음을 제거하면서 시간을 보냈던 것이다. 그러나 그의 TB가 어느 순간 먹통이 되고 동시에 B지구의 재등장이 그에게는 달갑지 않은 소식이었다.

'결국 따라붙었군. 젠장.'

이미 로날드 맥트레이시는 이래안의 무리와는 다른 인격, 정신을 성립시킨 상태였다. 이래안은 이제는 페터슨 대령과의 싸움이 아니라 그의 또 다른 인격으로 성립된 로날드 맥트레이시와의 싸움이 시작된 거라고 생각했다. TD 카드는 즉시 B지구로 로날드 맥트레이시를 소환했다. 페터슨 대령의 어마어마한 저택에서의 저녁이었다.

"왜 우리들을 이용하려고 했지?"

알렉스 정이 물었다.

"나와 똑같은 너희들을 보는 게 얼마나 고통스럽냐면."

로날드는 말을 흐렸다.

"우리는 서로 달라. 그러나 본래 가진 특성은 서로를 아끼며 정의로운 그 무엇이야. 그래서 서로를 아끼면서 해야 할 일을 하는 거야. 그건 너도 알잖아?"

이래안이 다그치듯 말했다.

"그래, 우린 모두 다르지. 하지만 같은 점을 언급할 때마다 구토가 일어. 너희들에게서 동질성을 나눠 받은 역겨운 기분이 든다고."

"그건 됐어. 물어볼 필요도 없네. 왜 페터슨 대령에 대한 건 말해주지 않았지?"

정이은이 물었다.

"그가 죽는 걸 너희들도 원하잖아. 기회가 되어서 죽인 것뿐인데 뭘, 무슨 문제야?"

로날드 맥트레이시는 뒷짐을 지고 저녁 해가 넘어가는 걸 지켜보았다.

"어쨌든 TB를 깨는 수준의 트랜스포메이션 카드를 개발한 것에 찬사를 보내지. 다만, 아쉽게도 트랜스포메이션 카드는 그것이 진보해 갈 때마다 다음 진보의 특성을 보여준다는 점에서 앞으로도 머리싸움은 계속될 지 몰라. 자, 나를 집으로 보내줘야지. 더 할 말이 있나?"

이래안은 로날드 맥트레이시를 붙들어둘 다른 이유를 찾지 못했다. 하지만 그는 새로운 트랜스포메이션 카드를 또 개발할 것이고 자신의 판단에 따라 행성과 사회의 흐름을 쥐락펴락할 수 있는 자였다. 이래안이 머리가 아파 인상을 쓰고 있을 때 정이은은 로날드 맥트레이시를 여전히 노려보고 있었다. 반면 여유가 있는 로날드 맥트레이시는 잠자코

10조 원이 투입된 페터슨 대령의 B지구의 저택을 구경하고 있었다.

"좋군. 하지만 너무 넓어. 혼자 비밀을 유지하며 살기엔 부적합하군."

로날드가 구시렁대자 정이은이 참을 수 없겠는지 소리쳤다.

"우리는 이제 너무나 거대한 사람들이야. 더 이상 사람들의 흐름에 간섭해서는 안 된다고."

로날드가 피식 웃었다. 비웃음이었다.

"도덕 경전을 외시는구먼. 듣기 싫으니 어서 나를 내 저택으로 보내 달라고."

알렉스 정이 TD 트랜스포메이션 카드를 사용했고 순식간에 세 사람의 눈앞에는 로날드 맥트레이시가 사라졌다. 정이은은 맥이 풀린 듯 두 손을 덜덜 떨고 있었다.

"너무 큰 일이 벌어졌어. 우리 셋은 정말 자제를 하자고. 다만 로날드를 주의 깊게 살펴보도록 하고 매일 트랜스포메이션 카드의 다음 버전을 개발하는 데 머리를 모으자고."

이래안이 정이은의 어깨를 토닥이면서 부드럽게 말하고 이래안이 신호를 보내고 알렉스 정이 그걸 알아채 페터슨 대령의 B지구 저택은 정이은의 소유가 되었다. 얼마 후 A지구와 B지구는 교신을 주고받으며 우주선으로 왕복하고 또 통신 위성으로 상대편 지구의 상황을 실시간으로 알 수 있었다. 다만 B지구가 A지구를 공전하기 때문에 발생하는 태양열의 계절적 부족을 채우기 위해 로날드 맥트레이시라는 A지구의 사업가가 빛 방출기를 개발해 시판 중이라는 것이 최근의 뉴스였다.

또 이래안이 B지구를 A지구의 궤도에 다시 진입시킬 때 단독으로 최소한 A지구와 B지구의 사람들이 비지속성과 이질성으로 충돌하는 것을 막기 위해 TD 트랜스포메이션으로 이들의 인지 상태에 지속성과 동질성을 심어놓았고 이것은 무리 없이 진행되었다는 것도 정이은과 알렉스 정이 알게 된 바였다.

"최소한의 수정 사항이야. 더 이상은 그들의 상황에 혼란이 오든 말든 개입하지 않을 생각이야."

이래안이 자신의 조처에 대해 변명을 했을 때 알렉스 정과 정이은은 고개를 끄덕일 뿐이었다.

"다시 시작인데 첫 단추는 제대로 꿰어야지. 잘했어. 이래안."

정이은이 다시 고개를 끄덕이며 말했다.

"그동안 관찰한 바에 따르면 로날드 맥트레이시가 A지구에서 사업을 확장하고 있어. 그가 지난번에 차명으로 사들인 엄청난 땅들 중의 많은 부분이 로날드 맥트레이시의 소유로 전환되고 있고 그는 다시 그걸 비싼 값으로 되팔고 있어. 동시에 A지구와 B지구 사이에 관련성을 가지는 제품을 개발해 그걸 대량 생산하고 있어."

알렉스 정이 로날드 맥트레이시의 최근 상황에 대해 보고했다.

누군가가 그들의 저택으로 찾아왔으며 TD 트랜스포메이션 카드로 신변을 확인한 결과 그들은 루 메게이와 그의 추종자였다. 정이은이 망설이자 이래안과 알렉스 정은 그들을 정원까지 들어오게 했다. 정원에서 그들은 서로를 노려보았는데 루 메게이는 페터슨 대령의 집에 이래안 일행이 살고 있는 이유와 페터슨 대령이 지금 어디에 있는지 말해달라고 했다.

TD 트랜스포메이션 카드가 지금 알렉스 정에게 알려주고 있는 정보는 첫째, 이들이 대화 내용을 녹음하고 있다는 것이고 둘째, 페터슨 대령의 전 재산을 양도받는다는 조건으로 페터슨 대령을 실제로 살해해 머리만 확인 차 로날드 맥트레이시에게 넘긴 것이 루 메게이의 짓이라는 것이고 셋째, 그 후 페터슨 대령의 집에 자이나교의 흔적을 싹 없앤 것이라는 정보였다. 알렉스 정은 인상을 쓰며 이래안과 정이은을 잠시 불렀고 루 메게이의 눈동자에는 순간 일이 잘못되어서는 안 된다는 생각이 지나갔다.

다시 돌아와서 이래안이 루 메게이에게 말했다.

"로날드 맥트레이시의 지시로 이곳에 있었을 뿐입니다. 방금 전에 지시를 확인한 결과 루 메게이의 명의로 이 집을 넘겨줄 것으로 확인되었고 여기 집에 대한 서류입니다. 저희가 짐을 챙기고 떠나야 하니 내일 이 집으로 오십시오. 내일부터 양도가 되는 겁니다. 페터슨 대령이 아마 로날드 맥트레이시 명의로 이 집을 양도했고 로날드 맥트레이시로부터 확인되었기 때문에 내일 최종 양도해드리겠습니다."

루 메게이의 얼굴에 기쁨이 스쳐 가고 그것도 잠시 그는 다시 말했다.

"다른 사항에 대해서는 로날드 맥트레이시로부터 지시가 없었나요?"

"저희가 확인한 사항으로는 이 집을 양도하는 것 외엔 없습니다."

"알겠습니다."

루 메게이는 들뜬 발걸음으로 일행과 계단을 내려갔다.

이래안이 집안으로 들어섰다.

"이 집을 양도하는 건 아무 문제 없어."

정이은이 괜찮다는 듯 말했다.

"어쨌든 미안해. 상황을 타개하려면 이 방법 외엔 없었어."

이래안이 말했다.

"알렉스는?"

"엑스 트랜스포메이션 카드 생성에 필요한 기본 기술을 챙기는 중이야. 그게 있어야 다음 세대의 엑스 카드를 계속적으로 만들 수 있어."

"그것만 챙겨서 가자. 우리의 계좌에도 제법 많은 돈이 있으니까."

"이래안, 넌 부모님 드렸잖아."

"어이쿠, 그렇군. 넌 그때 계좌에 돈 그대로 있는 거야?"

"물론이지. 알렉스도 그래. A지구로 내려가자."

다음날 루 메게이에게 페터슨 대령의 집이 양도되었고 이래안 일행은 간단히 짐을 챙기고 루 메게이를 조사하는 일은 나중의 일로 두었다. 그들은 가장 빠른 우주비행기 편으로 우주 공간을 통과해 A지구로 진입했다. 미국의 우주 센터는 각 주의 주요 도시들마다 있었고 매일 수많은 사람들이 각 나라에 있는 우주 센터에서 우주비행기를 타고 A지구에서 B지구로 갔다. 그들은 LA에 있는 우주 센터에 내려서 차로 로날드 맥트레이시의 저택 앞을 지나 북부로 달리기 시작했다.

그들은 시애틀에 도착해 그곳에서 조그만 저택을 구입하고 엑스 트랜스포메이션 카드의 다음 버전을 개발하기 위해 애를 썼고 시간은 가는 데로 두었다. 매일 TD 카드로 로날드 맥트레이시의 정황을 살펴보았다. 그는 A지구에서 거물급으로 불리는 사업가이자 부동산투자가였으며 엑스 카드의 사용에 관한 한 특이사항을 발견하지는 못했다.

"곧 A지구와 B지구가 융합될 조짐이 보여. 인력의 균형이 무너지고 있어. 이건 두 행성 사이의 폭발을 의미하는 거야. 하지만 TF 정도의 트랜스포메이션 카드라면, 이건 지금 개발할 수 있는 최대한의 수준의 트랜스포메이션 카드인데, 이 카드가 두 지구를 성공적으로 융합시켜 하나의 행성으로 둘 수 있어. 행성의 규모는 두 배 정도일 거고, 지형은 안전하게 재배치될 거야."

알렉스 정이 TD 카드를 이용해 두 지구 사이의 특정 사항을 파악하고서 말했다.

"그렇다면……?"

이래안이 물음표를 달았다.

"우리 내부에서 시간을 정지시키고 TF 카드를 만들어내야 해. 만약 로날드 맥트레이시가 먼저 TF 카드를 개발한다면 사용상의 장애가 나타나기 때문에 막아야 해. 두 사람은 최대한 TD 카드로 로날드 맥트레이시를 방어해줘."

알렉스 정은 특유의 윙크로 두 사람을 안심시켰으며 혼자 개발에 착수했다. 그리고 로날드 맥트레이시는 사업에 바빠 고도의 신경 집중과 계산을 요하는 엑스 카드 다음 버전의 개발에는 관심이 없는 듯했고 동시에 두 지구가 융합할 거라는 사실도 모르고 있었다. 그건 지구의 과학자들도 마찬가지였다.

다음 날 알렉스 정은 황금빛의 TF 카드 생성을 완료했고 그는 바로 그 카드로 두 지구의 특이 사항들을 계산한 후 두 지구의 융합에 들어갔다. 두 지구가 융합해 한 지구의 두 배의 규모에 해당하는 새로운 지구가 탄생하고 있었다. 융합이 진행되는 순간 무엇인가에 빨려 들어간다는 느낌을 세 사람은 받았다. 그리고 융합이 완료되고 세 사람은 지형의 변화와 환경의 변화로 인간들이 받을 혼란에 더 이상 관심을 가지지 않기로 했다. 세 사람은 시애틀을 떠났는데 그들이 올 때와 달리 그곳은 시애틀이 아니라 잠베와시라는 땅이었다. 게다가 검은 물소 수십 마리가 도로에 돌아다니고 있었다.

"융합에 따른 폭발을 막은 데 비하면 이 정도의 부작용은 양호한 거야."

정이은이 무심결에 내뱉었다.

"맞아. 사자 한 마리도 곧 나타나겠군."

일이 잘 해결되었다는 듯 농담을 내뱉는 알렉스 정이었다.

Route 7

그들은 트랜스포메이션 카드를 생성하는 기술 장치를 가지고 TF 카드의 기능을 정지시킨 채 걷고 있었다. 하늘에는 축포가 터지는가 하면 바닷물에서 잠수정이 떠올라서 여기가 어딘지 살피곤 했다.

"아마 지금 초래된 이 혼란을 누구는 보고 있기가 힘들걸?"

이래안이 장난스럽게 굴었다.

"로날드 맥트레이시가 자신의 TB 기술을 다시 복원시켜서 이 혼란을 정리하도록 두는 수밖에. 그는 혼란스러운 건 딱 질색인 데다 정리의 달인이지."

알렉스 정도 모든 게 관심 없다는 듯 말했다.

"TF 카드의 기능이 정지된 상태라서 하위 기술인 TB 카드가 재생이 된다면 충분히 이 공간의 질서를 세울 수 있어. 아마 그 정리라는 게 인간들에 대한 정리가 될 수도 있다는 점에서 문제시되지만 지켜보는 수밖에."

이래안이 한숨을 내쉬었다. 그러는 동안 정이은은 잠시 TF 카드의 기능을 정상화한 뒤 알렉스 정과 정이은 그녀의 계좌에 있던 돈을 모두 인출해서 TF 카드 속의 장소에 두었다. 이래안은 정이은이 뭘 하나 싶었는데 돈을 챙기고 있는 것을 보고 큰 소리로 웃었다.

"TF 카드의 기능을 최소화하면서 살려면 돈이라도 챙겨놓아야지. 뭘 믿고 이 험한 세상을 돌아다닐 건데?"

정이은의 똑소리 나는 말에 할 말을 잃은 두 남자다.

그들은 같은 정신, 인격에서 시작했지만 그들 자신만의 새로운 정신, 인격을 만들어가고 있었다. 알렉스 정은 상황 파악이 빠르고 똑똑했고 이래안은 정의롭고 용감했으며 정이은은 감수성이 풍부하고 상황에 대한 계산능력이 빨랐다. 그들은 점차 독립적인 인격체로 자신을 형성해가고 있었다.

잠시 TF 카드를 작동하고 있는 동안 TF 카드가 바로 앞에 놓인 부서진 물체를 분석하며 이번 융합의 과정에서 달이 융합의 회전축에 빨려 들어오면서 부서져 그 파편들이 지구에 박혀있다고 정보를 주었다.

"그럼 달이 없는 지구인 거야?"

"그렇습니다."

낮은 기계음에 정이은이 눈을 감고 자리에 굳은 듯 섰다.

"TB 수준의 트랜스포메이션 카드가 작동하고 있습니다. 어떻게 할까요, 저지할까요?"

낮은 기계음에 이래안이 대답했다.

"그대로 하도록 내버려 둬."

"알겠습니다."

정이은이 TF 카드를 정지시키고 한숨을 푹푹 내쉬며 걷기 시작했다.

"이건 말이 안 되잖아. 달이 없는 지구. 상상이 가?"

"인공 달이라도 하나 만들까? 할 수는 있잖아. TF 카드를 이용하면?"

알렉스 정이 정이은을 달래려고 말한다.

"우리가 닿을 수 없어서 아름다운 달이야. 만들어낸다고 해서 그 달이 이전의 달이 되는 건 아니야."

"하긴 그래." 알렉스 정도 수긍했다.

"점차 변하고 있어. 화면이 넘어가듯. 사람은 그대로인데 배경의 모든 것이 바뀌고 있어."

이래안이 말했다.

"로날드의 짓이겠지."

정이은이 입을 비쭉 내밀었다.

"주변의 사람들도 다 바뀌겠지? 이번엔 완전히 모두? 그들의 기억이며 의미 같은 것들은 소멸해버리고 그 장소의 질서를 유지하기 위해 완전히 그 정신이 바뀐 존재로 특수한 자리를 유지하기 위해 꼭두각시가 되겠지?"

"이런, TF를 부분적으로 가동시켜야겠어. 우리들에 대한 세뇌 작용이 시작되는 것 같아."

알렉스 정이 TF 카드를 가동시킨 순간 어떤 빛이 나와 세 사람을 감쌌고 반대쪽에서 온 빛은 그 빛에 튕겨져나갔다. TF 카드는 얼마 동안 그들을 빛으로 감싸고 있었다. 모든 것이 끝난 순간 알렉스 정은 다시 TF 카드를 정지시켰다.

"세뇌와 자리 배치가 끝난 지구."

정이은이 허탈한 듯 말했다.

"흥미롭군."

알렉스 정이 혀를 찼다.

"이제 지구 상의 인간이란 전체의 질서를 유지하며 각자의 자리에서 제대로 서 있는 것이고 그들이 이전에 인간으로서 가졌던 모든 기억과 가치들은 깨끗하게 지워져 버린 것에 대해 그들은 아무것도 모르겠군."

이래안이 상황의 심각성을 지적했다.

"모든 것의 시작은 트랜스포메이션 캠프에서였어."

"그렇지."

알렉스 정과 정이은이 고개를 끄덕이며 대답했다.

"TB를 다시 정지시키고 우리들의 신분은 노출되어선 안 돼. TF를 가동하면서 로날드 맥트레이시의 행보를 주시하자. 루 메게이조차 세뇌가 되었을 테니 더 이상 관심을 가지지 않아도 될 테니. 로날드 맥트레이시가 어떤 선택을……. 이런! 지구의 크기가 원래대로 돌아왔어. 지형과 나라들도 그대로이고. 다만 로날드 맥트레이시가 미국의 최고 부호로서 자선 활동에 남달리 참여하였고 차기 민주당의 대권 후보라는군."

알렉스 정이 TF 카드를 작동하면서 알아낸 사실들에 대해 말했다.

"뭐?"

이래안은 믿기 어렵다는 듯했다.

"그렇다면 사람들도 원래 지구에 있던 사람들이야?"

정이은이 물었다.

"그런 셈이지."

알렉스 정의 대답은 간단했다.

"그럼 원래대로 돌아가도록 다시 세뇌를 시킨 셈이네?"

정이은은 확인 차 물었다.

"동시에 가짜 인간들을 모두 삭제했고. 마음대로 만들어서 임의대로 삭제까지. 참, 모든 걸 결정하는 게 편한 로날드로군."

"이것 봐. 로날드가 아프리카를 방문하고 동남아시아의 수해 지역을 방문하고 UN에서 연설한 것까지 가관이다, 가관이야."

알렉스 정이 혀를 찼다.

"전부 다 조작된 거잖아."

정이은도 기가 막힌 듯했다.

"UN에서의 연설을 정리하면 로날드 맥트레이시가 '노선7'을 선택했다는데 첫째가 평화, 둘째가 정의, 셋째가 평등, 넷째가 자유, 다섯째가 박애, 여섯째가 희망, 마지막 일곱째가 무려 '수호'라는 것이군. 그러니까 가장 중요한 게 자신을 방어하는 거라잖아. 어이가 없군. 물론 그 수호는 미국이 타국으로부터 자국을 수호, 혹은 방어하는 거겠지만."

알렉스 정이 로날드의 심중을 꿰뚫은 듯 말했다.

"로날드 맥트레이시가 내건 '노선7' 중에서 의미 있는 건 일곱 번째 노선인 '수호'인 것 같아."

정이은이 그녀의 느낌상 그렇게 말했을 때 두 남자도 고개를 끄덕였다.

"'노선7'은 결국 마지막 일곱 번째 노선을 겨냥한 것일 거고 필요에 따라 다른 노선들이 양념처럼 사용되면서 결국 로날드는 자신의 목표를 이룰 거야."

알렉스 정이 논의를 정리했다.

"상황이 재미있어지는군."

이래안이 미소를 지었다.

"주변을 둘러봐. 다시 시애틀의 항구야."

정이은이 말했을 때 그들은 평범한 평화로 둘러싸인 시애틀을 보고 있었다. 감동이 일었지만 여기까지의 과정을 돌이켜 볼 때 결코 마음이 편한 것만은 아니었다. 로날드의 행동에 대해 무언가를 그들 스스로 해내야 할 일이 있다는 것에 그들은 암묵적으로 동의하고 있었다.

"지금이 언제쯤인지 아는 게 의미가 있을까?"

정이은이 문득 말했다.

알렉스 정이 고개를 저으면서 로날드 맥트레이시가 수시로 필요한 부분에서 시간을 바꾸고 사건을 바꾸는 중이라고 했고 TF 카드가 개입하지 않는 한 로날드의 의도에 따라 과거와 현재 그리고 미래까지 혼합된 시간 체제가 유지될 거라고 간략하게 설명했다.

"TB 카드를 무력화시킨다면 어떤 일이 일어나지?"

이래안이 알렉스 정에게 물었다.

"우선 우리가 로날드의 타깃이 되기 때문에 위험하고 또 지금껏 일어난 일들이 혼란 속으로 빠져들기 때문에 TF 카드로 새로운 질서를 정립해야 하는데 로날드가 그렇게 쉽게 음지 속으로 들어가려하지 않을 거라는 전망이 있기 때문에 계속 트랜스포메이션 카드의 새로운 버전을 개발하는 더 이상은 불필요한 일들이 발생해."

알렉스 정은 그가 분석한 그대로 말했다.

"그럼에도 지금 지구는 완전히 로날드의 세계야. 혼자 모든 일을 뒤에서 처리하고 대중의 상태까지 조작할 수 있으면서 대중 앞에 나와 찬사를 받는 것이지. 그 찬사의 정도까지 TB 카드로 조작하고 있고. 어디부터 잘못되기 시작했는지도 모호해. 그 모든 걸 막으려고 여기까지 온 것인데 이젠 무엇을 해야 할지 알 수가 없어."

이래안은 절망에 빠진 것처럼 하늘을 흘끗 보더니 운동화로 땅을 걸어찼다.

"TF 카드를 잠시 작동시켜 봐. 로날드의 현재 상황을 파악하자."

정이은이 알렉스 정에게 부탁했다.

'파밧-' 하고 TF 카드가 금빛을 내뿜었다.

"하아, 이미 늦었어. 벌써 미국 대통령으로 당선됐어. 그동안 일어난 일에 대해 살펴볼까? 어, 뭔가 이상한 점이 있어. 수호명 루트 세븐. 이게 무슨 의미지?"

정이은과 이래안이 TF 카드가 보여주는 영상을 쳐다보았다.

"뚜뚜뚜뚜……. 보다 높은 트랜스포메이션 카드의 저지로 수호명 루트 세븐에 대한 검색이 중지되었습니다."

TF 카드가 순간 꺼졌다.

"로날드도 트랜스포메이션 카드의 생성 기술을 가지고 있을 것이고 우리가 TF 카드로 그를 저지하지 않는 사이에 많은 걸 이루어놓았군. 우선 은신처를 구하도록 하자고. 그를 좀 더 지켜볼 필요가 있어. 도대체 뭘 원하기에 미국의 대통령까지 된 거야? 게다가 수호명 루트 세븐, 이게 뭘 말하는 건지도 알아내야겠어."

정이은은 의외로 담담한 표정이었다.

"봐, 돈을 숨겨두길 잘했지. 그것도 모두 달러라고."

정이은은 TF 카드의 전원을 켜고 그 속에 있는 돈뭉치를 꺼내 들고 배낭에 넣고는 배낭을 이래안과 알렉스 정에게 넘겼다.

"너희들, 내가 너희들 알몸을 다 알고 있다는 사실 알지? 그러니까 어서 메기나 해."

정이은이 걸걸하게 굴자 두 사람이 피식 웃으면서 돈이 든 배낭을 멨다.

"시애틀이 안전해. 아니면 시애틀과 국경을 접한 캐나다 남서부 정도도 괜찮을 듯해."

"저기, 아가씨, 벌써 우리는 로날드 맥트레이시의 레이더 안에 있거든요."

순간 바람이 불더니 그들은 뒤돌아 앉아있는 누군가의 방에 들어와 있었다. 그들은 본능적으로 마음의 준비를 마쳤다. 그는 돌아서서 그들을 보지 않고 앞에 있는 거울에 비친 그들을 보면서 몇 가지의 지시 사항을 말했다.

"내가 누군지는 알 테고, 어떻게 해서 너희들이 여기까지 올 수 있었는지도 설명하지 않고도 알 수 있다고 생각해."

셋은 그가 정보를 좀 더 말해주기를 바랐기 때문에 가만히 듣고 있었다.

"백악관까지 이동해 오느라 수고가 많았어. 너희 셋을 부른 이유는 지금껏 우리가 줄다리기한 것에 대해 박수도 좀 쳐줄 겸 몇 가지 너희들이 해줄 일이 있어서야."

정이은은 주먹을 꾹 쥐었으나 이래안이 그녀의 손을 가볍게 잡았다.

"특별히 TXⅢ 카드를 공급해주겠어. 그러나 분명히 임무를 해내야 해. 너희들보다 내가 더 빨리 트랜스포메이션 카드의 기술을 개발할 수 있다는 사실에 대해서도 명심하도록 하고 더 이상 너희들 셋 독자적으로 트랜스포메이션 카드 기술을 만드는 것에 대해 어떤 허락도 하지 않는다는 것도 명심해. 그동안 특별히 틈이 발생한 곳과 그런 사람들에 대해서만 수정을 가했다. 앞으로도 최소한 의도대로 결론을 얻기 위해 그렇게 할 테지만 나는 공식적인 자리에서 더 많이 움직여야 하므로 너희들의 도움이 필요하다."

"무슨 임무이지요?"

알렉스 정이 관심 있는 척 말했다.

"수호명 루트 세븐을 개척하는 게 임무다. 수호명 루트 세븐이란 내가 가치로 내건 일곱 가지 중에 일곱 번째를 말하는 것으로 대외적으로 그리고 대내적으로 안보와 관련해 내 이름으로 성과를 내는 것을 말한다."

"구체적으로 말씀해주십시오."

이래안은 관심을 보였다.

"우리가 동일한 인격에서 출발했다는 것에 대해 잊지 않는다. 그리고 페터슨 대령이 흐려놓은 질서를 여기까지 세운 것이 우리가 할 수 있는 최대한이라는 것도 알 것이다. 나의 요원들이 될 준비가 되었는가?"

"하는 거 봐서요." 정이은이 삐딱하게 말했다.

"홋. 당돌하군. 어쨌든 정이은 너는 이전의 나였으니까 봐주지. 내가 대외적인 평화를 지키고 자유와 평등을 수호하며 인류에게 희망을 주는 자로서 전 인류에 대한 박애를 표방하고 정의를 '수호'하는 자로 나를 각인시키는 작업이다."

로날드의 말에 정이은이 토를 단다.

"그런데요. 로날드. 세계에서 일어나는 분쟁을 모두 로날드가 해결하고 로날드가 국제적으로 명실상부한 수호자로서 이름을 드높이고 또다시 발생하는 분쟁을 로날드의 이름으로 해결하면 로날드는 지도자라기보다는 배트맨에 가까울 텐데요. 그리고 사람들이 스스로 그 문제를 해결할 힘도 빼앗는 거잖아요. 원래 진보에는 갈등을 해결하는 민중들의 과정이 필요한 걸로 알고 있는데요."

로날드가 의자를 돌리고는 그들을 쳐다보았다.

"그러니까 수호자로서 첫 번째 각인만 시키는 거다. 핵보유국에 침투해서 핵기술을 무력화하는 작업, 그것을 수행하겠다. 여기 핵보유국의 명단이다. 나머지는 알아서 할 수 있겠지?"

"아하, 그렇군요. 알겠습니다. 임무를 성공해서 그다음 보고 드리겠습니다."

알렉스 정이 유쾌하게 말했다.

로날드는 TXⅢ 카드 세 장을 던지듯 세 사람에게 나누어 주었고, 잠시 후 두 남자의 장난으로 정이은은 그녀가 북한에 떨어졌다는 것을 알 수 있었다. 원자력 기술에 대한 TXⅢ 카드의 과정에 따라 핵시설을 무력화하는 데 성공한 정이은은 전 세계에 있는 우라늄 광물을 파괴한 후 백악관으로 소환되었다.

이미 이래안과 알렉스 정이 싱글싱글 웃고 있었다.

"성능 최고였지 않아? 최고의 트랜스포메이션 카드야."

정이은은 이미 로날드의 지시를 충직하게 수행한 두 남자를 노려보고 그들을 툭 쳤다.

"어떻게 됐어?"

"간단하게 끝냈는데?"

"곧 백악관 성명이 있겠군."

"지금 핵보유국은 미국뿐이고, 정이은 네가 실행했듯이 우라늄에 대해 지속적으로 확보할 수 있는 나라는 미국뿐이야. 물론 트랜스포메이션 카드를 통해서 말이지."

정이은은 그녀와 이래안, 그리고 알렉스 정이 수행한 결과에 대해 그것이 미칠 파장을 생각하고 있었다. 의외로 백악관은 성명을 내지 않았다. 로날드는 평소 업무를 해나갔고 분통이 터지는 건 핵보유국들의 사정이었다. 핵보유국들의 핵시설에 대한 침입 없는 전적인 파괴에 대해 그것이 조금씩 뉴스에 나오고 있었다.

정이은은 로날드가 바라는 것이 자신을 자랑하면서 내세우는 것이 아니라는 데 로날드에 대해 품었던 나쁜 감정이 다소 누그러지는 기분이었다. 백악관에 머물고 있는 세 명에게 로날드는 최상의 식사와 잠자리를 제공했다.

"내가 원한 건 흔적 없는 완벽한 처리였다. 그런 임무에는 너희들이 제대로 훈련되어 있지. 미국이 유일하게 핵무기를 가진 나라라는 것이 나타날 테고 음모론도 제기될 거야. 하지만 증거가 없으니 미국과 미국인들은 세계의 수호자로서 자긍심을 갖게 될 것이고 덕택에 나의 지지율도 상승할 거야."

로날드의 말에 정이은이 말한다.

"그럼 결국 음모론 때 또 수호명 루트 세븐 작전에 투입되겠네요?"

"필요하다면."

로날드의 짧은 답변에 두 남자는 고개를 끄덕이고 정이은은 화가 나서 발을 동동 굴렀다.

"로날드, 언제까지 가실 건데요? 그러니까 페터슨 대령으로부터 시작된 이 잘못된 길 말이에요."

"글쎄……. 언제까지 갈지는 나도 모른다. 정이은 양."

이래안과 알렉스 정이 정이은의 어깨를 감싸고 그들은 그들이 묵고 있는 백악관의 장소로 이동했다.

"두려워? 이 모든 트랜스포메이션에 대해?"

이래안이 정이은에게 물었다.

"두려워. 내 존재 자체도 이런 식으로 탄생되서는 안 되는 거였잖아."

"어쩔 수 없이 이런 일이 일어났다면 최대한 상황을 막으면서 가는 거야. 깊이 생각하지 마. 지금도 로날드, 적의 적진에서 이렇게 편안히 자고 있으니까. 어떻게 되겠지, 앞으로도."

알렉스 정이 뒤척이면서 말했다. 정이은도 고개를 끄덕이고 그들 곁에 누워 잠을 청했다.

다음날 정이은이 침대 위에 앉아서 TXⅢ 카드로 무언가를 검색하고 있었다. 먼저 씻고 식사를 받아온 알렉스 정이 궁금한 듯 샐러드와 햄버거를 탁자에 놓고는 그녀 옆에 앉는다. 이래안도 막 씻고 나온 모습으로 두 사람을 쳐다본다. 이래안이 막 그들 옆에 앉았을 때 정이은이 무언가를 찾아낸 모양이다.

"서을과 더루에 대해서 궁금하지 않아?"

정이은이 두 사람에게 문득 물었다.

"별로."

이래안이 싸늘하게 말했다.

"TXⅢ 카드로 알아보니 두 사람 지금 애틀란타에 잘살고 있는데? 두 사람이 같이 결혼까지 해서. 애도 벌써 두 명이나 있고. 그런데 이 두 사람의 배후에는 로날드가 있다는 걸. 로날드가 이들의 뒤를 봐준 거 같아. 난 로날드의 속마음을 도무지 모르겠어."

정이은이 한숨을 내쉬었다.

"거기에 잘살고 있으면 되었네."

알렉스 정도 별로 관심이 없는 듯 말했다.

그날 저녁, 로날드는 수호명 루트 세븐의 두 번째 미션을 내렸다. 우라늄 고갈로 인한 전력 에너지 부족을 위해 시간을 거슬러 가서 로키 산맥의 완사면에 '메세타'라는 광석을 조건을 맞추어 생성하고 대량 복제한 뒤 파묻어 놓으라는 것이었다. 아무래도 로날드는 자원 외교상의 이점도 고려하고 있는 것 같았다.

TXⅢ 카드가 그들의 출발 조건을 확인하고 있는 동안 정이은이 구시렁댔다.

"모든 것에 대해 잘 알고 있으면서 우리를 왜 시켜?"

"그걸 모르겠어?"

이래안이 피식 웃으며 말했다.

"그래, 모른다. 나 무식해." 정이은은 혀를 쑥 내고 자리에서 한 번 폴짝 뛰었다.

"내가 여자가 되면 저런 모습이라니. 할 말이 없다." 이래안이 혀를 끌끌 찼다.

"누가 할 소리." 알렉스 정도 피식 웃었다.

"로날드는 자신이 할 일을 잘 알고 있으면서 왜 우리를 시키지?"

"그는 이제 대통령이야. 자는 시간 외엔 사적인 시간이 없다고. 게다가 신생대로 가서 광물 형성을 하고 돌아와 다음날 정상적으로 집무

보고 기자 회견하고 그렇게 되겠어? 그도 육체가 있는 인간이야. 게다가 제대로 일을 수행하려면 엑스 카드의 버전이 아무리 올라가도 실제로 가서 하는 것만큼 분명한 게 없잖아."

이래안이 열심히 설명하는 동안 그들의 출발 조건 설정이 끝났다. 빛이 빛난 순간 셋은 방에서 사라졌다.

"이런. 검은 곳이 온통 용암이야."

알렉스 정은 겨우 증기 윗부분에 뜬 상태로 도착한 모양이었다. 그는 이어서 도착한 이래안과 정이은을 공중에 띄웠다.

"자, 이게 메세타석의 기본 모양이야. 은빛이고 찬란하기까지 해."

알렉스 정이 TXⅢ 카드로 메세타석의 샘플을 형성해서 두 사람 앞에 보여주었다.

"어서 형성하도록 하자."

알렉스 정이 메세타석을 대량으로 복제하기 시작하더니 용암 속으로 튕겨 넣기 시작했다. 이래안과 정이은도 알렉스 정의 작업을 계속했다. 곧 용암은 사라지고 은빛의 메세타석만 산의 완사면에 쌓여갔다.

"충분히 해놓자고. 다시 와서 하기에는 우리에게 계속 새로운 일이 떨어질 테니까."

알렉스 정의 말에 이래안과 정이은도 땀을 흘리며 작업을 계속했다.

"자, 이제 흙을 덮고 나무로 마감하자고. 정이은 네가 하고 돌아와. 우린 먼저 갈게."

알렉스의 윙크에 이래안도 사라져버리고 정이은은 마지막 처리와 함께 계산까지 확실히 하고 맨 나중으로 백악관의 그들의 방으로 돌아왔다.

"수고했어."

알렉스 정이었다.

자정 무렵 로날드가 그들의 방으로 들어왔다.

"우라늄이 고갈되었다는 것을 각국은 아주 빠른 시일 내에 알게 될 것이고 메세타석을 개발할 신기술을 확보해야 하는 시점에서 미국의 세레이드 사(社)에 메세타석을 개발해 에너지를 얻을 수 있도록 핵심 기술을 전해주어야 한다. 지금 당장 핵심 기술을 넘겨야 메세타석을 개발해 얻을 에너지로 각국에 대한 미국의 힘을 확인할 수 있다."

"알겠어요. 가세요. 우리 셋이 연구해서 아침까지 만들어 놓을게요."

알렉스 정이 귀찮은 노인네 내보내듯 로날드를 내보냈다.

"메세타석은 형성 과정에서 알 수 있듯이 분자의 결합을 떼어낼 때 에너지가 폭발적으로 생겨나. 게다가 방사능 원소도 아니고 분자를 해리하는 과정에서 이산화탄소도 발생하지 않아. 완전히 멋진 에너지 자원이지. 자, 우선 메세타석을 쪼개는 과정부터 시작하자."

아침이 되었을 때, 알렉스 정은 TXⅢ 카드에 저장되어 있는 완성된 기술에 대한 설명과 플랜트 설계도까지 로날드에게 보여주었다. 로날드가 그의 TXⅢ 카드로 메세타석 개발 기술을 모두 저장한 뒤 밖으로 나가며 알렉스 정에게 미소를 지었다. 이에 알렉스 정도 여유로운 인사를 그에게 건넸다.

"그나저나 세레이드 사(社)는 멕시코만 유전 개발로 유명한 회사잖아. 이젠 신에너지의 개발 기술까지 얻었군."

알렉스 정이 침대에 누우면서 말했다.

"정말 피곤하다. TXⅢ 카드도 우리처럼 이 카드와 함께 진화해 온 자들만 사용할 수 있을 뿐이야. 아주 고약해."

이래안이 투덜거리며 침대에 누웠다.

"어젠 좀 어려웠어. 알렉스가 다행히 모든 문제를 해결했지만."

정이은이 고개를 끄덕였다.

"저녁까지 실컷 자는 거야. 블라인드 내릴게."

알렉스 정이 문득 일어나서는 블라인드를 바닥까지 내리고 방문까지 소리 나게 닫았다.

"마지막 사람이 깰 때까지 깨우기 없기다."

"응."

이래안과 정이은이 내는 소리였다.

그들이 곤하게 자고 싶은 것과는 달리 로날드는 오후가 되어 그들의 방에 쳐들어왔다. 로날드가 알렉스 정을 소리 없이 깨웠고 알렉스 정은 일어나서 이래안을 발로 차고 정이은의 두 팔을 잡고는 사정없이 흔들었다. 이래안이 바로 앉고 정이은도 '로날드가 왔군'이라고 구시렁대면서 로날드 앞에 바로 앉는다. 로날드는 할 말이 있음에도 세 사람의 정신이 들 때까지 지켜보고만 있다.

"수호명 루트 세븐 세 번째 미션이다. 가장 걱정하고 있는 부분인데, 미국에 대한 중대 테러 방지 시스템을 구축하는 것이다. 테러범의 무기가 화학적이든 물리적이든 그것에 대한 총체적 감지 시스템 및 테러범 식별 시스템을 구축하는 것이다. 많은 경우의 수를 조합하여 시스템을 만들어야 하고 또 실제로 감지가 가능해야 한다는 점에서 새로운 기술이 요구될 것이다. 이 시스템의 구축은 알렉스 정, 단독으로 한다."

이래안과 정이은이 정신을 번쩍 차렸다. 그들에게는 새로운 미션이 없는지 로날드의 입만을 뚫어지게 쳐다본다. 로날드는 물론 일이 많아서 분산시킬 목적으로 왔음이 분명하지만 알렉스 정에게 무시당하기 싫은 두 사람은 로날드의 다음 지시를 기다리며 침을 꼴깍 삼킨다.

"중동 지역의 자살 테러가 끊이지 않고 있다. 매일 새로운 자살 테러를 접할 때마다 내가 해결할 수 있는 일이 있을지 없을지 고민했다. 중동 지역의 자살 테러를 막기 위한 특수한 시스템의 구축을 필요로 한다. 자료를 모으고 사례를 연구한 다음 특히 몸에 폭발물을 휴대하는 사람을 감별하는 시스템을 구축해야 한다. 비교적 간단한 업무다. 누가 하겠는가?"

정이은이 이래안의 손을 내리고 자기가 하겠다고 우겼다.

"이번 임무는 정이은이 하고, 이래안에게도 임무가 있다."

"이래안은 특히 페터슨 대령의 트랜스포메이션 캠프의 미션 수행 당시 실제적으로 몸을 움직임으로써 미션 수행의 적임자로 검증되었다. 이번 건은……. 바로 페터슨 대령에 대한 것이다."

로날드에게 세 사람의 이목이 집중되었다.

"그가 살아있을 가능성에 대해 조사해 오도록 한다."

로날드가 간단하게 말했다.

"페터슨 대령은 죽었잖아요."

정이은이 말했다.

"잠깐만…… 이래안. 그때 B지구의 페터슨 대령의 저택 지하에 기본 엑스 트랜스포메이션 카드가 가득했었지?"

알렉스 정이 기억을 해내며 말했다.

"그렇다면 가능성이 있겠어."

이래안의 말에 로날드도 정이은도 고개를 끄덕였다. 곧 세 사람은 자신들 각자에게 떨어진 임무를 맡기 위해 움직였다. 이래안이 밖으로 나가려고 하자 정이은이 그와 알렉스 정을 쳐다보았다.

"그런데 우리가 왜 로날드의 말을 따르고 있는 거지?"

"상황에 따라 가장 적절한 판단을 하고 그에 따르는 거야. 우린 곧 로날드를 충분히 배신할 수 있어. 우리도 로날드를 이용하는 거야. 어쩌면. 우리가 이 세계에 존재하는 이유를 찾으려고 하는 것처럼."

알렉스 정이 딱 떨어지게 대답했고 정이은은 모든 게 시들시들한지 그녀의 TXⅢ 카드를 시작했다.

"내기할까? 정이은?"

뒤에서 알렉스 정이 그의 TXⅢ 카드를 켜며 말했다.

"누가 빨리 끝내는지?"

"응."

"알았어. 지금부터 시작이야."

정이은이 말하고 두 사람은 빠른 속도로 카드 속에 나타난 조합들을 맞춰갔다.

그 시각 백악관에서 승용차가 하나 빠져나갔다. 이래안이 타고 있는 그 승용차는 어느 호숫가에 멈추었다. 곧 이래안은 페터슨 대령의 저택까지 이동하려고 좌표 설정을 마친 데다 한적한 교외 지역에서의 접선이 다른 트랜스포메이션 카드와의 미묘한 충돌을 막는 데는 최선이라는 판단 하에 그곳을 시작점으로 잡은 것이다. 이래안은 TXⅢ 카드로 B지구를 형성해내고 페터슨 대령의 으리으리한 저택의 지하실을 집중 조명했다. 그리고 그 안으로 들어갔다. 이래안이 순식간에 사라지고 주인 없는 자동차만 호숫가에 덩그러니 남아있었다.

지하실, 여전히 머리 없는 시체는 썩어가고 있었다. 기본 엑스 트랜스포메이션 카드에 페터슨 대령은 혹 자신이 사망할 경우를 대비해 자신의 기억을 보존해 이 안에 담아놓았는지도 모른다. TXⅢ 카드가 이 방에 있는 카드들보다 훨씬 진보된 것이므로 그는 이 방에 있는 카드를 TXⅢ 카드로 하나씩 조사하기 시작했다. 딱 하나가 걸려들었다. 그는 TXⅢ 카드로 페터슨 대령의 기억이 보존되어 있는 트랜스포메이션 카드에서 페터슨 대령의 기억을 빼내어 그의 TXⅢ 카드에 옮겨 저장하는 데 성공했다.

'역시 페터슨 대령이야. 그걸 감지한 로날드는 또 어떻고. 막상막하로군.'

다시 호숫가로 돌아온 이래안은 자동차를 몰고 백악관으로 돌아왔다. 로날드는 마침 집무실에 혼자 있었고 이래안은 로날드에게 사실에 대해 보고했다. 로날드는 이래안에게 페터슨 대령의 기억이 담겨있는 칩을 요구했고 이래안은 TXⅢ 카드에서 기억을 칩에 옮겨 담은 다음 그걸 페터슨 대령에게 건넸다.

"페터슨 대령의 기억에 대해 또 다른 형태로 저장된 건 없던가?"

"확인 결과 없었습니다."

"수고했네. 가보게. 다른 두 사람의 임무도 마치면 보고해주게."

"알겠습니다."

이래안은 로날드가 한 나라의 대통령다운 힘과 말투를 지녔다고 생각했다. 자신의 정신에서 탄생되었다고는 하지만 알렉스 정이나 정이은, 로날드는 이제는 각자의 삶에 충실하면서 각자의 정신과 인격과 특성을 가지게 되었다고 생각했다. 더 이상 그들은 이래안 자신이 아닌 것이다. 그는 어깨를 한 번 으쓱하고 그들의 방으로 들어갔다.

"성공! 내가 이겼어!"

정이은이 외쳤다.

"나도 성공했거든! 외치지 않은 건 잠시 숨을 고르는 중이었을 뿐이야. 얼마나 숨 막히는 작업이었다고."

이번에는 알렉스 정이 구시렁거렸다.

"마치면 보고해달라고 하시더라. 대통령님이."

알렉스 정과 정이은이 두 눈을 크게 뜨고 이래안을 쳐다본다.

"대·통·령·님?"

"그럼, 대통령님이시지."

정이은이 키득거리고 알렉스 정이 '푸하하' 하고 웃었다.

"로날드의 포스에 천하의 이래안이 무릎을 꿇었어. 하하하."

정이은이 그렇게 말하고 정이은과 알렉스 정은 TXⅢ 카드를 가지고 로날드에게 가기 위해 방을 나섰다. 잠시 후 그들은 다시 방으로 뒷걸음 질 치며 들어왔는데 로날드가 새로운 카드를 세 장 손에 쥐고 있었다.

"완성형 트랜스포메이션 카드다. 복잡하게 부를 건 없고, 이제 그저 트랜스포메이션 카드라거나 T 카드라고 부르도록 하자."

알렉스 정이 로날드를 밖으로 밀어내면서 말했다.

"임무 보고부터 받으셔야죠!"

그러면서 알렉스 정은 새로운 카드를 호주머니에 끼워 넣었다.

방에 혼자 남아있는 이래안의 새로운 T 카드에 메시지가 떴다.

"알렉스 정이야. 트랜스포메이션 카드 생성 기본 기술 장치 잘 숨겨 둬. 언제까지나 로날드 밑에 있을 건 아니잖아. 그래도 믿을 건 우리 셋 이야. 게다가 정이은은 우리가 지켜야 할 여자고."

이래안은 고개를 끄덕였다.

귀 환

수호명 루트 세븐의 임무 후 그들에게는 이렇다 할 다른 임무가 주어지지 않았다. 다만 알렉스 정은 이래안과 정이은이 잠든 시간에 조심스럽게 어떤 작업을 수행했다. 트랜스포메이션 카드가 최종적으로 완성된 절대형의 T 카드로 나옴으로써 절대적으로는 T 카드를 넘어서는 카드가 이론적으로 나올 수 없는 상태였다. 며칠이 더 지나고 새벽 알렉스 정이 잠들어 있는 두 사람을 깨웠다.

"잘 들어. 이것들은 상대형 T 카드야. 절대형 T 카드가 모든 범위를 포괄하고 가장 높은 범주의 일들까지 모두 수행이 가능하다면 상대형 T 카드는 그것에 미치지 못하는 기술을 가지고 있지만 '상대적'으로 기능하기 때문에 절대형 T 카드의 추적을 피할 수 있어. 떠나자. 이미 절대형 T 카드는 로날드가 갖고 있기 때문에 우리에게 도움이 되지 않아. 상대형 T 카드는 언제라도 우리가 만나게 될 환경에서 그것의 '상대적' 기능을 이용해 위기를 모면할 수 있어."

세 사람은 고개를 끄덕이고 절대형 T 카드를 그 방에 남기고 상대형

T 카드로 백악관을 떠났다. 그들이 서 있는 곳은 새벽이 밝아오는 숲이었다. 알렉스 정이 상대형 T 카드로 그곳의 위치를 가늠하고 있었다.

"송래 아파트 뒷산이야. 울산으로 돌아온 거로군."

"우리가 맞춘 좌표는 시애틀이었잖아."

정이은이 말했다.

"상대형 T 카드는 상대적으로 기능해. 시애틀을 도착지로 맞추어도 울산으로 떨어질 수도 있어. 절대형 T 카드의 추적을 피하기 위해서 혹은 자신의 판단대로 기능하기도 하거든."

"아하, 그렇군. 그렇다면 정확한 일을 수행하기 위해서는 상대형 T 카드는 최소한으로만 이용할 수 있겠어."

정이은이 이해했다는 듯 말했다.

"하지만 로날드에게는 절대형 T 카드가 유용할 거고, 우리에게는 상대형 T 카드가 더 유용해."

알렉스 정이 말했다.

"내 돈!"

정이은이 소리쳤다.

"상대형 T 카드로는 찾을 수 없어. 단념해."

알렉스 정이 말했다.

"우리 어머니를 찾아가자. 그 분께 넣어드린 돈이 엄청나니까."

이래안의 말에 정이은의 얼굴에 화색이 돈다.

이래안의 어머니는 이래안의 행방을 알 수 없게 된 후 혹여나 아들이 돌아 올까봐 자택을 팔지 않고 임대해서 세를 주고 있었다. 그 집에 살고 있는 젊은 여자는 이래안과 이래안의 어머니가 통화할 수 있게 해주었다. 이래안의 어머니는 1시간도 채 걸리지 않아 그곳으로 도착했고 이래안은 어머니의 눈물 상봉에 그도 눈물을 흘렸다.

"어머니, 제 친구들입니다."

하지만 알렉스 정이나 정이은의 어머니도 이래안의 어머니였다. 그들의 눈에 맺힌 무언가가 그 사실을 말해주고 있었다.

"우선 다 같이 우리 집으로 가자꾸나."

어머니는 운전사가 있는 승용차에 세 사람을 모두 태우고 울산 외곽에 있는 어느 저택에서 멈추었다. 이래안은 우선 자신과 친구들이 머물수 있는 곳이 있어서 다행으로 생각했다. 특히나 정이은은 여자였기 때문에 돈이 없이는 돌볼 수 없는 상황이었다.

어머니는 안방으로 들어가시더니 통장과 도장을 가지고 나왔다.

"자, 네가 벌어온 돈인데 네 몫도 남기지 않고 써서는 안 되었다. 자, 여기 있다. 이건 네가 가지거라."

이래안은 고맙다고 하고 통장과 도장을 받아들었다.

며칠 후 이래안이 울산의 한 아파트를 사고 세 사람이 그곳에 머무는 동안 알렉스 정은 상대형 T 카드로 로날드의 상황을 주시하고 있었다. 로날드가 시간이 흘러가도록 절대형 T 카드를 조작하는 걸 포착하고 시간적으로 몇 년이 더 흘렀다는 것도 알았다. TV에 미국의 공화당 소속의 세미튼 상원 의원이 민주당의 로날드의 재선에 도전한다는 내용이 방송되었다. 상대형 T 카드로 세미튼 상원 위원에 대해서 조사하던 결과 그의 탄생지가 백악관이라는 재미있는 결과가 나오면서 알렉스는 상황을 지켜보기로 했다.

미국의 대선 선거일이 코앞으로 다가오고 알렉스는 재미있는 일이 터지기를 기다리고 있었다. 이래안과 정이은은 상대형 T 카드에서 알렉스 정이 뭘 보고 있는지 알 수 없었고 동시에 그들은 그저 평범한 인간으로서 살아가는 것에 맛이 들고 있었다. 알렉스는 로날드가 그 사건에 대해 터트릴 것이라는 것을 알았지만 그가 마음을 고쳐먹고 그 사건을 터트릴 날짜를 대선 직후로 잡은 것에 로날드가 꽤 자신의 능력을 믿고 있다고 생각했다.

투표 결과가 나오고 로날드는 자신이 압승할 거라고 예상했지만 겨우 이긴 것에 통분한 나머지 그 사건을 투표 다음날 터트렸다. 그건 어떤 사건을 촬영한 필름이었는데 세미튼 의원이 루 메게이라는 남성을 권총으로 살해하는 장면이었다. 이 필름이 공개되고 세미튼 의원이 기소되면서 로날드의 인기가 상승하기 시작했다.

"그런데 세미튼 의원이 누구야? 새 정치인인가 보네?"

정이은이 수박을 먹으면서 말했다.

"알렉스 정, 뭔가를 알고 있다면 어서 말해. 여기 세미튼 의원 수상한 냄새가 나."

이래안의 말에 정이은도 수박을 먹다가 말고 알렉스 정을 쳐다보고 있다. 알렉스 정은 여유롭게 냉장고에서 치즈를 꺼내 먹고는 그들을 쳐다보았다.

"이래안, 너의 마지막 임무를 기억해 봐. 그것의 결과야."

알렉스 정의 말에 이래안이 벌떡 일어섰다.

"그럼 로날드가 페터슨 대령의 기억을 가지고 그를 세미튼 씨로 재탄생 시킨 거야?"

"헤르메스 세미튼 씨는 완전히 페터슨 대령이야. 그리고 그는 트랜스포메이션 카드를 갖고 있지 못하기 때문에 로날드를 이길 수 없어. 다만 그를 어느 순간 상원 의원의 자리에 앉힌 건 로날드의 짓이야. 절대형 T 카드로는 그 조작이 가능하다는 거 알잖아. 그리고 헤르메스 세미튼 씨가 공화당의 대선 후보가 되고 그 전에 자신을 죽인 루 메게이를 찾아가 살해한 장면은 그 사건이 일어난 후 절대형 T 카드로 만든 필름일 뿐이야. 로날드는 일을 편하게 하는 편이라 언제고 일이 생길 경우를 대비해 만들어 둔 것일 테고. 그런데 알 수 없는 건 왜 하필 페터슨 대령을 다시 살린 거냐는 거지. 그것도 로날드가."

알렉스 정은 길게 설명하고 고개를 갸웃했다.

이래안과 정이은은 놀라서 할 말을 잃고 이래안은 두통을 호소하기까지 했다. 그만큼 페터슨 대령 하면 머리가 아픈 이래안이었다. 알렉스 정은 냉장고에서 사과를 꺼내 한 입 베어 물면서 그들 곁으로 왔다.

"봐, 상대형 T 카드가 얼마나 똑똑한지. 우리보다 결정을 더 잘한다고. 우리가 한국에 떨어져 있는 걸 로날드도 페터슨 대령도 알지 못해. 상대형 T 카드를 24시간 가동하고 있으니까."

알렉스가 '칭찬해주세요'라는 포즈를 짓자 정이은이 그의 머리를 쓰다듬는 척 하더니 일어나면서 맨발로 그의 얼굴을 가격했다. 쓰러진 알렉스 정에게 이래안이 기어이 한마디 한다.

"왜 이제야 이런 큰일을 알려 주냐고!"

알렉스 정은 쓰러져서 얼굴을 움켜쥐고 있으면서도 웃는 표정이다.

"며칠 전에 비해 벌써 몇 년이 지났다고."

알렉스 정이 말하자 정이은이 당장 그녀의 상대형 T 카드를 꺼내들고 이래안도 그의 상대형 T 카드를 꺼내든다. 그동안 바뀐 일들에 대해서 학습하기 시작하면서 그들의 얼굴은 놀라움으로 바뀌고 절대형 T 카드의 행적을 부분적으로 추적하면서 로날드의 머릿속에 든 건 과연 무얼까 하는 생각의 두 사람이었다.

최근 몇 년 동안의 상황을 파악한 정이은과 이래안은 TV를 켜고 방송 채널을 CNN으로 맞추었다. 헤르메스 세미튼 의원이 조명되고 있고 기자들이 모여들었다. 세미튼 의원은 방송 카메라에 얼굴을 숨기기는커녕 얼굴을 들이밀었다.

"이래안, 컴 히얼, 롸잇 나우!"

헤르메스 세미튼 의원의 말에 카메라 플래시가 쏟아지고 그는 곧 검은 승용차를 타고 떠났다.

"어떻게 할 거야?"

정이은이 물었다.

이래안은 잠시 생각에 잠겼다. 알렉스 정은 이래안이 뭘 생각하는지 알고 그를 혼자 내버려두었다. 정이은도 그를 더 이상 건드리지 않았다. 알렉스 정이 생각하기로 이래안은 어떻게든 페터슨 대령과 가장 많은 관련을 맺었고 그것이 좋은 것이든 나쁜 것이든 이래안의 생각이 복잡하게 움직이고 있을 거라는 것이었다.

"로날드를 만나야겠어."

이래안이 내린 결정이었다.

"여기 나의 상대형 T 카드야. 정이은, 네가 보관해줘. 로날드에게 가면 가까이에서는 카드를 추적당하기 쉬워."

"알았어."

정이은은 이래안의 상대형 T 카드를 받아들었다.

"곧 따라 갈게. 워싱턴행이지? 근처에서 지원하고 있을게."

알렉스 정이었다.

이래안은 알렉스 정의 어깨를 가볍게 두드리고는 짐을 싸기 시작했다. 짐을 싸는 내내 말이 없는 이래안이었다. 알렉스 정은 그가 뭘 할지 예상하고 있었다. 다만 정이은도 곧 따라나설 참인지 짐을 싸기 시작했다. 이래안은 인터넷으로 워싱턴행 비행기를 예약하고는 KTX를 타고 서울까지 이동한 뒤 다시 인천 공항으로 향했다. 아무도 배웅하는 사람이 없었지만 그는 페터슨 대령을 만나던 때를 생각하고 있었다.

워싱턴에 도착해 백악관으로 이동했고 그는 쉽게 로날드를 만날 수 있었다. 이래안은 근황을 묻는 로날드의 말에 간단히 대답하고는 용건부터 말했다. 절대형 T 카드를 사용해 세미튼 의원의 필름을 공개하기 이전으로 돌려달라는 부탁이었다. 어차피 재선 결과 로날드가 승리한 것이니 너그럽게 봐달라는 부탁이었다.

"그 부탁을 왜 네가 하지?"

로날드는 이해할 수 없다는 표정이었다.

"그건 저도 이성적으로는 알 수 없는 부분입니다."

이래안의 말을 로날드는 이해한 것 같았다.

"내가 페터슨 대령을 다시 살린 것도 이해할 수 없는 부분이긴 하지. 알겠네. 자네가 일 처리에 있어서는 더 정확한 편이니 나의 절대형 T 카드를 사용하게. 그나저나 그때 왜 백악관에서 도망갔었나? 상을 내리려고 했건만. 한국에 있다고? 그런데 왜 내 카드로 너희들이 검색되지 않았을까?"

그는 갸웃하면서도 생각을 더는 복잡하게 하지 않았다. 그가 집무실 서랍에서 절대형 T 카드를 꺼내오고 이래안은 화장실로 가서 문을 잠그고 절대형 T 카드를 조작해 세미튼 의원의 필름에 관한 모든 사실을 지웠다. 범죄를 은닉하고 있다는 생각도 들었지만 더 자세하게 말하면 루 메게이가 먼저 페터슨 대령을 잔인하게 살해한 것이다. 이래안은 자신이 지금 뭘 하고 있는지도 몰랐다. 페터슨 대령을 위한 일도 자신을 위한 일도 아니었다.

필름에 관한 한 모든 일을 끝내고 그는 화장실에서 나와 로날드에게 갔다.

"다시 한국으로 갈 건가?"

"네."

"자네 일행이 필요해질 때가 올 텐데. 세미튼 의원이 아무도 모르게 복권되었지 않나. 무섭게 성장할 거라고. 절대형 T 카드가 있긴 하지만

나 혼자서는 모든 일을 처리하기가 어려워."

"그렇다면……?"

"알렉스 정과 정이은도 다시 백악관으로 돌아와 달라고 하게. 페터슨 대령에게 맞서려면 우리가 힘을 합해야지. 그의 머리는 비상해. 그를 저지하려면 우리의 힘이 합해져야 해."

"왜 그를 다시 살렸습니까?"

"내가 살리지 않았어도 트랜스포메이션 카드의 자동 설정에 따라 그는 살아날 수 있어. 다만 내가 움직여 내가 손을 쓸 수 있는 범위 내에 둔 거지."

이래안은 로날드의 행동을 이해할 수 있었다.

"자네도 알다시피 페터슨 대령의 야망이 뻗어있는 범위가 전 세계이니만큼 그를 주의해서 관찰해야 해."

"알겠습니다. 대통령님."

이래안은 비로소 로날드가 단지 야망 때문에 미국의 대통령 자리에 앉아있는 게 아니라는 생각에 안심했다. 정이은과 알렉스 정은 워싱턴으로 오는 비행기를 타고 있었으며 그들은 이래안과 로날드와의 대화 내용을 들은 직후 상대형 T 카드를 공간이동 시켜 울산의 집에 두었다.

"이유가 있었네. 로날드, 대단해."

알렉스 정이었다. 이에 고개를 끄덕이는 정이은이다.

"그나저나 세미튼 의원이 다시 트랜스포메이션 카드를 만든다면?"

"절대형 T 카드가 나왔기 때문에 그건 불가능해. 상대형이라면 가능할 지도."

알렉스의 말에 정이은이 두 손으로 그의 입을 막는다.

"그 생각 절대로 누설해서는 안 돼. 아무리 상대형 T 카드라도 세미튼 의원이 그 개발의 가능성을 알고 있다는 것만으로도 위험해."

"그러게. 상대형 T 카드는 아주 상대적으로 만들 수 있기 때문에 누구라도 기본 트랜스포메이션 카드 형성 기술을 알고 있으면 충분히 만들 수 있어. 다만 사고의 전환을 필요로 하니까 어려운 거지."

알렉스 정은 겨우 정이은의 손을 풀어냈다.

"에고, 숨 막혀. 콜록."

정이은이 알렉스 정을 노려보고 알렉스 정은 입을 다물었다.

공항까지 배웅을 나온 건 이래안이었다.

"대통령님과의 대화 내용 들었지? 보다 높은 정의를 위해. 알겠지?"

이래안은 백악관의 방에 놔두고 갔던 절대형 T 카드를 다시 그들에게 나누어 주었다.

"다시 상황은 처음부터야. 아니 적은 더 강력해. 왜냐하면 우리의 적은 수시로 페터슨과 로날드를 오갈 테니까."

이래안이 잠자리 선글라스를 끼며 말했다.

"멋진 걸?"

알렉스 정은 이래안의 선글라스도 멋지고 또 재미있는 일에 합류하게 된 것도 멋진 모양이었다. 그들은 다시 백악관으로 향하기 시작했다.

알렉스 정과 정이은이 문득 먼저 차에서 내려 백악관으로 들어갈 때 이래안이 내리지 않아 알렉스 정은 다시 차로 가까이 다가갔다. 그가 운전한 자리에는 갈색의 잠자리 선글라스만 있고 이래안은 어디로 가버렸는지 사라졌다. 알렉스 정은 백악관 안으로 뛰어 들어갔고 정이은도 그의 뒤를 따라갔다.

"로날드! 로날드!"

알렉스 정이 다급하게 로날드를 찾았다. 마침 백악관 성명을 내고 집무실로 들어오던 로날드와 알렉스 정이 마주쳤다. 로날드가 부드럽게 미소를 지으며 인사를 건네려 했지만 알렉스 정이 로날드의 귀에 건넨

말은 로날드의 표정을 싹 바꾸었다. 대통령 집무실에는 로날드와 알렉스 정 그리고 정이은만 있었다.

"페터슨 대령 아니 세미튼 의원이 완성형 트랜스포메이션 카드를 개발한 것 같습니다. 그러니까 절대형 카드 말이죠. 그렇지 않고서야 지금 상황에서 이래안을 그렇게 소환하지는 못할 겁니다."

"세미튼 의원이 결국 트랜스포메이션 기술의 극한까지 도달한 것이로군. 그것도 독을 품고 그랬을 것이고, 안 그런가?"

로날드는 인상을 쓰면서도 천천히 말했다.

"우리에게 다른 무기가 없으니. 어떻게 한다⋯⋯?"

알렉스 정은 잠시 망설였고 정이은이 알렉스 정이 말하려는 바에 대해 조심스럽게 꺼냈다.

"능력을 최대로 정확하게 이용하는 절대형 트랜스포메이션 카드 외에 정확한 기술은 아니지만 능력을 상대적으로 발휘하는 트랜스포메이션 카드에 대한 기술이 저희에게 지금 있습니다. 하지만 상대형 트랜스포메이션 카드로는 일을 한 번에 정확하게 할 수 없고 혼란한 상황을 다각도로 접근해서 만족할 만한 수준까지 이르게 하려면 여러 번의 과정을 거쳐야 합니다. 하지만 상대형 트랜스포메이션 카드는 절대형 카드의 눈을 피할 수 있는 장점이 있습니다."

"내놓게."

로날드는 알렉스 정에게 명령했다.

"울산에 있는 상대형 카드를 불러오겠습니다."

알렉스가 절대형 T 카드로 상대형 카드를 불러오는 동안 로날드는 잠시 생각하는 듯했다.

"상대형 트랜스포메이션 카드와 절대형 트랜스포메이션 카드를 결합해 혼합형 트랜스포메이션 카드를 개발하도록. 시간은 하루 주겠다."

알렉스 정은 로날드의 발전된 생각에 혀를 내두르며 당장 개발에 몰두했다. 정이은이 가끔씩 와서 음료를 주고 갔다. 다음날 아침 그는 혼합형 트랜스포메이션 카드에서 두 성향을 연결하는 마지막 작업에서 어려움을 겪고 있었다. 그리고 절대형의 기능에 상대형의 기능을 입히는 작업을 논리적으로 끝내고 카드 형성에 들어갔으며 점심 식사를 마친 로날드의 호출에 때맞춰 새로운 혼합형 트랜스포메이션 카드의 개발에 성공했다.

로날드와 알렉스 정은 혼합형 트랜스포메이션 카드로 세미튼 의원을 실시간으로 관찰했고 세미튼 의원이 절대형 트랜스포메이션 카드로 비자금을 조성하고 있는 것과 이래안이 세미튼 의원의 자택에 가두어져 있다는 것까지 확인했다. 의외로 이래안의 표정은 아무런 요동도 없는 것처럼 편안했다.

"이래안을 다시 소환할까요?"

"아니야. 생각이 있을 거야. 어쩌면 세미튼 의원의 편에 세워두는 게 더 나을 지도. 이래안은 자신의 생각을 체계적으로 세우는 데 명수야. 대학 시절 그에 대한 훈련을 혼자서 철저히 해냈고 그래서 자신의 현재 상황에서 어떻게 해야 할지 누구보다도 잘 알 거야. 두고 보면서 움직이지. 하여튼 개발에 수고했네."

알렉스 정은 혼합형 트랜스포메이션 카드를 로날드에게 건네고 정이은이 있는 방으로 돌아와 자신의 것과 정이은의 것까지 두 개를 더 형성했다.

"이건 너무 위험한 카드야."

알렉스 정은 자신이 조작해서 만든 카드의 특성을 누구보다 잘 이해하고 있었다. 모든 면에서 완벽하게 접근이 가능한 기술이었다. 그리고 이래안이 상대적 트랜스포메이션 카드의 기술을 세미튼 의원에게 누출하여도 넘을 수 없는 기술이었다. 혼합형 트랜스포메이션 카드에 대한 생각은 로날드와 그 자신 그리고 정이은 외에 알려져서는 안 되었다. 이래안이 그것을 알게 된다면 상황은 로날드와 세미튼 의원 사이의 대결이 불가피했다. 혼합형 트랜스포메이션 카드끼리의 대결은 극한까지 이르러 상대방을 모두 파괴해버릴 것이라는 걸 알렉스 정은 이해하고 있었다. 다만 그 점에 대해서는 로날드에게 알려주지 않았다.

로날드는 그날 저녁 혼합형 트랜스포메이션 카드에 대한 사용을 모두 익히고 세미튼 의원의 상황을 모두 조사했다. 어차피 세미튼 의원은 트랜스포메이션 카드의 기술을 가진 첫 번째 사람이었기 때문에 그의 절대형 트랜스포메이션 카드를 뺏는다 하여도 그는 다시 그 기술을 생성할 수 있었다. 로날드는 상황이 복잡해지는 것을 지켜보며 혼합형 트랜스포메이션 카드를 가장 적절하게 사용할 수 있는 방법을 고민했다.

이튿날 알렉스 정이 탄 차량이 백악관을 떠나고 있었다. 워싱턴 교외 지역에 도착한 알렉스 정은 검은 선글라스를 끼고 어느 나무 아래에 서서 혼합형 트랜스포메이션 카드로 이래안의 생각을 읽어냈다. 이래안은 상황을 복잡하게 생각하고 있진 않았다. 로날드와 헤르메스 모두를 견제하고 있었으며 자신이 헤르메스 세미튼 의원에게 억류되어 있다는 특성을 이용해 상황을 이용할 생각이었다.

"좋아. 이래안. 하지만 위험해지면 안 되니까."

알렉스는 세미튼 의원의 집에 있는 동그랗고 납작한 로봇 청소기 위에 혼합형 트랜스포메이션 카드를 올려 그걸 이래안이 있는 방의 문 밑으로 통과시켰다. 이래안은 그것이 절대형과 상대형을 통합한 새로운 트랜스포메이션 카드라는 걸 알아챘고 알렉스 정의 두뇌에 감탄을 보였다. 얼른 카드를 뒷호주머니에 숨긴 이래안은 다시 방에 걸터앉아 시간을 보내는 척 했다.

로날드의 명령은 없었지만 이래안에게 도구를 주는 건 필요했다. 세미튼 의원이 독을 품고 있는 상황에서 이래안은 위험해질 수 있었고 자신을 지킬 수 있어야 했던 것이다. 그것이 같은 존재에서 시작해 같은 길을 가고 있는 동료에게 해줄 수 있는 최선의 일이었다. 이래안은 혼합형 트랜스포메이션 카드의 의미를 세미튼 의원에 대한 감시로 알아들었고 알렉스 정의 우정에 깊은 감동을 느꼈다. 어떻게든 혼자서도 상황을 타개할 수 있는 것이다.

"세미튼 의원이 시간을 움직이려 하기에 몇 차례 저지했다. 그는 그 일이 방해된 것에 대해 분명 우리 쪽에 의혹과 불만을 품고 있을 것이다."

로날드가 외출에서 돌아온 알렉스 정에게 말했다. 순간 알렉스 정은 아차 싶었다. 이래안에 대한 수색에서 혼합형 카드를 발견하게 된다면 그가 우려했던 극한의 대립이 현실화될 수 있었던 것이다. 알렉스 정은 그가 이래안에게 혼합형 트랜스포메이션 카드를 보냈다는 말을 로날드에게도 정이은에게도 하지 않았다.

그날 밤 알렉스 정은 그의 혼합형 트랜스포메이션 카드가 굉장히 뜨거워져있다는 걸 깨달았다. 이래안 쪽의 상황을 살펴보니 세미튼 의원이 알렉스 정을 똑바로 쳐다보고 있었다.

"알렉스, 뭔가 좋은 걸 줘서 고맙다. 네가 준 것에 비해 하위 기술이지만 다행히 절대형 트랜스포메이션 카드는 뭔가를 감지하는 데는 쓸만해서. 상대형 기술과의 결합이라, 이건 완전히 초대형 트랜스포메이션 카드로군. 잘 쓰겠네. 우리가 대립하는 일만 없기를."

그리고 화면이 까맣게 바뀌었다. 알렉스 정은 자고 있는 정이은을 두고 차를 몰고 워싱턴 외곽으로 나갔다. 다시 나무 밑에서 그는 그의 혼합형 트랜스포메이션 카드를 꺼냈다. 지금 상황으로는 세미튼 의원은 혼합형 카드를 이용해 완벽하게 비자금 조성을 마친 상황이었고 알렉스 정은 그의 카드로 세미튼 의원이 한 일을 다시 원상태로 바꾸어 놓았다. 이를 알아챈 세미튼 의원이 다시 비자금을 조성하고 알렉스는 다시 원상태로 상황을 바꾸어 놓았다. 그리고 밤새도록 세미튼 의원과의 트랜스포메이션 카드 대결에 지친 알렉스는 아침이 되었을 때 혼합형 트랜스포메이션 카드로 사용에 있어서의 자동 차단에 세미튼 의원을 설정해 놓았다. 그 기능은 세미튼 의원이 트랜스포메이션 카드를 사용할 때 어떤 일도 수행할 수 없도록 하는 기능이었다. 이에 세미튼 의원은 그 상태를 해결하기 위해 이래안을 불렀다.

이래안이 혼합형 트랜스포메이션 카드를 쥔 것을 본 알렉스 정의 손이 떨렸다. '분명 너라면 그 무엇을 해내겠지'였다. 그러나 어이없게도 그날 점심 무렵까지 이래안은 알렉스가 설정한 차단 기능을 모두 해제하고 세미튼 의원이 마음대로 카드를 사용하도록 했으며 이번에는 세미튼 의원 측에서 알렉스가 카드를 사용하지 못하도록 차단 명령을 실행해 놓아서 알렉스는 발로 흙바닥을 차고는 차를 몰고 다시 백악관으로 돌아왔다.

'이래안이 뭔가 생각이 있겠지. 그래, 있겠지.'

알렉스 정은 백악관 안으로 뛰어올라갔으며 로날드의 부름에 달려갔다가 로날드에게서 뺨을 맞고 말았다.

"네가 한 짓이 무슨 일인지 잘 알겠지?"

알렉스 정은 무언가에 세게 맞은 기분이었고 순간 그는 머릿속이 하얗게 정지했다. 로날드의 꾸중이 백번 이해되었다. 자기 자신의 생각이 모두 정지할 만큼 적에게 아군의 주요 무기를 넘긴 것과도 같은 행동에 그는 스스로를 질책했다. 그러나 알렉스 정은 빠른 시간 안에 다시 생각을 정리했다.

"대안을 강구하겠습니다."

"무슨 대안? 그게 나올 수 있는 마지막 기술의 엑스 트랜스포메이션 카드라는 걸 그걸 개발한 자네가 더 잘 알 텐데?"

"상황에 따라 최대한 대응하겠습니다. 우선 그쪽에서 설정한 차단부터 해제를 해야……."

로날드가 알렉스 정의 뺨을 한 번 더 때렸을 때 알렉스 정은 변명을 그만두었다. 로날드가 집무실을 나가버리고 알렉스 정은 터덜터덜 정이은이 기다리고 있는 방으로 올라갔다.

"세미튼 의원이 성명을 발표했어. 의원직을 사퇴하고 평범한 생활로 돌아가겠다고."

정이은이 혼합형 트랜스포메이션 카드를 보며 알렉스 정에게 말했다.

"본격적으로 지구 정복에 나서겠다는 건가?"

"아무래도 그럴 의도겠지? 로날드한테 엄청 혼났지, 너? 아무리 이래안이 걱정되어도 그렇지, 적의 소굴에 최신 버전을 깔아주냐?"

그럼에도 정이은은 별 문제 없는 듯 인터넷 하듯이 혼합형 트랜스포메이션 카드를 만지작거리고 있었다. 알렉스는 자신의 카드에 설정된 차단을 해제하기 위해 저녁까지 신경을 썼지만 풀리지 않았다. 피로에 지치고 자신에게 지친 알렉스는 침대에 누워 생각에 잠겼다가 깊은 잠에 빠져들었다.

알렉스 정은 어느 어둠 속에 서 있었다. 그를 비추는 빛이 그의 주위를 동그랗게 에워싸고 그는 곧이어 등장한 코끼리를 이끌어 쇼를 흥미롭게 마치고 어둠 속에서 보이지 않는 관중들로부터 박수를 받았다. 문득 여기가 어딜까 하는 생각이 들었을 때 그는 잠에서 깼다.

그의 옆에는 정이은이 세상모르게 잠들어 있었다.

그는 정이은의 카드로 간단하게 자신의 카드에 설정된 차단 명령을 해제했다. 자존심이 상한 순간이었다. 그러나 그런 감상에 빠져 자신을 질책하기에는 이래안과 세미튼 의원 쪽에 대해 좀 더 감시를 세워야 했다. 그러나 혼합형 카드는 서로 상대방을 동시에 볼 경우에는 서로가 기능을 실행하고 있는 것이 감지되기 때문에 알렉스 정은 다시 상대형 트랜스포메이션 카드를 꺼내 들었다. 이걸로는 어떻게든 끝까지 갈 수 있겠다는 판단이 섰다.

그는 세미튼 의원이 정확하게 어디 있는지는 알 수 없었지만 그가 샌프란시스코의 어디쯤에 있다는 걸 알았다. STO 건물이 떠오르고 알렉스는 로날드에게 신용 카드 승인을 해달라고 요청하고서 기다렸다. 두 시간이 걸리지 않아 알렉스의 명의로 신용 카드가 발급되고 로날드는 알렉스가 운전해서 떠나는 장면을 지켜보았다.

'남은 두 명 중에 한 명은 실전 배치고 남은 한 명은 두뇌 요원으로 나뉘게 되는군.'

물론 남은 한 명은 정이은을 보고 하는 말이었다.

알렉스가 떠나는 걸 보고 있던 정이은은 로날드가 들어오기 전에 자기가 어떤 일을 맡아야 할지 짐작하고 있었다. 그녀는 그녀의 혼합형 트랜스포메이션 카드로 알렉스 정의 뒤를 추적했다. 세미튼 의원을 추적하기에는 혼합형 카드끼리 발생하는 추적 감지 기능 때문에 그녀는 알렉스 정의 뒤를 추적하기로 한 것이다. 필요한 상황이 발생하면 그녀가 도움을 줄 수 있어야 했다.

'그나저나 이래안이 철저히 계산중에 움직인다면 알렉스 정이 오해할 수도 있겠어. 두 사람의 맞대결이 불가피해.'

정이은은 꽤나 걱정하면서 알렉스 정의 뒤를 추적하고 있었다. 한 가지 특이한 상황이 포착되었는데 공항에서 수상쩍은 두 남자가 알렉스 정이 탄 비행기에 함께 탑승했다는 것이고 샌프란시스코로 가는 비행기 속에서 알렉스 정이 자취를 감추고 수상쩍은 두 사람도 함께 사라졌다는 것이었다.

'상황이 안 좋게 흘러가. 세미튼 의원이 알렉스마저 납치한다면.'

정이은은 혼합형 카드를 두고 상대형 카드를 꺼내 들었다. 지금 상황에서 혼합형을 사용하면 상당히 위험할 수 있었다. 그 점을 정이은은 파악하고 있었고, 그녀가 어디에 있더라도 세미튼 의원의 목표물이 될 수 있겠지만 그 상황이 되기 전에 충분한 정보를 알고 있어야 한다고 생각했다.

로날드가 들어오고 그 순간 정이은은 시간의 흐름이 비정상적으로 흘러가고 있다는 걸 느꼈다. 로날드의 피부에 공기의 흐름과도 같은 물결이 인 것이다. 그녀는 어느 장소에 서 있었고 호주머니에 있는 돈으로 겨우 가판대에 가서 신문을 사 보았다. 대통령은 바뀌어 있었고 시간은 흘러 있었다. 그리고 시내 곳곳에 설치된 전광판에서 지구의 지배자로서 헤르메스 세미튼 각하가 연설하는 장면이 보도되고 있었다.

정이은은 가까운 도서관을 찾아서 그동안 일어난 일을 샅샅이 찾아보았다. 헤르메스 세미튼은 지구의 식량과 에너지 문제를 해결했고 그걸로 막대한 부를 축적해 세계 곳곳의 땅을 사들였다. 그리고 그는 그의 자본으로 곧 주요국들의 부도를 막아 각 나라를 경제적으로 식민화함으로써 새로운 1인 제국주의 시대를 열었으며 동시에 각 나라에 대한 지배권을 획득하여 세계 지배자로써 명실상부하게 섰다는 것이다.

말도 안 되는 소리에 정이은은 격분해서 왜 시민들이 그의 통치를 반대하지 않았는지 살펴보았지만 다른 자료는 없었다. 다만 그녀는 특수한 경우에 있어서 뇌의 작용에 기능하는 화학 물질이 전 인류에게 적용되었을 가능성이 충분하다고 보았다. 거리에서 보았던 사람들은 살아 있는 것 같지 않고 유순하게 길들여진 동물 같았던 것이다.

더 알아보지 않아도 그녀는 이래안과 알렉스 정마저 그 속에 길들여졌을 거라고 여겼다. 로날드 맥트레이시 대통령에 대해서도 찾아보았다. 그는 퇴임 후 마이애미의 저택에서 노후를 보내고 있으며 정치에는 일절 간섭하지 않겠다는 그의 인터뷰 기사를 마지막으로 더 이상 그에 대한 기사를 찾아볼 수 없었다.

이 정도라면 로날드 맥트레이시가 받고 있는 위협 혹은 세뇌의 수준이 더 이상 로날드를 움직일 수 없도록 만든 것임에 확실했다. 그녀로서는 너무나 커버린 적과 마주하고 있다고 느꼈다. 그리고 호주머니에 있는 상대형 트랜스포메이션 카드 한 장이 그녀가 가진 유일한 무기였다.

정이은은 가까운 숲을 찾아 상대형 트랜스포메이션 카드를 계속 변환해 새로운 상대형 카드를 만들고는 숲을 빠져나왔다. 택시를 탔고 가까운 도시인 시애틀로 향했다. 돈은 상대형 트랜스포메이션 카드로 생성했다. 가는 내내 곳곳에 걸린 전광판에서 헤르메스 세미튼 의원의 연설을 방송하고 있었다.

'지구 전체가 거대한 세뇌된 도시 같아.'

정이은은 바깥의 광경에서 고개를 돌렸다.

Tricks

정이은은 시애틀에 머물 방을 하나 마련했다. 거창하게 큰 집일 필요
는 없었다. 그녀는 해야 할 일이 있었다. 아무 가구도 없는 빈 방에서
그녀는 상대형 트랜스포메이션 카드를 꺼내 들었다. 다른 트랜스포메이
션 카드의 신호는 없다.

잠시 후였다. 여러 목격자의 진술이 방송되는 가운데 하늘에서 수많
은 불이 떨어져 로키 산맥에 산불이 난 것이라는 일관된 진술은 신빙
성을 얻어가고 있었고, 미국 서부의 소방 헬기가 총출동되어도 그 불은
꺼지지 않았다. 며칠 뒤 태평양에서 불어온 습윤한 바람에 비가 내리고
나서야 산불이 진화되었다.

그리고 하늘에서 불이 내려왔다는 말은 급속도로 미국 전체를 마비시
키기 시작했으며 신의 분노 혹은 종말의 시작이라는 억측이 난무했다.
잠시 중국을 방문하고 있던 헤르메스 세미튼은 이래안에게 이 사건의 배
후를 조사하라고 지시했다. 이래안은 정이은이 생존해 있는 것을 확인하
고 집단 착시 현상에 의한 착오라고 헤르메스 세미튼에게 말했다. 무언

가 냄새를 맡은 알렉스 정에게도 이래안은 진실을 말하지 않았다.

헤르메스 세미튼은 미국으로 돌아와서 로키 산맥의 산불에 대해 목격자들을 직접 만나 다시 진술을 받았고 이번 산불은 꽤 방대한 규모에 걸쳐 발생했지만 하늘에서 내려온 불 따위는 없었으며 방화는 어느 종교 집단이 벌였으며 그들은 충분하게 처벌되었다고 발표했다.

다시 헤르메스 세미튼이 미국에서 인기를 얻어가고 있을 무렵 이번에는 헤르메스 세미튼이 운영하는 곡물 회사의 자루에서 쥐들이 잇따라 발견됨으로써 그의 이미지가 실추되었다. 수출된 곡물 자루를 비롯하여 미국의 전역에 공급된 곡물 자루에서 쥐가 나왔던 것이다. 이에 대해 헤르메스 세미튼이 다시 이래안에게 원인을 알아내라고 지시했다. 전광판을 통해 헤르메스 세미튼은 세미튼 사(社)를 노린 경제적 테러에 대해 세미튼 사(社)는 엄중히 대응할 것이라 했다.

알렉스 정은 지난번 전 세계인을 상대로 한 수면 상태에서의 화학 물질 삽입 그 이후 언론을 통해 계속적으로 조작된 진실이 유포됨으로써 사람들의 사고를 마비시키는 것이 두려웠다. '아, 이런 사람이 페터슨 대령이구나'라고 생각하며 이래안이 인내하는 모습을 그도 지켜보고 있을 뿐이었다.

'때가 되면, 그래 때가 되면……'

알렉스 정은 눈을 꾹 감았다.

다시 사건이 하나 더 일어났다. 중국의 황하와 이집트의 나일 강 그리고 남미의 아마존 강이 붉은 색으로 물들었다는 것이다. 핏물에 가까운 붉은 색의 강을 보면서 잠잠했던 종말론이 다시 고개를 들고 있었다. 헤르메스 세미튼은 이번에는 잔뜩 화가 나 있었다.

"정이은을 불러와. 그 애가 한 짓임을 잘 알고 있다. 어서."

이래안은 표정의 변화도 없이 말했다.

"정이은이 죽었다는 것은 대령님이 더 잘 아십니다. 그리고 이번 사건은 바로 제가 벌인 겁니다."

이래안은 헤르메스 세미튼의 얼굴 표정을 바꾸어 놓았다.

"왜?"

"어차피 몇몇 종교 단체들이 수상한 행동을 보이고 있고 종말론과 신의 분노를 빙자해 새로운 여론몰이를 할 가능성이 다분한 가운데 그러한 단체들을 색출해 내어 집중 관리하기 위해 이번 사건에 반응하는 단체를 확인하기 위해서 벌인 저의 자작극입니다."

헤르메스의 표정이 온화하게 바뀌었다.

"그런 단체들을 색출해내고 당장 강의 물을 원래대로 돌려놓게."

"알겠습니다."

이래안이 혼합형 트랜스포메이션 카드로 강의 물을 원래대로 돌려놓자 그의 카드 위로 메시지가 뜬다.

"이래안. 나에 대해서는 걱정하지 마. 당분간은 페터슨 대령 건드릴 생각 없다. 잘 하고 있겠지? 궁극의 승리를 나에게 가져다 바치도록 해라. 그럼."

메시지가 사라지자 헤르메스 세미튼이 그에게로 가까이 다가왔다.

"모든 보편 종교들에 친화적으로 다가갈 수 있도록 새로운 전략을 짜봐."

"알겠습니다."

이래안이 고개를 숙이고 헤르메스 세미튼이 나갔다. 알렉스 정이 들어왔다.

"여기 최측근까지 올라오기 위해 얼마나 고생했는데, 넌 아는 체도 하지 않고."

알렉스가 이래안에게 불만을 터뜨렸다.

"네가 말했잖아. 정이은은 우리가 지켜야 할 여자라고. 그러기 위해서 헤르메스의 눈에 가시가 되면 안 돼. 어떤 점에서는 철저히 충성해야 한다고."

이래안의 말에 알렉스 정은 무언가 궁금한 점이 있는 것 같았다.

"그때 내가 헤르메스의 카드에 차단을 한 것에 대한 해제도 그런 맥락이야?"

"그런 자잘한 일들까지는 깊게 생각하지 않아."

이래안은 차갑게 말하고 알렉스 정을 지나쳐서 나갔고 알렉스 정은 무안한지 두 손으로 자신의 두 다리를 치면서 욕을 내뱉을 뿐이었다.

며칠 후 이래안이 종교인들에 대한 접근에 대해 작성한 보고서와 또 선동이나 여론몰이를 할 수 있는 몇몇 종교단체들을 색출해 작성한 보고서를 헤르메스 세미튼에게 제출했다. 헤르메스가 몇 가지 질문을 하고 이래안은 방송 문구를 작성해 헤르메스에게 건넸다. 세계 평화와 종교의 역할이라는 주제의 연설은 삼십 분간 방송되었고 그건 수시로 방송되었다.

정이은은 그녀가 보낸 메시지를 이래안이 본 것을 확인하고 그를 믿기로 했다. 사실 로키 산맥의 방화나 세미튼 사(社)의 곡물 자루에 쥐가 든 것이나 강을 붉게 만든 것은 정이은 자신의 짓이었다. 조금이라도 헤르메스 세미튼에게 해가 되고 사람들을 각성시켜볼 심산이었던 것이다. 그러나 그녀는 그녀가 헤르메스 세미튼에게 잡혀가기 직전에 이래안이 이를 무마한 것까지 확인했다.

더 이상 헤르메스 세미튼을 건드리기에는 그녀의 힘이 너무 약했다. 그는 조직적으로 움직이는 거대한 세력이었다. 게다가 혼합형 트랜스포메이션 카드를 가지고 있었고 지금까지 형성한 그의 힘에 대항하기에는 그녀의 힘이 너무 미미했다. 어떤 일을 벌여도 그것을 막을 준비가 되어 있는 조직체였다.

그러나 정이은은 이래안이 그녀를 위해 행한 이번 일들을 보면서 그를 믿기로 했다. 그러나 더 나은 사회란 과연 무엇인가. 다시 전광판에서 나오는 방송이 그녀의 귀에 들어오기 시작했다. 이 사회에서 살기 위해서는 저기에 나오는 내용을 믿으면 되는 걸까. 그녀는 자신이 없어졌다. 무릎을 포개고 웅크리고는 울기 시작했다.

저녁까지 이어지던 방송은 아홉 시가 되자 멈추고 주변은 고요해졌다. 정이은은 일어나서 창밖을 보았다. 여전히 밤하늘은 예전과 다름이 없었다. 그녀는 그녀가 이래안이나 알렉스 정이 아니라 여자로서 정이은이라는 존재가 되었다는 걸 알았다.

한편, 헤르메스 세미튼은 첫 번째 화학적 세뇌가 제대로 이루어지지 않았다고 평가하고 있었다. 그는 두 번째 세뇌를 준비하라고 이래안에게 명령하면서 좀 더 강력한 세뇌가 될 것을 주문했다. 준비가 완료된 이래안은 헤르메스 세미튼에게 이번 세뇌는 해서는 안 된다고 말했다.

"뭐? 완전히 병신을 만들자는 것도 아닌데, 뭐가 켕기나?"

헤르메스는 내내 무관심한 표정으로 일관한다.

"이번 세뇌는 위험합니다. 이 정도의 강도로 그것도 전 인류를 그렇게 할 순 없습니다."

"네가 못하겠다면 알렉스를 시키지. 그 앤 잘할 것 같으니까. 물러가 봐."

이래안이 물러가지 않고 자리에 서 있을 때 헤르메스가 그에게 날린 만년필이 그의 뺨을 살짝 찢고 떨어졌다. 이래안은 물러설 수 없었으나 알렉스 정이 들어오는 바람에 그는 표정을 싸늘하게 바꾸고 밖으로 나갔다. 알렉스 정은 무슨 일인가 싶었고 준비가 끝난 세뇌의 수행에 대해 헤르메스 세미튼에게서 간단한 설명을 들었다.

알렉스 정은 그가 이 일을 수행하는 데 있어 내용 파악에 며칠 더 시간을 달라고 했다. 이에 헤르메스는 이 일이 급한 건 아니지만 지금 시간에 해내야 할 일이라고 알렉스에게 말하고 적당한 긴장을 주었다. 알렉스 정은 물론, 이 일을 이래안이 짜놓은 대로 수행할 생각이 없었다. 그리고 이 일을 알렉스 정, 그의 생각대로 함으로써 그가 헤르메스의 최측근까지 올라올 수 있었던 다른 일들을 수행한 것에 대한 보상을 받으려는 심산이었다. 물론, 쫓겨나고 살해의 위협까지 올 수 있다는 걸 잘 알았으나 그런 것에 두려워할 알렉스 정이 아니었다.

'중차대한 일을 수정할 수 있는 것, 지금 이 때다.'

알렉스 정은 며칠 후 세뇌 작업에 들어갔다. 세뇌가 끝나고 사람들의 첫 반응은 헤르메스 세미튼에게 열광적이면서 다른 주관이나 가치의 일들에 대해서는 무뎌진 것이 확인되었다. 두 번째 세뇌는 성공적으로 평가되었지만 한 달이 지나면서 사람들은 다시 원래대로 돌아왔다. 사람들의 반응이 영 시원치 않자 헤르메스 세미튼은 다시 알렉스를 불렀다.

"이래안이 짜놓은 대로라면 처음 반응이 계속 이어져야 하는 데 왜 그런 거지?"

"이래안은 항상 헤르메스 세미튼 의원님에 대해 사람들이 열광적으로 반응해야 한다고 설정해 놓았는데 그건 위험해서 때때로 열광적으로 반응하는 걸로 바꾸어 놓았습니다. 제가 잘못한 건가요?"

"때때로 열광적?"

헤르메스 세미튼이 잠시 생각에 잠겼다.

"아니다, 네 생각이 맞다. 항상 특정한 존재에 열광적인 것은 생물의 특성을 반하는 일이다. 인류의 생존을 유지하면서 내 지배를 이어가려면 그 전략이 보다 효과적이다. 잘했다."

알렉스 정은 헤르메스 세미튼의 비위를 맞추면서 인류에게 닥친 위기를 적당히 걷어냈다. 세미튼 의원이 납득을 하지 못해 자신이 개밥으로 던져지면 어쩌나 하고 생각했는데 다행히 상황은 이성적으로 해결되었다.

이래안이 알렉스 정을 밤에 세미튼 의원의 집 정원으로 불러냈다.

"우린 결코 여기서 연합할 수 없을 거야. 너는 너의 계산대로 가고 나는 나의 계산대로 가는 거야. 그래서 때때로 적이 되더라도 어쩔 수 없는 거야."

"왜 이렇게 딱딱한 거야? 융통성이라고는 단 1퍼센트도 없고. 고집으로만 단단히 뭉쳤고."

이래안이 달빛 속에서 희미한 미소를 짓고 알렉스 정은 그것이 무슨 뜻인지 알기 때문에 더 속이 상했다. 알렉스는 헤르메스 세미튼의 굵직굵직한 일들을 해내고 있었고 또 그런 일들도 그의 주관대로 처리했기 때문에 항상 일을 처리하고 난 뒤에는 세미튼 의원에게 이유를 납득시켜야 했지만 대체적으로 세미튼 의원은 그 이유들을 모두 납득했다. 그러면서 알렉스 정이 가진 자질을 재평가하며 무뚝뚝한 이래안에게는 큰일을 맡기는 걸 점차 줄여갔다.

알렉스 정이 이래안을 불러낸 밤이었다. 달이 없는 깜깜한 밤이되 공기는 시원하게 들이마실 수 있는 정도의 느낌이었다.

"설명해 줄 게 있어서 불렀어. 어차피 헤르메스 세미튼 의원의 의도를 막을 자는 존재하지 않아. 그렇기 때문에 그의 일을 좀 약한 정도로 해내가고 있는 중이지. 완전히 타협하지 않고 말이야. 세상에 피해를 좀 덜 주면서. 내 말 알아듣겠어?"

"고맙다."

이래안의 말이었다. 순간 알렉스 정은 눈물이 차올라서 '제기랄' 하고 내뱉고는 공중에 헛발질을 했다.

"그런 말을 들으려던 건 아니었어. 내가 잘하고 있는 거 맞구나. 그래. 언제 또 네가 최전방에서 움직이게 될 줄은 모르겠지만 난 내 자리에서 최선을 다할게."

이래안의 표정을 읽을 수 없었으나 알렉스는 그날 밤 자신이 헤르메스 세미튼 의원의 지시에 적절히 수정을 가하고 또 승인을 얻는 과정을 앞으로도 계속 해야겠다고 생각했다. 그러나 세미튼 의원은 점차 알렉스의 일처리 방식을 의심하기 시작했고 자신의 뜻대로 곧게 일을 처리하는 이래안을 다시 불렀다. 알렉스 정이 다시 일처리에 있어서 뒤로 빠지고 이래안은 역시나 중요한 가치가 파괴되는 한이 있어도 곧이곧대로 일을 처리했다.

알렉스는 그래서 세미튼 의원이 이래안을 찾는 이유를 납득할 수 있었다. 알렉스는 가끔 정이은의 동태를 살피며 세미튼 의원의 일에서 다소 물러나 있었다. 정이은은 시애틀의 항구에서 게 요리 전문 레스토랑에서 서빙을 하고 있었다. 두 번째 세뇌 때 알렉스 정은 정이은은 건드리지 않았다. 그녀는 그녀 그대로 존재해야 했다. 그가 그녀를 위해 할 수 있는 일이라곤 그것이 전부였다.

정이은은 사람들이 수시로 달라지는 걸 확인하면서도 자신의 생각이나 행동에 대해서는 티를 내지 않았다. 자신의 생각의 흐름이 원래의 것과 항상 같은 것에 대해 아마도 이래안이나 알렉스 정이 자신을 배려하고 있다고도 생각하고 있었다. 그녀는 가끔 상대형 트랜스포메이션 카드를 꺼내 그것으로 이래안과 알렉스 정의 모습을 훔쳐보곤 했다.

'힘들겠다.'

그녀는 자기 의도대로 일하는 알렉스 정보다 굳어버린 채 일을 정확하게 그대로 수행하는 이래안이 더 안쓰러웠다. 분명 무슨 생각을 하고 있을 것인데 상황을 판단하고 때를 기다리는 것으로 보였다. 정이은은 혼합형 트랜스포메이션 카드가 감지되자마자 상대형 카드의 작동을 종료했다.

베링 해(海)에서 들어온 게가 아주 풍년이고 게 요리점에도 사람들이 북적였다. 모자를 쓴 젊은 사내도 그들 중의 한 명이었다. 붐빈 하루가 끝나고 레스토랑이 마칠 때가 되었는데도 젊은 남자는 자리에 앉아 술을 비우고 있다.

"저 손님, 마칠 시간입니다."

정이은이 그렇게 말하며 고개를 숙였을 때 그 남자는 안주머니에서 꺼낸 칼로 정이은의 배를 세게 찔렀다. '헉-' 소리와 함께 레스토랑 바닥에 쓰러진 정이은을 주방장과 주인이 나와 쓰레기통에 구겨 넣었다.

고개를 든 남자는 서을이었다. 곧 레스토랑 앞에 더루가 탄 차량이 도착하고 그들은 유유히 시애틀의 항구를 떠났다.

문득 혼합형 트랜스포메이션 카드를 사용하면서 정이은의 생명 에너지가 제로가 되는 것을 확인한 이래안은 순간 이동으로 시애틀의 항구에 닿았다. 레스토랑이 문을 닫을 때 뚱뚱한 주인장의 얼굴을 주먹으로 때린 이래안이다. 그는 레스토랑 안에서 정이은의 시신을 발견했다. 시신을 쓰레기통에서 꺼내 오열했다. 그리고 이래안은 더 이상 세미튼 의원의 곁으로 돌아가지 않았다.

사력을 다해 새로운 트랜스포메이션 카드 개발에 몰입했다. 정이은을 다시 살리는 건 추후의 일이다. 이런 현실에서 사랑하는 여자, 누이, 친구, 혹은 자기 자신의 분신을 살게 할 수 없었다. 뼛속과 피 한 방울까지 사이코로 이루어진 헤르메스 세미튼이 결국 정이은까지 살해한 것이다. 그는 그 자신이 세미튼 의원에게서 물러난 이상 알렉스도 위험하다고 느꼈지만 그는 두 눈을 질끈 감았다.

로날드의 병사(病死) 소식이 들려오고 이래안은 계속 장소를 바꾸어가며 새로운 트랜스포메이션 기술 개발에 매달렸다. 도무지 새로운 기술을 얻을 수 없을 것 같던 때 새로운 카드의 기술이 그의 앞에 흩어져 놓여있는 것을 발견하고 그 지식들을 모아 새로운 T26 트랜스포메이션 카드를 개발했다. 세미튼 의원에게서 벗어난 지 꼬박 1년 만의 일이다.

그러는 동안 그는 혼합형 트랜스포메이션 카드로 알렉스 정의 생명 에너지가 제로가 된 것도 확인했다. 다시 그에게 모든 것이 달려 있는 상황이 왔고 페터슨 대령과 서을과 더루는 그의 완전한 적이 되었다. 로날드의 죽음도 로날드에게 계속 투입된 약 때문이라는 걸 누구보다도 잘 아는 이래안이었다. 로날드와 알렉스의 죽음에도 그는 트랜스포메이션 기술 개발에 매달렸고 '초월 절대' 개념으로 말할 수 있는 T26의 개발에 성공한 것이다. '초월 절대' 트랜스포메이션 카드는 절대적인 힘보다 조금 더 뛰어난 힘을 언제나 발휘할 수 있는 카드로 항상 '절대형 트랜스포메이션 카드'를 간발의 차로 이길 수 있었다. 물론 당연히 '상대형 트랜스포메이션 카드'에 대해서도 간발의 차로 이길 수 있는 카드였다.

이래안은 그가 개발한 T26 트랜스포메이션 카드의 기능을 모두 확인하고 지구의 상황을 머릿속으로 계산하기 시작했다. 이제 바람이 한 번 불면 사람들의 머리는 정상으로 돌아올 것이고 더 신랄하게 비판할 수 있는 힘을 가질 것이다. 그러나 그 기능을 수행하기 전에 그는 헤르메스 세미튼의 세력이 가지고 있는 혼합형 트랜스포메이션 카드의 기능을 완전히 파괴했다. 잠시 후 온 지구를 휘감는 바람이 불어왔고 이후 이래안은 자취를 감추었다.

헤르메스 세미튼의 종신형에 전 세계의 사람들이 항의했다. 그는 결국 사형을 선고받고 그 모든 판결의 근거는 익명의 제보자에 의해 입수된 헤르메스 세미튼의 조직 내부 자료에 기초한 것이었다. 헤르메스 세미튼은 자신의 형량을 줄이기 위해 미친 척을 했으나 이는 받아들여

지지 않았다. 그는 더 이상 트랜스포메이션 카드가 없는 좁은 독방에 갇힌 사형수에 불과했다.

헤르메스 세미튼의 사형이 집행되고 그가 죽기 전까지 내지른 비명을 한 남자가 재생해서 듣고 있었다. 이래안은 라디오를 듣는 것처럼 그 소리를 모두 듣고 일어섰다. 한국이었고 그곳은 그가 나온 대학의 캠퍼스였다.

그는 아직 대학에 손학필 교수님이 남아계신지 궁금했다. T26 트랜스포메이션 카드로 검색하면 손쉽게 알 수 있었지만 그는 대학으로 직접 들어가서 과사무실에서 확인했다. 그가 대학을 다닐 무렵에도 나이가 많으신 교수님이었기에 그는 그 교수님이 돌아가셨다는 말을 듣고 과사무실을 나왔다.

'하나하나 의미를 두었던 사람들이 사라져가고 있다. 동시에 내가 그들을 살려낼 수 있어도 살려내서는 안 된다는 생각이 나를 지배하고 있다. 모든 건 섭리와 순리에 거역했을 때 틀어진 것이었고 잘못된 것이었다.'

그는 그렇게 생각하여도 정이은을 지키지 못한 것에 후회했다. 자신을 자책했다. 알렉스를 불러 올 수 있었지만 세미튼 의원의 늪에 두고 방치했다. 또다시 자신을 자책했다. 로날드가 먹는 관절염 약에 무엇이 들어가는지 알고도 그를 내버려두었다. 이제는 자책마저 우스운 일로 바뀌어버리고 그는 어두운 숲 속으로 무작정 걸어 들어가기 시작했다.

트랜스포메이션 카드로 칼을 만들어 자신의 목을 겨누었다. 그 순간이었다.

'잠깐만요. 제 목소리 기억나세요?'

그는 그 친숙한 소리를 기억해냈다.

'기억 나. 넌 도대체 누구지?'

'트랜스포메이션 기술의 영혼이에요. 처음 트랜스포메이션 기술을 이

룬 당신을 기억하는 거고요.'

'이번 T26 카드에서조차 네 영혼이 있는 거니?'

'물론이에요. 그러니까 그 칼은 제가 가져갈게요.'

순식간에 칼이 내 손에서 이미지 사라지듯 사라지고 나는 밤하늘에 뜬 별을 무심코 쳐다보았다.

'많은 일이 일어났지?'

'원래도 강하셨지만 더 강해지셨어요. 그리고 알렉스, 정이은, 로날드는 당신의 인격으로 다시 흡수되었어요. 그들은 죽은 게 아니에요. 원래 당신에게서 왔던 것처럼 당신에게로 돌아와서 때때로 그들의 특성이 어느 순간 나타나기를 기다리고 있는 거죠.'

'이제는 내 안에 그들이 산다?'

'네.'

잠시 우리는 아무 말도 하지 않았다.

'이제 세계는 어떻게 될까? 무슨 일이 일어나고 어떻게 변화될까?'

'쉿. 그것에 대해선 걱정하는 게 아니에요.'

카드의 영혼이 나를 걱정하며 말한 걸 안다.

'T26 카드를 폐기할까?'

'아니. 이래안만이 잘 사용할 수 있어요.'

'사용한다는 그 말은 내가 이 카드를 또 쓸 일이 있다는 것을 의미해?'

'사용하느냐 마느냐의 선택도 이래안에게 달린 거예요. 하지만 제 의지도 일정 부분 작용할 거예요. 이래안, 아무리 힘들어도 죽음을 스스로 선택하지는 마요. 그건 제가 막을 테니.'

카드의 배려 때문인지 무거웠던 어깨에 힘이 빠지면서 흙과 바싹 마른 나뭇잎 위에 주저앉았다. 내가 낸 소리는 울음이 아니라 신음이었고 절규였다. 한참을 그렇게 울고 난 뒤 나는 T26 카드로 서울과 더루를 검색했고 그들을 찾아냈다. 마이애미로 가는 비행기 안에서 모두가 얇은 이불을 덮고 잠들어 있다. 두 손을 잡은 노부부의 생애를 상상하면서 인생에 그 숱한 고통을 함께 하는 것이 결국 이 시간 저렇게 마주잡은 두 손의 모습으로 나타날 수 있는 거라고 생각했다.

마이애미. 들뜬 영혼의 소유자들이 걷고 있다. 어느 노천카페에 앉아 선글라스를 끼고 신문을 보고 있다. 동시에 내 시선은 신문 너머 맞은편 도로에 세워진 SUV 차량에 쇼핑봉투를 담고 있는 여성을 본다. 더루다.

잠시 후 나는 다시 신문에 몰입한다. 신문을 내린 나의 모습은 영락없는 페터슨 대령의 것이다. 신문을 접어 쓰레기통에 구겨 넣고는 횡단보도를 건너 맞은 편 SUV 차량으로 다가간다. 선글라스를 벗은 내 모습을 더루가 놀란 듯이 쳐다본다.

"샌프란시스코, 다시 트랜스포메이션 캠프가 열린다. 남편과 함께 참가하도록."

"페터슨 대령님, 여긴 어떻게? 그때 헤르메스 세미튼 의원님은……."

"잊었나? 나는 페터슨 대령이야."

더루는 고개를 끄덕였다.

점차 더루에게서 멀어지면서 내 얼굴은 다시 나의 것으로 돌아온다. 샌프란시스코로 향하면서 어떤 구역에 어떤 건물을 실시간으로 지었으며 기본형 트랜스포메이션 카드 네 장까지도 구비해 둔다. 더루의 휴대폰으로 도착해야 할 곳의 위치를 전송한다.

내가 그 건물에 들어서고 얼마 되지 않아 서을과 더루가 도착했다. 나는 그들을 만나기에 앞서 간단한 시간 트랜스포메이션을 이용해 그들이 결혼하기 전의 상황으로 만들어버린다. 서을과 더루가 나를 찾아 계단을 올라오는 동안 나는 다시 내 얼굴을 페터슨 대령의 것으로 만들어버린다. 문을 노크하는 소리가 들리고 곧 그들이 내 방으로 들어왔다.

"규칙은 같다. 트랜스포메이션된 대상의 특성을 극복해라."

나는 하얀 카드를 두 장씩 나누어주었고 그들은 순간 카드에 흡수되어버렸다. 대화면이 준비된 방으로 가서 그들이 각각 개구리와 지렁이로 바뀐 것을 확인했다. 개구리는 수풀 속에서 나타난 뱀에 의해서 그리고 지렁이는 덩치가 큰 들쥐에 의해서 죽임을 당했다. 그들이 트랜스포메이션 게임 안에서 죽음으로써 그들은 현실로 다시 소환되어야 마땅했지만 어차피 다시 현실로 부를 의도로 그들을 여기까지 끌어들인 건 아니었다.

그들이 포식자에게 잡아먹힘으로써 그건 끝난 게임이었다. 나는 그들에게 나누어주었던 네 장의 트랜스포메이션 카드를 소멸시켰다. 내 방으로 돌아와 다시 내 얼굴이 페터슨의 그것에서 나의 것으로 바뀌는 걸 지켜보았다.

'이걸로 모두 끝난 건가?'

그 끔찍한 트랜스포메이션 캠프의 결과 살아남은 사람은 나 밖에 없다. 그것을 주관했던 사람들도 참가했던 사람들도 모두 죽었다. 남은 건 T26 카드와 나 자신, 앞으로 무얼 어떻게 해야 하는가.

몇 년이 흘렀다. 한국으로 돌아오는 비행기 안이다. 과학 기술의 발전과 인간 윤리에 대해 UCLA에서 박사 학위를 받고 귀국하는 길이다. 어머니는 나를 집으로 데리고 가면서 묻는다.

"래안아. 정말 그 돈이 라스베이거스에서 번 것이니? 대부분은 거기에서 돈을 잃는다고 하던데. 넌 참 게임을 잘하구나. 그리고 그 어려운 공부도 미국에서 마치고 대단하다, 내 아들."

나는 어머니의 말에도 대꾸를 하지 않고 차창으로 지나치는 대한민국의 산천을 구경하고 있다. 교수님들의 추천과 시험으로 내가 졸업한 대학에서 전임 강사 자리를 얻을 수 있었다. 비교적 인간답게 살기를 원했기 때문에 내가 선택한 길이었다.

새 학기 첫 수업이 시작되고 나의 '과학 기술과 윤리' 강의를 듣는 학생들은 50명 남짓했다. 수업을 시작했을 때 학생들 사이로 그녀가 보였다. 정이은, 그녀가 자리에 앉아 내 수업을 듣고 있었다. 잠시 생각에 잠겼다가 다시 그녀를 쳐다보았다. 다시 봐도 정이은이 분명했다. 출석표를 살펴보았지만 '정이은'이라는 이름은 없었다. 다만 출석을 부를 때 서해인이라는 이름에서 그녀가 '네'라고 대답했다.

닮았다고 하기에는 완전히 똑같았다. 수업을 마치고 T26 카드를 켜서 트랜스포메이션 카드의 영혼에게 이 사실에 대해 물어보았다.

'미래의 서해인의 모습을 정이은이 닮은 거야.'

'그래서 완전히 똑같은 거였어?'

'응. 너에게는 비극이겠지?'

다시 트랜스포메이션 카드를 끄고 전임 강사실을 나와 자동차를 타고 내가 사는 아파트로 향했다. 내일 수업을 준비해야 했으나 심장이 벌렁거려 학교에 남아있지 못한 것이다. 밤이 되어서야 수업을 약간 준비할 수 있었다. 서해인의 얼굴을 다시 본다는 것은 마음의 준비를 단단히 하고 가야 했다.

자기 전에 트랜스포메이션 카드가 저절로 켜진다. 영롱한 붉은 빛을 내며 방 안 전체를 붉은 구름에 싸버린다.

'서해인을 사랑하는구나.'

나는 대답을 하지 않았다.

'사랑하고 있네. 사랑해도 돼. 아무런 가책도 필요치 않아.'

다시 카드가 저절로 꺼지고 점차 붉은 구름도 집안에서 사라졌다.

심장께가 아프고 숨을 쉴 수 없어 바닥에 주저앉았다.

"정이은, 정이은······."

나는 울고 있었다. 그녀를 부르며 새벽녘까지 울었다.

'서해인을 사랑해도 된다고 했잖아.'

트랜스포메이션 카드가 다시 켜지면서 중얼댔다.

날이 밝아오고 나는 샤워를 하면서 눈물을 모두 씻어냈다. 눈이 퉁퉁 부어서 오늘 학교에서 학생들이 뭐라고 물어볼지도 모른다. 트랜스포메이션 카드로 눈의 붓기를 없앤 다음 학교로 차를 몰았다. 아침밥을 먹을 기분이 아니다.

새침한 얼굴의 정이은과 청순한 얼굴의 정이은이 동시에 서해인의 얼굴에 있다. 출석을 부르고 수업을 하지만 이미 정신은 정이은과의 추억에 머물러 있다. 수업을 마치고 서해인에게 다가갔지만 서해인은 강의실 복도에서 기다리고 있던 어떤 남자와 즐겁게 이야기를 하더니 가버린다. 그 남자의 얼굴은 알렉스 정의 것과 같다.

트랜스포메이션 카드가 온통 진동을 일으키고 있다. 아파트로 돌아와서 트랜스포메이션 카드가 공중에 떠 있는 걸 구경한다.

'왜 말해주지 않았지? 서해인에게 연인이 있는 거.'

'그냥 이래안이 자기감정에 좀 더 충실하기를 바랐을 뿐이야.'

'하필이면 알렉스 정과 같이 생겼더라, 서해인의 연인.'

'알렉스 정도 서해인의 연인에서 그 모습을 따왔으니까 그렇지.'

나는 문득 짚이는 바가 있어 카드에게 물었다.

'저 둘이 앞으로 나와 어떤 관련이라도 맺을 가능성은?'

'말해줄 수 없어. 인간답게 살라고.'

카드는 '삑-' 하고 꺼져버렸다.

내 주변의 무언가가 다시 회전하기 시작했다는 걸 느낀다. 암흑에서 빠져나와 다시 또 다른 암흑에 발을 디딘 기분이다. 그러나 제발 이번

암흑에서는 인간답게 모든 걸 해결해 나갈 수 있기를 바라고 있다. 비록 암흑 속에 있지만 인간으로서 겪을 수 있는 것들을 겪고 상처받을 만큼 받고 그리고 내 스스로의 힘으로 일어서고 싶은 것이다. 트랜스포메이션 트릭들은 심각한 범주 내에서는 더 이상 쓰고 싶지 않다.

방 어

    다시 수업이 있는 날이었다. 서해인에게 말이라도 걸어볼 생각이다. 나의 정이은이 맞는지 아닌지 그저 처음 몇 마디에서 알 수 있으리라는 판단에서였다. 환상이 있다면 얼른 확인하고 제거하자는 심산이었다.

    수업을 마치고 역시 알렉스 정과 같게 생긴 남자에게로 걸어가는 서해인에게 말을 걸었다. 표정과 말투 그리고 약간은 건방진 모습이 모두 정이은의 것이 아니었다. 그녀는 강의실에서는 나를 교수님이라고 여길지는 몰라도 강의실 밖에서는 그녀에게 귀찮게 구는 나이든 남자일 뿐이라고 생각하는 모양이었다.

    맥이 풀리기도 했지만 그녀가 정이은이 아니어서 기뻤다. 캠퍼스의 교양 강의동 계단을 걸어 내려오면서 문득 시간의 흐름이 공간 중에 휘어져 나타나는 것이 느껴졌다. 얼른 T26트랜스포메이션 카드를 이용해 시간의 흐름이 빨리 가는 것을 막았다. 그리고 미국 서부에서 두 개의 혼합형 트랜스포메이션 카드가 감지되었다.

    자세히 생각해 보니, 헤르메스 세미튼의 세미튼 사(社)의 기술을 담당하던 두 과학자 제임스 몰링과 아도널 키세스가 수상쩍었다. 아무래도 나와 알렉스를 믿지 못한 헤르메스 세미튼이 두 과학자에게 트랜스포메이션 기술을 넘겨주었을 지도 모른다는 생각이 들었다. T26 카드로 혼합형 카드의 사용자를 검색하니 역시 두 사람이 맞았다.

'빌어먹을 헤르메스 세미튼! 이 기술이 어떤 건데 그걸 알려줘!'

게다가 더 심각한 현실은 혼합형 카드로도 충분히 헤르메스 세미튼을 마음만 먹으면 살려낼 수 있다는 거였다. 나는 T26 카드로 우선 그들이 가지고 있는 트랜스포메이션 기술의 생성 장치와 두 장의 혼합형 카드를 파괴했다. 그러나 그들은 트랜스포메이션 카드의 생성 기제를 알고 있는 과학자들이었다. 얼마든지 다시 만들 수 있었다.

가장 좋은 방법은 트랜스포메이션 기술이 저장된 그들의 두뇌 일부분을 조작하는 것이었다. 그러나 망설여졌다. 다시 혼합형 트랜스포메이션 카드가 감지되었다. 뜻밖에도 노진아가 그걸 사용하고 있었다. 노진아의 카드도 파괴했다.

그녀가 살아있는 것도 헤르메스 세미튼의 짓일 터였다. 동시에 헤르메스 세미튼의 두 번째 부활에 대해서 노진아가 한몫을 하겠다는 생각을 했다. 헤르메스 세미튼은 물어볼 것 없이 노진아에게 트랜스포메이션 기술을 전수했을 것이다.

현재 확인된 적은 세 명이다. 나는 아파트를 중심으로 미국에 있는 저 세 명이 벌이는 짓을 방어할 작정이었다. 그들의 두뇌를 조작하는 것에 대해 차마 그것은 하지 못하고 상황을 지켜보았다. 강의는 둘째 치고 나는 세 사람의 상황을 24시간 확인하는 경계를 치고 T26 카드로 그들의 상황에 따라 적절하게 파괴 명령을 수행할 수 있도록 설정해 놓았다.

다음 날 강의를 마치고 오니 T26 카드에 세 사람의 특이 행동 모두가 감지되었고 동시에 파괴 명령이 수행되어 있었다. 그들은 트랜스포메이션 카드의 설계 장치를 개발하려다 번번이 실패하고 있었다. T26 카드는 트랜스포메이션 기술을 보다 높은 단계로 끌어올림으로써 그들의 시도를 실패시키고 있었다.

무슨 일이 있어도 헤르메스 세미튼 즉, 페터슨 대령의 두 번째 부활은 있어서는 안 된다. 그것만은 막아야 한다. 그의 머릿속에 박혀 있는 것이란 모든 사람을 자신의 종으로 만드는 것 외엔 없었고 이에 고개가 절로 흔들어졌다.

순간 노진아가 새로운 트랜스포메이션 기술을 개발한 것이 감지되고 나는 그 기술에 대한 파괴 명령을 수행했다.

"T28 수준의 트랜스포메이션 기술입니다. 지금의 기술로는 파괴할 수 없습니다."

"T28 수준? 그게 가능해?"

"트랜스포메이션 기술이라는 것이 보다 높은 트랜스포메이션 기술로 언제라도 변환 가능한 법입니다."

T26 카드는 딱딱하게 대답했다.

그 순간 노진아의 T28 카드에 의해 감지된 나의 T26 카드가 고장 나고 동시에 트랜스포메이션 카드 생성 기술 장치도 고장이 나버렸다.

'노진아가 나를 살펴보고 있군.'

나는 아무 말도 하지 않았다. 그리고 세 명의 막강한 적 앞에서 무기도 없이 혼자 서 있는 나를 직면했다. 이제 무엇을 어떻게 해야 하는가. 순간 시간의 흐름이 거꾸로 흐르고 있었다. 두려운 건 헤르메스 세미튼의 두 번째 부활이었다. 그 시간의 흐름 속에서 나는 헤르메스 세미튼의 목소리를 들었다.

고통이 절규가 되어 나는 자리에서 주저앉았다.

'이래안, 이래안!'

'트랜스포메이션 기술의 영혼?'

'응!'

'새로운 T28 트랜스포메이션 카드가 개발됐어. 난 이제 무력해.'

'아니야. 난 언제나 이래안 편이야. 더블 트랜스포메이션 카드야. 받아. 언제나 적들의 트랜스포메이션 기술의 두 배가 되는 기술이야. 적들이 T101 수준의 카드를 개발해도 이래안은 T202 수준의 카드를 가지게 되는 거야.'

나는 파란색의 카드를 받아들었다.

'힘내! 언제라도 응원하겠어!'

헤르메스 세미튼이 막 풀려나려는 걸 저지해서 그의 사형을 그대로 집행시켰다. 계획을 실패한 노진아가 비명을 내지르는 소리도 들었다. 나는 그 학기 내내 새로운 트랜스포메이션 기술을 개발하는 노진아와 제임스 몰링, 아도널 키세스의 의도를 저지시켰으며 학기 말이 되었을 때 서해인이 다가와 '교수님, 호텔 가지 않으실래요?' 라고 요청하는 걸 정중하게 거절했다.

방학이 되고 집에 틀어 박혀서 깊은 잠을 잤다. 더블 트랜스포메이션 카드는 스스로 자신의 임무를 수행하고 있어서 나의 방학은 그야말로 평화였던 것이다. 그동안의 모든 것이 누적된 피로처럼 매일 나는 깊은 잠에 빠져 있었다. 방학이 끝나도록 더블 트랜스포메이션 카드에서 가끔 노진아의 비명 소리만 들려왔다.

더 이상 트랜스포메이션 카드를 사용하지 않을 줄 알았다. 그러나 이미 기술을 알고 있는 자들이 있기 때문에 나의 행보는 앞으로 좀 더 복잡해질지 모른다. 그러나 나는 끝을 알고 있다. 누구도 전체의 운명을 조작할 수는 없다는 것 말이다. 우리는 운명과 우연 그리고 노력 속에 함께 흘러가는 존재다. 누구도 누구의 과거, 현재, 미래를 의도적으로 조작할 수 없다. 어느 한 명의 삶조차 조작해서는 안 되는 판에 전체의 운명을 조작하는 건 존재하는 범죄 중에 가장 큰 것이라 생각된다.

페터슨 대령이 결코 깨어나지 않도록 살피는 것, 그것 또한 내 과제고, 서해인이 호텔에 가자고 여우 꼬리를 쳐도 가지 않는 것이 강의 교수로서의 내 임무인 거다.

새 학기가 시작되고 변함없이 강의를 시작했다. 조용하던 캠퍼스의 오전이었다. 순간 귀에 들린 것은 총소리였고 나는 서둘러 강의실을 빠져나갔다. 총소리는 곳곳에서 들려오고 있었고 그것도 교양 강의동 어디쯤에서 들리는 것이었다. 어떤 강의실에서 쓰러져 있는 학생들과 교수가 보이고 이를 쳐다보고 있는 학생들은 넋이라도 나간 모양이었다.

"어떻게 된 거지?"

"어떤 선글라스를 쓴 여자였어요. 권총을 난사하고 나가버렸어요."

어떤 남학생이 덜덜 떨면서 설명했다.

강의실을 돌면서 교수 3명과 학생 17명이 사망한 것을 확인했다. 나는 그날 바로 집으로 향해서 더블 트랜스포메이션 카드로 이번 사건의 주동자를 확인해보았다. 선글라스를 낀 여자의 신원이 노진아로 확인됨으로써 그녀가 나를 겨냥해 이번 총격 사건을 일으켰다는 걸 알 수 있었다. 도무지 그녀 스스로 사용할 수 있는 트랜스포메이션 기술을 얻을 수 없자 나를 끌어들이기로 한 것 같았다.

이번 총격 사건이 그 가해자가 사라진 것과 동시에 미궁으로 빠져들 무렵 나는 강의를 폐강하고 미국의 샌프란시스코로 날아가고 있었다. 트랜스포메이션 카드의 영혼은 이번 일에 말려들지 말라고 경고를 했지만 노진아는 나와의 전면전을 원하고 있었다. 노진아가 한국의 대학으로 순간 이동해서 다시 미국으로 순간 이동할 때 사용한 것은 부분적으로 기능하는 트랜스포메이션 기술이었다. 그것을 감지하고서도 아무런 조치를 취하지 않은 더블 트랜스포메이션 카드에 책임을 물을 생각은 없지만 나는 다시 암흑 속으로 말려들어가고 있다는 것을 느낄 수 있었고 내 스스로 무언가를 완전히 해결하지 않으면 안 된다는 강한 생각에 사로잡혔다.

비행기에서 내려 입국 수속을 받고 공항을 나서는 나에게 낯선 차량이 한 대 와서 섰다. 노진아는 타라고 말했다. 나는 더블 트랜스포메이션 카드를 한국에 두고 카드의 영혼과 마음속으로 대화하면서 그 기술을 사용하고 있었다. 그랬기에 노진아가 바라는 새로운 트랜스포메이션 기술을 직접 빼앗기지 않을 수 있었고 동시에 더블 트랜스포메이션 카드의 기술은 내가 개발한 것이 아니기 때문에 나는 그것의 작동 원리를 이해하지 못하고 있었고 동시에 기술 유출도 불가능한 것이었다.

노진아는 어딘가 한적한 곳으로 향하더니 어느 오두막에 나를 처넣고 문을 잠갔다. 나는 잠자코 그녀가 하는 대로 지켜볼 생각이었다. 어떻게든 내가 그녀의 손에 잡혀있다면 더 큰 불상사는 일어나지 않을 테니 말이다. 더블 트랜스포메이션 카드를 움직이는 카드의 영혼은 상황을 지켜보고 있는 것 같았다.

이틀 후 노진아는 고기 덩어리 하나를 던져놓고 갔다.

다시 3일이 더 지나고 노진아는 역시나 내가 갖고 있는 트랜스포메이션 기술에 대해 심문하기 시작했다.

"그걸 모르면서 어떻게 기술은 개발되어 있는 거지? 내가 추진하는 기술은 모두 네가 가진 기술 때문에 실패했어. 이유를 설명해 봐."

노진아는 날카롭게 말했다.

"트랜스포메이션 기술이 스스로 진화하도록 설계된 거라 나도 어느 정도 그 이상 진화한 기술에 대해서는 그 과정에 대해 잘 몰라. 카드가

164

저절로 움직이는 거지."

"사용자 없이 어떻게 기술이 스스로 움직이지? 그리고 지금 네 카드는 어디에 있는 거지?"

"한국의 내 아파트에 있어. 아마 네가 찾으려 해도 찾을 수 없을 거야. 그 카드는 자기 의지를 가지고 움직이니까."

내가 비웃음으로 말하자 노진아는 그녀의 데저트 이글로 내 얼굴을 후려쳤다. 입에서 피가 배어나오고 나는 비웃음을 멈추지 않았다.

"페터슨 대령에게 입양되었을 때부터 너의 삶은 이렇게 될 운명인 거야."

내가 독한 말을 내뱉었을 때 그녀는 그녀의 데저트 이글로 내 얼굴을 사정없이 내리치고는 그에도 분이 풀리지 않았는지 나를 밧줄로 묶고 발로 차길 수차례 했다. 나는 바로 앉아 있으려 했으나 결국 묶인 채 쓰러지고 말았다.

"너에게서 결국 얻을 수 있는 건 없다는 말이로군."

노진아는 데저트 이글을 내게 겨누었다. 그때였다.

데저트 이글이 일그러지기 시작한 것이었다. 그리고 완전히 녹아서 불꽃이 일었을 때 노진아는 펄쩍 뛰었다.

"무슨 짓을 한 거야? 이래안?"

나는 흐릿한 의식으로 그녀를 쳐다보면서 트랜스포메이션 카드의 영혼을 떠올렸다. 모든 건 다시 희미해지고 나는 깼을 때 하얀 시트에 누워있었다. 그곳은 샌프란시스코의 한 병원이었다. 나는 의식이 깨는 대로 나를 병원에 데리고 온 사람의 신원부터 확인했다. 그는 엘렌 리치먼이라는 여자였고 나를 병원까지 데려온 모양이었다. 나는 마음속으로 카드의 영혼에게 엘렌 리치먼에 대해 검색하도록 부탁했다.

'엘렌 리치먼. 외과 의사의 아내로 착한 성격의 소유자. 불의를 보면

참지 못하고 약한 사람이 있으면 돕고부터 보는 독실한 크리스천임. 엘렌 리치먼이 차를 몰고 가는 중에 길가에 쓰러져 있는 이래안을 발견하여 남편이 운영하는 병원으로 데리고 옴.'

그것이 상세한 정보였다. 트랜스포메이션 기술과 관계없는 보통의 사람이어서 안도감이 느껴졌다. 그러나 곧 노진아가 권총을 들고 올 것이 분명했다. 이래저래 가시방석에 누워있는 기분이었다. 나는 일어나서 병원 원무과로 가서 병원비를 수납하고 비틀거리며 병원을 나섰다. 그때 엘렌 리치먼이 병원으로 들어서고 있었다.

"잠깐만요. 아직 상처가 다 회복되지 않았어요."

"당신이 엘렌 리치먼입니까? 고맙습니다. 조금 쉬니 몸이 훨씬 낫네요. 그럼."

병원 문을 나선 순간 고속으로 달리는 차가 오고 다섯 살 정도의 아이가 도로를 뒤뚱거리며 건너고 있었다. 속력의 차이를 잠시 계산하는 동안 아이는 차에 치일 정도로 위험하다는 생각에 내 몸이 만신창이가 된 건 생각하지 않고 도로로 몸을 던졌다. 다행히 아이를 구하고 차는 뺑소니를 쳤다. 그리고 검색 결과 그 차를 몬 사람은 다시 노진아였다.

이 모든 광경을 지켜보고 있던 엘렌 리치먼은 놀라서 뛰어나왔다.

"제이, 제이 괜찮니? 저, 괜찮으세요? 당신이 우리 제이를 구했어요."

다섯 살 정도의 제이란 녀석은 엘렌의 아들인 모양이었다.

"이로써 은혜는 갚았으니 그럼 안녕히 계시길."

나는 걸어가면서 천천히 내 몸을 회복하기 시작했다. 트랜스포메이션 카드가 내 몸에 대해 기능하기 시작한 것이다. 병원에서 나온 지 한 시간 만에 나는 내 컨디션을 모두 회복했다. 그리고 권총 한 자루를 가슴에 챙겨 넣었다. 노진아를 쏘려는 목적이 아니라 동등하게 맞서기 위한 도구였다.

다시 샌프란시스코다. 대한민국의 방송 채널에서는 대학에서 일어난 총기 사건의 용의자를 아직 찾지 못하고 있었고 노진아는 미국을 활보하면서 그녀의 짓에 대해 어떤 자책감도 갖지 않고 오직 그녀가 통제할 수 있는 트랜스포메이션 기술에 미쳐있는 것처럼 보였다.

순간 내가 서 있는 곳은 고대 그리스의 신전 앞이었다.

'트랜스포메이션 카드의 영혼, 여긴 어디야? 왜 내가 여기에 있는 거지?'

'혼돈의 공간에 발을 들인 거야. 어쩔 수 없어. 거기에서 살아 돌아오도록 해.'

'뭐? 살아 돌아오라고?'

'대신 권총에 총알은 계속 채워줄 테니까.'

뭔가 따끔한 말이 와 닿은 것 같았다.

'네가 초래한 일이야. 난 분명 반대했어.'

트랜스포메이션 카드의 영혼은 차갑게 말했다.

'노진아가 파이테니로크의 그물을 쳤어. 예상을 하고 있었기 때문에 가지 말라고 막은 거야. 그건 더블 트랜스포메이션 카드의 기술로도 막을 수 없는 거야. 더블 트랜스포메이션의 기술을 거꾸로 야금야금 파먹어 들어가는 새로운 기술인 거지. 결국 이 혼돈의 공간에 널 들여서 너를 파괴하겠다는 심산이야. 그 모든 작전의 실패의 원인이 결국 너라는 걸 노진아는 분명히 파악하고 있어.'

총알이 날아와 내가 서 있는 곳 옆의 대리석 기둥을 '파삭' 하고 부분적으로 조각내 부스러뜨렸다. 노진아가 무장을 하고 맞은편 신전의 기둥 뒤에 서서 내게 총을 쏘는 것이었다.

'이래안, 달려. 이 공간은 변이하는 공간이기 때문에 공간이 변이하는 것을 잘 파악하고 공간을 잘 사용할 수 있으면 이 혼돈의 공간 즉 파이

테니로크의 그물이 형성한 공간을 빠져나갈 수 있을 거야. 살아남아.'

나는 달리기 시작했다. 권총을 꺼내들고 노진아를 조준해서 쏘았다. 그러나 번번이 총알은 그녀가 달리면서 숨는 대리석 기둥을 맞출 뿐이었다. 그건 그녀도 마찬가지여서 그녀는 내가 달리면서 숨는 대리석 기둥을 부스러뜨리고 있었다.

공간이 기우뚱하더니 순식간에 뒤집히고 나는 어떤 원형의 공간에 노진아와 마주보며 권총을 겨누고 있었다. 동시에 발사된 총알은 총알끼리 맞부딪혀 공중에서 파괴되었다. 다시 원형의 공간이 회전하고 이번에는 아주 높은 곳까지 연결된 계단과 그 사이의 조각상들이 나타났다. 나는 조각상들에 적절히 숨으며 노진아에게 총격을 가하고 있었다. 노진아도 노련한 것은 마찬가지라서 킬러 수업을 제대로 받은 그녀가 새삼 놀랍다는 생각마저 순간 들었을 정도였다. 우리는 계단을 오르면서 계속 조각상을 맞추며 권총을 쏘아댔다.

끊임없이 발사되는 총알에 트랜스포메이션 기술의 영혼이 고마워졌다. 총알 공급마저 없었더라면 벌써 노진아에게 당했을 것이다. 계단을 다 올랐을 때 그곳은 더 이상 피할 곳이 없는 절벽이었지만 나는 절벽 아래로 몸을 던졌다. 떨어지면서 몸을 돌려 절벽 위의 노진아에게 총격을 가했다. 그러나 빗나가고 노진아가 나를 향해 총을 쏘았다. 내가 떨어진 강 위로 쉴 새 없이 총알이 떨어졌다.

강이 출렁이더니 노진아가 서 있는 절벽으로 탄력이 있는 물의 길이 연결되었다. 노진아는 강물의 줄기 위로 뛰어내려왔다. 공간의 변이는 계속 일어나고 있었다. 나는 강물을 딛고 서서 강물이 회전하기를 속으로 주문했다. 노진아가 거의 다 내려온 순간 강물이 그 탄력을 잃으면서 원래의 물로 돌아가며 그녀를 삼켰다. 나는 강가에 서 있었다. 노진아는 강물에 삼켜져서 그 흔적도 없었다. 그러나 잠시 후 그녀가 강물

위로 떠올랐다.

주변의 나무에 세찬 바람이 불어오더니 녹색의 나뭇잎들이 모두 뜯어져 강한 회오리바람에 쓸려 거대한 흐름을 형성했다. 나는 그 흐름 속에 노진아를 넣었고 그녀는 회오리바람 속에서 회전하면서 비명을 질러댔다. 그녀를 죽일 생각은 처음부터 없었다. 다시 그녀를 죽일 순 없었던 것이다. 이 모든 것이 누구의 원인으로 초래되었어도 그녀도 피해자 중의 한 명 일거라는 강한 확신은 권총을 들고 서 있는 나 자신이 힘을 남용하는 것처럼 느끼게 했다. 나는 점차 트랜스포메이션 카드의 영혼이 노진아가 친 혼돈의 공간을 이해하고 새로운 트랜스포메이션 기술을 개발하고 있다고 느꼈다.

그 공간은 점차 내 의지대로 움직이고 있었다. 회오리바람에 갇힌 노진아를 다시 샌프란시스코로 보내버리는 데 성공한 나는 잿빛 카드 한 장을 받아들었다. 트랜스포메이션 카드의 영혼이 보낸 것이었다.

'곧 그게 눈 속으로 흡수될 거야. 모든 상황에서 너 자신 혼자 모든 걸 해낼 수 있도록 고안되었어.'

잿빛 카드가 순식간에 사라지고 나는 내 눈 앞에 컴퓨터의 화면과도 같은 영상의 형태가 녹색의 빛으로 나타나는 걸 경험했다. 분명 이제는 내 몸 자체로 내 의지 자체로 모든 것을 하고자 하는 대로 움직일 수 있는 것이었다. 그러나 나는 트랜스포메이션 카드의 영혼이 내게 허락하는 최고의 기술들을 받으면서도 지독한 책임 의식에 시달리고 있었다.

곧 변이 공간이 끝나고 나는 그곳에서 걸어 나왔다. 자동차 한 대를 만들어내고는 달리기 시작했다. 자동차의 네비게이터를 샌프란시스코로 맞추고 노진아를 찾아갔다. 나와 일체가 된 트랜스포메이션 기술은 계속 새로운 정보를 내게 주고 있다. 페터슨 대령이 어린 노진아를 학대하는 장면이며 어릴 때부터 총을 쥐어주었다는 것과 그리고 그녀가 성인이 되기도 전에 킬러로서 서약을 해야 했던 것이 그것이었다. 그러나 노진아에게 동정심을 가질 필요는 없었다. 다만, 분명히 해둘 건 해두어야 했다. 트랜스포메이션 기술을 어떻게든 가진 그녀와 다른 두 과학자가 이 세계에 대해 어떤 행동을 할 것에 대해 막을 사람은 지금 나밖에 없는 것이다.

나의 차가 도착하기도 전에 그녀가 쏜 권총에 의해 자동차의 후면 유리창이 박살나고 나는 고개를 숙여야 했다. 그러나 나는 유유히 차에서 내려 총알이 하나 장전된 나의 권총을 꺼내 들었다. 나는 총알을 발사했고 공중에는 한 장의 사진이 나타났다. 권총은 그 사진을 겨냥한 것이었다. 그것은 그녀의 어린 시절 사진 중의 하나였다. 그 사진을 정확히 총알이 뚫고 지나갔다. 공중에서 떨어진 사진을 확인한 노진아는 잠시 정체성의 혼란을 보이는 것 같았다. 그녀가 당황해하는 사이 나는 후면 유리창이 깨진 차를 타고 다시 샌프란시스코의 외곽까지 나왔다.

그런 어린 시절 따위 버리라고 던지듯 그녀에게 상처를 입히고 온 셈이었다. 나는 내 눈 앞에 나타나는 화면을 통해 노진아가 덜덜 떨면서 자신의 집 앞에 주저앉은 걸 보았다. 그렇다고 해서 그녀가 냉혹한 킬러인 건 변함없는 사실이었고 그녀가 캠퍼스 총기 난동의 주범이라는 사실도 변함이 없었다. 나는 한국의 경찰에 총기 난동 때 노진아를 촬영한 필름과 노진아의 미국 주소지를 적은 것 그리고 그 당시 노진아의 출입국 카드를 만들어 익명으로 제보했다.

미국 당국은 노진아에 대한 수사를 허락했고 그녀는 한국으로 소환되었다. 그녀가 묵묵히 아무 말 없이 소환된 것에 약간의 의아심은 들었지만 그녀가 총알이 뚫고 지나간 사진을 가방 속에 챙겨 넣은 것이 약간 마음이 아려왔다. 나의 타깃은 이제 두 사람의 과학자였다. 세미튼 사(社)에서 일하던 그 사람들은 혼합형 트랜스포메이션 카드의 기술까지 갖추고 있었다. 나는 그들의 카드가 다시 사용되도록 기다렸다. 나의 더 높은 기술을 적용하지 않은 채 그들이 저지르는 일들을 지켜보기로 한 것이다.

노진아가 한국으로 소환되고 샌프란시스코에 머무른 지 한 달쯤 되었을 때였다. 재미있는 일이 벌어지기 시작했다. 다시 혼합형 트랜스포메이션 카드가 제 기능을 하는 걸 알게 된 제임스 몰링과 아도널 키세스가 회사를 차리고 식량과 고기 및 에너지에 대한 생산을 하기 시작한 것이다. 결국 돈에 목적이 있는 거였다. 나는 상황을 좀 더 지켜보기로 했다. 트랜스포메이션 기술의 영혼은 나의 눈에 잿빛 카드의 기술을 넣은 이후 더 이상 나를 간섭하지 않았다. 그럼에도 그 영혼은 보다 높은 트랜스포메이션 기술을 형성하는 것에 두려워하지 않았으며 결국 나를 믿고 지켜주고 있었다. 고마운 일이었다.

다시 한 달이 더 지났을 때 나는 저들의 트랜스포메이션 기술이 보다 진보한 것을 알게 되었다. 하지만 마음만 먹고 통제하자면 나는 저들의 모든 기술을 통제할 수준이라 그들이 발전해나가는 것을 지켜보고 있었다. 그들이 경제적인 목적 외에 정치적이거나 국제적인 일에 관여하지 못하도록 나는 그들을 그림자처럼 지켜보고 있었다.

제임스 몰링과 아도널 키세스는 과학자로 시작한 것만큼 나름대로 기술의 사용에 윤리를 가진 모양이었다. 그들은 그저 경제적 이익, 보다 진보한 상품에 관심이 있는 것처럼 보였다. 그러나 그들이 '체크 밀'이라는 식이요법 제품을 냈을 때 그것을 섭취한 여성들이 이상 비만 현상을 호소하며 그들을 고소한 사건이 터졌다.

사건을 담당한 검사는 제임스 몰링과 아도널 키세스의 회사의 제품을 제조하는 과정을 조사하면서 특이 사항을 발견했는데 실제로 곡물의 입고나 수량에 대한 기록을 찾을 수 없었고 회사 직원도 전혀 없다는 것과 회사 운영에 대한 서류도 전혀 없다는 것을 포착했던 것이다. 그저 아무 재료도 없는 상태에서 그 누구도 제품의 생산에 관여하지 않은 상태에서 제품을 생산한 것 같다는 믿을 수 없는 상황을 검사는 볼펜을 책상에 똑똑 거리며 생각하고 있었다.

그 무렵 제임스 몰링과 아도널 키세스가 잠적함으로써 사건은 더욱 불거졌으며 의혹은 더욱 커져갔다. 그들에 대한 목격자가 전 미국에 걸쳐서 나오고 있었으며 그런 현상에 대해 더욱 그들의 정체에 대한 의구심이 미국 전체에 커져만 갔다.

결국 나는 도깨비 작전을 하고 있는 제임스 몰링과 아도널 키세스의 트랜스포메이션 기술을 빼앗아 폐기했다. 그러나 그들은 하루 만에 새로운 트랜스포메이션 기술을 갖고 나타나 다시 도깨비 작전을 했으며 동시에 나를 추적하고 있었다.

한국에서 유죄 판결을 받은 노진아는 구속 수감되었고 동시에 다음 날 아침 감옥은 텅 비어 있었다. 노진아가 나타났다고 느낀 순간이 오고 그녀 역시 내가 가진 똑같은 기술 수준의 트랜스포메이션 기술을 가지고 있다는 것을 파악했다. 그녀의 손에는 아무것도 없었으나 순간 그녀는 공중에서 권총을 끌어내 손으로 잡아챘다. 나도 역시 그렇게 권총을 잡아챘고 우리는 서로가 만들어내는 변이 공간에서 총격전을 시작했다.

노진아가 손가락을 한 번 퉁기더니 제임스 몰링과 아도널 키세스가 나타났다.

"헤이, 왜소한 동양인. 재주를 좀 부릴 줄 아는구먼. 하지만 재주는 어디까지나 재주일 뿐이지."

아도널 키세스가 입을 함부로 놀렸다.

세 사람이 가세해 내가 설치한 방어막을 뚫을 모양으로 집중 사격을 해댔다. 나는 그 방어막을 두고 새 방어막을 만들어내 그 뒤로 후퇴했다. 노진아와 내 눈 앞에는 녹색 코드의 계산이 펼쳐지고 있었고 동일한 수준의 트랜스포메이션 기술들이 격돌하고 있었다. 이 상황에서는 어느 한쪽이 싸우는 동안 보다 우세한 트랜스포메이션 기술을 습득해야 이길 수 있었다. 나는 트랜스포메이션 기술의 영혼을 부르는 대신 내 눈 앞에서 빠른 속도로 계산되는 녹색 글자의 코드를 변환하기 시작했다. '삐삐−' 소리가 들려오고 노진아와 두 과학자의 진영에 설치된 방어막이 폭발했다.

그들이 부상을 입었을 거라 생각했지만 나는 작전상 후퇴했다. 아직 내가 형성한 새로운 트랜스포메이션 기술이 어떠한 건지 알지 못했기 때문에 그걸 사용해서 확실히 이기는 것은 위험했다. 단지 그 상황을 피한 것만으로도 충분했다.

저녁이 되고 샌프란시스코의 어느 숲, 나무 밑에서 나는 새로운 트랜스포메이션 카드의 핵심이 변환의 변환이라는 걸 알았고 그것을 어떻게 사용할 지 파악했다. 노진아와 두 과학자가 쓰러졌던 변이 공간에는 이미 아무도 없었다. 그들은 빠르게 그들의 몸을 회복했을 것이다. 나는 그들이 있는 곳을 추적했다.

침대에 한 명이 누워있고 그 사람의 위로 시트가 머리까지 덮여 있었다. 한 명이 죽은 모양이었다. 그들은 그를 다시 살릴 생각은 없어보였다. 대신 살아남은 제임스 몰링은 '체크 밀' 제품에 대해 그것이 시판되기 전의 상황으로 돌렸다. 노진아는 그녀의 바지 뒷호주머니에서 권총으로 뚫린 그녀의 어린 시절 사진을 북북 찢어서 내던졌다.

'이래안, 이래안.'

'응. 트랜스포메이션 기술의 영혼.'

'왜 하필 아도널 키세스가 죽은 줄 알아?'

'왜지?'

'네가 한 단계 상승시킨 트랜스포메이션 기술이 주인에 대해 존중하는 마음으로 힘 좀 썼지. 널 보고 왜소한 동양인이라니!'

'훗, 그랬군. 상관없어. 저들이 뭐라고 불러도 내 자존심은 꺾이지 않아.'

'그나저나 상황이 어떻게 될까?'

'난 새로운 트랜스포메이션 기술을 검토하고 또 다시 새로운 기술을 개발하기 위해 이만 가볼게. 오늘 멋있었어.'

트랜스포메이션 기술의 영혼이 가버리고 나는 자동차를 만들어내 샌프란시스코의 어느 레스토랑으로 향했다. 얼마 만에 먹어보는 식사인지 나는 스테이크를 다섯 접시나 비웠다. 노진아에 대해 생각하면서 '먹는 동안은 건드리지 마라, 건드리지 마라'라고 속으로 외우면서 말이다. 식사를 마치고 샴페인 한 잔을 가볍게 목구멍으로 넘겼다. 산뜻한 맛이 일품이었다.

운전은 하지 않고 수염이라도 깎고 샤워라도 할 모양으로 가까운 호텔을 찾았다. 목욕을 끝내는 동안 트랜스포메이션 기술을 걸어두었던 터라 노진아가 공격할 가능성은 적었다. 물론 노진아가 새로운 트랜스포메이션 기술을 그동안 개발했다면 상황이 달라지는 거겠지만. 나는 트랜스포메이션 기술을 가동시킨 채 잠에 빠져들었다.

정이은이 치마를 입고 있다.

내 손을 잡아끌면서 들꽃 하나를 꺾어든다.

"내가 아직까지도 너 자신이라고 생각해?"

나는 그녀의 손을 놓고 그녀의 뺨에 내 손을 갖다 댄다. 큰 눈망울로 나를 빤히 쳐다본다.

"아니, 넌 정이은이야. 다른 사람이고. 여자고."

"그럼, 왜 구하러 와주지 않은 거야? 너 자신이라고 생각하고 날 믿은 거야?"

"아니, 무력했었어. 바보 같이 판단이 서질 않았어."

"괜찮아. 난 네 안에 살아있는 걸. 이 꽃 받아."

아찔한 향기에 나는 그만 쓰러졌다. 문득 잠에서 깼다. 내 머리맡에는 들국화 한 다발이 놓여있었다. 맡아보니 같은 향기가 난다.

'아쉬운 꿈이라서 이렇게 가져다 놓았습니다.'

트랜스포메이션 카드가 말한다.

'그래, 고마워.'

'이래안, 이래안!'

여성성의 촐싹대는 트랜스포메이션 기술의 영혼이 또 나를 부른다.

'그들의 트랜스포메이션 기술이 급속도로 발전하고 있어. 다음 게임은 우리가 게임이 안 될 정도야. 우리도 새로운 체계의 복잡한 트랜스포메이션 기술을 개발해야 해. 시뮬레이션 게임인데 할 수 있겠지?'

'내가 수행하는 시뮬레이션 게임을 통해 획득한 자료로 새로운 체계를 가진 트랜스포메이션 기술을 네가 개발하는 거겠지?'

'물론이야.'

'게임의 이름은?'

'미로 게임이야.'

잠시 후 나는 내가 가진 트랜스포메이션 기술이 모두 사라졌다는 것을 깨달았다. 하나의 공간에 내가 혼자 서 있었다. 내가 쓸 수 있는 기술은 모두 사라졌고 새로운 기술을 추가해야 했다. 내가 이 공간을 극복하는 과정이 새로운 체계를 가진 트랜스포메이션 기술의 생성 원인을 제공할 것이다. 내가 그 어두컴컴한 공간의 몇 바퀴를 돌았을 때 나는 그곳에 출구가 없다는 걸 알았다.

Blank

그 속은 거대한 검은 직육면체였고 나는 바닥에 발이 닿는 느낌이 이상해 제자리에서 뛰어보았다. 뭔가 투명한 울림이 있었다. 그리고 그 통은 조금씩 이동하고 있었다. 나는 바닥의 모서리부분을 수차례 발로 찼다. 그러자 내가 찬 부분이 찢어지더니 바닥의 옆 부분까지 찢어졌다. 그리고 순식간에 찢어진 바닥이 공간 밖으로 열렸고 이에 미끄러진 내가 바닥의 끝을 잡고 공중에 대롱대롱 매달린 모양이 되었다. 겨우 힘을 내어 바닥 위로 기어 올라가 찢어지지 않은 부분 끝에 섰다. 그런데 바닥은 조금씩 더 찢어지기 시작했고 나는 소리를 질렀다.

"바닥과 천장의 위치를 바꾸어줘!"

그리고 그건 그대로 실현되었다. 뚫린 하늘을 보며 바닥에 편히 앉을 수 있었던 것이다. 그건 계속 이동하다가 턱 하더니 어딘가에 박혀 들어간 모양이었다. 나는 박혀 들어간 쪽의 옆면을 뚫어 겨우 어느 통로로 들어섰다. 통로는 갈수록 좁아졌는데 나는 결국 완전히 막힌 벽에 직면했다. 설상가상으로 내가 들어오는 동안 들어왔던 입구도 점차 좁아져서 결국 막혀버렸다. 나는 어느 둥그런 공간에 있었고 벽을 두드려 보고는 꽤 약한 암석 쪽으로 주먹으로 때리기 시작했다. 주먹이 피투성이가 되어도 멈추지 않았을 때 그 잿빛 벽은 무너져 내리며 새로운 공간과 그 공간을 가를 수 있는 자동차를 마련해놓았다.

그 자동차는 바퀴가 달려있지 않은 공중에서 이동할 수 있는 자동차였다. 주먹은 이미 회복이 된 상태였다. 나는 한 번도 운전해보지 않은 자동차를 타고 공간을 날아갔다. 속력을 계속 올릴 수 있는 장치가 있어서 끝까지 운전해보다가 자동차가 불길에 휩싸였다. 그건 공중에서 몇 바퀴를 회전하고 떨어지기 시작했다. 나는 문득 해변이 가까운 바닷가에 떨어졌고 화상을 입지 않은 상태에서 해변까지 헤엄을 쳐서 도착했다.

수풀 뒤에서 수많은 원주민을 발견했을 때 내게 날아오는 것은 수많은 화살이었다. 나는 트랜스포메이션 기술의 영혼에게 도움을 구하는 걸 멈추고 순수한 내 내면의 명령으로 똑바로 서서 화살을 잡아보자고 생각했다. 첫 번째 화살을 오른손으로 휙 잡고 다른 화살도 왼손으로 잡았다. 그리고 순식간에 몇 바퀴의 회전으로 모든 화살을 손으로 잡고는 원주민들을 노려보았다.

원주민들이 사라진 것과 동시에 나는 넓은 사막에 서 있었다. 전차가 지나가고 폭격이 모래 위로 무자비하게 떨어졌다. 나는 두 손으로 땅을 파내려가기 시작했고 나는 어느 순간 폭격의 소리도 듣지 않았다. 그러나 머리를 들고 내가 파내려온 곳을 올려다본 순간 방울뱀 몇 마리가 내 머리 위로 떨어지고 있었다.

'이건 아니잖아. 트랜스포메이션 기술의 영혼.'

내가 그렇게 생각했을 때 방울뱀들은 떨어지는 중에 공중에서 먼지로 변해 사라졌다. 나는 트랜스포메이션 기술의 영혼이 계속적으로 새로운 트랜스포메이션 기술을 나의 시뮬레이션으로 확보하고 있다는 생각을 하면서 계속 새로운 일들이 일어나기를 기다렸다.

내가 서 있는 깊은 구덩이가 천천히 젖기 시작하더니 물줄기가 솟고 나는 다시 물 때문에 지상으로 밀려 올라왔다. 그런데 그곳은 더 이상 사막이 아니었다. 잿빛 벽돌이 잘 배열된 어느 광장이었다. 집도 상점도 없는 그저 기울기만 장소마다 다른 그런 잿빛 벽돌의 광장이었다.

나는 벽돌을 뜯어내기 시작했다. 시간이 얼마나 지났는지도 알 수 없고 나는 엄청난 벽돌을 모두 뜯어냈다. 한숨 쉬면서 축 늘어져 서 있을 때 벽돌이 하나둘 씩 공중으로 떠올라가기 시작했고 바닥의 흙이 흙먼지를 일으키며 나를 데려다준 곳은 내가 머물던 호텔 안이었다.

정이은이 나를 보며 다리를 꼬고는 침대에 앉아있었다.

"정이은?"

"아니, 난 트랜스포메이션 기술의 영혼이야. 네가 정이은을 좋아하니까 그 얼굴이 좋겠다싶어 낙점한 거지."

"그나저나 기술을 확보했어?"

"극한의 상황을 벗어나려고 무식하게 애쓰는데 뭐 특별한 걸 발견했다고?"

그녀는 새침하게 굴었다.

"하지만 용기는 가상했어. 어쨌든 미로 게임에서 내가 출구를 열 수 있도록 마음을 먹게 만드는 것 자체가 중요한 거야. 그리고 그런 너의 행동들에서 영감을 얻어 새로운 체계의 트랜스포메이션 기술인 블랭크 트랜스포메이션 카드를 개발했어."

그녀는 투명한 카드를 하나 내밀었다.

"눈에 넣어줄게."

아무것도 특수한 것이 느껴지지 않았다. 그저 말 그대로 블랭크였다.

"이 카드는 왜 특수하지?"

"적의 시스템에 대해서도 그다지 상관 안하고 우리의 힘에 대해서도 그다지 상관 안하는 공백의 카드야. 하지만 결정적일 때 그 공백에서 스스로 힘을 형성해 승리를 돕지. 어때, 멋있지 않아?"

"괜찮군. 하지만 또 권총을 들고 싸워야하겠지?"

"그럴 수도, 아닐 수도. 그럼."

정이은은 손가락으로 '딱' 하는 소리를 만들어내더니 내 방에서 사라져버렸다. 무언가 큰 폭격이 호텔에 내리친 것 같았다. 나는 문득 호텔 앞에 서 있었다. 순간 호텔이 무너져 내리고 나는 먼지에 뒤덮였다.

'블랭크 트랜스포메이션 카드는 나의 의지를 넘어서 작용하고 있다. 더 이상 나의 명령을 받지 않는다.'

나는 그걸 확실히 알 수 있었다. 그리고 블랭크 트랜스포메이션 카드가 나의 생명 에너지를 제로로 만들어 노진아의 트랜스포메이션 카드에 전송하는 것을 알 수 있었다. '당분간은 싸움이 없겠군'이라고 생각하고 호텔 근처에서 벗어났다.

나는 노진아가 무슨 일을 꾸미고 있는지 알 수 없었다. 블랭크 트랜스포메이션 카드는 필요한 때 외에 내게 정보를 주지 않았다. 그리고 평소에는 그것이 있는지 없는지조차 느껴지지 않았다. 나는 길을 걸으며 생활하고 있었고 가끔은 하수구 통로 근처에서 새우잠을 자기도 했다. 그러나 옷차림은 항상 깨끗했고 자고 일어나면 새 옷이 입혀져 있었다. 게다가 먹을 것도 항상 떨어지지 않았다. 문득 노천카페에 앉아있으면 내 앞자리에는 시원한 아메리카노와 큼지막한 햄버거가 놓여있었다.

블랭크 트랜스포메이션 카드는 점차 위험을 감지하고 있었다. 제임스 몰링은 새로운 '체크 밀' 제품을 내놓았고 이는 순식간에 살을 빼는 효과로 여성들 사이에 입소문을 타고 매출이 급신장했다. 노진아는 미국 내 극우세력에 자금을 대고 있었고 극우세력은 신인종차별과 엘리트계급의 세습을 주장하는 법안을 들고 얼굴에 가면을 쓴 채 거리 시위를 벌였다. 그러나 더 기가 막힌 것은 사람들도 경찰도 그들을 저지하지 않았다는 거였다.

노진아가 새로운 세뇌 기술을 쓰고 있는 게 분명했다. 하지만 블랭크 트랜스포메이션 카드는 세세한 정보를 가르쳐주지 않았고 그저 내게 위기의식을 심어줄 뿐이었다. 최소한의 정보와 위기의식을 가지고 나는 '권총, 탄알이 계속 공급되도록, 자동차, 연료가 계속 공급되도록'이라고 중얼거리고는 대로변으로 나섰다. 아무도 타지 않은 차량 한 대가 내 앞에 와서 섰다. 나는 그걸 타고 가슴팍에서 권총을 꺼내 들었다.

블랭크 트랜스포메이션 카드가 내 생명 신호를 노진아 측에 전달하고 있었고 두 대의 차량이 순식간에 나타나 내가 탄 차량을 따라붙고 있었다. 나는 스포츠카의 속도를 올렸으며 두 대의 차량도 속도를 올리기 시작했다. 노진아는 고개를 차창 밖으로 들이밀고 내 차를 향해 권총을 쏘아댔지만 그건 분명 차의 바퀴에도 차의 후면에도 닿았지만 내 스포츠카는 끄덕도 하지 않았다. 노진아가 내 자동차에 대해 설정 조작을 하려했지만 그것이 블랭크 트랜스포메이션 카드의 저지로 이루어지지 못하자 차를 대고 밖으로 나와 권총만 내 쪽으로 쏘아댔다. 나는 차를 세우고 한 바퀴 돌아 그녀 쪽으로 다시 돌아가기 시작했다. 그녀가 나를 유인한 것이니 그대로 해줄 생각이었다. 내가 차에서 내려 그녀를 겨누었을 때 그녀에게서 발사된 총탄과 내게서 발사된 총탄이 공간의 어느 지점에서 회전하면서 모두 그녀에게 쏟아졌고 그녀는 심장과 머리에 총탄을 맞고 쓰러졌다. 제임스 몰링의 차가 도착하고 나는 공중으로 공포탄 한 발을 쏘고는 다시 내 차를 타고 멀어졌다.

블랭크 트랜스포메이션 카드는 노진아에 대해 더 이상 상황을 보여주지 않는다. 제임스 몰링의 도움으로 노진아는 살았을 것이다. 그러나 며칠 후 워싱턴 포스트 지에 한국의 캠퍼스에서 일어난 충격 사건의 용의자가 미국의 샌프란시스코의 도로에서 머리와 가슴에 총탄을 맞아 사망한 사건이 게재되고 노진아를 살해한 용의자가 한국의 캠퍼스에서 일어난 충격 사건과도 관련이 있을 거라는 기사가 실렸다.

제임스 몰링은 노진아를 살릴 수도 있었다. 하지만 그러기에는 그의 야망이 너무 컸기에 노진아는 어느 정도까지만 필요한 동료였을 뿐이었다. 블랭크 트랜스포메이션 카드는 도로에 설치된 CCTV에 내가 탄 차량과는 다른 차량이 찍히도록 해놓았고 거기에서 내리는 나는 그저 어느 흑인이었을 뿐이다. 나는 노진아를 결국 내 손으로 죽였다.

저녁이 되고 새빨간 나의 스포츠카에 앉아 나는 자책하고 있었다. 블랭크 트랜스포메이션 카드에게 노진아에 대해 물었지만 답을 들을 수 없었다. 미국은 CCTV에 찍힌 흑인이 그 시간 뉴욕에 있었다는 것이 확인되면서 수사는 미궁으로 빠져들었다. 그리고 '체크 밀'의 부작용이 나타난 것은 별로 신기할 것도 없는 일이었다.

제임스 몰링은 다시 '체크 밀'의 판매 이전으로 상황을 돌리려 했지만 블랭크 트랜스포메이션 카드의 저지로 이루어지지 못하자 영국으로 공간 이동하려했지만 그것도 블랭크 트랜스포메이션 카드에 의해 저지당했다. 제임스 몰링의 회사에 대한 조사가 시작되면서 제임스 몰링의 회사는 제품의 생산 과정에 대한 정보를 밝히지 못함으로써 의혹과 함께 도주가 염려되어 제임스 몰링은 구속 수감되었다. 그러나 제임스 몰링의 자택에서 수상한 도구가 발견되었는데 그것은 트랜스포메이션 기술의 생성 장치였다. 그것의 정체에 대한 조사를 벌이는 도중 연구원 세명이 모두 녹색 피를 쏟고 죽었다.

정부는 '체크 밀' 사건에 대해 처음에는 모든 진상을 밝힐 것이라고 발표했지만 수사는 미궁으로 빠져들었고 제임스 몰링은 계속 이상한 진술만을 반복했던 것이다. 트랜스포메이션 기술에 대해 제임스 몰링이 그 핵심을 밝히려는 순간이 왔다고 판단한 블랭크 트랜스포메이션 카드는 그가 수감된 독방에 가스를 주입하여 그를 교살했다. 그가 죽은 직후 가스는 걷히고 그는 감옥에 대롱대롱 매달린 채 죽은 것이 되었다. 물론, 그가 수감되어 있던 방의 CCTV는 그가 자살하는 과정을 담았을 뿐이었다.

나는 미국 서부의 태평양과 접한 해안 도로를 따라 달리고 있었다. 문득 내 옆에는 정이은이 앉아 있었다. 정확하게는 트랜스포메이션 기술의 영혼이었다.

"블랭크 트랜스포메이션 카드의 성질은 매우 차가워. 아무것도 용납하지 않지. 노진아에 대해서 죄책감이 들어?"

"모르겠어. 내가 다시 그녀를 살릴 수 있는 것도 아니고. 더군다나 끝까지 나를 추적해 나를 살해할 의도를 가진 여자였어. 그렇다고 해서 내가 그녀를 죽인 게 정당화되진 않아."

"생각해 봐. 상대방에게서 총탄이 발사되고 네가 쏜 한 발과 함께 공중에서 그 두 발이 회전한 후 다시 그녀에게 박힌 건 블랭크 트랜스포메이션 카드가 그렇게 한 거야."

"아무리 그렇더라도. 하지만 내가 권총을 요구한 것이니 할 말은 없어."

"블랭크 트랜스포메이션 카드는 자기 의도대로 해. 하지만 카드의 결정과 행동이 옳다, 그르다, 를 떠나서 판단해야 해. 그 순간에서 해야할 일을 하도록 되어 있는 거라고."

내가 말이 없자 트랜스포메이션 기술의 영혼도 잠자코 해변에서 불어오는 바람을 맞고 있다. 우리는 차를 돌려 북부로 향하기 시작했다. 나는 시애틀로 목적지를 잡았는데 내가 한 시간을 운전했을 때 이미 그곳은 시애틀이었다. 항구에는 여전히 풍성한 해산물들이 잡혀 올라오고 있었고 나는 정이은이 죽었던 그 식당을 찾았다. 주인장이 바뀌었지만 별로 그곳에서 식사를 하고 싶은 마음이 생기지 않았다. 정이은의 모습을 한 트랜스포메이션 카드의 영혼은 나를 어느 집으로 끌고 갔다. 비어있는 집을 그녀는 열쇠를 따고 들어갔다.

"정이은이 마지막까지 살았던 집이야. 모든 게 텅 비어있는 이 집에서 혼자 모든 걸 감당하고 살았지."

나는 아무것도 없는 방에 멍하니 서 있었다.

"그리고 그녀는 너의 분신이 아니라 자기 자신으로서 한 명의 여자가 되었고 또 그 모습으로 죽었어."

가슴팍에 있는 권총을 내려놓는다. 그건 순식간에 사라지고 정이은의 사진 한 장이 들어있는 액자가 나타난다. 나는 그걸 방의 중앙에 세워두고 절을 두 번 했다. 그리고는 무릎을 꿇고 앉아서 '다시 돌아올 수는 없는 거겠지' 하고 속으로 생각했다. 블랭크 트랜스포메이션 카드는 아무런 반응도 하지 않는다.

"그녀가 너와 알렉스에 대해 간직한 마음은 끝까지 순수했고 마지막 순간에는 두 사람 중의 아무에게나 사랑을 받고 싶은 마음이 있었어."

나는 일어나 사진을 가지고 그 집의 뒤뜰로 갔다. '파이어'라고 속으로 외쳤을 때 사진이 불타오르고 마침내 그건 재만 남아 바람에 날려 사라졌다.

그녀의 장례식이었다. 바람이 싸하게 불고 다시 그 방으로 돌아오니 트랜스포메이션 기술의 영혼은 사라지고 없었다. 다만 싱크대 위에 메모 한 장이 놓여있었다.

"노진아와 페터슨 대령의 인격이 결합한 어마어마한 인간이 하나 등장할 거야. 이름은 포 알데히드야. 알렉스 시절에 만난 적이 있지? 미래에 보내진 포 알데히드가 재밌게도 트랜스포메이션 기술에 대해 독자적으로 연구해내는 데 성공했고 동시에 노진아와 페터슨 대령의 인격까지 더해 아주 악랄하게 돌아올 거라고. 이미 이 근처야. 조심해."

블랭크 트랜스포메이션 기술은 아직 아무 신호도 보내오지 않는다. 포 알데히드 연구원이라면 그가 노진아와 페터슨 대령의 인격까지 입었다면 상당한 골칫거리가 되어 돌아오지 않을까 하고 잠시 생각했다.

방의 문이 찌그러지기 시작한 건 그 순간이었다. 그리고 나는 그 방에서 사라졌다. 포 알데히드는 문 안에 아무도 없다는 걸 깨닫고 그 집을 방화해버리고서 자신의 검은 SUV 차량을 타고 사라졌다. 블랭크 트랜스포메이션 카드가 나의 위치에 대해 포 알데히드의 추적을 방어하고 있다는 게 느껴졌다.

나는 불타고 있는 방이 있는 곳에서 멀리 떨어지지 않은 어느 밤나무 위에 붕 뜬 채 서 있었다. 결국 내가 살아남아서 해야 하는 일이 어디까지 이를까 하는 건 가늠할 수 없는 밤이었다.

나는 소방차들이 오는 걸 보고 밤나무 위에서 사라졌다. 나는 통로 속을 걷고 있다. 원통형의 넓은 통로다. 통로의 벽은 투명하고 그 외부는 푸른 물로 가득 채워져 있고 사람의 형상을 한 투명한 존재들이 물 속을 떠다니며 문득 나를 쳐다보다가 다시 다른 곳으로 헤엄쳐가거나 했다. 대부분 머리가 긴 여자의 모습을 한 그 형상들은 이따금씩 내게 무언가를 말하려는 듯 보였다. 나는 내 가슴에 다시 권총이 생겨났음을 알게 되었고 그걸 손으로 쥐었을 때 통로 안쪽의 어두운 곳에서 총을 발사하는 소리가 들려왔다. 그중 한 발이 벽의 수족관을 뚫은 모양인지 물이 새어나오기 시작했다. 뚜벅뚜벅 구두 소리가 들리고 검은 양복을 빼입은 그는 포 알데히드였다.

"미래에 가서 좋은 건 과거의 모든 단서들을 가지고 보다 진보한 기술로 과거를 정복할 수 있다는 것이지."

그가 그렇게 말했을 때 그의 머리에서는 노진아의 머리가 쑥 솟아오르고 노진아의 머리는 굉음을 지르더니 곧 사라지고 다시 페터슨 대령의 머리가 나타나 역시 굉음을 지르고 쏙 사라졌다. 그는 잠시 정신을 수습하고는 자신의 인격에 대해 할 말이라도 있는 것처럼 굴었다.

"이들의 정신을 소유하는 것이 얼마나 도움이 되냐면 복합 효과라는 게 있어. 좋은 두뇌로 그걸 나쁜 쪽으로만 이용하는 인격을 여러 개 가짐으로써 일을 수월하게 할 수 있지. 나로서는 이런 두뇌와 인격이 필요하기 때문에 그들의 것을 흡수했어. 왜 문제가 되나?"

그는 이미 나의 동의나 승인 같은 건 필요 없다는 투로 말하고 있었고 나도 그의 인격이 노진아의 것과 페터슨 대령의 것을 섞어놓았다는 것에 별 관심이 없었다. 타도해야 할 적이 또 한 명 생긴 것뿐이다. 나는 권총을 그에게 조준했다. 그는 오히려 당당한 미소를 입가에 띨 뿐이었다.

"내 몸은 특수하게 제작되어서 그런 총기류 따위에 박살나지 않아. 어때, 실험을 해보겠어?"

나는 권총을 그의 머리에 발사했다. 그의 머리는 그저 금속이 찌그러지듯 찌그러졌을 뿐 다시 원상태로 회복되었다. 나는 그의 신체 곳곳에 권총을 발사했지만 총을 맞은 그의 몸은 잠시 찌그러졌다가 원상회복될 뿐이었다. 나는 점점 통로 뒤로 밀리고 있었다.

"자, 이제 내가 공격을 해볼까?"

그가 말했을 때 나는 블랭크 트랜스포메이션에게 그의 몸에 대한 정보를 부탁했다. 그러자 블랭크 트랜스포메이션 카드는 수족관을 지목했다. 나는 수족관을 겨냥하고 권총을 쏘아댔다. 수족관 속의 투명한 형체의 존재들이 굉음을 지르고 곧 수족관이 파열되어 그도 나도 물속에 파묻혔다. 물속에서 포 알데히드를 둘러싼 투명한 형체들은 그를 빨아들이기 시작했고 그의 양복만 물 밑으로 가라앉았다.

나는 햇빛이 비치는 쪽으로 수영해서 올라왔다. 괌의 어느 해변이었고 나는 블랭크 트랜스포메이션 카드의 도움으로 시애틀에 도착했다. 이번에는 밤나무의 아래에 도착했다. 어린 아이 하나가 나를 보고 울음을 터트리며 자기 엄마에게로 뛰어갔다.

"저 아저씨가 갑자기 나타났어요."

아이와 아이의 엄마를 번갈아 보면서 나는 그녀가 엘렌 리치먼임을 알았다. 그녀는 아이를 데리고 내 쪽으로 천천히 걸어왔다. 그녀가 왜 시애틀에 왔는지 궁금했다.

"아이를 구해주신 것에 감사의 인사도 못 드렸어요. 여기 시애틀에 거주하세요?"

"뭐, 이곳저곳을 떠돌아다닙니다. 그때 저를 구해주셔서 더욱 고맙지요."

"시간이 되시면 식사라도 한 끼 대접하고 싶은데요."

그녀는 사양하는 나를 이끌고 근처의 레스토랑으로 가서 로브스터를 사주었다. 그녀는 아들에게도 못 먹게 하고 그저 내가 로브스터를 다 먹도록 했으며 나는 웬 횡재냐 싶어 다섯 살짜리 애의 눈총을 받으며 로브스터 세 마리를 뚝딱했다.

"참 잘 드시네요. 보기 좋습니다."

그녀는 상당히 경우가 있고 예의발랐다. 그런 어른을 보는 것이 나름대로 기쁨이라면 기쁨이 될 정도였으니까. 그리고 내가 미안해하지 않도록 아들을 위해서는 내 식사가 끝나고 로브스터 죽을 시켜줘서 꼬마애는 그걸 맛있게 먹었다.

"소화를 잘 못시켜요. 그래서 먹고 싶은 걸 다 먹여서는 안 된답니다."

그녀는 이유를 설명했다. 그에 나도 로브스터를 혼자 배불리 먹은 것에 꼬마 애에게 미안해하지 않아도 되었다.

"샌프란시스코로 태워다 드릴게요."

"시애틀에서요? 아니요. 비행기로 충분합니다."

우리가 식사를 마치고 나왔을 때 밤나무 아래에는 내 스포츠카가 떡하니 놓여있었다. 나는 그들을 태우고 해안도로로 진입했다. 운전한 지한 시간쯤 지났을 때 바다 멀리 구름이 다가오는 것 같고 바다의 냄새도 짭조름한 신선함이 아닌 비릿함으로 바뀌었다. 그 때문인지 아이가 차안에서 토했다. 차를 세우고 아이가 정신을 수습하는 동안 나는 바다를 관찰했다. 바닷물이 망울처럼 맺히기 시작하더니 그건 마침내 파란색 사람이 되어 절벽을 기어오르기 시작했다. 나는 얼른 두 모자를 태우고 속력을 내어 달리기 시작했다. 그리고 포 알데히드는 선글라스를 끼고 여유 있게 검은 스포츠카를 타고 내 뒤를 추격해오기 시작했다.

"아저씨, 레이스예요? 아저씨, 달려요, 달려!"

꼬마 애가 아픈 기색도 없이 뒤따라오는 차와 나를 번갈아 보며 소리를 질렀다. 엘렌이 두려움에 질린 표정으로 앉아있자 나는 그녀에게 설명을 해주었다.

"그때 아드님을 칠 뻔한 여자와 관계되는 인물입니다."

"우리를 노리는 세력이 있나요? 있다면 말씀해주세요."

엘렌의 목소리는 두려움과 동시에 이에 맞서려는 용기가 결합된 투로 들렸다.

"당신과 아드님을 노린 게 아니라 절 노린 겁니다. 자, 밟겠습니다. 꼭 잡으세요."

엘렌의 아들이 즐거운 듯 소리를 지르고 나는 그가 권총을 발사하는 것이 두려워 블랭크 트랜스포메이션 카드에게 부탁했다. 그리고 블랭크 트랜스포메이션 카드는 포 알데히드의 차 안에 있는 무기를 모두 수거했다고 알려주었다.

안심한 나는 속도를 더 내기 시작했고 블랭크 트랜스포메이션 카드에게 비행기와 같은 속도를 주문했다. 그러자 차는 공중에서 약간 높이 뜨더니 그대로 포 알데히드에게서 멀어졌다. 엘렌은 눈을 감았고 꼬마 애는 즐거워서 아주 난리가 났다. 순식간에 샌프란시스코에 도착한 후 나는 나의 기행(奇行)을 설명하기 곤란해 인사만 하고 엘렌과 꼬마 애를 떠났다.

잠시 후 블랭크 트랜스포메이션 카드가 포 알데히드가 접근해오고 있다는 것을 알려주고 나는 다시 가슴팍에서 권총이 느껴져 그걸 쥐어보았다. 군대를 제대하고 이렇게 실전으로 총을 쏘게 될 줄 어떻게 알았겠는가. 내 눈 앞 1m에 노진아가 문득 서 있었다. 포 알데히드가 이번에는 노진아의 인격 백 퍼센트로 나를 공격하려는 심산이라고 블랭크 트랜스포메이션 카드가 알려준다. 노진아가 너무 가까이에 있어 놀란 나는 그녀가 휘두르는 주먹을 겨우 막아냈다. 계속 이어지는 육탄 공격에 나는 방어만 할 뿐이었다. 여자를 후려치지 못할 거라는 포 알데히드의 계산이 눈에 선하고 나는 블랭크 트랜스포메이션 카드에 그를 다시 포 알데히드의 모습으로 바꾸도록 부탁했다. 내 주먹을 얼굴 한 중앙에 맞은 포 알데히드는 뒤로 물러서며 멈칫 했다.

자신의 외모가 바뀐 걸 파악한 포 알데히드는 내게서 죽도록 얻어맞았음에도 상처 하나 나지 않았다. 이러다 내 힘만 빠질 것 같아서 나는 권총을 꺼내 그의 머리에 집중 사격하고 그의 머리가 목만 남은 채로 찌그러지자 내 차를 타고 전속력으로 그 상황을 벗어났다. 백미러로 보니 그의 머리는 거의 원상회복되고 있었다.

다음 날이 되어 사람들이 좀 시끌시끌한 것 같아서 TV 뉴스를 봤다.

미국의 주요 거점 공항들에서 폭발물이 무더기로 발견된 것이다. 테러 배후가 불분명한 가운데 미국 대통령은 배후를 밝혀 철저히 응징할 것이라는 성명을 발표했다. 블랭크 트랜스포메이션 카드는 포 알데히드가 수행할 일들 중에 무기로써 전 세계를 위협하는 것이 주요한 임무 중의 하나로 설정되어 있다고 알려주었다.

갈수록 꽤 많은 정보를 주는 블랭크 트랜스포메이션 카드다. 때로는 무심하게 보이긴 했어도 내가 감지하지 못하는 위험으로부터는 나를 지켜주기도 했다. 포 알데히드가 물리적 무기를 사용할 것이라는 말에 나는 내가 접한 상황이 얼마나 어려운 것인가를 짐작하고도 남았다. 트랜스포메이션 기술의 영혼은 그날 밤 찾아와서 포 알데히드가 보유한 무기의 수준을 설명해주고 갔는데, 이건 핵무기가 문제가 아니었다. 그저 버튼 하나면 지구가 흔적도 없이 사라질 수도 있었다.

나는 공원에서 새벽이슬을 맞고 잠에서 깼다. 일어났을 때 어젯밤 늦게까지 공원에서 어슬렁거리며 생각에 빠져있었던 기억이 나고 자리를 털고 일어났다. 문득 내 몸에서 뭔가가 빠져나가는 걸 느꼈다. 내 옆에는 양복을 빼입은 중년 남자가 선글라스를 끼고 서 있었다. 뭔가 무심하게 보이는 그의 표정을 엿보다가 나는 그에게 배를 한 대 얻어맞았다.

"우욱!"

"멍청이 같으니라고. 날 사용하는 데 있어서 그렇게 서툴다니. 지금은 보통 위기가 아니야. 왜 상황도 하나 제대로 감지해내지 못하지? 그래서 직접 나타났다, 이 멍청아."

그는 선글라스를 벗어들고 내 얼굴을 물끄러미 쳐다보았다.

"아버지?"

"네 아버지의 모습이면 어떻고 로날드의 모습이면 어떠하냐? 내 이름은 블랭크다. 블랭크 트랜스포메이션 카드 말이다. 네가 얼마나 멍청하면 내가 직접 나타나서 내 기술을 쓰려고 하겠냐는 말이다. 어서 따라오도록."

블랭크는 나보다 앞서 걷다가 한 번 발걸음이 삐끗했다. 그는 몸을 바로 잡으며 나를 돌아보고는 인상을 썼다.

"인간의 몸이 처음 되어봐서 그래. 서툴더라도 너만큼 서툴지는 않을 테니 비웃으면 한 방에 가는 수가 있다."

나는 쿡 웃음을 삼키고 그의 뒤를 졸졸 따라갔다. 그가 앞서 가면서 갑자기 몸을 웅크리더니 무언가를 휙 던져준다. 그걸 받다가 손이 부러질 뻔했다. 아프로디테의 손이었다.

"열 개의 사파이어 밑에 새겨진 열 개의 글자를 연결해 봐. 그리스어로 '디미오우르기아'라고 발음하고 뜻은 '창조'야. 그 당시에도 이미 인간의 생에 있어서 그걸 중시했다고. 좀 배우라는 뜻에서 왕돌을 하나 던진 거다. 흥."

아버지의 몸을 한 블랭크가 던진 아프로디테의 손은 정말 왕돌이라서 들고 가는 데도 무거웠다. 블랭크는 무슨 생각이 들었는지 돌아서서 내게 다가와서는 아프로디테의 손을 빼앗아들고 바닥에 내던지고 깨부순 후 권총을 꺼내 그것을 가루가 날리도록 다 부셔버렸다.

"학습은 되었을 테고 충격을 좀 줘야 기억에 오래 남겠지?"

블랭크는 그렇게 말하고 내 멱살을 끌고 짤랑짤랑 걸어갔다. 그는 갑자기 멈춰 서서 높은 빌딩을 올려다보았다. 그리고는 한숨을 후 하고 내쉬었다. 그는 버스 정류장을 발견하고 거기에 앉았고 나도 그의 옆에 멀찍이 떨어져서 앉았다. 그날 버스 정류장은 한산해서 우리 외에 다른 사람이 없었다.

"놈이 버튼을 누르는 걸 막을 순 없어. 벌써 네 놈이 그 놈과 신경전을 벌이며 돌아다니는 동안 설치를 다 끝낸 거야. 뭐, 너야 내 곁에 붙어있기만 하면 죽을 일은 없겠지만 놈은 이 지구 자체를 지긋지긋하게 생각해. 고대부터 이어져온 인간의 역사를 제거하고 싶어 해. 보다 높은 문명의 세계를 원래의 지구가 있던 자리에 건설하려고 해."

"원래의 지구가 있던 자리라고 하시는 말씀은?"

"그래, 이 멍청아. 이제 알아들었어? 역사를 가진 인류의 멸종이야. 이 지구 자체를 우주먼지로 만들려고 하는 거라고. 그리고 완전히 새로운 지구를 만들어 그 속에서 완전히 새로운 인류를 창조하는 거지. 창조, 알아듣겠어? '디미오우르기아' 말이야. 하지만 이건 창조가 아니야. 타락이지."

'타락이지'라고 내뱉을 때의 블랭크는 무척 우울해보였다.

"오늘을 넘기지 않을 거야. 내 계산이 맞는다면. 지구 둘레를 두르는 모든 대기권에서 시작해 지상과 바다로 폭발이 일어나면서 지구 내부의 핵까지 다 폭발해버릴 거야."

"할 수 있는 일은 없습니까?"

나는 혼날 것임에도 질문했다.

"신인류가 탄생되는 걸 구경하러 가도록 하지. 새로운 행성과 문명이 탄생하는 과정을 지켜보러 가자. 어디쯤이 좋을까? 그래, 달로 가자."

나는 블랭크가 술이라도 한 잔 된 것 같았고 영락없이 약주를 드셨을 때의 아버지와 비슷하다고 생각했다. 약주만 드시면 엉뚱한 말을 늘어놓는 것, 젊었을 때의 영웅담을 늘어놓는 것, 실현 불가능한 일들을 해낸다고 호기부리는 것 그런 아버지를 말이다. 나는 블랭크가 나를 노려보고 있다는 것을 깨닫고 어서 자리에서 일어났다.

"손잡아. 달에 조그만 자리를 만들고 모기장처럼 대기를 쳐놓았으니까."

나는 그의 손을 잡았고 순간 내가 떨어진 곳은 달의 표면이었다. 지구가 선명하게 보였으니까 말이다. 내가 숨을 못 쉬자 그가 내 손을 잡아끌어 어느 자리에 앉혔다. 과연 모기장 모양의 대기였고 그 안에만 공기가 있는 것 같았다.

"자, 이제 몇 분 안 남았어."

블랭크가 그렇게 말하자 나는 정말 눈물이 왈칵 났다.

"모든 게 사라지는 건가요?"

"그래, 이 멍청이 녀석아. 좀 생각을 해봐라. 노진아와 페터슨 대령의 인격까지 혼합된 악당이 그냥 나타나서 너 하나 상대하고 있을까 봐. 좀 생각을 해보고 나한테 이런 상황이 온다면 어떻게 해야 하는지 물었어야지. 나야, 너 하나라도 구원하려고 이렇게 달까지 온 것이지만 말이다."

순간 강렬한 소리가 귀청을 찢을 듯 했다. 먼지구름과 불기둥이 지구를 덮더니 곧 지구는 먼지로 흩어져버렸다.

"멋지게 끝났군."

"블랭크!"

"어, 덤비는 거냐?"

"지구가 사라졌다고요. 지구가."

"걱정하지 마. 넌 영웅일 필요 없으니까."

순간 우주로 퍼지고 있던 지구의 먼지들이 다시 모여들기 시작했다. 하나의 구체를 형성하면서 빠르게 지형을 형성해나가더니 완전한 파란 별로 다시 탄생했다. 블랭크는 망원경을 꺼내서 지구의 곳곳을 살펴보았다.

"신에너지의 사용으로 전깃줄이 없어서 좋구먼. 초고층 빌딩에 모두 날아다니는 차를 타고 있어. 방금 전에 생겨난 주제에 인간들이 하나같이 일하러 사무실에 출근하는군. 웃긴단 말이야."

블랭크가 주절댔다.

"포 알데히드는 이 지구에서 어떤 역할을 담당하죠?"

"3인 체제야. 포 알데히드로부터 노진아와 페터슨 대령이 분리되면서 이들이 다시 세력을 잡은 거지. 그러니까 페터슨 대령, 노진아, 포 알데히드 3인 체제로 행성 전체가 지배돼."

기가 막힌 설정이었다. 나는 저 지구로 다시 돌아가고 싶지 않았다. 동시에 잃어버린 지구를 다시 만들 수도 없다는 생각이 들고 나는 눈물을 흘려서는 안 되었지만 블랭크의 어깨에 기대어 아주 심하게 울었다. 그러는 동안 블랭크는 땅에 식물을 키워서 나에게 줄 모양으로 열매를 만드는 데 아주 집중했다.

Space Cities

문득 조그마한 나무에 동그란 오렌지가 하나 달렸다. 내가 그걸 만지고 돌아보았을 때 내 옆에 있는 사람은 블랭크가 아니라 정이은, 즉 트랜스포메이션 기술이 영혼이었다.

"빨리 먹어. 곧 여기에서부터 1광년 떨어진 곳으로 이동해야 해."

"뭐? 블랭크는 어디에 갔지?"

"새로운 트랜스포메이션 기술에 흡수되었어. 그건 그렇고 이걸 먹고 이동해야 하니까 빨리 먹어."

나는 딱딱한 오렌지 껍질을 손톱으로 까서 정이은에게 절반을 내밀었다.

"그래, 나도 먹지 뭐."

우리가 오물오물 오렌지를 먹는 동안 정이은은 잠시 지구를 응시하고는 내게 말했다.

"그들이 그들의 계획을 이루는 데는 지금부터 채 30분이 걸리지 않을 거야. 곧 지구로부터 1광년 떨어진 곳까지 모든 행성들에 대한 도시 문명이 세워질 거고 거점 행성들과 작은 행성들 사이의 통로가 헤르테의 통로란 곳으로 연결돼. 지구를 중심으로 양쪽으로 1광년씩 즉 가장 멀게는 2광년의 거리에 있는 행성들까지도 모두 이 헤르테의 통로를 통해 끝에서 끝까지 순간적으로 이동할 수 있어. 물리 법칙에 대한 패러다임의 전환이지. 수많은 거점 행성들과 작은 행성들이 유기적인 통로로 연결된 하나의 우주 도시 공간이 형성되는 거야."

"그런데 왜 그들은 행성 건설을 1광년까지로 제한한 거지?"

"더 이상 건설하는 건 무의미하니까. 사실 1광년도 엄청난 거리야. 기존 물리 법칙으로는 빛이 세상에서 가장 빠른 건데 그 빛이 1년 동안 가는 거리가 1광년이야. 굉장하다고."

"오렌지 다 먹었어."

나는 더 이상 설명을 들을 필요를 찾지 못했고 그래서 '오렌지 다 먹었어'로 여기로부터 1광년 떨어진 곳으로 이동할 준비를 마쳤다고 돌려 말한 것이다.

"나는 아직 덜 먹었거든. 기다려."

정이은은 오렌지를 한 쪽씩 떼어 오물오물 얌전히 먹었다. 그녀가 손을 털고 일어나고 그녀는 내게 갑자기 얼굴을 덮는 모자를 씌웠다.

"얌전히 있는 거야. 지금부터 네 세포를 다 떼어내야 하니까, 하지만 다시 붙일 테니까, 걱정은 하지 말고."

무시무시한 말이 끝나기가 무섭게 나는 기절했다. 내가 일어났을 때 우리는 달과 비슷한 어느 혹성의 조그마한 벤치에 앉아있었고 정이은, 즉 트랜스포메이션 기술의 영혼은 손가락으로 이상한 화면을 만들고는 이것저것을 확인했다.

"뭐하고 있어?"

내가 물어보니 그녀는 중요한 계산중이니 건드리지 말라고 엄포를 놓는다.

순간 내 눈 앞에 있는 행성까지 은빛의 그물에 감싸여지고 그 행성은 투명하면서도 은빛인 틀 속으로 들어가서 지구와도 같이 푸른빛으로 반짝이기 시작했다. 물론, 그 은빛의 틀 속에 들어있는 행성들은 하나 같이 푸른빛으로 반짝였다.

"휴우, 끝났어."

"혹시 다 이루어진 거야? 지구로부터 1광년까지 우주 도시가 모두 형성된 거야?"

"빙고. 그나저나 블랭크가 방어 기술과 이동 기술만큼은 잘 만들고 갔네."

"설마. 그것이 우리가 먹었던 오렌지?"

"빙고. 우린 더 이상 저들에게 추적당하지 않아. 바로 오렌지의 효과지. 그리고 동시에 1광년에 이르기까지 이동하는 이동 기술도 잘 써먹었고. 그것도 오렌지의 이중 효과지. 재밌는 건 지구가 우주 도시 공간의 중심이고 지구는 하나의 구체의 중심점으로서 그 반지름이 1광년인 우주 내의 도시들 즉 푸른 행성들을 총괄한다는 거야. 언제부터 생겨났다고 우주 도시에 사람들이 나타나 사무실로 출근하고 헤르테의 통로를 이용하여 1광년 혹은 가장 멀면 2광년까지 순식간에 이동하고 있어."

나는 트랜스포메이션 기술의 말을 들으면서도 실감이 나지 않았으나 내가 지구로부터 1광년 떨어진 소혹성에 앉아서 정이은의 외모를 한 트랜스포메이션 기술과 이상한 소리를 지껄이니 그것이 또 사실인 것 같기도 싶었다. 게다가 내 눈 앞에 보이는 건 지구와 닮은 수많은 푸른 행성들이었다.

"자, 새로운 트랜스포메이션 기술이다."

"이번에는 어떤 기술이지? 블랭크보다 더하다면 오우 무서워."

내가 장난기를 보이자 그녀가 깔깔 웃는다.

"바로 나야. 내가 이번 트랜스포메이션 기술 자체야."

"뭐라구?"

"그러니까 네가 나와 떨어지게 되면 내 판단으로 도와줄 수도 있고 그냥 내버려둘 수도 있다는 거야."

"그래? 좀 무섭긴 하군."

내가 특별한 반응을 보이지 않자 정이은은 바로 앉고는 나를 빤히 쳐다본다. 눈을 마주치지 않으려고 나는 딴청을 피웠다. 정이은이 결국 화를 내기 직전에 나는 그녀를 돌아보고서 빙긋 웃어주었다.

"내 이름말이야."

"이름도 있어?"

그 말을 하고 등을 한 대 얻어맞았는데 타이슨의 핵주먹이 아마 그 정도의 세기를 지녔으리라 짐작했다. 나는 얼굴이 벌게져 숨을 쉬기도 어려웠다.

"그럼 내가 계속 그저 트랜스포메이션 카드의 영혼이라고 불려야 돼?"

"아, 아니, 그건 아니야. 하지만 오우, 정말 아파. 때리는 건 좀 자제해줘."

그녀가 다시 주먹을 휘두르려고 할 때 이번에는 그녀의 팔을 탁 잡았다. 그러자 그녀는 발로 내 정강이를 찼다. 그것도 얼마나 아픈지 나는 일어나서 방방 뛰었다.

"내 이름은 이오스야, 이오스."

"예뻐. 어울리고."

나는 속으로 욕이 나오려는 걸 참으며 얼굴은 180도로 바꾸고 목소리도 180도로 바꾸어 말했다. 이오스는 기분이 좋은 듯 했다. 다시 돌아서며 아픈 정강이를 매만지며 얼굴을 있는 대로 다 찡그렸다.

"난 태어났을 때부터 여성성이었어."

"응. 그렇게 느껴졌었어."

나는 다시 그녀에게로 돌아서며 부드럽게 말하고 다시 돌아서서 인상을 찡그리고는 정강이를 세차게 문질렀다. 그녀가 풋 하고 웃는다.

"안 아프게 해줄게."

그녀는 비눗방울을 만드는 스트로로 커다란 비눗방울을 불어 나를 그 안에 집어넣었다. 비눗방울 안에 들어가 공중에서 몇 바퀴 돌고 톡 하고 바닥에 떨어지니 정말 아무 곳도 아프지 않았다. 병 주고 약주는 이오스에 대해 그러나 반론을 제기하지 못한 것은 그녀가 어떻든 간에 여성성으로 생겨났고 또 그걸 존중해야 하는 건 바로 내 몫이었기 때문이었다.

그녀는 어느새 망원경으로 눈앞의 은색 망에 싸여진 푸른 별들에서 일어나는 일들을 샅샅이 살펴보고 있었다. 이오스가 왜 아직까지 정이은의 외모로 남아있는지는 이해되지 않았다. 이오스는 망원경으로 본 것들을 다시 화면으로 만들어 내게 보여주었다. 우주 도시에서 일어나고 있는 일들은 3인 체제로부터의 명령 전달과 그 하위 모든 조직들의 명령 수행으로 이루어져 있었다. 의외로 간단한 구조였다. 그러나 순간 나는 그들의 세상에 대해 불만이라는 것이 생겼음을 알았다.

"감이 오지? 이젠 우리가 테러리스트야."

이오스가 깜찍하게 말했다.

"사람들도 불완전하고 때론 실수도 하고 그리고 있는 그대로의 촌스런 지구이던 시절이 좋았어."

나는 시니컬하게 내뱉었다.

이오스는 주섬주섬 허리띠에서 주머니를 하나 꺼낸다. 그 속에는 사람 모양의 젤리 과자가 가득 들어있다. 이오스는 그것과 함께 또 그녀가 만든 것으로 추정되는 은빛의 날씬한 권총 한 자루를 내 손에 떡하니 주고는 90년대식 그랜저 승용차 한 대를 불러냈다.

"마법사 같군."

"맞아. 기술이 발전하면 마법의 경지에까지 이르는 거야."

그녀는 생뚱맞다는 표정을 지으며 나를 무시했다.

"저 고물차는 2광년 정도는 거뜬히 1초에 주파하는 최고급 세단이야. 사용법은 액셀러레이터를 얼마나 밟느냐에 달렸지. 속력도 킬로미터 단위가 아니야. 0.5광년, 1광년, 1.5광년, 2광년, 그리고 그 이상 이렇게 되어있고 그 사이사이의 미세한 지점에 잘 도착할 수 있도록 설계되어 있어. 겉모습은 비록 이래안의 아버지가 이래안을 고등학교에 태워다줄 때의 모습이지만."

"그래도 내가 고등학교 시절 저 차를 타는 건 부잣집 애들이나 그런 거였어."

나는 나의 세단에 만족을 표했다.

"그리고 분홍 젤리들은 하나당 100만 명의 군사 인형을 불러낼 수 있고 붉은 젤리들은 하나당 1,000만 명의 군사 인형을 불러낼 수 있어. 적이 많아졌다 싶으면 입에 넣고 한번 씹었다가 던지면 돼."

"최루탄이로군."

"최루탄보다 더 쓸모 있어. 일단 봉인 해제되면 온갖 무기를 가지고 최선을 다해 싸워 장렬하게 전사하니까."

"오호, 정말?"

"그래, 그렇다니까. 속고만 살았나. 사람 말 못 믿게."

"믿을게. 그리고 이 권총은?"

"CTC에 들어서면 네가 직접 써야 할 물건이야. 포 알데히드의 암살, 그것이 오늘 작전의 목적이야."

"CTC가 어디지?"

"3인 체제가 창조한 신인류들은 대부분 지구 외곽의 다른 도시 행성들에서 살고 또 특수한 신인류들만 지구에서 살지. 그리고 3인은 오직 지구에서만 살고 각기 다른 세 건물에서 움직이고 있어. 그 건물들을 CTC 즉, Core Technology Center라고 부르는 거야. 지금 겉으로 나타난 행동 대장인 포 알데히드는 서열 3위로써 지금껏 파악된 CTC에 위치해 있어. 서열 2위인 노진아의 CTC와 서열 1위인 페터슨 대령의 CTC는 아직 나도 파악하는 중이야."

"탄알이 계속 공급되겠군."

"물론이야. 게다가 가볍고 날씬하다구. 두툼하고 무거운 데저트 이글에게 두들겨 맞은 것에 대한 트라우마를 치유하는 입장에서 이런 걸 준비했어."

나는 어이가 없다는 표정을 지었지만 권총은 가볍고 게다가 탄창에는 총알이 하나도 없었다. 내가 탄창을 열고 그녀에게 보여주자 그녀가 나를 가볍게 나무란다.

"못 믿겠다면 쏴 봐. 이 벤치를."

나는 그녀를 물러나게 한 다음 안전장치를 해제하고 총을 발사했다. 포삭 하며 벤치가 내려앉았다.

"너의 믿음 없음이 아까운 벤치를 날렸어."

그러더니 그녀는 다시 빨간색의 벤치를 만들어내고는 거기에 앉았다.

"자, 이제 꺼져버리라고. 임무를 수행해서 돌아오라고."

"다른 정보는 없고?"

내가 황당한 표정을 짓자 그녀는 순간 어디로 가버렸는지 보이지 않았다. 나는 젤리 군사 인형이 들어있는 주머니를 챙기면서 피식 웃음이 났다. 갑자기 100만 명이 필요한 상황이 올까 싶었던 것이다. 그러나 그건 나의 착각에 불과했다는 것이 나의 그랜저를 몰고 신인류의 영역 중 0.1광년을 지났을 때 밝혀졌다.

수많은 비행체가 따라붙고 아주 우주 공간을 새까맣게 물들일 정도의 최신식 비행선들이 따라 붙고 있었다. 나는 분홍색의 젤리를 하나 꺼내 입에 넣고 물었다가 꺼내서 차창을 열고 내던졌다. 그리고 백미러로 보이는 광경에 놀라 잠시 속력이 줄어들었고 순간 100만 명이 처리한 비행선들 뒤로 다시 우주 공간을 새까맣게 물들이는 비행선들이 따라붙었다. 이번에는 붉은색의 젤리를 하나 꺼내 입에 물었다가 차창 밖으로 내던졌다. 그리고 결과를 보지도 않고 최대 속도를 내서 겨우 1광년 지점에 진입했고 차에 설치된 내비게이터는 지구로 접근하고 있었다. 대기권을 통과하면서도 아무 일도 일어나지 않았다. 아주 좋은 차량이라는 걸 느낀 순간이었다.

수많은 다른 종류의 바퀴가 달린 차량들이 비행하고 있었고 나도 그러한 차량들 중의 하나여서 표적이 되지 않을 수 있었다. 그러나 지구권 밖에서의 일이 전송되었는지 공중을 날고 있는 차량들이 나를 표적으로 여긴 것 같았고 나는 공중 레이싱을 벌였다. 높은 빌딩 사이를 곡예비행하며 겨우 차량들을 따돌리고 지상으로 내려가서 운전했다.

세련된 고층 빌딩 골목에서 노인 하나가 거적을 덮고 자고 있었다. 나는 그를 지나치려다 문득 이오스의 향기가 근처에 있다는 걸 느꼈다. 뭔가를 눈치 챈 나는 차를 세우고 그 노인을 깨웠다.

"이오스, 왜 여기에 있는 거야? 날 못 믿는 거지?"

노인은 눈을 게슴츠레 뜨고는 내 얼굴을 끌어당겨 자기 입술에 내 입술을 맞추었다. 놀란 나는 뒤로 물러났다.

"쉿, 이 거적 속으로 들어와. 바로 이 빌딩의 지하 153층에 포 알데히드의 집무실이 있어."

202

잠시 후 청년들이 지나가면서 이오스가 변장한 노인에게 손가락질을 했다. 거적 속에서 나온 인물은 내가 아니라 어떤 할머니였다. 나는 나의 손가락을 보고 또 거울같이 빤질빤질한 건물 벽을 보고 나의 모습을 확인하고는 이오스를 노려보았다.

"피장파장이야. 나도 쭉쭉빵빵한 정이은에서 이 꼴이 되었으니. 우린 이 건물의 청소부 부부야. 이젠. 위조한 신분증에 여기 청소도구도 있어. 끌고 가자고."

"권총 챙겼지?"

이오스가 물었다.

"챙겼어."

"버려."

"뭐?"

"버리라고. 노인 둘이 가는 데는 무기가 없어도 돼. 아무리 해도 널 믿을 수가 없어서 따라오길 잘한 것 같아. 나 자체가 무기라는 걸 잊은 건 아니겠지?"

"알았어. 버릴게."

나는 가슴팍에서 권총을 꺼내려고 했지만 이미 그건 내 가슴팍에 없었다. 이오스가 웃고 있다. 뭔가 계속 당하는 기분이다.

"껌이나 씹어. 이게 무기야."

이오스는 자기가 씹던 껌을 내 입에 넣어주었다. 의외로 크랜베리 맛이 진하게 남아있다. 나는 그걸 씹으면서 우리는 신분증 검사를 받고 CTC 건물 안으로 들어갔다. 엘리베이터를 타고 지하 153층으로 내려가고 있었다.

지하 153층으로 내려가면서 이오스는 내 입에 있던 껌을 다시 자기 입으로 가져갔다. 끔찍해하는 내 표정을 보며 할망구 입에 있던 건데 더럽지 않다고 말하고는 지하 153층이 되자 청소도구를 밀면서 내렸다.

"이 건물의 문제점은 청소부에게 중요 시설을 개방한다는 점이야."

이오스가 하나의 정보를 알려준 셈이다. 우리는 회의를 마치고 나오는 포 알데히드와 맞닥뜨렸다. 그러나 정작 이오스는 청소도구를 밀고 앞으로 나아가기만 했다. 잠시 포 알데히드가 멈춰 서서 우리를 주시하며 우리에게로 걸어왔다.

"할머니, 할아버지. 여기까지는 들어오지 말라고 했을 텐데요. 보안 장치라도 달아야지 정신 차리시겠어요?"

고개를 숙이고 있던 이오스가 순간 고개를 획 돌리고는 포 알데히드의 얼굴에 껌을 발사했다. 그리고 동시에 포 알데히드가 마르티스 품종의 강아지로 바뀌고 나는 내가 양복을 입은 포 알데히드가 된 걸 깨달았다.

"뭐가 어떻게 된 거야?"

"단서는 네 침이야. 껌에 남아있던 네 침으로 네가 포 알데히드가 된 거라고. 포 알데히드 행세나 잘해. 2인자인 노진아도 잡아야 하니까."

그녀는 몸을 툭툭 털더니 페터슨 대령으로 바뀌었다.

"아무래도 이 몸에 적응하려면 아주 시간이 많이 걸리겠어. 아주 악랄한 두뇌에 내 두뇌까지 삼켜질 정도니까. 지금 헤르테의 통로 40퍼센트 정도에 오류를 걸어놨어. 이동하고자 하는 방향대로 이동되지 않을 거야. 곧 노진아가 나설 거야. 왜냐하면 네가 전화를 안 받으니까."

페터슨 대령의 몸을 한 이오스는 다시 손가락으로 화면을 만들어내고 이것저것을 계산했다. 뭔가 잡히는 게 있나 싶어 나는 그녀를 뚫어지게 쳐다보았지만 그녀가 움직이는 수식은 내가 알 수 있는 게 아니었다. 열등감조차 느껴지지 않을 정도의 경외심이 들 뿐이었다. 마침내 그녀의 기기가 '뚜뚜—' 소리를 냈을 때 그녀는 페터슨 대령의 얼굴과 어울리지 않는 즐거운 미소를 지었다.

"여기서 가까워. 두 번째 CTC 건물로 가볼까. 헤르테의 통로가 왜 그렇게 광범위하게 에러가 난 건지 조사하기 위해 나섰어. 페터슨 대령의 지시지. 자, 포 알데히드의 승용차를 이용해 볼까나."

페터슨 대령의 모습을 한 이오스와 포 알데히드의 모습을 한 내가 지나갈 때 사람들은 경직된 채 90도로 인사를 했다. 우리는 지하 154층의 지하실에서 날개가 달린 검은색 차를 발견하고 거기에 탑승했다. 마침 차에 노진아에게 바로 연결하는 장치가 달려있어 이오스가 그녀에게 전화를 걸었다. 페터슨 대령의 목소리와 똑같은 이오스의 목소리에 노진아는 포 알데히드가 있는 CTC 건물로 찾아왔다. 우리는 비밀 회의실로 들어섰고 페터슨 대령이 껌을 질겅거리는 모습을 의아하게 살펴보던 노진아를 페터슨 대령이 나무랐다.

"손 내밀어."

노진아가 두 손을 얌전히 내밀었다.

"껌 버리고 와."

페터슨 대령다운 그녀에 대한 학대였다. 노진아는 페터슨 대령이 손에 떨어뜨린 껌을 받고 순식간에 마르티스 품종의 강아지로 바뀌고 페터슨 대령의 모습을 한 이오스는 순간 노진아의 모습으로 바뀌었다.

"이 현상도 침 때문이야?"

내가 물었다.

"응. 내 침 때문에 내가 노진아가 될 수 있었어."

"이제 남은 건 페터슨 대령이겠군."

"우선 헤르테의 통로를 수리하고 돌아가야 하겠지? 원인은 폭주라고 하면 이해할 거야."

노진아의 모습을 한 이오스를 보는 게 참 난처하지만 내 모습도 내가 죽도록 싸우던 포 알데히드의 모습이니 할 말은 없다. 이오스는 손으로 화면을 만들어내더니 뭔가 복잡한 코드를 맞추고는 화면을 소멸시켰다.

"페터슨 대령에게 헤르테의 통로를 수리했다고 통보했어."

"곧 우리 두 사람에 대한 소환이 이루어지겠지?"

"물론, 이번 회의 장소도 알려줄 거고."

잠시 후 페터슨 대령으로부터 CTC 건물이 아닌 다른 건물에서 저녁 식사를 하자는 제의가 들어오고 그건 포 알데히드에게도 마찬가지였다. 우리가 포 알데히드의 차량을 타고 그 레스토랑의 주차장에 들어섰을 때 우리를 포위한 특수 부대 때문에 우리는 잠시 당황했다. 천천히 주차장으로 페터슨 대령이 등장했다. 그는 마르티스 강아지 두 마리를 안고 있었다. 나는 당황했으나 노진아의 모습인 이오스는 차에서 내려서 당당하게 그의 양아버지에게로 걸어갔다.

"보내신 것에 만족하셨어요? 최고 혈통의 강아지 암컷과 수컷이에요."

그녀의 말에 페터슨 대령이 껄껄 웃었다.

"헤르테의 길을 해결하라고 했더니 강아지나 보내고 참 엉뚱한 녀석이로구나."

페터슨 대령은 특수 부대를 물리고 포 알데히드의 모습을 한 나에게 양해를 구했다.

"우리가 워낙 중요한 인물이다 보니 너희 차량에 탑승한 악당이라도 있다면 제거하려고 했지. 다른 의도는 없다. 들어가자꾸나."

노진아의 모습을 한 이오스가 내게 한쪽 눈을 찡긋하며 내 긴장을 풀어주었다. 그녀가 페터슨 대령의 뒤를 따르고 나도 양복을 고쳐 입고는 그들의 뒤를 따랐다. 레스토랑이라고 했지만 우리는 동그란 탁자의 회의실에 앉아 있었다. 곧 요리가 나오고 페터슨 대령은 요리에는 손을 대지 않고 지금 상황을 말하기 시작했다.

"우리의 손에 만들어진 신인류라 하더라도 이성이 있는 이상 우리를 타도하고 그들만의 세상을 만들 가능성이 다분하다. 새로운 광범위한 세뇌에 대해 우리가 고민해 보아야 할 것 같다. 트랜스포메이션 기술이 발전해나가는 과정을 우리는 잘 알고 있으니 다시 새로운 트랜스포메이션 기술을 이룰 수 있을 것이다. 그 기술로 우리의 목적을 달성하는 게야."

페터슨 대령이 그렇게 말했을 때 나는 내 가슴팍에 이오스가 준 권총이 느껴졌다. 그가 나를 쳐다본 순간 나는 권총을 꺼내 그의 머리를 쐈다. 그가 피를 흘리며 쓰러지고 우리는 그 장소를 빠져나와 포 알데히드의 차량을 타고 다시 포 알데히드의 CTC 건물로 돌아와 90년대식 그랜저를 타고 공중으로 솟아올랐다. 우리를 쫓아오는 세력들에 분홍색 젤리를 물고는 던졌고 우리가 1광년 떨어진 우리의 빨간 벤치로 돌아오기까지 우리는 모든 젤리를 다 사용한 상태였다. 그들의 영역을 벗어난 이상 우리는 감지되지 않았기에 안전했다. 우리는 어느새 원래의 우리의 모습으로 돌아와 있었다. 이오스는 피곤한 모양인지 벤치에 벌러덩 누워서 코를 골며 잠들었고 나도 바닥에 앉아 벤치에 기대어 잠들었다. 그 엄청난 수의 추격자들이 꿈속에서 나와 나를 덮쳤을 때 문득 잠에서 깨니 이오스가 나를 빤히 쳐다보고 있어서 더 깜짝 놀랐다.

"3인 체제가 다 제거되었다고는 생각하지 마. 그들은 만약의 경우를 대비해 자동으로 설정되는 명령 하달 체제와 자동으로 만들어지는 그들의 화면을 설정해놓았으니까. 그러니까 그들은 죽어서도 이 우주 도시들을 지배하고자 했던 거야."

이오스가 그것도 별 문제가 안 된다는 듯 가볍게 말했다.

"거점 행성 8,500곳을 반파할 생각이야."

그녀가 이번에는 꽤 심각한 표정을 지었다.

"자, 여기 버튼. 버튼만 누르면 지구가 사라지듯이 이 행성들도 비슷한 운명을 겪게 될 거야. 자, 선택해."

아무리 페터슨 대령의 지시로 만들어진 신인류라지만 그들의 삶도 있을 터였다. 그들도 우주 도시 속에서 자신들만의 삶을 살아가고 있을 터였다. 나는 쉽게 판단이 서질 않았고 이오스는 그런 내 표정을 살펴보고서 그녀가 버튼을 꾹 눌렀다.

그녀는 망원경 렌즈를 조절해가면서 제법 오랫동안 상황을 살폈다.

"걱정 마. 사람은 모두 이동시켰으니까. 8,500곳의 거점 행성들에는 트랜스포메이션 기술이 중앙 제어 장치로 움직이고 있기 때문에 없애야 했어. 자, 이젠 헤르테의 통로를 없애야 할 때야. 그들의 교류를 차단하는 거지. 동시에 헤르테의 통로 주변길도 마찬가지로 없애야 하고. 우리가 지구에 다녀올 때 사용한 길이 바로 헤르테의 통로 주변길이었어."

"혹시 그걸 없애는 이유가 그들을 따로 떼어놓기 위해서야?"

"따로 떼어놓는 이유도 있지만 그들을 공간 중으로 다시 흩뜨리기 위해 필요한 작업이야. 자, 이번에는 네가 버튼을 눌러."

나는 버튼을 눌렀고 이번에도 이오스는 망원경 렌즈를 조절해가며 상황을 파악했다.

"이제는 푸른 행성들을 우주 끝까지 공간 이동 시킬 때야. 이건 내가 할게. 정확하게 계산해서 넣어야 하거든."

이오스는 빨간 벤치에 앉아 손으로 화면을 만들어내고는 행성들을 하나씩 처리하기 시작했다. 곧 내 눈 앞에 보이는 푸른 행성들도 무더기로 사라지기 시작했고 곧 그 행성들을 감싸고 있던 은빛 망도 걷혔다. 우주는 다시 그저 평범한 우주의 모습이 되었다.

"자, 이제 지구로 이동해야지."

"포 알데히드 강아지랑 노진아 강아지는 어떻게 할 거야?"

"지금 페터슨 대령의 죽음이 공식 발표되었고 암살 배후를 조사하고 있다나 봐. CCTV 화면은 모두 조작해놓았으니까 상관없어. 아, 그리고 강아지들은 입양되었고 그들이 다시 원래의 그들로 돌아올 리는 없어. 동시에 노진아와 포 알데히드가 실종되었다고 보도도 나갔어. 게다가 그들이 우주 도시가 사라진 것에 대해 조사 중이고 어떻게 그들이 지구 문명에서 탄생되었는지 추적하기 시작했어. 곧 드러날 테지만 그들이 페터슨 대령의 시민으로 살기 위해 태어났다는 걸 알게 될 테고 깊은 슬픔에 빠지겠지. 그들도 어쨌든 인간이니까 말이야."

"페터슨 대령의 화면과 명령 지시는?"

"페터슨 대령의 바로 밑의 사람들에 의해 제거되었어."

이오스는 다시 바닥에서 나무 하나를 키우고 있었다. 조그만 오렌지 두 개가 그 나무에서 열리고 이오스는 두 개를 뚝 따서 하나를 내게 내밀었다.

"지구로 돌아가려면 이동하기 위해 필요한 거니까 먹어."

나는 오렌지를 다 까먹고 그녀가 문득 오렌지는 먹지 않고 생각에 잠긴 걸 보았다. 뭔가 진지해보여서 질문을 하지는 못하고 그저 지켜만 보았다. 나도 문득, 도시 문명으로 꽉 찬 세련된 지구에 대해 생각했고 그러자 서글픈 마음이 들었다.

"이해해, 이래안."

그녀는 내 생각을 읽은 듯 했다.

"지구로 돌아가서도 내가 해야 할 임무가 있을까?"

"물론, 있어. 다 끝나면 내가 널 어떻게 처리해야 하는지 방금 전에 알아냈으니까 끝나기 전까진 내 곁에 있어."

"우리가 헤어질 시간도 정해졌다 이건가?"

"정확하게 언제라고 정해진 건 아니지만. 우리의 만남에 끝이 있다는 건 확실해."

이오스는 오렌지를 껍질째 뜯어먹고는 깊은 숨을 내쉬었다. 그녀는 다시 내 머리에 모자를 푹 눌러 씌웠다. 아무 느낌도 나지 않았고 옆에 아무도 없는 것 같아서 다시 모자를 벗겼다. 지구였고 그곳은 어느 도시였다.

'설마, 벌써 가버린 거야?'

나는 이오스가 내 곁에 없어서 실망했지만 웬 빌딩 앞에 사람들이 줄을 쭉 서 있기에 나도 그들의 근처로 가서 맨 뒤에 서 있는 사람에게 물었다.

"우주 도시가 사라짐으로써 돌아갈 곳이 없어진 지구에 들어온 우주 도시의 사람들에게 지구에서의 삶을 위해 신분증을 나눠주고 있어요. 임시지만 직장을 구하고 나면 새신분증이 나올 겁니다."

그러자 나도 우주 도시의 사람인 양 그들의 뒤에 섰다. 특별한 걸 묻지 않고 내 사진을 한 장 찍고서 그걸 넣은 내 이름이 찍힌 신분증이 나왔다. 그들이 영어를 쓴다는 걸 알고서 나는 여기가 미국의 어느 도시쯤 되냐고 물었다.

"지구는 하나의 도시로써 나라에 의한 경계가 없습니다. 미국은 무슨 나라죠?"

신분증을 만들어주던 사람이 물었다. 나는 괜한 말을 한 것 같아서 그저 신분증을 받고서 뒤로 물러났다. 그 도시를 반나절 수색한 끝에 나는 그곳이 기가 시티라는 걸 알 수 있었는데 항상 머리 위로는 자동차를 닮은 비행선이 날아다니고 있었다.

그 비행선들은 높은 빌딩 위로 내려앉곤 했다. 문득 배가 고파진 나는 돈도 없고 트랜스포메이션 기술도 없어서 쫄쫄 굶고 있었다. 그때 오전에 보았던 신분증을 만들어주던 사람이 내 곁으로 다가와 햄버거를 하나 내밀었다.

"나는 레니 비오만이오. 아까 미국이라는 나라에 대해 말씀하셨는데, 혹시 그것에 대해 좀 더 들을 수 있을까 해서 당신을 찾고 있었소. 우선 배고플 테니 하나 드시오."

'있는 대로 빠짐없이 다 얘기해. 트랜스포메이션 캠프 때부터.'

이오스가 마음속으로 지시하고 있었다.

"긴 이야기가 될 것 같지만 들어주시겠습니까?"

내 이야기에서 페터슨 대령이 등장하자 그는 놀라운 듯이 이야기를 듣고 있었고 그가 나의 대화를 녹음하고 있다는 걸 알아채고 적당한 수준에서 적당한 거짓말과 함께 이야기를 풀어나갔다. 내가 트랜스포메이션 기술의 영혼에 대해 이야기할 때 그는 한껏 놀란 표정이었지만 나는 그녀가 결국 마지막에 지구로 돌아오는 과정에서 실패해서 죽었다고 말했다.

'잘했어.'

이오스는 내가 적당히 거짓말을 칠 줄 알았는지 그녀의 만족한 표정이 눈에 선했다. 내가 이야기를 마치자 그가 고개를 끄덕이면서 좋은 대화 감사한다고 마침 일자리가 하나 있는 데 주선해주겠다고 말했다.

그날 저녁 그의 집에서 자고 다음날 아침 그는 나에게 양복을 입혀주었다. 그는 새로운 지도자 후보인 반 알게이더와 헤르멘 올게하트가 선거를 준비 중이라고 했고 그는 반 알게이더의 편에서 그를 지지하고 있으며 내가 반 알게이더의 연설문의 초고를 준비해주었으면 한다고 했다.

'엥? 앞잡이 노릇을 하라고?'

왜냐하면 이전 지구에 있던 사람으로서 유일한 생존자고 이곳의 사람들은 말과 글의 훈련에서 아직 미약한 수준이기 때문에 내 도움이 절실하다는 것이다. 이오스도 가버린 마당에 먹고 살 길이 막연해져 무작정 선택하긴 했지만 반 알게이더라는 인물은 제 연설문도 작성하지 못하면서 이 지구 도시의 지도자가 되려한다는 것이 새삼 '야망이란 게 무섭구나'라는 생각이 들었다.

"뭐, 하죠. 페터슨 대령을 공격하는 거라면 자신 있습니다. 그의 생각을 비판하고 새로운 시대를 여는 연설문의 작성, 뭐 저도 좋습니다."

레니 비오만은 내게 노트북을 챙겨주고서 그의 오피스텔이 있는 빌딩의 옥상으로 올라가 그의 자가용 비행선으로 나를 기가 시티의 초고층 빌딩이 즐비한 곳으로 데리고 갔다. 어떤 건물은 높이 200층 정도에서 갈고리모양으로 50층을 더 올린 구조로도 되어 있었다. 세련된 도시였다. 반 알게이더는 로날드 맥트레이시와 똑같이 생겨서 나는 순간 심장이 멎을 뻔 했다. 대화를 하면서 그가 로날드처럼 온화한 성품에 그러나 글에 서툴다는 걸 알았고 그를 돕고 싶다는 마음이 들었다.

'로날드, 새삼 당신이 그립군요.'

나는 새삼 추억을 내려놓고 대담하게 제의했다.

"인류의 역사에 대한 논의와 신인류의 방향에 대한 논의로 연설을 시작하죠?"

"그렇게 하게나."

로날드표 반 알게이더가 부드럽게 말했다. 내가 연설문을 작성하는 동안 그는 옆방에 가 있었고 녹음된 내 목소리가 조그맣게 방문 틈으로 들려왔다. 반 알게이더가 레니가 녹음한 나와의 인터뷰를 듣는 모양이다. 그는 흥미로운 인물을 발견해서 나에게 와서 로날드 맥트레이시의 얼굴에 대해 물었다.

"반 알게이더 님과 흡사합니다. 그는 탁월한 대통령이었죠."

"그 내용도 연설문 속에 포함시켜주세요."

나는 그가 역사 속의 인물과 그의 외모 및 인품이 동일하다는 것을 이용해 뿌리가 얕은 그의 정체성에 뭔가 의미를 부여한다고 생각했다.

그럼에도 페터슨 대령과 같은 지도자의 탄생을 막으려면 무슨 일인들 못할까 싶었다. 나는 이오스로부터 헤르멘 올게하트가 페터슨 대령의 최측근이라는 정보를 마음속으로 들었고 그러자 연설문 작성에 전투적으로 임했다.

지구 침공

두 달 간의 선거 기간 중 반 알게이더는 페터슨 대령을 비판하고 도시 문명 속에 소외된 인간성을 회복하고 새로운 인류의 민주주의를 실현하기 위한 기초를 자신이 세우겠다고 연설했는데 민중들은 처음 듣는 민주주의의 개념을 물론 알기 쉽게 정립해준 것은 바로 나였다. 반면 헤르멘 올게하르트가 엘리트 계급의 육성과 초거대 문명의 형성을 강조하며 반 알게이더의 제안을 빈궁한 겉치레라고 반박했고 차츰 선거일이 다가왔고 결과는 반 알게이더의 압승으로 끝났다.

반 알게이더는 승리의 전화를 받고서 헤르멘 올게하르트의 행보를 예의 주시하라고 전화를 끊었다. 나는 그의 바로 옆에 있어서 그가 어떤 면에서는 '냉혹한 정치인이로구나'라는 생각이 들었다. 그가 문득 나를 돌아보았다.

"이번 승리를 자네에게 돌리지. 내 어눌한 생각과 발음을 정리하는데 많은 도움이 되었어."

그는 자리에서 일어나 나를 가볍게 안았다.

"입수한 정보에 따르면 헤르멘 올게하트가 트랜스포메이션 기술을 갖고 있네. 저급상태이긴 해도 우주 도시 시절에 있던 행성들과 교류가 가능할 걸세. 그 점을 우려하고 있네. 지구는 독립된 상태로 존재해야 하는데 외계 행성들까지 신경을 써야 한다면 정말 골칫거리지."

그의 걱정은 곧 나의 걱정이 되었다. 나는 이오스가 왜 아직까지 나타나지 않는지 투덜대다가 다시 저녁에 있을 그의 연설문을 작성해야 했기에 바로 일에 집중했다. 반 알게이더는 내가 작성한 연설문을 한 번 읽기만 하고서는 연설문 없이 청중 앞에 모습을 드러냈다. 그의 연설은 설득력과 호소력이 넘쳐났으며 청중을 한 번에 휘어잡았다. 성공적인 연설이었다. 그 모습을 지켜보며 내 역할도 끝이 났다고 생각했다.

레니 비오만에게 내 역할이 끝이 아닌지에 대해 물었을 때 그는 전혀 아니라고 오히려 내가 반 알게이더 각하를 떠나서는 안 된다고 말했다. 내가 페터슨 대령과 맞서 싸운 그 정도의 실력이라면 반 알게이더 각하의 여러 가지 일을 수행하는 데 내가 아주 도움이 될 거라고 했다.

딱히 갈 곳이 있는 것도 아니었고 나는 아직 페터슨 대령의 잔당이 남은 것 같아서 내가 할 일을 하는 데 내 위치가 적당하겠다는 생각을 굳혔다. 그날 저녁이었다. 내일이면 지구 전체를 맡아 책임지는 지도자로 반 알게이더가 취임하는 날이었다. 취임식은 될 수 있는 대로 간결하게 치러질 예정이었고 취임 전날 저녁은 보통 때의 기가 시티의 모습처럼 밤이면 하늘을 날아다니는 자가용 비행선들의 빛이 보기 좋은 날이었다.

하늘에 별이 지나치게 많다고 생각되었을 때 지구로 거대한 암석들이 비처럼 쏟아지고 그건 기가 시티에도 마찬가지였다. 곳곳에서 연기와 불꽃이 치솟았다. 곧 지구로 접근하는 외계의 비행 물체들이 대기권을 통과하기 시작했고 곧 지구의 하늘은 엄청난 수의 외계 비행 물체로 덮였다. 기가 시티는 밤이었기 때문에 사람들의 공포가 더 엄청났다.

나는 반 알게이더를 레니 비오만에게 부탁하고 그들은 기가 시티를 떠났다. 다음날이 되고 외계인들로부터 지구에 대한 통치권을 가져간다는 통고와 함께 지구를 그들의 식민지로써 통치하며 식민 통치의 총수로써 헤르멘 올게하트가 낙점되었다는 통고도 동시에 했다. 그들은 전 지구의 하늘에 일주일 더 머물다가 그들의 행성으로 돌아갔다.

나는 기가 시티에 머물면서 그들이 분명 트랜스포메이션 기술로 이곳까지 이동해왔다고 생각했고 그 기술을 유출한 사람은 바로 헤르멘 올게하트가 분명했다. 지구를 식민 통치하겠다고 온 외계의 신인류들이 사는 푸른 행성은 지구로부터 3광년 떨어진 곳에 있는 행성이었고 그렇게 거대하지도 않았다. 그때 이오스가 트랜스포메이션 기술로 움직이는 거대 행성은 모두 제거했다. 헤르멘 올게하트가 트랜스포메이션 기술을 유출하고 지구에서 자신의 지배를 실현시킨 거였다.

내가 문득 외계 비행체가 떠난 기가 시티의 저녁 무렵을 보고 있을 때였다. 내 뒤에서 부스럭거리는 소리가 나서 나는 돌아보았다. 이오스가 흰 부츠를 종이 상자에서 꺼내 신고 있었다.

"오랜만이네."

내가 차가운 목소리로 말했다.

"지금 지구 꼴이 어떻게 되었는지 알아?"

나는 불만에 차서 외쳤다.

"알지. 그러니까 왔지. 도무지 너 혼자 해내는 게 없네. 멍청해서 자신 하나도 지키지도 못하고 말이지."

나는 그녀가 무슨 말을 하고 있나 모호했다. 그녀는 겨우 부츠를 다 신고 나서 손으로 화면을 만들어내더니 어느 작업을 수행했다.

"손상된 지구 복구 완료."

그녀는 다시 화면을 없애고는 나에게로 뚜벅뚜벅 걸어왔다.

"뭐 노력은 하더라. 반 알게이더를 당선시키기 위해서 말이지. 하지만 한 가지 진실을 알아둬야 해. 반 알게이더는 헤르멘 올게하트와 함께 자이나교 신자야. 둘 다 동시에 페터슨 대령의 밑에서 컸어. 다만 반 알게이더가 더 약자였기 때문에 헤르멘 올게하트를 미워한 거야. 선거는 쇼에 불과했어. 두 사람 중의 아무나 되어도 상관없었지, 물론. 그러나 헤르멘 올게하트가 반 알게이더에게 트랜스포메이션 기술을 가르쳐 주지 않았던 거야. 그리고 막상 헤르멘 올게하트가 선거 패배에 화가 난 나머지 그의 트랜스포메이션 기술을 이용해 멀리 떨어진 다른 푸른 행성을 끌어들인 거고. 지금은 네가 위험해."

문을 따는 소리가 들리고 그녀는 내 머리에 모자를 씌웠다. 나는 기가 시티 밖의 또 다른 도시 엔드로몬에 있었다. 나는 그녀가 보여주는 영상을 통해 내 방의 모든 것이 수색되고 또 내 위치도 추적되지 않자 레니 비오만이 욕을 하는 장면까지 보았다.

"무얼 해도 제대로 되지 않는 게 이상할 정도라고 느껴져."

나는 정신에 한 방이라도 맞은 것처럼 얼얼했다.

"너무 자책하지는 마. 지구는 명목상 식민지지 그 행성은 특별히 지구를 신경 쓰지 않을 거야. 오히려 지구는 헤르멘 올게하트의 정책을 실현하는 장소가 될 거야. 엘리트 계급의 육성 및 초거대 문명의 형성으로 가는 거야. 왜 이게 문제가 될까, 이래안?"

"1%를 위해 나머지가 노예가 되는 거야."

"빙고. 똑똑하네. 역시, 이래안이야."

"게다가 인간으로서 사는 의미 같은 것들도 잃어버리게 되겠지. 아무리 신인류도 인간은 인간이야."

"음, 그래. 그래서 작전을 하나 짜봤어. 지구를 침공한 행성에 내가 똑같이 갚아주고 올게. 헤르멘 올게하트의 이름으로 온 군대처럼 꾸밀 테니까 그렇게 알아둬. 그리고 누가 길에서 말 걸더라도 따라가지 말고. 너 먹을 거는 어디서든 챙겨줄 테니까. 다시 올게."

며칠 후 헤르멘 올게하트가 지구를 침공했던 행성으로 소환되었다는 신문의 기사를 읽었다. 아무래도 이오스가 제대로 일을 처리한 것 같았다. 헤르멘 올게하트의 목만 달랑 지구로 돌아왔을 때 그 행성은 지구의 지배자로 반 알게이더를 지목했다. 반 알게이더는 이래안을 수소문했으나 찾을 수 없었다.

그리고 반 알게이더도 며칠 후 지구를 침공했던 행성으로 소환된 후 제대로 교육을 받고 사지 멀쩡하게 돌아왔다. 반 알게이더는 그가 선거 때 주장했던 것과는 상관없이 엘리트 계급의 육성 및 초거대 문명의 형성을 기치로 내걸었다.

사람들은 실망하면서도 다시 지구에 그들이 침공할까봐 두려워 그저 자신들에게 맡겨진 일만 열심히 할 뿐이었다. 가족이 죽은 사람들조차도 울분을 삼키며 일을 해야 했다. 반 알게이더의 군대는 지구의 도시 문명의 곳곳에서 사람들을 감시하고 연행했다.

사람들은 자신에게 주어진 일을 해내도록 강요받았으며 일에 있어서의 혁신이나 창조 같은 건 그들이 주장할 수 있는 바가 아니었다. 지구 전체가 거대한 공장이고 그 공장의 공장장은 반 알게이더였다. 그는 하위 품목을 지구에서 생산했고 그걸 지구를 식민지화한 행성에 트랜스포메이션 기술로 보내고 있었다. 그래서 그 대가로 얻게 되는 발광 광석을 그는 창고에 쌓아두고만 있었다. 그 광석을 사용하려면 보다 높은 기술이 필요한데 지금의 기술로는 어림도 없었던 것이다.

반 알게이더는 지구 도시 문명의 사람들을 이끌 소수의 특권층을 선발하기 시작했다. 그렇게 선발된 아이들은 엘리트 교육을 받고 식민 지구의 지도자들로 성장해 지구 도시 문명의 사람들을 통솔하고 또 제국주의 행성으로부터 지구와 적절한 관계를 유지할 계층으로 성장하게 되는 것이다.

나는 제법 오래 거리 생활을 하고 있었다. 그래도 먹을거리가 떨어지지 않아 상황을 잘 버티고 있었고 이제 기가 시티로부터는 제법 먼 에크년 시티에 머물고 있었다. 나는 노천카페에 앉아 누가 버린 신문을 읽으면서 반 알게이더가 자기가 추진하는 모든 일에 명분을 다는 것을 보고 '이 사람 정말 쓰레기로군' 하고 생각했다.

다들 분주하게 하루를 시작하고 있었지만 나는 그저 슬그머니 자리에서 일어나 호주머니에서 동전을 세어보았다. 전에 주운 10달러짜리 지폐로 남은 돈이다. 나는 전 세계 영어 공용화가 실현되었고 달러화로 지폐도 통일되고 국경도 사라진 지구 공동체 시대에 하필이면 제국주의와 결합한 공산주의가 실현되느냐고 한탄했다. 나는 투덜거리며 지저분한 옷을 입고 거리를 지나다녔다. 그럼에도 나는 거리의 군인들의 표적이 되지 않았는데, 그건 블랭크가 설정해준 방어기능이 아직도 효과를 발휘해서 그러했다.

시간이 빠르게 흘러가는 게 느껴지고 나는 그것에 대해서는 어떤 방어도 할 수 없었다. 동전으로 먹을 걸 사먹으려다 문득 지금으로부터 15년이 지난 시점의 신문이 가판대에 배열되어 있었다. 식민 지구가 독립을 했나 싶어 동전으로 신문을 구입했다.

전 우주적으로 행성 간 식민 통치가 평범한 현실로 되어 있었고 지구는 여전히 그 행성으로부터 식민 지배를 당하고 있었다. 더군다나 신엘리트 계층으로 육성된 지구의 지도자들에 의해 식민 지구의 현실은 개선될 조짐을 보이지 않았다. 전 우주적으로 더 우월한 트랜스포메이션 기술의 개발이 과열되고 있었고 이제 우주 끝까지 다른 행성을 침략하는 건 아무런 문제도 되지 않았다. 조그만 기사에 반 알게이더가 제국주의 행성에 지불한 품목의 대가로 받은 발광 광석이 실은 그 행성의 폐기물이었다는 것으로 밝혀졌지만 식민 지구는 이를 사용할 수 있는 기술을 갖추기 위해 불철주야로 노력한다는 것이었다.

그건 아주 조그만 기사였다. 내가 신문을 내리고 멍하니 하늘을 쳐다보았을 때 잿빛 구름이 덮이면서 비가 내리기 시작했다. 얼굴에 비를 맞고 서 있는데 지나가던 군인들이 나를 체포하여 그들의 구역으로 끌고 갔다.

반 알게이더가 찾아온 것은 반갑지 않았다. 그는 내내 나를 찾고 있었다고 했다. 결국 그를 도와준 건 나였다는 걸 알게 되었고 나의 그 친한 친구인 트랜스포메이션 기술의 영혼을 꼭 뵙고 싶다고 전했다. 그는 당장 나를 풀어주었으며 그의 집으로 데려가 목욕을 할 수 있게 해주었다. 나는 저녁 식사 시간 때 그와 마주 앉은 자리에서 전혀 기죽지 않았으며 트랜스포메이션 기술의 영혼은 죽은 게 아니라 언제나 때가 되면 나타난다고 있는 그대로 말해주었다. 그도 그건 알고 있다고 말했다.

"실은 자네를 찾으면 꼭 하고 싶은 부탁이 있었네."

"뭡니까?"

"그동안의 조사에서 또 자네의 진술에서 자네가 트랜스포메이션 기술 개발의 전문가라는 것을 충분히 알게 되었네. 지금 식민 지구의 사람들은 지독한 불만에 시달리고 있고 또 내 지지율의 급하락을 막으려면 제국주의 행성을 지배할 트랜스포메이션 기술이 필요해."

나는 용건이 그건가 싶어 다음 필요한 질문을 했다.

"제국주의 행성이 가진 트랜스포메이션 기술은 어느 정도입니까?"

"T906 정도의 아주 강력한 트랜스포메이션 기술이네."

"별로 강력할 것도 없군요. 당장 식민 지구의 트랜스포메이션 기술 생성 장치를 가져다주십시오. 내일 아침 더블 트랜스포메이션 기술 즉, T1812 수준의 기술을 생성해드리겠습니다. 단, 조건이 있습니다."

"조건이 뭔가?"

"제가 직접 제국주의 행성을 응징하고 돌아오겠습니다. 물론, 반 알게이더 총수님도 저와 함께 가셔야 지지율의 상승을 이끌 수 있겠지요? 식민 지구를 해방시킬 전쟁에 참여하시는 겁니다."

"다칠 수도 있지 않은가?"

"괜찮습니다. 더블 트랜스포메이션 기술이면 충분히 안전하게 일을 처리하고 돌아올 수 있습니다."

"알겠네."

"더블 트랜스포메이션 기술의 개발과 제국주의 행성에 대한 침공 계획까지 마치려면 이틀이 필요합니다. 이틀 동안 혼자 있고 싶으니 식량만 냉장고에 채워주시고 이 집에 들어오지 마십시오. 그리고 저쪽에 문을 살짝 열고 훔쳐보는 꼬마도 데리고 가주십시오."

반 알게이더가 아이 쪽으로 뛰어가고 그 애를 확 안아서 밖으로 나가려던 찰나였다.

"영웅 아저씨가 왔네. 영웅 아저씨, 파이팅."

꼬마애가 소리쳤다. 나는 피식 웃고는 미소로 답해주었다. 반 알게이더가 나가고 나는 식탁에 차려진 것을 죄다 먹고 잠시 후 반 알게이더가 와서 냉장고의 속을 다 채워주고 나간 뒤 그것들도 일정 부분 꺼내 먹었다. 그동안의 부실한 거리 생활이 청산되는 기분이었다.

다시 반 알게이더가 트랜스포메이션 기술 생성 장치를 가져다주고 나는 오랜만에 재미있게 트랜스포메이션 기술 업그레이드에 뛰어들었다. 의외로 쉽게 더블 트랜스포메이션 카드가 생성되자 그 속에 몇 가지 기능을 더 추가했다.

더블 트랜스포메이션 카드를 생성 장치에서 꺼내 받아들고서 제국주의 행성을 샅샅이 조사하기 시작했다. 대륙의 위치와 주요 시설물들의 위치, 그리고 사람들의 분포 및 성향까지도 조사했다. 꼭 고리대금업자의 냄새를 풍기는 행성이었다. 처절한 응징이 필요하다는 판단과 함께 나는 바로 반 알게이더를 불러내고 그에게 우리가 떠난 후 발표할 성명을 쥐어주고는 다시 돌아오라고 말했다.

반 알게이더와 나는 조그마한 비행물체를 타고 제국주의 행성까지 공간 이동했다. 어차피 우리는 레이더에 감지되지 않았고 보다 높은 트랜스포메이션 기술로 적들의 주요 소프트웨어를 파괴한 후 주요 시설물을 파괴하고 그들에게 우리의 정체를 밝혔다. 그들의 전투기가 총출동되었지만 내가 탄 촌스런 비행물체는 끄떡도 하지 않았는데 내 근처에 오기도 전에 그들의 전투기가 녹아내리기 시작한 것이다. 제국주의 행성에 이 행성의 전 인류를 학살할 공기를 주입하겠다고 엄포를 놓았을 때 비로소 항복이라는 메시지가 전송되어왔다. 그러나 나는 그런 말 따위를 믿지 않고 그 행성의 인류 절반을 우주 먼지로 날려 보냈다. 그리고 더 이상 아무 말도 하지 않고 지구로 돌아왔다.

지구에서는 이미 반 알게이더가 영웅과 함께 제국주의 행성을 타도하러갔다는 성명이 발표된 뒤라서 그들이 귀환했을 때 환영 인파가 거리로 몰려나왔다. 나는 사람들에게 휩싸여 발걸음도 제대로 옮기기 힘들었다. 반 알게이더가 그날 저녁 연설을 통해 식민 지구의 해방을 선포하고 더 강한 트랜스포메이션 기술을 언제라도 확보할 것이라고 지구 도시 문명 사람들에게 오랜만에 즐거운 소식을 안겼다.

더 이상 강제 노역이 필요 없었고 반 알게이더는 처음 자신이 정권을 잡을 무렵 구상하던 인간성의 실현과 민주주의의 융성에 다시 관심을 쏟았다. 바람직한 일이라고 생각한 나는 그러나 반 알게이더로부터 벗어날 수 없었는데 트랜스포메이션 기술 개발이라는 강제 노역이 나를 기다리고 있었던 것이다. 물론, 나야 좋았다.

매일 새로운 종류의 트랜스포메이션 기술을 개발해 지구 도시의 시스템에 적용하는 일을 맡으면서 나는 신인류 속에 녹아든 구(舊)인류라는 생각이 문득 들었다. 그리고 이오스는 어디에 가서 무얼 하는지 도무지 나타날 기색이 없었다. 그리고 지구의 행성 방어용과 군사적 트랜스포메이션 기술을 매일 업그레이드하기 위해 야근이 기본이었다.

무언가 내가 원해왔던 일을 하고 있는 것처럼 나는 내 일이 좋았고 그것이 실제적으로 이 행성을 움직이고 보호하는 데 사용되기 때문에 그것도 좋았다. 과거의 지구에서라면 트랜스포메이션 기술을 실제 생활에 적용하는 것은 불가능했다. 나는 트랜스포메이션 기술의 혁신 분야에서 가장 선도적인 역할을 담당했다.

다른 행성에서 내게 기술을 이전 받기 위해 몰려오는 경우도 있었지만 보안상의 이유로 정중히 돌려보냈다. 나는 내가 개발하는 기술이 내 머리에서보다 그동안의 다양한 경험에서 온다는 걸 무엇보다도 잘 알 수 있었기 때문에 트랜스포메이션 기술의 개발에 지능이나 인텔리는 그다지 중요한 요건이 아니었다.

문득 이오스가 보고 싶다는 생각을 했고 더 이상 정이은에 대해 느껴지던 아련한 감정은 느껴지지 않았다. 새침하고 통통 튀는 이오스의 매력이 떠올라 새삼 보고 싶다는 느낌이 들었지만 내 트랜스포메이션 기술로는 이오스의 행방을 찾을 수 없었다. 그도 그럴 것이 그녀는 트랜스포메이션 기술의 절정 그 자체였으니 말이다.

매일 새로운 개척 분야에 적용할 트랜스포메이션 기술을 적용하고 내가 이 일을 시작한 지 2년이 지났을 때 나는 기본 트랜스포메이션 기술의 지도를 완전히 밝혔다. 그로인해 세 가지 이점이 생겼는데 한 가지는 트랜스포메이션 기술의 부분을 적용하여 특정한 일에 수행가능 하도록 특수화시켰다는 것이고, 두 번째는 트랜스포메이션 기술이 발전해가는 과정에 대한 단서를 확보한 것과 마지막으로 세 번째는 트랜스포메이션 기술이 정식으로 과학의 응용 분야로 인정을 받게 된 것이 그것이다. 트랜스포메이션 기술은 워낙 복잡한 초고도의 기술이고 우연히 생겨난 만큼 그것이 작동하는 기제는 내가 그동안 조작해오면서도 몰랐다. 이젠 트랜스포메이션 기술 생성 장치를 누구라도 기본 지식을 숙지한 사람이면 만들 수 있게 되었다.

지구는 전 우주에서 트랜스포메이션 기술에서 최첨단을 달리는 도시 문명으로 거듭나고 있었고 사람들은 트랜스포메이션 기술을 배워 자신의 삶을 풍요롭게 유지시켜갔다. 특히, 인간의 장기를 특정 부분에서 생산할 수 있는 기술이 최종 트랜스포메이션 기술의 일부분으로서 완성됨으로써 사람들은 무병장수 혹은 아주 오랫동안 살 수 있는 길이 열렸다. 문제가 되는 장기를 교체하면 그만인 시대로 접어들었던 것이다.

반 알게이더는 전 우주에서 지구의 위치를 이만큼 격상시킨 건 지난 2년 동안의 나의 노력이었음을 누구보다도 잘 알고 있었고 반 알게이더의 아들인 필립은 벌써부터 트랜스포메이션 기술의 지도를 외우고 다녔다. 필립은 나를 지금도 영웅으로 생각한다고 했다. 영웅이라, 블랭크는 내가 영웅일 필요는 없다고 말했다. 과거의 지구를 구하진 못했지만 신인류의 지구를 새로운 시대에 놓긴 했다. 그것이 영웅의 일인지는 잘 모르겠지만.

나는 고층 빌딩에서 잠시 내려와 직접 땅에서 움직이는 자동차를 몰고 도시 외곽으로 나갔다. 도시와 도시를 잇는 지점에 발달한 녹지들은 모두 공원으로서 관리되고 있었고 대부분의 사람들이 공중에서 다님에도 땅의 길도 잘 발달해있었다. 나는 과거의 지구에서 흔했던 모양의 파란색 스포츠카를 몰고 봄의 교외 지역을 드라이브 하고 있었다.

멀리 거대한 은행나무가 있는 언덕이 있고 언덕 아래에 차를 대고 은행나무까지 올라갔다. 흙냄새와 싱그러운 풀냄새가 내가 자연 속에 있다고 느끼게 해주었다. 멀리 초고층 빌딩이 즐비한 도시들이 보이고 문득 내가 있는 이 문명이 언제까지 존속할지에 대해서도 고민했다. 머리가 어지러웠을 때 문득 나는 그 향기를 맡았다.

이오스였다.

"하나의 중요한 임무가 남았어. 왜 이래? 모든 걸 다 해치운 사람의 여유를 즐기는 건?"

"결국 모든 건 이오스 너의 의도대로 되겠지?"

나는 내가 그 순간 깨달은 걸 말했다.

"당연하지. 어느 정도까지만 허락할 뿐이야. 물론, 너에게도 그리고 전 우주의 신인류에게도. 물론, 상황이 되어가는 걸 봐서 그렇게 되겠지만."

"그동안 뭐했어?"

"할 일이 아주 많았어. 그래서 간추려서 너의 이번 임무를 가지고 온 거야."

"그 임무에 대해 말해줘."

"트랜스포메이션 기술에 대해 극한까지 발전시켜. 아주 극한 말이지. 지금처럼 즐기지 말고."

"그래서 뭐가 어떻게 되는데? 그 이후에는?"

"그건 네가 기술을 극한까지 발전시켰다고 생각이 들면 그때 나타나서 말해줄게."

이오스는 향기만 남기고 사라져버렸다. 결국 그녀에게 나는 트랜스포메이션 기술을 매개로 만난 그저 그런 관계에 불과한 건 아닌지 나는 순간 불행해졌다. 그러나 이오스는 인간이 아니니까 나의 그런 생각에 그녀를 놓아서는 안 된다.

파란 스포츠카를 타고 다시 기가 시티로 진입했다. 밤이 되고 기가 시티의 전체를 레이싱 하듯이 최대 속도로 달렸고 다음날 반 알게이더가 내가 과속하는 걸 미리 알고 기가 시티 내에서 도로 내 자동차 출입을 최대한 줄였다고 말해주었다. 과도한 친절에 그에게 감사를 표했다.

"그럴 수도 있어. 사실, 자네가 스트레스를 풀지 않아 걱정했거든. 어제 기가 시티뿐만 아니라 전 지구가 자네의 비행을 감상했지."

"그랬던 겁니까?"

"그랬어."

나는 기본 트랜스포메이션 기술의 지도 따윈 싹 잊기로 했다. 완전히 새로운 체제의 트랜스포메이션 기술은 이미 내 안에서 일렁이고 있었다. 그때 이오스의 손에서 생겨나던 수많은 알 수 없는 기호들과 변환 공식들이 내 안에서도 일렁이고 있었던 것이다. 나는 기호와 연산을 정의내리면서 연결해나가기 시작했고 열 권의 책에 달하는 하나의 방정식을 생성하고 있었다. 그렇게 나는 한 달을 꼬박 보냈다. 뒤돌아보니 이오스가 앉아서 나를 빤히 쳐다보고 있었다.

"내 정도의 수준에 드디어 도달했어. 넌 나와 같아. 이래안, 네가 바로 트랜스포메이션 기술의 영혼이야."

"내가 그렇게 해야 했던 이유가 뭐지?"

"넌 새로운 시대를 이끌 수 있는 자기 자신의 신념과 힘을 지닌 유일한 인간이야. 그러니까 너의 고결한 정신뿐만 아니라 너의 힘이 곧 가장 강해야 함을 의미해. 걱정하지 않겠어. 하지만 다시 돌아올 거야. 트랜스포메이션 기술의 영혼은 언제나 궁극을 향해 달리니까."

그녀가 사라지고 나는 그녀가 어디로 갔는지 추적해 보았다. 그러다가 과거로 돌아가 그녀가 어디에 있었는지 추적해 보았다. 그녀는 언제나 내 주위를 맴돌고 있었다. 나는 눈물이 나는 걸 멈출 수가 없어 울었고 방에서 필립이 나를 지켜보고는 나와서 "삼촌, 울지 마"라고 위로한다.

"그 아줌마 봤어? 예쁘지?"

"응. 예쁘더라. 삼촌 애인이야?"

"응. 오래 전에 잃어버린 사람이고 또 지금은 가장 사랑하는 사람이야."

이오스가 내 말을 인지하고 그녀가 메시지를 전송해준다. 오늘은 그만 쉬고 편히 자라는 것이다. 나도 필립을 방으로 돌려보내고 아직 반 알게이더의 퇴근이 늦어진다는 것을 알고도 평소보다 일찍 잠자리에 들었다.

다음날 아침 반 알게이더가 기가 시티의 하수구에서 발견되었다.

조사 결과 다른 행성에서 온 침입자들의 소행이었다. 온몸에 서로 다른 기능의 트랜스포메이션 카드가 꽂힌 채 숨겨있었다. 그리고 함께 경고 문서까지 발견되었다. 지구가 트랜스포메이션 기술이 앞서 있는 건 사실이지만 오만하게 굴지 말라는 외계 인류들의 경고였다. 필립은 아빠의 죽음을 인정하지 않았고 내 다리를 붙들면서 삼촌이 아빠를 다시 살려달라고 부탁했다.

반 알게이더 다음으로 제2세력을 잡고 있던 오하스 빌린더가 내게 와서 반 알게이더의 사망에 따른 성명서를 어떻게 작성할 건지 물어왔다. 나는 이오스가 그러는 것처럼 손으로 화면을 만든 후 전 우주의 상황을 계산하기 시작했다. 오하스 빌린더는 그러한 처음 보는 장면에 내 능력을 짐작하고 감탄했다.

"지구에 대한 불만 행성이 70퍼센트에 육박하고 그러한 행성들은 더 이상 올라갈 수 없는 트랜스포메이션 기술의 벽에 막혀 있습니다. 지구가 견고하게 다른 행성들의 침입으로부터 방어할 수 있는 기술을 가진 것에 대해 또 지구의 풍요로운 삶의 조건을 결정하는 고급 트랜스포메이션 기술들을 그냥 맨입으로 내놓으라는 협박의 메시지인 걸로 보입니다."

오하스 빌린더는 내 손을 꼭 잡았다.

"이제 어떻게 해야 하나? 지도자가 죽었으니 그를 다시 살리기라도 할까?"

"아닙니다. 그건 삼가야 할 원칙 중의 하나죠. 특수한 경우를 제외하고는."

나는 의외로 차갑게 굴었다.

"우선 반 알게이더의 죽음을 공표하시고 지구인들에게 외계 행성들의 인류가 다시 지구를 습격하기 시작했다고 전하십시오. 그리고 준비가 끝나면 이 세상에서 존재한 적이 없는 거대한 전쟁이 시작될 겁니다. 그 전쟁을 이끌 총사령관으로써 저는 준비가 끝났습니다. 오하스 빌린더 부총수님의 승인을 기다리고 있으며 저는 트랜스포메이션 기술사용의 절정을 보여드리겠습니다."

"전쟁이란 말이오?"

오하스 빌린더는 두려운 듯 떨었다.

"전 우주와 벌이는 전쟁입니다. 저는 이미 마음의 준비가 되었습니다. 계산도 끝났습니다. 지금 벌써 지구인이 가진 트랜스포메이션 기술에 대한 질투가 전 우주의 70퍼센트를 장악하고 있고 이럴 때 질투조차 완전히 굴복시킬 우세한 능력을 보여줘야 한다고 생각합니다."

"지구인들이 전쟁에 참여해서 얼마 정도의 손실을 입을 수 있다고 판단하오?"

오하스 빌린더는 2인자 답지 않고 소심하게 물었다.

"제대로 지휘하면 20퍼센트 정도의 손실로도 전 우주를 초토화 시킬 수 있을 것 같습니다."

"결국 그렇게 전 우주와 전면전을 벌여야겠소?"

오하스 빌린더가 반문했다.

"트랜스포메이션 기술사용 행성들 간의 어쩔 수 없는 충돌이라고 생각하시면 됩니다. 굳이 깊은 의미를 부여하지 마십시오. 전면전이어야 충격도 클 것이고 트랜스포메이션 기술의 종주국의 자존심을 지키고 다시는 반 알게이더의 경우가 생겨나지 않겠지요. 반 알게이더의 죽음에 대해서 이 전쟁은 우리의 자존심이 달린 문제이고 또 다시 지구에 대해 함부로 생각하지 못하게 철저히 밟아줄 생각입니다."

이래안은 자신이 이번 전쟁에서 총사령관이 되겠다고 말했고 최근에 얻게 된 그의 트랜스포메이션 기술사용의 능력을 오하스 빌린더에게 보여주었다. 매순간 생성하는 최고의 트랜스포메이션 기술은 경직된 트랜스포메이션 기술을 단번에 처리할 수 있을 정도로 강력했다.

"어차피 반 알게이더의 살해에 대해 제대로 대응하지 않으면 우리는 외계 행성들에게 무시의 대상이 되고 또 그런 일이 더욱 많이 벌어짐으로써 자존심을 잃게 되는 것과 동시에 지구인의 방어 능력 또한 감퇴될 것입니다. 전쟁이 필요한 시점입니다."

내 설득에 오하스 빌린더가 마침내 전쟁을 승인하고 그의 권한으로 나는 이 전쟁의 총사령관이 되었다. 나는 우주 공간을 공간 이동하는 최신의 전투 비행선들에 대해서 수천만 대 제작에 들어갔으며 그것은 곧 끝났다. 출병을 앞두고 있었다. 이오스는 나타나지 않는다. 대신 필립이 내가 비행선에 타기 전에 나에게로 쪼르르 달려와서 내 뺨에 키스를 한다.

"삼촌이 이겨줘야 해."

"약속할게."

수천만의 전투 비행선들이 준비되고 대부분의 비행사들은 트랜스포메이션 기술에 대해 조예가 깊은 인물들이었다. 그러한 군대가 육성되었다는 것에 큰 자부심을 느끼며 우리는 이틀 후 각자가 하루에 수십 개의 행성에 대해 트랜스포메이션 기술을 이용해 최대한의 손실을 입힐 예정이었다. 나는 그들에게 블랭크 트랜스포메이션 카드를 공급했으며 그들은 그것의 사용법을 하루 동안에 모두 마스터 했다. 그들 스스로 위기를 모면하되 동시에 수시로 나의 지시에 따라 움직일 수 있었다.

빠른 비행과 수시로 일어나는 공간 이동, 적의 기지에 대한 침투 등을 수행할 수 있기 위해서 서른 살부터 마흔 살까지의 남자들로 최정예 군대를 구성했다. 나의 편견이겠지만 여자를 우주 비행에서 죽일 수는 없었다. 나는 그것에 대해서만은 나의 편견에 충실했다.

비행선은 우주의 끝까지 출격 하루 전 지구에서 시험 비행을 하며 상황에 대한 모든 것을 파악했다. 출격 당일이 되고 우주의 다른 행성들에서도 지구의 움직임을 파악하고 부랴부랴 전쟁을 준비하고 있었지만 그들로서는 블랭크 트랜스포메이션 카드가 우리의 주요 무기라는 것을 인지조차 하지 못하고 있었다.

우리는 오전 아홉 시 공중에 정렬해 있었다.

"이번 전쟁은 트랜스포메이션 전쟁이다. 즉, 판단과 두뇌 게임에다 최첨단 기술의 승부수다. 우리의 지도자를 암살하고 도망친 저급의 인간들에게 트랜스포메이션 기술이 어떠한 것인지 물리적으로 보여줄 필요가 있다고 생각한다. 물론, 트랜스포메이션 기술은 인간의 삶을 풍요롭게도 한다. 동시에 우리는 우리가 소중히 여기는 것을 지키기 위해 트랜스포메이션 기술을 사용한다. 우리에게 불만을 품고 있으면서 자기 초월을 통해 더 이상의 트랜스포메이션 기술을 발전시키지 못하는 외계의 인류에게 보여줄 것이란 소생할 수 없는 고통일 거라고 생각한다. 제군들, 나 이래안은 제군들에게 필요할 경우 지시를 내릴 것이다. 우리는 수천만의 우주 전투 비행사들이다. 평소부터 트랜스포메이션 기술에 대해 익혀온 지구의 엘리트들인 것이다. 각자의 판단으로 현란한 전쟁을 시작하도록 하겠다. 자, 비행."

나의 말이 떨어지고 지구의 우주 전투기들은 대기권을 뚫고 날아가더니 하나씩 공간 이동하며 사라지기 시작했다. 나는 전투기들이 모두 사라질 때까지 대기권 밖에서 그 모든 수천만 명의 조종사들의 이동 경로를 추적하고 있었다. 그들은 벌써부터 외계의 행성들을 마비시키고 있었으며 마치 그들 하나하나는 핵무기를 수십 개나 실은 스텔스기 같았다. 나도 그들 중의 한 명으로서 나의 전투기를 몰고 공간 이동하기 시작했다.

트랜스포메이션 전쟁

　나의 지시는 지시를 최초로 수령한 조종사들에 의해 수행된다. 처음으로 내린 명령은 아직 지구만 보유하고 있는 블랭크 트랜스포메이션 기술로 우주의 끝을 봉쇄하는 것이었고 이 명령이 내려지자마자 그것의 최초 수령자들이 우주 끝으로 이동했다. 우주의 행성들 중에 우주를 확장함으로써 탈출하려는 의도를 미리 차단한 것이었다. 동시에 블랙홀을 가두는 반을 가동시켜 우주의 이동에서 혹시나 모를 사고를 차단했다.

　슬슬 지구와 가까운 행성들과 먼 행성들에 대한 제로화 작업이 시작되고 있었다. 행성들을 한순간에 우주 먼지로 내보내는 작업이었고 행성들이 사라진 자리에는 원래 그것이 트랜스포메이션 기술을 적용 받기 전의 행성으로서 다시 들어서도록 했다. 그리고 예상했듯이 어디에서 왔는지 조차 모를 수많은 우주 전투기들이 비오는 날 물방울 떨어지듯 공간 중에 나타나기 시작했다.

　"각자의 판단과 각자의 트랜스포메이션 기술에 의존하라. 트랜스포메이션 기술을 진보시켜가며 자신을 극복해가며 이 전쟁은 이루어지는 것이다. 나는 전쟁을 관망하겠다."

전쟁을 관망할 생각은 없었다. 나도 그 폭우 같은 우주 전투기들 사이에서 비행하고 있었고 실제로 그들과 싸웠다. 내가 계속해서 새로운 기술로 모호한 적들의 상당수를 처리하고 있는 모습에 지구의 우주 전투기 조종사들은 힘을 얻고 그들 또한 그들 내부에 숨겨진 힘을 꺼내 트랜스포메이션 기술을 변형하며 앞으로 나아가기 시작했다.

나는 아군을 완전히 지원할 수 있었지만 상황을 주시하고 있었다. 우선 내 앞에 놓인 모호한 적들을 섬멸하는 데 최선을 다했다. 이 전쟁이 보여주는 공중에서의 아름다운 불꽃놀이를 그저 종식시키는 데 최선을 다할 뿐이었다. 아군의 피해가 조금씩 나타나고 나는 아군의 블랭크 트랜스포메이션 기술을 자율적 변환 트랜스포메이션 기술 수준으로 업그레이드 시켜줬다. 이럴 때 나의 힘이 발휘되는 것이다.

아군의 피해가 사라지고 아군은 적을 섬멸하는 속도를 내기 시작했으나 적은 지구를 제외한 우주의 모든 행성의 신인류들이었고 그들 또한 트랜스포메이션 기술을 진보시키며 전쟁에 임하고 있었다. 나로서는 이 전쟁의 지구 측의 두뇌로서 해야 할 일을 해내야 했다. 나는 다시 지구 측의 우주 전투기 조종사들에게 새로운 수준의 트랜스포메이션 기술을 추가했다. 그것은 우주의 일정 부분을 판으로 구획해 그 구역 속의 모든 걸 변환할 수 있는 기술이었다. 변환이라고는 하지만 그 구역을 완전히 없애도 상관없었다.

조종사들로부터 우주 전체를 변환하자는 제의가 들어왔고 나는 지금이 때라 싶어 내가 직접 우주 전체를 하나의 판으로 구획해 회전시켰다. 그리고 80퍼센트에 달하는 우주의 신인류가 사라졌다. 나머지 20퍼센트는 그 변환에도 살아남았고 전쟁은 할 만한 수준으로 접어들고 있었다.

"이제는 전체를 한 번에 보내는 일은 하지 않겠다. 개별적이면서 협력하는 전투가 되도록 하겠다."

나는 지구의 우주 전투기 조종사들에게 메시지를 전송했다. 지구와 제법 멀어졌을 때 우주 한가운데에서 수많은 푸른 별들이 원래의 행성의 모습으로 바뀐 것을 확인했다. 생명체는 없지만 그 자체대로 존재하는 원래 우주의 행성들이었다. 근처에서 발견되는 전투기도 없고 해서 나는 음악을 틀고 전투기를 공중에 정지시킨 채 눈을 감았다. 은하의 빛에 취해 있는 것도 잠시 사정권 안에 전투기 열 대가 포착되었다. 나는 그들이 한 번도 상상한 적이 없는 속도로 그들을 베고 지나갔다. 전투기 열 대가 모두 반으로 잘린 채 폭발했다. 그리고 수백 대의 외계 전투기들이 포착되었고 나는 그것들과 아슬아슬하게 비행하면서 미사일로 모두 폭발시켰다.

이번에는 나 하나에 수만 대의 외계 전투기들이 몰려들기 시작했다. 우주를 부분적으로 판으로 만들어 변환시키는 기술을 이용해 이들을 소멸시키고 한숨 돌렸다. 지구의 다른 전투기 조종사들의 상황을 파악하고는 각자에게 내릴 지시를 트랜스포메이션 기술로 계산해 각자의 상황에 맞는 기술을 담아 함께 전송했다.

확실히 그들은 조금 더 힘을 얻은 모양인지 지구의 전투기 조종사들은 제각기 할 일을 제대로 해내고 있었다. 계속 처치하여도 외계의 전투기들은 줄지 않았고 남은 20퍼센트 정도의 전투기들은 양산되어 처음의 수 기준으로 200퍼센트까지 그 수를 증강시켰다. 아군의 조종사들이 우주를 판으로 만들어 그 내부를 변환시키는 기술에도 그들은 끄떡도 하지 않았다. 나로서는 이 엄청난 양의 외계 전투기들 속에서 아군을 구해내기 위해 아군의 전투기를 외계 전투기로 바꾸는 기술을 사용했다.

물론 그 기술은 나에게도 적용되었고 우리는 외계의 전투기들에 섞여 있으면서 그들의 뒤통수를 칠 수 있었다. 순간, 지구로 외계의 전투기들이 지구를 표적으로 삼고 접근하고 있다는 정보가 확인되면서 나는 지구의 조종사들에게 당분간의 상황을 맡기고 지구의 대기로 공간 이동해왔다. 그곳에서 나는 지구에 최대한의 방어막을 치고 지구에 근접한 엄청난 수의 외계 비행체들을 소멸시키고 있었다. 계속적인 소멸 과정에서 나의 힘이 소진되고 있었고 그러나 나는 꼬박 사흘 동안 혼자 지구를 방어하고 있었다.

지구의 우주 조종사들이 그들만의 트랜스포메이션 기술로 우주에 흩어져 있는 상당수의 외계 전투기들을 섬멸하고 이백만 대가 지구로 귀환하였고 그들이 내게 힘을 보탰기 때문에 외계의 비행체들은 지구에 대한 공격을 포기하고 퇴각했다.

이백만 대의 지구의 우주 조종사들이 지구의 대기권에 남고 나는 다시 우주의 한가운데 적진으로 들어갔다. 적은 다시 수를 증강하여 우리를 위협하고 있었고 나는 적들이 계속해서 증강하는 작전에 원천적으로 봉쇄하기 위해 그것을 막는 트랜스포메이션 기술을 순간 개발하여 그들의 전투기와 소프트웨어 및 트랜스포메이션 기술 전부를 조작했다. 그건 제대로 진행되었고 우리는 최선을 다해 싸우면서 적들의 전투기를 대규모로 소멸시키고 있었다.

나는 적들이 없는 우주로 이동해 5분간 새우잠을 자면서 생각에 잠겼다. '우리는 이제 어디쯤으로 흘러가는 걸까. 이 모든 전쟁이 끝나고 우리는 어디쯤으로 흘러가는 걸까' 하고 말이다. 그에 대한 대답을 내리는 것이 트랜스포메이션 기술을 만드는 것보다 어려웠다. 매순간 그 순간에 움켜쥔 가치를 위해 달리는 수밖에 없다고 생각하고 지금껏 달려

236

왔고 앞으로도 그럴 것이라는 생각이 나를 사로잡았다. 무언가 중요한 것이 분명해진 순간이었다.

나는 다시 적진의 한가운데로 들어가 비행 기술과 작전으로 적들의 전투기를 섬멸시키고 있었다. 휴전 요청이 들어왔고 지구의 전투기 조종사들도 그에 대한 내 의견을 물어왔다. 나로서는 비교적 이 전쟁에 대한 생각이 분명해졌다고 느꼈다.

"끝까지 간다. 미온적 대처는 더 큰 불행의 씨앗을 가져올 뿐이다."

내 말을 지구의 전투기 조종사들은 이해했고 그들은 다시 싸우기 시작했다. 전쟁이 시작된 지 보름이 지났다. 나는 전투기 조종사들에게 휴식은 각자가 알아서 적당한 선에서 할 일이라는 것도 지시했고 그들은 아무도 불평하지 않았다. 극도의 피로와 신경의 문제에 시달리면서도 그들은 모든 내 지시를 군말 없이 수행했다.

이제 겨우 섬멸시킨 비행체의 수를 파악할 때 지금 남은 비행체의 수는 처음 전쟁을 시작할 때 수준으로까지 내려왔고 우리는 이 전쟁을 처음부터 다시 시작하는 마음으로 임할 수밖에 없었다.

"적들의 비행체 수가 처음의 5퍼센트에 진입할 때까지 전투는 멈추지 않는다."

나의 방향을 최초로 밝혔을 때 지구의 전투기 조종사들이 내 의도를 파악했고 그들은 외계의 인류가 제대로 한 방 먹어서 지구의 인류를 공격하는 일이 없도록 단단히 버릇을 고쳐놓겠다는 내 의도를 읽어냈다.

외계의 인류들은 새로운 방어와 공격용의 거대한 우주선을 종류별로 투입시키고 있었다. 그것은 웬만한 기술로는 파괴할 수 없어서 나는 꼬박 하루 동안 그것을 해체시키는 기술을 개발했다. 단순한 미사일에 거대한 우주선을 파괴 및 해체할 수 있는 기능을 추가해 아군의 전투기에 무한 공급되도록 지원했다. 며칠 동안 우주는 거대한 우주선들이

해체되며 일으키는 불꽃에 한동안 불바다로 보일 정도였다.

적군이 다시 새로운 기술을 개발하고 있을 때 나는 지구와 연락을 취해 지상전과 공중전에 대비하라고 지시해두었다. 지구의 대기권을 통과하지 않고도 적들의 지구에 대한 공격이 충분히 이루어질 수 있겠다는 판단에서였고 얼마 지나지 않아 그러한 나의 우려는 현실이 되었다. 지구에서 연기가 피어오르기 시작한 것이다.

나는 지구의 전투기와 미사일에 정확성과 파괴력을 더했고 그 수를 증강시켰다. 지구에 남아있던 여성들과 청년들이 전투기에 탑승하고 있었다. 나는 그들에게 지구를 맡긴다는 말과 함께 언제라도 지원할 것이라고 그들을 격려했다. 지구에서의 공중전과 지상전이 시작되고 외계의 인류는 지구에서 작전을 시작하고 있었다.

우주의 한가운데에서 거대 우주선을 거의 모두 파괴했을 때 그들은 전투기를 모두 거둬들이고 대신 우주 전체에 엄청난 미사일을 발사하기 시작했다. 나는 순간 공간 이동의 속력을 최대한 올리는 기능을 아군의 전투기에 지원했고 아군은 겨우 그 기능을 이용해 무수히 날아오는 미사일로부터 몸을 피할 수 있었다. 나는 적들이 미사일 발사 능력에 대해 지칠 때까지 기다렸다. 그 정도의 대량 미사일을 계속 발사하려면 트랜스포메이션 기술의 소모가 커질 것임에 분명했다. 그리고 미사일이 끊어졌을 때 계산 결과 적들이 숨어있는 행성의 정확한 지점을 공격할 것을 아군에게 명령했다. 아군은 내가 내린 계산 결과로 각자가 해야할 공격을 행성들에 침투해서 정확하게 해냈고 이로써 적군의 50퍼센트를 제거할 수 있었다.

이제 남은 목표는 45퍼센트의 제거였다. 적군은 다시 전투기를 탔으며 아군은 이제 전투에서 트랜스포메이션 기술을 어떻게 사용하는지에 대해 노련해질 대로 노련해져 더 이상 나의 지시가 불필요한 것처럼 단한 대의 손실도 없이 45퍼센트 수준의 적을 섬멸시키는 데 성공했다. 이제 남은 건 단 5퍼센트 정도의 적군이었고 그걸 계산한 아군이 나에게 명령을 요청했다.

완전히 외계의 인류를 없앨 것인지 아니면 처음 기준 5퍼센트 정도의 지금 수준의 외계의 인류를 남겨두고 그만 퇴각할 것인지 물어왔던 것이다. 나는 5퍼센트도 마저 섬멸하라고 지시를 내렸고 아무도 군소리 없이 전쟁의 끝까지 달렸다.

마지막 파열음이 희미하게 들리면서 나는 이번에도 내가 순간 손에 움켜쥔 생각에 나를 맡겼던 거라고 생각했다. 무언가 인도주의 의식에 자책감이 드는 것도 아니었고 동시에 그저 아무런 감동도 아무런 승리감도 없었다. 그저 트랜스포메이션 전쟁의 끝에 서서 최대한의 마무리를 생각하고 있었다.

아군들을 모두 지구로 돌려보내고 아군의 손실은 15퍼센트로 집계되었다. 애초에 설정한 20퍼센트의 손실보다 적은 손실이었다. 나는 폐허가 된 우주 공간에 혼자 남아 여전히 빛나고 있는 별들과 성운들을 보면서 우주 속을 천천히 움직이고 있었다. 우주가 팽창하는 범위에 쳐놓은 진을 해제하고 블랙홀을 가두는 기술도 거두었다. 이제 지구를 제외한 우주의 다른 행성들에는 인류가 살지 않는다. 나는 우주는 영원히 어둠 속에 묻혀있고 지구와 닿지 않아야 한다고 생각했다. 나는 트랜스포메이션 기술의 영혼 수준의 기술을 끌어올려 우주를 내가 어릴 때 바라보고 자랐던 우주 공간으로 바꾸었다. 그것이 내가 생각한 트랜스포메이션 전쟁의 최후의 최대한 내가 해야 할 일이었다.

지구로 귀환 후 나는 총수의 자리를 올라야 했으나 나는 그 자리를 오하스 빌린더에게 양보했다. 나는 지구로 돌아와 그저 연금을 받으면서 트랜스포메이션 기술이 발전하는 과정을 정리해서 계속 자료로 남기는 작업을 했다. 사람들은 나를 트랜스포메이션 기술의 영혼이라고 불렀다. 그리고 그렇게 불리는 게 싫지 않았다.

지구에서는 트랜스포메이션 전쟁을 기념하여 매년 우주 공간에서 트랜스포메이션 전쟁 대회를 청년들을 중심으로 개최했으며 이 대회의 우승자는 내 이름으로 수여된 상을 받았다. 그 상은 최초의 트랜스포메이션 전쟁이자 최후의 트랜스포메이션 전쟁의 총사령관의 이름을 기념하고 또 그 이름은 유일하게 지구 하나를 지키기 위해서 모든 다른 가치를 버려야 했던 남자의 이름이기도 했다.

신인류의 지구에서는 저 우주에 무엇이 있는지 잘 안다. 인류가 남아 있는 곳도 이 작은 행성인 지구뿐이라는 것도 알고 있다. 나는 문득 '우주에는 뭐가 있을까' 하고 생각하던 어린 시절이 떠오르고 '지구와 같은 별이 우주에 존재할까' 하는 의문도 떠올려본다. 그리고 저녁까지 트랜스포메이션 기술의 발전 과정에 대한 자료를 작성했다.

내가 몇 살 정도 되었는지 계산할 수가 없다. 외모는 트랜스포메이션 캠프를 시작할 때와 똑같고 내 정신도 더 날카롭고 번득이는 것이 되어가고 있을 뿐이다. 필립 알게이더가 들어오고 나의 품에 안긴다.

"그 아줌마는 안 와?"

"올 거야."

"나도 트랜스포메이션 전쟁에 참가할 거야. 어른이 되면."

"그래, 어른이 되면."

"그래서 삼촌 이름으로 된 명예를 얻을 거야."

"그래, 얻을 수 있을 거야."

이제 제법 덩치가 큰 필립은 하품을 하고 내 품에 안겨 잠들었다. 반 알게이더가 그렇게 떠나고 나는 필립 알게이더를 데리고 살았다. 올해 열리는 트랜스포메이션 전쟁 대회가 세 번째니 벌써 시간이 그렇게나 흘렀나 싶다. 이오스를 안 본지 꽤 오래되었으나 그녀는 이미 나보다 진보한 기술로 갈아탔는지 내가 아무리 그녀를 찾아도 찾을 수가 없다. 결국 그녀는 나를 찾아올 거라고 생각했다.

트랜스포메이션 전쟁 대회 때 나도 내 실력이 어떤가 싶어 참가 신청을 냈고 이에 참가하는 청년들이 환호했다. 제대로 나와 겨뤄보고 싶은 트랜스포메이션 기술의 마스터들이 제법 많았다는 것에 나는 깜짝 놀랐고 그렇게 된 데에는 나의 지속적인 연구가 있었다는 것이 그 큰 원인이었다.

전투기에 올라타고 트랜스포메이션 기술을 열어 상황을 파악했다. 그리고 내 앞으로 날아오는 미사일을 겨우 따돌린 나는 '장난이 아니겠군' 하며 지구로 내려가 아직 꼬마인 필립을 태우고 다시 비행을 시작했다. 물론, 나는 정신을 차렸기 때문에 트랜스포메이션 전쟁 대회에서 적군을 모두 마비시켰다. 새로운 트랜스포메이션 기술을 쓴 것 아니냐는 투덜거림에 나는 기본 트랜스포메이션 기술을 사용했을 뿐이라고 변명했다.

그리고 받은 상을 함께 비행한 필립에게 수여했다. 그날 밤 필립은 내 귓가에 '삼촌, 사랑해요'라고 소곤거리는 것이었다. 아주 조금의 감동이 막혔던 딱딱한 벽 사이로 비집고 나오면서 나는 내 감정이 조금씩 격해지는 걸 깨달았다. 울어서는 안 되었지만 이제는 신인류 속에서 그들에 대한 애정을 가져버렸기 때문에 아무리 트랜스포메이션 기술을 쓰더라도 구(舊)지구의 사람들을 다시 살릴 수 없다는 생각이 들어서였다.

내게는 잃어버린 사람들이 하나둘 씩 스쳐가고 나는 필립을 부여잡고 그날 밤 늦게까지 울음을 멈추지 못했다. 아침에 일어나니 필립은 자신의 조그만 침대에 올라가지 않고 나를 부둥켜안고 잠들어 있었다. 꼬마 필립의 눈에도 눈물 자국이 있었다.

필립을 안고서 침대에 누이고 나는 머리가 어지러워 욕실에 들어가 세수를 했다. 거울 속 내 자신은 예전과 같은 나인데 나의 어딘가는 심하게 망가져버린 것 같다는 생각에 다시 격하게 세수를 했다. 다시 들여다본 거울 속의 나에게 어디가 망가진 거냐고 소리를 지르고 욕실 거울에 주먹질을 해서 그걸 깨버렸다. 주먹에 피가 스며들고 필립이 나와서 나를 보며 울음을 터트린다.

나는 외투를 쥔 채 밖으로 나갔다. 기가 시티의 땅으로 내려와 숨을 내쉬었다. 차를 만들어내기도 싫었고 길거리에 세워진 아무 차를 타고서 기가 시티를 빠져나갔다. 카페에서 소시지를 먹던 그 차의 주인은 내가 그 차를 타고 가도 상관없는 듯 그저 바라보기만 했다. 나는 속력을 내기 시작했고 길이 연결된 곳이면 그 끝까지 가겠다는 신념으로 액셀러레이터를 밟았다. 벌써 지상에서의 스피드 제한속도 240킬로미터에 가깝게 운전하고 있다. 운전을 하고 있는 것이 아니라 미쳐버렸다는 게 맞다.

내 옆 좌석에서 여자 하나가 팝콘을 먹고 있다.

"이오스?"

"트랜스포메이션 전쟁이라……. 이래안의 침착한 전쟁 수행 능력에 반했어. 화려하게 전쟁을 수행했더라면 너에게 실망할 뻔 했으니까. 하여튼 그건 끝났으니까 지금은 상관없는데, 때가 다 되어가고 있어."

"네 맘대로 모든 걸 할 때 말이지."

내가 차갑게 내뱉으며 속도를 180킬로미터까지 줄였다.

"그렇게 말하지는 마. 아주 오랫동안 생각한 거고 그게 바람직한 거야."

"물론, 내 상처도 치료하고 말이지."

이오스는 방긋 웃을 뿐이었다.

"그건 내 전문 분야가 아니라서 모르겠어. 이래안이 마음의 상처를 입든 말든 난 어차피 객관적인 입장에서 움직이는 존재니까. 그런 기분도 잘 이해하지 못해. 하나의 결함이라면 결함인 거야."

그녀는 다시 방긋 웃을 뿐 팝콘을 얌전히 먹기 시작했다. 나는 속도를 80킬로미터까지 줄였다. 그녀는 2000년대 초반에 나오던 폴더 폰을 꺼내 무언가를 한다. 궁금해진 나는 그녀가 입력하고 계산하는 내용들을 보다가 문득 그녀가 무슨 일을 저지르려는지 파악했다.

"자, 이래안. 똑같은 트랜스포메이션 기술의 영혼으로서 이 모든 일의 궁극을 결정하는 일을 하는 자를 뽑는 거야. 네가 되든지 내가 되든지. 우리 둘만의 트랜스포메이션 전쟁이야. 준비됐지?"

그녀가 갑자기 차에서 일어나더니 차의 뚜껑을 발로 차서 공중으로 날려 보내고 그녀가 부른 전투기에 탑승한다. 나도 내가 타고 있는 차를 변환해서 전투기로 만들고 그녀가 떠오른 방향으로 날아갔다. 그녀는 대기권을 뚫고 우주 공간에 진입했고 그건 나도 마찬가지였다. 순간 나의 조종 장치에 이상 신호가 오고 그건 불에 휩싸였다. 나는 탈출하면서 동시에 새로운 전투기를 만들어 거기에 탑승하고 조종키에 방어 트랜스포메이션 기술을 걸었다. 이번에 그건 제대로 먹혀 들어갔는지 더 이상 이오스의 조종 장치 공격은 없었다. 화염에 휩싸인 수많은 운석들에 어마어마한 속도로 정면 돌진해서 빠져나온 다음 그녀가 퍼붓는 화학 공격에 전투기의 표면이 삭기 시작하자 새로운 광석으로 만든 전투기에 갈아탔다.

그러면서도 나는 그녀를 공격할 생각은 전혀 하지 않았다. 나는 이 대결에서 내가 이기는 것을 바라지 않았다. 나도 나의 확실한 트랜스포메이션 기술로 궁극적인 선택을 내 손으로 하면 좋겠지만 나보다는 이오스가 훨씬 잘할 수 있다는 판단은 정확한 나의 생각이었다. 이오스의 전투기가 멈춰 선다. 그녀는 내 쪽으로 다가와 신호를 보낸다.

"그 옳은 선택 믿어줘."

그녀는 다시 지구 쪽으로 이동하고 나도 그녀를 뒤따라 지구로 진입했다. 우리는 전투기를 없애버리고 초원에 나란히 앉았다. 하늘은 맑고 바람이 선선히 분다. 이오스는 잠시 눈을 감고 바람을 느끼고 있다. 바람에 실려 온 더 많은 것들을 느끼는지도 모르겠다.

"저, 이래안."

"응."

"왜 날 공격하지 않았지? 나에게 그 결정을 양보하려고 마음먹었기 때문에?"

"너를 공격할 수 없었어. 그 뿐이야."

이오스는 풋 하고 웃는다.

"끝이 가까워 오고 있어. 내가 그 선택을 해야 하는 끝이 말이야. 그 선택이 어떤 거라도 받아들일 수 있겠어?"

"물론이지."

"지금껏 쌓아왔던 너의 모든 걸 잃어도 괜찮겠어?"

"상관없어. 그게 옳은 길이라면 내가 아무리 노력해도 그 길을 택하지 못한다면 네가 택해주는 것이 어떠하더라도 따를 생각이야."

"고마워."

이오스는 무릎 위에 두 팔을 괴고 두 손을 얼굴에 대고 있다. 뭔가를 생각하는 모양이다. 여전히 정이은의 모습으로 귀여운 표정을 지으며 온갖 어려운 것들을 생각하는 이오스다. 그녀가 사랑스러울 수밖에 없는 건 나도 그 이유를 설명하지 못한다.

이오스는 나의 손을 끌어당겨 그녀의 무릎 위에 얹는다. 낯이 뜨거워진다. 이오스는 깔깔 웃더니 다시 진지해진 얼굴로 나의 손을 다시 초원 위로 내린다.

"정이은에 대한 기억도 사라지는 거야. 알겠어?"

"이미 알고 있어. 그건."

"어디까지 알고 있는데? 내가 하려는 일의?"

"모두."

이오스는 순간 내 마음을 검색했다. 그리고는 깜짝 놀란 표정을 짓는다.

"그 후 그때도 가끔은 기억날지도 몰라."

이오스가 말했다.

"아무래도 괜찮아. 괜찮아."

그 말을 하면서 나는 눈물을 흘렸다. 트랜스포메이션 기술의 영혼으로서 나도 궁극적으로 어떤 선택을 해야 하는지 알고 있었고 그걸 이오스에게 맡기려는 것이다. 나는 결국 신인류의 삶 또한 지켜주지 못한 채 무책임하게 가버리려는 것이고 그 일을 이오스에게 맡김으로써 내 책임에서 도망치려는 시도를 암묵적으로 하고 있는 것이다.

문득 이오스는 드넓은 초원에서 보이지 않는다. 나는 자동차를 만들어내고 그걸 타고 보통의 속도로 생각에 잠긴 채 기가 시티로 돌아왔다. 필립이 기다리고 있을 것 같아서 바로 집으로 갔다. 필립은 나에게 안겨서 떨어지지 않는다. 문득 마지막 일을 생각하니 결국 너에 대해서도 지켜줄 수 없는 나를 그런 나를 용서해 달라고 그를 꼭 안아주었다.

기가 시티는 그 어느 때보다도 평화롭게 저녁을 맞이하고 있었다. 모든 건 곧 끝날 것이고 그리고 우리의 만남은 먼 기억 속으로 사라지는 것이다. 나는 준비를 마쳤다.

Beyond

다음날 새벽 부스럭거리는 소리에 눈을 떴다. 필립이 과자를 먹고 있나 싶어 침대 밑을 살펴보았다. 이오스가 봉투에서 무언가를 꺼내 내게 보여준다. 어린 시절 좋아하던 로봇 태권 V의 피규어다. 내 방문이 열려 있고 그 너머로 필립의 방문도 열려 있다. 그녀가 필립의 방을 가리키며 태권 V의 피규어를 건네준다. 나는 필립의 머리맡에 태권 V의 피규어를 놓고는 그의 이마에 키스를 하고 머리를 쓰다듬은 다음 방문을 천천히 닫았다. 무언가 시큰한 것이 내 코에 짠하다.

내 방으로 돌아오자 빛들이 회전하고 있다. 주변이 빠르게 흘러가고 이미 우리는 기가 시티를 벗어나 우주 공간에 들어서 있다. 이오스는 벌써 시작한 모양이다. 시간이 거꾸로 가고 있다. 갈수록 속도는 빨라지고 있다. 그 한가운데에서 빛의 흐름을 받으며 우리가 서 있다.

"최초의 시간에서 다시 오랜 시간이 지나면 이래안의 촌스런 지구가 다시 나타날 거고 동시에 언제고 촌스런 이래안도 그 지구 위에서 한번 살아가는 거야. 막을 거야?"

"아니. 이미 내 자신도 이 결말을 선택한 거야."

이오스는 약간 슬픈 표정으로 나를 바라본다. 갈수록 시간이 거꾸로 가는 속도는 빨라지고 있다. 이미 아주 오래 전의 과거마저도 더 과거에 밀리면서 자꾸 거꾸로 시간이 흘러가고 있다.

"왜 끝까지 정이은의 모습으로 있는 거지?"

"네가 가장 기억하고 싶은 모습을 끝까지 보여주고 싶었어."

"이오스. 넌 이제 어떻게 되는 거지? 설마 내가 아는 그대로?"

"맞아. 다시 내가 없던 불가능 속으로 들어가는 거야."

그녀가 가진 기기에서 '뚜뚜-' 하는 소리가 들려왔다.

"시간이 다 됐어. 빅뱅이 일어날 시간이야."

그녀를 잡은 손 너머로 그녀가 밝은 빛 속으로 흡수되어버리고 너무나 밝은 빛에 나는 모든 것이 어두워졌다고 느꼈다. 잠시 후 우주가 탄생하는 빅뱅의 순간이 시작되고 그리고 나의 모든 건 정지했다.

***

이래안은 우편함에서 무언가 두툼한 우편물을 발견했다. 그 속에는 트랜스포메이션 캠프 참가 요청서가 들어있었다. 그는 그것을 대충 읽어보고는 혀를 끌끌 찼다. 얼마나 할 짓이 없으면 미국에서 한국까지 국제적으로 사이비 종교를 믿도록 포교 활동을 하나 싶었던 것이다. 그리고 문득 햇살이 눈부시다는 것을 발견했을 때 그는 멀리 두고 온 기억이 하나 생각난 것처럼 트랜스포메이션 캠프 참가 요청서를 들고 터덜터덜 아파트 계단을 올라갔다.

커넥션

스무 살의 필립 알게이더는 트랜스포메이션 캠프 참가 요청서를 들고 투덜대며 아파트로 들어서고 있는 이래안을 지켜보고 있었다. 그는 그가 서 있는 구체 속에서 그 구체 전체에 투영된 이래안의 화면을 껐다. 시간이 거슬러 올라가 빅뱅이 시작되고 다시 원래대로 시간이 흘러 원래의 지구가 나타나고 그들의 세월이 흘렀어도 필립 알게이더의 신인류의 지구가 소멸되지 않았던 것은 이오스가 생성한 중간 우주 덕분이었다.

빅뱅으로 우주는 생겨났고 그 우주가 3차원의 전부라고 생각하겠지만 하나의 빅뱅은 아주 먼 곳에서의 또 다른 빅뱅을 예고한 것이다. 지구가 탄생한 빅뱅의 우주가 있겠고 또 다른 먼 곳에서 지구가 속한 우주가 닿을 수 없는 곳에서의 빅뱅이 가능한 것이다. 이오스는 그러한 빅뱅에 착안해 신인류의 지구를 공간 이동시킬 새로운 빅뱅을 3차원적 공간에서 실현시켰고 그들은 거기에서 트랜스포메이션 기술을 이용해 시간을 자유롭게 사용하며 3차원 우주에 대한 모든 것을 흡수하고 있었다. 필립 알게이더는 스무 살이 되자 더 이상 나이를 먹는 것이 의미가 없어 모든 것을 정지하고 캡슐에서 깊은 잠을 자고 이래안이 나타나기를 기다렸다.

이래안은 곧 트랜스포메이션 캠프 참가에 호기심을 보일 것이고 미국 서부로 오는 비행기를 탈 것이다. 태평양의 상공에서 비행기를 납치할 계획인 필립 알게이더는 트랜스포메이션 캠프에 참가할 또 다른 참가자 박모리에게도 우편을 보낸 뒤다. 지금으로서 신인류가 살고 있는 중간 우주에서 시작해 또 다른 복잡한 새로운 문제들을 이래안은 풀 수 있을 거라 생각했고 또 박모리가 정이은이 그랬듯이 이래안을 도울 수 있을 거라는 판단이 들었다. 그러나 그런 것보다도 필립은 이래안을 다시 만나기 위해 그러한 시간을 기다린 것이다.

중간 우주는 이오스가 소멸되기 전에 생성한 또 다른 3차원 우주이다. 지구가 탄생되는 빅뱅과는 아주 멀리 떨어진 곳에서 새로운 빅뱅으로 만들어진 3차원 우주 공간이고 신인류의 지구가 이동해 와서 지내게 된 우주 공간으로 굉장히 천천히 확장되는 우주 공간이다. 그리고 이오스는 소멸되었고 신인류는 그들의 우주를 중간 우주라고 불렀는데 이는 또 다른 아주 멀리 다른 곳에서 일어날 빅뱅들과 그로 인해 전개될 우주들과 시간이 흐르고 생성될 원래 지구 사이를 잇게 되는 의미에서의 우주이기 때문에 그렇게 정한 것이다.

시간이 더 흐르면 서로 다른 곳에서 형성된 빅뱅으로 일어난 3차원 우주들이 그 경계에서 맞부딪힐 것이고 그러한 서로 다른 우주들은 하나의 우주로 합해질 것인데 신인류는 그러한 현상을 '3차원 대통일'이라고 불렀다. 그리고 그들은 '3차원 대통일'이 일어나도 공간에서 그들은 3차원 자체가 내재한 특성 즉, 공간 안에서 모든 것이 부딪히는 현상, 을 해결하지 못하면 그들은 공간에서 자유로울 수 없을 거라고 여겼다.

공간 안에서 모든 것이 부딪히는 현상은 곧 생명에 대한 파괴였다.

3차원에서는 속도와 속력의 개념이 있고 동시에 어느 두 사물이나 존재들이 부딪혀 파괴되는 현상을 가진다. 그들은 그러한 공간 안에서 모든 것이 부딪히는 현상을 해결해줄 새로운 공간을 설계하는 것이 다음 세대의 트랜스포메이션 기술이 적용되어야 할 시급한 과제라고 생각하고 있었다.

그들은 이 문제의 해결을 위해 차원의 개념을 도입했다. 개념적으로 정의내린 차원에 대한 개념을 통해 실제로 3차원의 꽉 막힌 공간을 뚫을 수 있을 지 가늠하면서 말이다. 그들은 그들의 차원 개념이 물리적이거나 이론적인 개념이 아니라 오히려 차원을 설계하면서 그것을 실현시켜나가는 개념으로서 이해했기에 그들은 차원에 대해 다음과 같은 접근으로 지금껏 10차원에 이르기까지 그들의 중간 우주 가까이에 10차원까지 설계를 마친 상태였다.

차원 설계의 다섯 가지 원칙

1. 자연수 단위의 차원명(名).
2. 차원은 공간으로서 3차원부터 유의미.
3. 보다 상위 차원은 하위 차원의 기능을 모두 포함하되 하나의 공간 요소 기능을 더 추가함.
4. 보다 상위 차원에서 보다 하위 차원의 모든 질서를 트랜스포메이션 기술로 세밀하게 조작할 수 있음.
5. 차원은 트랜스포메이션 기술 발달에 따라 3차원부터 무한 차원에 이르기까지 무한대로 만들어질 가능성이 있으나 실제로 10차원 이상의 차원은 공간으로서 아주 세밀한 문제만 가지므로 실제로 유의미한 범위의 차원은 10차원까지임.

그들은 그들이 안전과 무한, 그리고 해체, 질서의 과정을 거쳐 생성한 10차원의 그 모든 요소를 4차원 속에 적용해 실제적으로 그들의 상당한 자유로서의 공간인 10차원을 4차원으로 만들어 조직하고 있었다. 그들은 책 속에 들어있었고 이제 책 속에서 나가면 상당히 완전한 질서가 내재한 겉으로만 3차원인 그들이 최종적으로 설계한 4차원의 공간이 나타나는 터였다.

필립 알게이더는 그가 잠에서 깬 후 이러한 진전에 대해 보고를 받았고 중간 우주의 총수로서 그가 할 일을 가늠했을 때 그는 삼촌을 데리고 오는 것이 우선이었다. 마침 삼촌은 그가 보낸 트랜스포메이션 캠프 참가 요청서를 받았다. 그가 처음 만났을 때의 삼촌은 아니지만 삼촌의 가능성을 가진 그런 삼촌이었다. 그걸로 충분했다.

필립 알게이더는 4차원으로의 이동에 승인을 기다리고 있던 오하스 빌린더에게 모두 4차원으로 이동할 것을 지시했다.

"그게 마지막 이동 방법이 아직 개발되지 않았습니다."

오하스 빌린더의 말이었다.

"우리가 들어있는 이 책 너머에 4차원이 완성된 건 사실이겠지?"

"그러합니다. 트랜스포메이션 기술로 완전히 되었습니다."

"그렇다면 하늘의 딱딱한 부분을 찾아내 드릴로 뚫어. 그 구멍이 넓어지면서 이동할 수 있을 거야. 우린 책 속에 들어있으니까 책 밖으로 나가려면 책장에 구멍을 내고 나가야 하는 수밖에."

오하스 빌린더는 일리가 있는 말이라 생각하고 필립의 말을 과학자들에게 전했다.

이동 기술이 완성된 건 다음 날이었고 필립은 신인류의 4차원으로의 이동에 승인을 내렸다. 저녁이 되고 필립 알게이더는 삼촌의 영상을 구체에서 한 번 더 보았다. 삼촌이 움직였던 모든 임무들과 그로인한 자신의 탄생을 지켜보면서 눈물을 흘렸다.

'삼촌, 상당히 자유로운 공간으로 설정된 4차원이 눈앞에서 여기 중간 우주와 연결되고 있고요. 또 삼촌이 제가 보낸 트랜스포메이션 캠프 참가 요청서를 받았고 우리도 이제 연결되고 있는 거구요. 보고 싶습니다. 삼촌.'

필립 알게이더는 다음 날 오후에 중간 우주가 비었다는 것을 확인했다. 그가 동봉한 샌프란시스코 행 비행기 표는 지금 탑승 시간이었다. 박모리의 탑승이 확인되고 동시에 이래안의 탑승도 확인되었다. 필립 알게이더는 그들이 태평양 상공에서 제대로 이곳 중간 우주의 지구까지 이동해오도록 비행기의 항행 궤도에 이곳으로 통하는 공간을 설정해놓았다. 중간 우주에 있는 신인류의 지구의 지형을 지구의 것과 같게 만들었고 임무를 수행할 신인류를 중간 우주의 지구에 있는 샌프란시스코에 배치했다. 이제 비행기는 태평양 상공에서 중간 우주의 지구 상공으로 접어들었으나 파일럿은 그 사실을 전혀 파악하지 못하고 샌프란시스코에 있는 중간 우주의 관제소와 영어로 상황을 주고받았다.

착륙을 확인하고 필립은 두 눈을 꾹 감았다. 이오스가 이래안을 만날 수 있을 거라고 위로하던 날이 떠오르고 시간이 흘렀다. 이래안이 비행기에서 나오는 모습을 보면서 그는 참았던 눈물을 쏟았다.

이래안과 박모리가 함께 샌프란시스코 공항에서 필립의 요원에게 픽업되어 그들은 트랜스포메이션 테크놀로지 센터(Transformation Technology Center)로 이동하고 있었다. 이래안은 그를 쳐다보지도 않는 박모리에게 말을 건다.

"너도 트랜스포메이션 캠프에 참가하려고 왔니?"

"난 한국 사람과 얘기 안 해. 그러니 입 좀 다물어 줄래?"

"하아?"

이래안은 재수 없는 여자애를 만났다고 생각했고 머리를 땋아 묶은 그 새침한 여자애에게서 관심을 돌려 샌프란시스코 시내를 구경했다. 사람이라곤 찾아볼 수 없는 거리에 곧 깨끗하고 넓은 정원으로 통하는 길이 나타나고 그 정원의 끝에 호 모양의 3층 건물이 자리 잡고 있었다. 이래안은 이곳이 신흥 종교의 발상지인지 아니면 첨단 기술의 연구소인지 머릿속으로 가늠해 보며 요원의 안내를 받아 TTC 건물로 들어섰다. 건물 안에는 아무도 없었고 그는 3층의 어느 방으로 안내되었다. 함께 차를 타고 온 여자애는 어디로 갔는지 보이지 않았다.

이래안은 그가 낯선 나라에서 실험 대상이 되어 사라지는 건 아닌지 순간 두려워졌을 때 그를 향해 웃고 있는 젊은 남자의 미소에 매료되어 그러한 걱정은 싹 잊었다. 깨끗한 지성이 느껴지는 밝은 미소였던 것이다. 필립 알게이더는 이래안이 오기 전까지 눈물을 꾹 참고 있었으나 트랜스포메이션 기술로 그런 기분을 날려 보낸 뒤 이래안을 맞았다.

그러나 이래안과 악수할 때 떨리는 손은 어쩔 수 없었고 다행히 이래안은 그걸 눈치 채지 못했다.

"우선 TTC로 와주심을 감사드립니다. 이래안 씨는 트랜스포메이션 시뮬레이션 게임을 통해 스스로의 성장과 동시에 상당한 보물을 얻을 수 있습니다. 동시에 우리는 이래안 씨의 활동을 분석해 트랜스포메이션 기술을 보다 향상시킬 수 있습니다……."

필립 알게이더는 말을 흐리고 콧속까지 차올라온 슬픔을 억누르지 못해 눈물을 흘리고 말았다. 이런 상황에서 이래안은 당황했는데 이래안은 그가 무슨 슬픈 일이 있는 데도 일을 하러 나왔구나, 라고 생각했다.

"힘든 일이 있으시면 저와 관련된 일은 나중에 하셔도 됩니다."

이래안은 필립 알게이더에게 정중하게 말했다.

"박모리는?"

필립 알게이더가 그 방의 입구에 서 있던 요원에게 물었다.

"이동시켰습니다."

"그 공간에서의 질서를 최대한 빨리 익히도록 이끌어주게."

"지시하겠습니다."

요원은 잠시 밖으로 나가 전화를 걸었다.

이래안은 무슨 암호 같은 대화에 고개를 갸웃했으나 그의 앞에서 눈부시게 웃던 남자의 눈물을 보면서 그의 마음도 복잡해졌다. 필립 알게이더는 이미 이래안의 속에 없는 사람으로서 이래안에게는 낯선 이였다. 그런 감정이 이래안을 보면서 폭발했고 필립의 울음은 더 이상 걷잡을 수가 없어 이래안은 요원의 안내로 그 방을 나와야 했고 그날 저녁 다시 그 방을 찾았다.

필립 알게이더가 얼마나 울었는지는 그의 얼굴을 보고도 충분히 알 수 있었다. 이래안은 그가 참으로 여린 사람이로구나, 라고 생각했지만 필립 알게이더는 열여덟 살부터 신인류의 지구를 이끈 총수였고 깊은 잠에서 깨어난 지금도 4차원으로 이동한 신인류의 총수였다. 그런 필립 알게이더를 여린 사람이라고 생각할 수 있는 이는 아마도 이래안 밖에는 없을 것이고 그러한 이래안의 마음을 읽은 필립 알게이더는 삼촌의 마음을 느낄 수 있었으나 이번에는 울지 않았다.

"한 장의 카드를 드립니다. '네메시스의 눈'을 구하기 위해서 상상하시는 모든 대상으로 트랜스포메이션 될 수 있습니다. '네메시스'는 그리스의 여신으로서 인간의 주제넘은 행동에 대한 비난의 여신입니다. 그처럼 날카로운 시선과 판단력을 가진 여신이기에 그 '네메시스의 눈'은 황금의 눈 모양의 테두리 안에 20캐럿에 달하는 레드 다이아몬드 안구로 이루어진 보물 중의 보물입니다. 만약 이것을 게임 속에서 획득하셨을 시 실제로 이것을 이래안 씨에게 드리겠습니다. 트랜스포메이션으로 바뀔 대상은 그 무엇이라도 될 수 있으나 상황에 따라 최적의 트랜스포메이션 대상을 선택하셔야 결국 '네메시스의 눈'을 얻을 수 있을 겁니다."

설명을 들은 이래안은 무려 20캐럿의 레드 다이아몬드를 자신에게 주겠다는 제안에 믿을 수 없겠다는 표정을 지으며 입을 벌리고는 도무지 자리에서 일어날 생각을 하지 않았다. 삼촌이 멍청해졌구나, 라고 생각한 필립은 카드를 꺼내 이래안의 머리에 딱 붙였다. 그리고 이래안은 카드 속으로 사라지고 트랜스포메이션 시뮬레이션 게임이 시작되었다.

이래안은 숲 속을 달리고 있었다. 갑자기 숲이 끝나고 그는 독수리를 생각했고 절벽에서 독수리로 바뀌어 하강했다. 말을 타고 달리던 남자가 이래안을 발견하고 이래안에게 권총을 쏘아대고 그의 허리춤에서 '네메시스의 눈'이 들어있는 주머니를 이래안은 파악한다. 이래안은 수많은 벌떼로 바뀌어 그 남자를 공격하고 그 남자는 동시에 수많은 말벌 떼가 된다. 말벌 떼의 공격에 온 몸이 쑤셔오는 걸 느낀 이래안은 불이 되어 말벌 떼를 죽이기 시작했다. 동시에 말벌 떼는 파도로 이래안을 껐으며 이래안은 온통 몸이 상한 채로 땅에서 일어섰다. 그 사람은 다시 말을 달리며 이래안에게서 멀어졌다. 이래안은 힘을 내어 그 자신이 말이 되었고 재밌는 상상의 시작으로서 그는 스스로가 명마로 세상에서 가장 빠른 말이라는 주문을 걸었다. 필립 알게이더는 이 시뮬레이션을 조종하고 있었는데 이래안이 가장 즐겁게 트랜스포메이션을 이해하고 자신의 곁에 있어주고 또 자신의 일을 이해해주기를 바랐던 것이다. 필립 알게이더는 이래안이 상상하는 대로 모든 트랜스포메이션을 이루어주고 있었다.

이래안이 그 남자의 말을 따라잡았을 때 그 사람은 이내 닥쳐온 파도 속으로 돌진해 상어가 되었다. 이래안도 동시에 상어가 되어 그 사람을 쫓았으며 그 상어의 이빨에 걸려있는 주머니를 획득하기 위해 그 상어

256

의 가까이로 다가가 머리로 그 상어를 치고는 빠져나온 주머니를 냅다 획득하고 바다 위로 나와서 다시 독수리로 변해 어느 숲에 닿았다. 그는 다시 자신을 이래안으로 바꾸고는 주머니를 열어보았다.

황금의 눈 모양 테두리에 투명하게 빛나는 선명한 붉은 다이아몬드였다. 그걸 꼭 쥐는데 다시 말을 달리는 사람이 나타났고 이래안은 눈을 번쩍 떴다. 이래안은 자신의 손에 '네메시스의 눈'이 있다는 것을 확인했고 안도의 숨을 내쉬었는데 잠시 후 방금 전에 일어났던 일과 필립 알게이더의 설명이 떠오르면서 다시 눈을 크게 뜨고 그의 손에 놓여있는 보물에 깜짝 놀라는 이래안이다.

필립 알게이더는 이래안이 촌스런 지구인 티를 벗어내지 못하고 있는 것이 안타까웠고 이래안이 '네메시스의 눈'을 감당하지 못한다는 사실에도 안타까웠다. 이래안은 그의 손에 놓인 '네메시스의 눈'을 보면서도 눈을 껌뻑거리며 고개를 흔들고 있었던 것이다. 필립 알게이더는 이래안의 손을 꼭 쥐어 주며 '네메시스의 눈'의 무게감과 느낌을 그가 느끼게끔 했다. 이래안이 눈을 뜨고 그는 필립 알게이더를 응시했다.

"트랜스포메이션은 끝난 겁니까?"

필립 알게이더는 피식하고 웃었다.

"끝났습니다. 이걸 획득하셨으니 약속한대로 이 '네메시스의 눈'은 당신 겁니다. 그 누구도 건드리지 못하도록."

"네에? 여기는 종교 단체, 아니 어떤 곳입니까?"

"많은 다른 사람들의 트랜스포메이션 시뮬레이션 게임을 통해 트랜스포메이션 기술을 발전시키는 곳입니다. 이번에는 이래안 씨가 참가하셨고요. 그리고 획득하신 '네메시스의 눈'은 당신의 소유입니다."

이래안은 '네메시스의 눈'을 다시 응시하더니 눈을 깜짝이며 믿기지 않는 현실에 제대로 놀란 모양이었다. 필립 알게이더는 그런 삼촌의 촌스런 행동이 싫지는 않았다. 삼촌은 해야 할 일을 하는 사람이지 물질 따위에 욕심이 있는 분이 아니기 때문이다. 필립 알게이더는 이래안의 손에서 '네메시스의 눈'을 낚아챈다.

"감당하기 어려우십니까?"

이래안은 솔직하게 고개를 끄덕였다.

"그럼 미국의 샌프란시스코에서 뭘 갖기를 원하십니까?"

"간단한 관광을 원합니다."

"그럼 저를 따라오세요."

필립 알게이더는 그의 블랙 스포츠카를 요원에게 준비시키고 이래안을 옆 좌석에 태워 샌프란시스코를 달리기 시작했다. 필립 알게이더의 방에 있던 '네메시스의 눈'에서 선명한 붉은빛이 감돌았다. 막 아침이 되는 샌프란시스코의 차가운 새벽바람에 이래안은 옛 기억 하나라도 떠올린 모양으로 깊은 생각에 빠져들고 있었다.

"무얼 생각하십니까?"

필립이 이래안에게 물었다. 물론, 필립은 이래안의 생각의 고리들을 꿰뚫어보고 있었고 그 중에는 필립과 관련된 기억이 아무것도 없다는 걸 알고 있었다. 다만 그 느낌이라도 흔적이라도 읽을 수만 있다면, 하고 필립은 아쉬웠다. 필립은 그의 블랙 스포츠카에 설정된 휴대폰 기능을 이용해 필름을 준비해 둬, 라고 그의 요원에게 말했다. 궁금해 하는 이래안에게 필립이 설명한다.

"당신과 외모가 흡사하게 닮은 영웅이 있었습니다. 그 영웅에 대한 영화인데 아실지 모르겠습니다."

필립은 여유 있게 이래안을 걸고넘어진다. 이에 이래안은 고개를 갸웃할 뿐 전혀 감이 잡히지 않는 모양이었다. 그것도 그럴 것이 자기 자신이 태어나기 전의 자기 자신에 대한 행적을 그는 이 생(生)에서는 도무지 알 수 없기 때문일 터였다. 필립은 이래안을 놀라게 해 줄 모양으로 그 자신이 제작해 수없이 보았던 그 영화를 이래안에게 보여줄 작정이었다. 솔직히 그 영화를 보여주는 건 앞으로 이래안이 그와 함께 할 때 그가 수행했던 그 힘들을 조금이나마 체득하기를 바라는 마음에서였고 그가 주었던 로봇 태권 V 피규어가 나타나는 장면을 조금이나마 기억하기를 바라는 마음에서였다.

필립은 샌프란시스코를 제법 돌고나서 어느 식당에 들어가 샌드위치와 커피를 사들고 와서 세워둔 차에서 이래안과 아침 식사를 했다. 물론, 그 식당도 필립의 요원이 배치된 곳이었다. 이래안은 궁금하다는 듯 고개를 갸웃했다.

"왜 이렇게 거리에도 차도에도 사람이 없는 거죠?"

"다들 좋은 곳으로 갔기 때문이죠."

"네?"

"그것에 대해서는 영화를 본 후에 자세히 이야기를 해드리겠습니다. 영화가 하나의 커넥션으로 작용한다면 좋으련만 그렇지 않아도 일정 부분은 당신과 저에게 도움이 될 거라고 생각합니다."

필립은 모호한 말을 늘어놓았다. 이래안은 그의 생각을 이리저리 굴려보았으나 트랜스포메이션 캠프며 더군다나 '네메시스의 눈'이며 트랜스포메이션 캠프의 책임자로 보이는 이 젊은 사람이 직접 스포츠카를 몰고 자신을 데리고 시내를 구경시켜주는 관광하며 이 모든 게 헷갈리기 시작한 것이다. 필립은 이래안의 생각을 읽고 풋, 하고 웃었다.

다시 TTC건물로 들어온 필립은 커다란 구체가 있는 방으로 들어섰고 이래안이 구체안으로 함께 들어갔을 때 영화는 시작되었다. 이래안의 과거 행적이 고스란히 담긴 영화였다. 이래안은 자신과 똑같이 생긴 주인공에 흠칫 놀라면서도 영화에 몰입했다. 영화가 끝나고 이래안을 데리고 나오면서 필립은 어느 방으로 그를 안내했고 그에게 로봇 태권 V의 피규어를 꺼내 보여주었다.

"전혀 기억나지 않으십니까?"

"어릴 때 좋아하던 만화였습니다. 그런데 이걸 미국 사람인 당신이 가지고 계시다니 놀랍군요."

이래안은 솔직히 말하는 것 같았으나 그는 영화 속의 그 필립이라는 아이와 이 사람이 닮았다는 것을 깨달은 모양이었다. 이에 필립은 자신의 이름을 밝혔다.

"이래안 씨, 제가 그 필립 알게이더입니다. 당신을 영웅이라 칭하던 꼬마였고 당신은 저의 유일한 삼촌이었으며 동시에 트랜스포메이션 기술의 영혼 수준까지 도달한 트랜스포메이션 기술의 선구자였습니다."

이래안은 그 말을 듣고 껄껄 웃었다.

"설마요. 저는 그런 적이 없는 데요."

"지구를 만든 빅뱅은 두 번 일어났고 그 속에서 당신도 이전에 한 번 더 살았으니까요. 두 번째 빅뱅에서 당신은 지금의 모습으로 돌아간 겁니다."

이래안은 무엇에라도 한 대 제대로 맞은 기분이었다.

"영화를 한 번만 더 보여주실 수 있겠습니까?"

필립은 이래안이 자신이 설명하는 것에 무언가를 알고 싶어 한다는 것 자체에 높은 점수를 두었고 다시 그를 혼자서 영화를 보도록 구체 속에 들어가게 했다. 영화가 끝나고 이래안이 밖으로 나왔을 때 그는 사뭇 심각한 표정이었다.

"신인류의 지구는 어떻게 되었습니까?"

"설명해드리죠."

필립이 아직 불완전한 공간이지만 3차원과 비교해 열린 공간이자 비교적 자유로우며 끊임없이 형성할 수 있는 공간으로서 4차원의 완성 및 신인류의 지구 사람들의 그곳으로의 이동에 대해 말했고 그가 이번에 트랜스포메이션 캠프에 올 때 타고 온 비행기가 중간 우주의 신인류의 지구 궤도로 진입한 것까지 말했다.

순간 이래안의 머리에 폭풍이 일고 그는 이오스의 말을 들었다.

'깨어나, 이래안. 또 다시 시간이 됐어.'

"이오스?"

필립 또한 소멸된 줄 알았던 이오스의 소리를 분명히 들었다.

"4차원의 공간적 특성은 어떠합니까?"

"상호성입니다."

필립 알게이더가 이래안의 날카로운 질문에 대답했다.

"3차원의 벽은 뚫을 수 없지만 4차원에서는 임의대로 벽을 뚫고 지나다닐 수 있습니다. 동시에 충돌이나 파괴도 거의 없습니다. 아주 안전한 공간이지만 특수한 경우에 있어 충돌이나 파괴가 일어날 수 있기 때문에 그것을 막는 것이 앞으로의 트랜스포메이션 기술의 방향이죠."

"차원은 계속 발전할 수 있습니까?"

"차원은 계속 발전할 수 있지만 저희는 사용가능한 공간으로서 설계하고 실제로 형성한 공간을 4차원으로 제한시킨 뒤 일어나는 작은 문제들을 해결하는 방향으로 공간의 폐쇄 및 충돌 문제를 해결하고 있습니다."

"그렇군요."

이래안은 4차원이 그들의 트랜스포메이션 기술에 의해 형성된 것을 빠르게 파악하고 4차원에 대해서 생각 중이었다. 필립은 4차원 트랜스포메이션 시뮬레이션 게임에 참가해보지 않겠냐고 제안했고 이래안은 이에 고개를 끄덕였다. 필립은 카드 한 장을 꺼내들었고 이래안에게 이

걸 조작해보라고 임무를 내렸다.

이래안은 순간 그것이 영화에서 나오던 엑스 트랜스포메이션 카드라는 사실을 기억해냈다. 그리고 그걸 영화 속 주인공이 조작하듯이 조작해보았다. 그가 이래안과 동일한 인물이기에 그는 그것의 조작을 재빨리 해내고 4차원 공간 시뮬레이션 게임 속으로 들어갔다.

그는 사방으로 막힌 벽 속에 있었으나 가만히 벽에 손을 댔을 때 그 부분이 넓어지면서 열리는 것을 보았고 뒤로 물러난 뒤 벽을 향해 돌진했다. 벽에서 나온 그는 이번에는 영화에서 보았던 노진아가 그에게 권총을 쏘고 있었는데 탄알은 그의 앞으로 날아오다가 정지하며 바닥으로 굴러 떨어질 뿐이었다. 그 공간은 폐쇄적 특성이 극복되었고 충돌이 일어나지 않았다. 그러나 그걸 믿을 수만은 없는 것이 어떤 경우에는 폐쇄적 특성이 극복되지 못하고 또 충돌이 일어날 수도 있었다. 이래안은 권총을 꺼내고는 노진아의 상황을 살폈다. 노진아가 쏜 탄알들과 이래안이 쏜 탄알들은 날아가다가 멈춰서 바닥으로 떨어질 뿐이었다. 그리고 그가 노진아에게 다가갔을 때 노진아가 쏜 권총에 어깨를 부상당했다. 그가 무릎을 꿇고 신음하면서 노진아에게 총을 쏘려고 했지만 그녀는 흐려지면서 사라졌다. 문득 이래안은 헉, 하고 트랜스포메이션 시뮬레이션 게임에서 깨어났다.

어깨에서 흘러내리는 피에 필립이 가볍게 총알을 꺼내고 지압하는듯하더니 상처는 금세 아물었다.

"대부분의 경우에는 4차원에서 폐쇄와 충돌이 일어나지 않지만 예기치 못한 경우에 사람이 죽을 수도 있습니다. 왜냐하면 우리는 무한 차원까지 공간을 극복하지 못하고 10차원 정도의 공간 극복 수준을 4차원에 적용했기 때문에 무한 차원까지 극복해야 얻을 수 있는 공간의 완전한 자유를 아직 얻지 못했기 때문입니다. 하지만 그건 무리에 가까운 일이고 또 그래서 우리는 아직 할 일이 남은 것입니다."

이래안은 쉬운 일이 그에게 일어난 것이 아니라고 생각하고 있었다. 그리고 영화에서 보았던 필립이라는 꼬마가 과거의 그에게는 굉장히 소중한 인물이라는 점에서 지금의 필립 알게이더가 매우 중요한 인물로 느껴졌다. 이래안은 좀 더 알아야 할 것이 있겠지만 필립 알게이더가 그에게 준 정보들이 결코 거짓말은 아닐 거라는 데 무게를 실었다. 4차원이라는 공간이 어떤 곳인지 그는 시뮬레이션 게임을 통해 파악할 수 있었고 동시에 필립 알게이더를 도울 일이 있다면 그걸 하고 싶은 마음이 들었다. 무언가 그의 인생에 중요한 것을 결정한 듯한 기분에 그는 잠시 생각에 잠겼다.

필립 알게이더는 이래안의 생각을 물론 읽었거니와 이래안이 생각보다 빨리 과거와의 커넥션을 받아들이면서 동시에 현재를 이해하는 능력이 뛰어난 것에 역시 삼촌의 능력은 남다르다는 것을 느꼈다. 필립 알게이더는 비로소 혼자 걸어온 길에 대해 짐을 조금 내려놓은 기분이었다. 이래안은 그날 저녁 필립 알게이더에게 아직 기억해야 할 것이 더 있고 판단해야 할 것이 더 있겠지만 여기에서의 역할에 대해 그가 할 수 있는 일들을 하겠다고 말했다. 필립 알게이더는 이래안을 꺼안고 눈물을 흘렸다. 이래안은 필립의 돌발 행동을 잘 이해할 수 없었으나 어린 필립을 남겨두고 떠나야했던 과거의 이래안이 떠올라 그를 밀쳐내지 않았다.

이래안은 오히려 필립 알게이더를 꼭 안아주었다. 마치 그가 자신의 잃어버린 조카라도 되는 것 같은 착각에 빠진 것은 물론, 그 자신이 예전에 이루었다는 모든 일을 그 자신이 마치 한 것처럼 느껴져서이기도 했다. 이래안은 강한 예감에 사로잡혔고 자신이 무엇을 어떻게 해야 하는 지에 대해 예리한 시선 하나를 마음에 두었다.

필립 알게이더는 충분히 울고 난 뒤 잠시 밖으로 나갔다. 잠시 후 다시 들어온 필립 알게이더의 얼굴에는 울음의 기색이 전혀 없었다. 그는 전화로 그의 요원에게 샌프란시스코 공항에 4차원으로 이동할 수 있도록 일반 항공기를 준비하라고 말했고 이래안은 전화를 끊는 그를 쳐다보았다.

"말로 하는 것보다 직접 확인해보는 것이 필요하다고 생각합니다. 물론, 저도 처음 가보는 것이지만 이론적으로 그 정도의 공간이라면 여기 3차원보다는 훨씬 안전하고 또 아름다울 거라고 예상하고 있습니다."

"안전하다고 믿는 것이 결국 안전하지 못한 상황을 초래할 수도 있겠군요."

이래안은 총알을 맞았던 어깨를 만지며 중얼거렸다.

"저희가 우려하는 것도 바로 그 점입니다."

"더군다나 공간의 특성을 완전히 파악하지 못한 상태에서 그 안전하지 못한 상황을 예상할 수도 없는 그런 상황이 초래될 지도 모르겠습니다."

이래안은 그들이 형성한 4차원 공간의 문제점을 정확하게 짚어냈다.

"그 문제점을 노린다면 누구라도 4차원 공간에서 상당한 수준의 권력을 장악할 수 있을 지도 모르겠습니다."

이래안은 그의 생각을 다시 말했다. 이래안의 말에 필립 알게이더는 한숨을 내쉬었다.

"4차원에 내재한 질서를 수립하는 데도 굉장히 오랜 시간이 걸렸습니다. 반영구적이라는 말이 적용되는 공간이지요. 하지만 완전한 공간을 형성하는 건 불가능이라는 답이 나왔고 우리는 그에 따른 것이지요. 삼촌을 부른 것이 왜일까요? 단순히 보고 싶어서일까요?"

이래안은 필립 알게이더의 말을 여기에서의 그의 임무라고 해석했다. 트랜스포메이션 기술이라는 것도 완전히 어색한 건 아니었다. 그의 기억 속에 저장된 무언가가 이에 반응하기라도 하듯 그는 트랜스포메이션 시뮬레이션 게임이 그렇게 어색하지 않았던 것이다. 이래안은 필립 알게이더가 그를 필요로 하고 있다는 사실을 명백히 깨달았다.

"이동하도록 하죠."

이래안의 말이었다. 필립 알게이더는 로봇 태권 V 피규어와 '네메시스의 눈'을 챙겨들었다. 이래안은 그가 샌프란시스코에 도착하던 때 가지고 온 트렁크 가방을 챙긴 채 TTC건물 1층에서 필립 알게이더가 운전하는 블랙 스포츠카를 타고 공항까지 이동했다. 텅 빈 공항을 보고 이래안은 확실히 이곳이 중간 우주의 지구라는 사실이 피부에 와 닿았다. 여권 검사 같은 것도 없이 그는 바로 비행기에 탑승했다.

단 두 명의 탑승자였다. 파일럿으로부터 비행 준비가 끝났다는 말과 함께 비행기는 천천히 활주로를 달려 공중으로 떠올랐다. 잠시 후 4차원으로 진입한다는 말이 파일럿으로부터 나오긴 했지만 그다지 비행 느낌이 달라지는 건 아니었다. 곧 비행기가 4차원의 우주 정거장에 착륙한다는 말과 함께 비행기는 활주로에 내리지 않고 우주 공간에 도킹했다.

이래안과 필립 알게이더는 비행기의 도킹된 부분을 통해 우주 정거장에 내렸으며 우주 정거장의 복도가 그저 외부의 우주와 뚫린 채로 있는 것과 그들이 그런 공간 속에서 공기를 느끼며 호흡할 수 있다는 것에 둘 다 기분이 신선한 모양이었다.

"우주 공간과 같은 공간이로군요. 하지만 이 신선한 공기는 뭐랄까 자유롭습니다."

이래안이 우주 정거장의 복도를 걸으며 필립에게 말했다.

"이 우주 공간은 텅 빈 것처럼 보일지 몰라도 걸어 다닐 수 있고 또 이동할 때 바퀴가 없는 비행선을 타고 뚜껑은 연 채로 드라이브 할 수 있지요. 남자의 고독을 느끼는 데 4차원 공간의 어둠만한 곳이 없을 겁니다.”

필립 알게이더의 설명에 이래안은 과연 그럴 거라고 생각했다.

간혹 검은 벤츠나 BMW같은 차량들이 검은 우주 공간에 빠른 속도로 지나가곤 했다. 그러나 대부분은 물고기 모양의 세련된 형태의 비행선들이 공간을 떼 지어 다녔다. 도로도 필요로 하지 않는 완벽한 물류나 인적 자원의 흐름 시스템이었다.

우주 정거장의 복도 끝에 그들이 탈 수 있는 차량이나 비행선이 열린 공간에 늘어서 있었다. 이래안은 그의 앞에 넓게 펼쳐진 숨 쉴 수 있는 우주 공간과 수많은 행성들, 그리고 그 사이를 오가는 차량들과 비행선들에 반했다.

“어떤 차량을 원하십니까?”

“검은색 벤츠로 주십시오.”

이래안이 말하고 필립 알게이더는 검은 공간 위를 뚜벅뚜벅 걸어가더니 벤츠 차량의 문을 열고 이래안에게 그리로 오라고 했다. 이래안도 검은 공간 위를 뚜벅뚜벅 걸을 수 있었는데 차를 타고 달리는 기분이란 그가 마치 밤의 바람이라도 된 것 같았다. 바람이 되어 바람을 가르는 승차감이었다. 그건 필립 알게이더도 마찬가지로 느끼는지 그의 얼굴도 마치 자유로운 정신이 자유를 찾은 것처럼 보였다.

“우리가 머물 공간으로 이동해 갈 겁니다. 놀라지 마십시오. 이 우주 공간에는 그저 집들도 우주 공간에 떠 있으니 말입니다.”

“4차원에서는 우주 공간이 그저 사람의 배경처럼 느껴지는 군요.”

“그럴 겁니다.”

이래안은 이 정도까지 공간의 자유가 실현된 줄은 상상도 하지 못했다. 결국 인간이 이 정도까지 해냈다는 것에 높은 점수를 주는 이래안이었다. 동시에 별들이 하나의 조명처럼 기능하고 있으며 에너지의 문제에 대해서도 어느 정도 대답을 들을 수 있어 이래안은 4차원 공간을 느끼며 이해하며 그리고 적잖이 놀라고 있었다. 이제 이래안은 필립 알게이더의 말을 모두 믿어야 했고 이래안 자신이 과거에 어떠한 사람이었는지 이해한 것도 받아들여야 했다. 모든 것은 분명해진 것이다.

그들은 어느 황동 색깔의 직육면체에 도착했고 벤츠는 공중에 뜬 채 정지했다. 육면체의 지붕에 내린 그들은 육면체의 안쪽으로 연결된 계단을 따라 내려갔다. 2층의 공간이 하나, 그리고 다시 계단을 내려가 1층의 공간이 하나 있었는데 두 공간 모두 우주를 향해 뚫려있었고 투명하고 넓은 유리로 마감되어있었다. 1층의 옆으로 들어서자 초목과 꽃들이 있는 조그만 정원과 함께 다시 우주로 연결되는 길이 연결되다가 뚝 끊겨 있었다.

이 우주의 통로는 걸을 수도 있지만 동시에 사라지기도 하는 것이어서 매우 복잡한 시스템이 적용된 공간으로 보였다. 차량이나 비행선이 빠르게 이동할 때는 길이라는 개념이 이 우주 공간에서 사라지는 것이다. 그저 뻥 뚫린 공간만이 있을 뿐이었다.

이래안은 1층의 옆 통로 정원에서 자신이 서 있는 공간이 어디쯤인지 가늠했다. 두 번째 빅뱅으로 시작된 지구에서 그가 태어나고 성장하고 자라 비행기를 타고 도착한 곳은 중간 우주에 있는 지구의 샌프란시스코이고 그곳에서 다시 이곳 4차원까지 이동해온 것이다. 게다가 3차원에는 또 다른 빅뱅으로 형성되었을 지도 모르는 또 다른 우주들이 있을 것이고 언제고 '3차원 대통일'의 현상도 가능해지는 것이다. 이래안은 엄청난 물리학적 지식에 사로잡힌 듯해서 놀랐지만 그럼에도 그는 상황에 따른 판단 능력이 뛰어났고 또 엄청난 것들도 순식간에 소화할 수 있는 이른바 이래안적 침착성을 소유하고 있었기 때문에 또 이 점을 필립은 높이 평가하고 있었다.

이래안은 4차원 우주 공간에서 숨을 쉬면서 작은 정원의 작은 꽃과 나무를 바라보고 있었다.

'이것이 가능한가라고 묻기보다 이것보다 더 나은 것을 바라봐야 한다.'

이래안은 그렇게 마음을 정하고 있었다. 필립이 샴페인을 터트리고 있었다.

녹색 태양

필립과 나는 샴페인을 유리잔에 한 잔씩 마셨다. 필립은 샴페인을 정원 옆 자그마한 나무의자에 놓고는 뭔가 할 말이 있는 듯 했다. 나는 들어줄 모양으로 표정을 짓고 이에 필립이 이야기를 꺼냈다.

"삼촌, 여기에서는 트랜스포메이션 기술을 익혀야 생존할 수 있어요. 보다 하층의 보통 사람들은 상관없겠지만 최고 지도자들은 최고의 트랜스포메이션을 매일 새롭게 형성시키며 지도권을 얻거든요. 그리고 지금 제가 가진 트랜스포메이션 기술도 최고지만 문득 그게 한계에 달했다고 느낄 때가 있어요. 한 번씩 새로운 기술을 이루어낼 때마다 정말 힘들어서 그게 감당이 안 될 정도니까요. 게다가 제가 이러한 기술을 이루어내지 못할 때 그때 오는 좌절감은 이루 말할 수 없고 동시에 그걸 노려 저의 지위를 빼앗으려는 자들도 아직 실체는 보이지 않지만 있을 거라고 생각해요."

"그럼 내가 해야 하는 건 뭐지?"

"재빨리 트랜스포메이션 기술을 익히고 제 수준까지 실력을 향상시키는 거예요. 삼촌은 할 수 있을 거예요. 예전에 삼촌은 트랜스포메이션 전쟁을 지휘할 만큼 그 기술에 대해서는 일 인자였으니까요."

　"확실히 알아들었어. 웬만하면 어떤 수행 과제를 통해 트랜스포메이션 기술을 익히도록 하지. 트랜스포메이션 기술의 지도랄까 그것도 좀 준비해주고."

　필립은 확실히 얼굴에 화색이 돌았다. 나는 최소한 그가 원하는 수준의 이래안이 되고 싶었다. 문득 그것은 내게 확실한 임무와 확실한 도전으로 다가왔고 나는 그것을 내 손으로 꽉 쥐었다. 나는 과거의 기억이라도 살아난 듯 트랜스포메이션 지도를 펴들고 그것을 익혀나갔다. 트랜스포메이션 카드의 생성 장치를 설계하고 엑스 트랜스포메이션 카드를 만드는 데 성공한 나는 이 황동 직육면체를 비추는 조그마한 조명 즉, 태양을 하나 설계하고 싶어져 집 지붕에 앉아 그것을 만들기 시작했다. 이틀이 지난 후, 필립과 나의 집 위에는 자그마한 녹색 태양이 떠서 이 집을 대낮같이 비추어주었다.

　필립은 나의 진전에 큰 기쁨을 감추지 못했고 우리는 다시 샴페인을 터트렸다. 필립은 나에게 잠시 4차원 우주의 상황을 여행을 함으로써 이해하는 것이 어떠냐고 제안했고 나는 그렇게 길지 않은 여행이라면 찬성했다. 두런두런 말소리가 들려오고 필립과 나는 2층으로 올라가 방문객들의 모습을 확인했고 이에 필립은 나와 그를 녹색 태양 속으로 쑥 밀어 넣었다.

　"오하스 빌런더예요. 요즘 좀 의심스러운 인물 중의 하나죠. 제가 4차원으로 진입했다는 걸 알았을 겁니다."

　필립의 얼굴이 사뭇 진지하고 제법 긴장해 있다.

　"이 속으로 들어올 수 있을 거라고는 상상도 하지 못했는데."

나도 적잖이 놀랐다. 내가 설계할 때에 이런 기능은 없었기 때문이다.

"제가 좀 더 기능을 추가했죠. 첩보 태양인 셈이죠. 이를테면."

내가 피식 웃는 동안 오하스 빌린더가 집의 벽에 무언가를 설치했고 그것은 벽 속으로 들어가면서 흔적도 없이 사라졌다. 오하스 빌린더와 또 다른 검은 슈트를 입은 남자는 재빨리 필립과 나의 집을 빠져나갔다. 필립은 그가 완전히 멀어진 것을 확인하고 나를 녹색 태양에서 빼내었다.

"그가 설치한 것이 뭐지?"

"쉿. 확인해 봐야 해요. 도청 장치일 수도 있으니."

나는 입을 다물고 그가 그들이 뭔가를 설치한 벽에 다가서서 손으로 뭔가를 만들어 계산하는 것을 지켜보았다. 결국 벽 속에서 나온 자그마한 장치는 도청 장치이자 이미지 전송 장치인 것으로 밝혀졌다.

"오하스 빌린더네요. 4차원을 완전한 공간으로 완성해 결국 4차원의 총수가 되려는 야심입니다."

필립이 상황을 간단히 설명해주었다. 나는 4차원의 총수가 어떤 의미인지 궁금해졌으나 이내 그 이유를 알 수 있었다. 완전한 공간을 형성함으로써 최고의 자리에 오를 수 있는 자격을 얻는 건 남자라면 누구나 갖고 싶은 것일 터였다. 필립도 아직 완전한 공간을 형성하지 못했다. 그러나 지금까지는 필립이 완전한 4차원을 형성할 수 있는 가장 큰 가능성을 쥐고 있다. 그 기술을 획득하려는 오하스 빌린더가 필립의 집에 어쭙잖은 도청 장치를 설치하고 간 것만 보아도 그걸 알 수 있다. 여러 발의 총알이 날아와도 그것들이 생명을 감지하고 제어되어도 이 질서에서 빗나간 단 한 발의 총알이 사람을 죽일 수도 있는 아직 불완전한 공간 상태가 여기 4차원이었다.

3차원에서는 아예 생명에 대해 보호가 되지 않기 때문에 사람들은 규칙을 만들고 그것을 지키며 상대적으로 안전함을 구하지만 여기 4차원에서는 비교적 안전하여 사람들이 만에 하나 있을 안전하지 못한 상황을 예견할 수 없으므로 어쩌면 이곳도 위험했다. 그 만에 하나의 상황을 해결하는 자는 4차원의 총수로써 당당히 필립 알게이더에게 도전장을 내밀 수 있는 것이다.

나에게 필립의 미션이 떨어졌다. 필립은 내 눈에 최고 수준의 트랜스포메이션 카드를 삽입하고 나를 개미로 만들었다. 내가 공간 이동한 곳은 오하스 빌린더의 사무실이었다. 오하스 빌린더의 책상 밑에서 그가 하는 소리를 들었다.

"필립 알게이더는 반 알게이더의 아들일 뿐만 아니라 이전의 이래안의 조카였고 게다가 가장 빨리 트랜스포메이션 기술을 익히고 개발하는 데 선구적인 역할을 해온 인재야. 문제는 그가 이번에 과거를 기억하지 못하는 이래안을 여기까지 데리고 온 것은 4차원의 남은 문제를 그와 협력해서 해결해 그의 지배 체제를 영구적으로 온건히 하겠다는 심산이야."

오하스 빌린더는 좀 전에 보았던 검은 슈트를 입은 사내에게 말을 하고 있었다.

"렘 미스티, 자네도 필립의 이래안처럼 나를 도와 협력해야 하네. 그에 대한 보상은 내가 총수가 될 때 부총수의 자리를 주도록 하지. 렘, 이래안이 나타난 건 이 현안이 시간문제라는 걸 보여주는 거야. 그는 아주 빠른 속도로 모든 걸 익힐 거야. 렘 미스티, 자네는 필립이 잠든 동안 트랜스포메이션 기술을 10차원의 설계까지 끌어올린 장본인이야. 그러니 10차원 이상에서 남은 차원적 문제를 해결할 수 있는 것도 자네야. 하지만 이래안을 경계해야 하네. 그는 아주 무서운 인물이야."

나는 얼굴을 돌려 렘 미스티를 쳐다보았다. 은발에 날씬하고 키가 크며 이목구비가 뚜렷한 미남 스타일의 남자였다. 그가 4차원을 형성한 장본인이라니, 하고 나는 그의 얼굴을 뚜렷하게 기억해두었다. 오하스 빌린더가 책상에서 일어나서 발을 옮기며 나를 밟으려고 하자 나는 재빨리 책상 밑으로 이동했고 오하스 빌린더와 렘 미스티가 밖으로 나간 동안 그의 사무실을 수색해 자료를 저장하고는 그의 사무실을 떠나 필립과 나의 집으로 돌아왔다. 필립이 나를 개미의 몸에서 빼내주고는 나는 숨을 크게 내쉬었다.

"지금 당장 4차원을 형성한 기술, 즉 그들이 설계한 10차원까지의 지도를 내게 가져다 줘."

나는 필립의 삼촌이 된 모양으로 필립에게 명령했다. 동시에 필립이 궁금해 하는 오하스 빌린더에 대한 자료와 녹음 내용, 렘 미스티의 얼굴 이미지 등을 필립에게 넘겼다. 필립은 잠시 후 나를 녹색 태양 속에 밀어 넣었다. 4차원을 설계한 10차원까지의 지도가 펼쳐지고 있었다. 내가 11차원적 요소를 생각했을 때 녹색 태양은 나를 밖으로 밀어내고 나는 공중에서 떨어지면서 한 바퀴 돌아 바닥에 안전하게 착지했다.

'이것도 4차원적 요소인가?'

나는 차원에 관한 한은 11차원과 24차원 그리고 101차원 세 정도의 수준에 대해 생각해 보기로 했다. 그 세 차원에서 요청되는 공간적 특성을 분석함으로써 결국 얻어내야 할 한 가지의 특성도 합의를 도출할 수 있겠다는 판단에서였고 그 판단은 맞아떨어졌다. 나는 4차원의 안전성 문제에 대한 남은 한 가지 문제를 일주일 동안 해결했고 그걸 공간에 적용했으며 동시에 상대방끼리의 제어가 가능한 특수 조건 형성 상황 속에서는 누가 누구를 죽일 수도 있었다. 안전한 상황 외의 상황을 제어할 수 있도록 만든 것이다. 그러한 특수 조건 상황을 보통의 시민들에게 적용한다면 그것은 비열함 그 자체일 뿐이었다. 이러한 나의

4차원에 대한 문제 해결이 가져다준 이점은 필립 알게이더가 총수로서 굳건히 선 것이었고 나에게도 일종의 지위가 주어졌는데 나는 부총수 자리에 오르게 된 것이다.

노진아의 영상이 내게 총을 쏘아도 단 한 발도 내게 닿지 않을 수 있었으나 다만 노진아와 내가 특수한 상황을 형성해서 싸운다면 우리는 3차원에 있는 것과 마찬가지로 싸워야 했다. 그것이 내가 형성한 다음 버전의 4차원이었다. 싸울 이들은 그들끼리만 싸우되 나머지 사람들은 웬만해서는 그들의 행복을 빼앗기지 않을 수 있었다.

오하스 빌린더가 우려했던 나의 능력이 발현되는 걸 보면서도 나로서도 다소 얼떨떨했다. 필립 알게이더는 내가 4차원에 오자마자 발휘한 실력에 꽤 만족한 모양이었는데 필립은 오하스 빌린더가 이끄는 조직이 만만하지 않다는 것을 내게 상기시켜주었다.

오하스 빌린더는 곧 보통 사람들의 행복을 특수 조건화한 상태에서 공격하기 시작했다. 작은 마을 단위를 파괴하거나 행성 몇 곳을 파괴하는 것이 그것이었다. 이에 대해 필립 알게이더의 분노가 치솟았고 필립 알게이더는 공식적인 발표를 통해 일반 시민의 삶을 훼손하는 오하스 빌린더와의 전쟁을 선포했다.

오하스 빌린더도 공식적인 발표를 통해 필립 알게이더가 나를 데리고 온 것을 비웃으며 그의 숨은 실력자 렘 미스티를 공개했다. 그는 차원 형성에 있어서의 일반 원리를 지도화한 것을 사람들에게 공개했다. 그러나 사람들은 실력자에 대해 냉담했으며 오히려 필립과 나를 응원했다. 그것이 오하스 빌린더의 심기를 다시 건드렸다.

렘 미스티가 차원 형성에 있어서의 일반 원리를 지도화한 걸 가지고 녹색 태양 안에 들어가 그것을 스크린에 펼쳐놓고 확인했다. 그리고 그와 싸울 수 있겠다는 판단이 들었을 때 신비스러운 장소로 설정된 유리 공간이 그들에 의해 파괴되었다는 소식을 필립 알게이더를 통해 들었다. 유리 공간은 지구 크기 정도의 공간에 유리로만 세워진 건물이었고 그곳은 어린 아이들의 상상의 장소로써 꾸며진 공간이었던 것이다.

나는 내가 형성한 4차원적 요소에 치명적인 결함을 파악했다. 부분적으로 조건화하여 공격할 수 있는 기술은 4차원 전체에 적용될 수도 있다는 걸 의미했다. 물론 부분적으로 조건화하는 기술도 4차원을 설계한 기술만큼 월등한 자만이 할 수 있다는 것도 동시에 렘 미스티와 같은 인물이 조작하기 시작한다면 안전한 4차원의 공간도 자신의 의도대로 날려버릴 수 있다는 걸 의미했다. 이럴 거면 차라리 알 수 없는 안전성의 상태를 지닌 이전의 4차원이 훨씬 안전했다. 공격에 있어서의 통제 가능성이 완성된 지금 이곳은 의도대로 마음껏 조종할 수 있는 공간이 된 것이다.

필립 알게이더에게 시간을 이용해 이 상황을 극복해보겠다고 말했지만, 나는 시간을 정지시키고 녹색 태양 속에 들어가서도 무얼 어떻게 해야 하는지 파악하지 못하고 있었다. 아직 4차원의 공간이 어떻게 자리 잡고 있는지조차 눈으로 확인을 못하였으므로 벤츠를 몰고 4차원을 잠시 여행했다.

빛으로 흩어지는 별들이 보석으로 바뀌어 잘게 부서지는 것, 공간 중에 떠서 질서 있게 달리는 수많은 자동차들, 수많은 다양한 건물들과 그것들이 공간에서 이루는 조화, 행성의 여러 모양들, 빛을 내는 여러 물체의 흐름, 투명한 색깔의 빛나는 식물들의 군락이 떠 있는 공간, 나는 생각에 잠긴 채 다시 필립과 나의 황동 직육면체의 집으로 돌아왔고 바로 녹색 태양 속으로 들어갔다.

그곳에서 차원 공간 요소를 천 단위로 높여 생각하기 시작했고 만 단위의 차원 즈음에 진입했을 무렵 제한된 범위에서만 파괴적 움직임이 일어날 뿐인 공간을 생각해냈고 그걸 빠르게 트랜스포메이션 카드에 조건화하기 시작해서 다시 4차원의 공간에 적용했다. 공격할 수 있는 제한된 범위는 4차원의 곳곳에 있었으나 그러한 공간은 텅 비어 있었고 일반 시민의 집과 일터는 안전하게 보호되었다. 그 안전망을 뚫을 수 있는 자는 지금으로선 없을 터였다.

내가 녹색 태양을 비집고 나오자 필립 알게이더는 손으로 화면을 만든 뒤 무언가를 조작하고 있었다.

"삼촌, 아니 형. 이번 공간 형성은 정말이지 탁월해."

"이 정도로 언제까지 버틸 수 있을까?"

"형, 다음 버전의 4차원은 5차원으로 넘어가야 해. 완전히 안전한 공간이라서 공간 자체가 존재를 인지하기 때문에 어떤 살상도 모두 피할 수가 있지. 완전히 안전한 공간인 셈이지만 거기에서는 좀 지루하겠지?"

나는 피식 웃었다. 다음 공간적 실현은 5차원이 될 것이다. 5차원은 십만 단위나 백만 단위의 차원의 공간 요소 문제를 해결하기 때문에 거의 완전히 안전한 공간과 다름없었다. 그로부터 좀 더 차원의 단위수를 높이는 건 거의 문제가 되지 않았다. 이미 백만 단위의 차원 공간 요소를 해결함으로써 거의 안전에는 미미한 수준의 문제가 남을 뿐인 것이었다. 우선 상황을 지켜보기로 했다.

그날 80년대식 컬러 티브이 하나가 공간에서 빙빙 날아오더니 정원의 벽에 자리를 잡고 앉아서 화면 조정을 하더니 4차원 내 방송을 시작했다.

고양이가 지붕에서 떨어졌는데 붕 뜬 채로 가볍게 땅에 닿았다는 내용에서 시작했다.

"안녕하십니까? 우리들이 꿈꾼 공간 4차원이 오늘 또 업그레이드되었습니다. 필립 알게이더 총수의 브레인 이래안 부총수가 생활공간을 완전히 안전한 상태로 바꾸었고 또한 원수들끼리는 더 공부해서 차원 조작 공간에서만 싸울 수 있도록 한 것입니다. 우리들의 생활공간은 저 오하스 빌린더와 그의 수하 렘 미스티에 의해 결코 장악되지 않을 것입니다. 우리 어린이들의 꿈동산인 유리 공간을 파괴한 것도 저들의 짓입니다. 우리 어린이들은 결코 이 일을 잊지 않을 것이며 자라서 이래안과 같은 모두를 위해 공간을 생각하는 존재가 되자고 마음을 먹고 있습니다."

나는 피식 웃었고 다시 티브이는 화면을 조정했다.

수도꼭지는 어디와 연결되어있는지 그것을 트니 물이 나와서 나는 트랜스포메이션 카드로 호스를 만들어내고 정원의 꽃과 나무에 물을 시원하게 뿌렸다.

마침 필립 알게이더가 집에서 나와 나를 바라본다.

"이 수도꼭지는 어디와 연결되어 있어? 이 집의 공간은 붕 떠서 수도를 공급하기 어려울 텐데."

내가 물었다. 필립 알게이더는 피식 웃었다.

"이 정도의 기술은 하급이라서 알려주지 못했어. 형이 익힌 건 거시적 공간 형성에 대한 거니까. 이 정도의 기술은 혼자서 재미있게 알아가는 것도 재밌지 않을까?"

필립의 말이 충분히 이해되었기에 나는 그를 따라 황동 직육면체의 집으로 들어섰다.

"오후에 의원들과 회의가 있어. 오하스 빌린더와 렘 미스티에 대한 처벌 건이야. 아마 우주 감옥에서 제법 오래 썩어야 할 거야."

"그렇군. 벌써 오후가 다 되었나?"

"여기에서의 시간을 꽤 자율적으로 흘러. 사람들도 트랜스포메이션 카드를 다 갖고 있어서 시간을 정지시키고 자율적으로 보내지. 하지만 전체의 일을 주관하는 의원들과 나는 회의에 관한 한은 같은 시간 패

턴을 가지고 있어. 그것이 오늘 오후인 거지."

필립은 2층으로 올라가더니 슈트를 빼입고 내려왔다.

"슈트는 2층의 벽 속에 다 구비되어있으니 필요하면 입고. 여기는 시장을 보러 갈 필요도 없어 냉장고에 자동적으로 필요한 게 채워지고 물품을 변경하려면 트랜스포메이션 카드를 쓰면 돼."

"벽 속에 슈트가?"

나는 거시적 공간에 대한 일만 파악했지 살아가는 모양에 대한 일은 거의 알고 있지 못해서 배워야 할 것이 산더미 같다는 생각이 들었다. 필립 알게이더는 더는 말해주지 않고 벤츠를 몰고 공간 중으로 사라졌다.

나는 트랜스포메이션 카드를 조작하며 4차원에서의 생활 방식을 하나씩 익혔다. 가장 재미있는 것은 차나 비행선이 공간 내에서 자동 생성되기 때문에 눈에 보이는 대로 탈 수도 있고 가질 수도 있다는 것이었고 또 동시에 트랜스포메이션 카드를 통해 차의 디자인이나 성능도 자의대로 조정해 자신만의 차를 만들 수도 있다는 점도 흥미로웠다.

나는 냉장고 앞에서 소고기 안심이 잔뜩 들어오도록 트랜스포메이션 카드를 조작했다. 그리고 문을 연 순간 엄청난 소고기 안심에 그걸 다 구워먹었고 다시 냉장고에는 기본 식사 거리가 가득 찼다. 나는 고기나 기타 식량들이 어디에서 오는 지 트랜스포메이션 카드로 확인해보니 그것 또한 트랜스포메이션 기술로 합성된 것들이며 공간 이동으로 각 가정의 냉장고에 자동적으로 들어온다고 적혀 있었다.

하긴 나의 녹색 태양도 신기한 물품이라면 물품이었다. 그것은 24시간 집을 밝히는 가로등 같았으며 가로등 치고는 지나치게 밝았고 또 바로 집 앞으로 연결된 우주 공간은 깊은 어둠이 기본 배경이었기에 밤을 그리워하지는 않았다. 게다가 녹색 태양은 끌 수도 있어서 별 문제가 안 되기도 했거니와 그럼에도 녹색 태양이 비추는 빛이 좋아 아직 한 번도 끄지 않았다.

앞으로 오하스 빌린더와 렘 미스티가 처벌되고 그들이 석방되면 그들은 충분히 제한된 범위의 파괴할 수 있는 공간에서 나 또는 필립을 불러내 대결을 요구할 것이다. 나는 4차원의 공간 곳곳에 흩어진 제한된 범위의 파괴적 공간에 대해 공간마다의 특성을 연구했으며 그 공간 마다 적용될 수 있는 무기들을 만들기 시작했다.

'저번의 이래안이 싸웠던 페터슨 대령의 무리들은 아주 질겼어. 이번에도 오하스 빌린더도 마찬가지일 거야. 트랜스포메이션 기술을 사용하는 공간에서는 조금 더 혁신의 정신과 상황 판단력이 필요하지. 그래, 해보겠어.'

몇 시간 후 필립 알게이더가 들어오고 필립은 돌아서며 묘한 미소를 지으며 나에게 총구를 겨누었다. 그가 쏜 총알이 공중에서 멈춰 떨어지고 필립 알게이더의 몸은 점차 렘 미스티의 것으로 바뀌어가고 있었다. 나는 뛰어서 천장에 달린 못을 잡아채고 몸을 뒤로 젖히고는 그 반동을 이용해 렘 미스티의 가슴을 발로 가격했다.

내 발에 맞고 쓰러진 렘 미스티의 얼굴이 다시 필립 알게이더의 것으로 바뀌어간다. 나는 영화 속 이래안이 그랬던 것처럼 공중에서 권총을 형성해 꺼내 그에게 조준했다. 내가 보고 있는 이 사내의 정체란 과연 무엇인가. 나는 생각을 복잡하게 하며 그에게 권총을 조준했다.

"형, 나야. 형."

익숙한 목소리와 톤이 들리고 나는 권총을 내리고는 그걸 공간 속에 사라지게 만들었다.

"왜 나에게 총을 쏜 거지? 그리고 왜 렘 미스티의 얼굴로?"

"그저 형이 어떤 상황에서라도 제대로 반응하는지 알고 싶었을 뿐이야. 형을 실험한 거였어. 안전지대에서는 총알이 날아가다가 멈춘다는 걸 형도 알잖아?"

그가 일어서며 2층으로 올라가는 동안 나는 무언가가 어색하다는 걸 깨닫고 재빨리 2층으로 올라갔다. 은발의 뒷모습이 보이고 나는 그가 필립 알게이더가 아니라 렘 미스티라는 것을 알아챘다. 1층으로 내려와 나는 트랜스포메이션 기술로 필립 알게이더의 위치를 추적했다. 필립 알게이더의 신호는 어디에서도 잡히지 않고 나는 그의 차를 추적했는데 차는 회의장인 아도니스 펄로 가는 길에 멈춰있었다. 나는 트랜스포메이션 기술 생성 장치를 들고 녹색 태양으로 뛰어 들어갔다.

녹색 태양이 천천히 움직이고 곧 나와 필립이 살던 황동 직육면체가 우그러드는 걸 녹색 태양 안에서 지켜보아야 했다. 그 공간은 이제 사라진 것이다. 렘 미스티가 트랜스포메이션 기술로 나를 찾고 있었으나 녹색 태양 자체가 렘 미스티로부터 나의 위치를 보안하고 있다는 걸 알았다.

"이제 알았어? 여기서의 그 모든 걸 너 혼자 한 것 같아?"

나는 익숙한 목소리에 돌아섰다.

"이오스?"

영화 속 정이은의 모습을 한 이오스가 손으로 새로운 트랜스포메이션 기술을 생성해내며 계속 렘 미스티의 추적을 방어하고 있었다. 그녀는 렘 미스티가 꽤 곤란한 상대인지 여러 번 그의 추적을 녹색 태양이 이동하는 주변에서 튕겨내고 있었다. 이오스는 무언가 현란한 조작을 하더니 곧 화면을 공간 중에 사라지게 하고 나를 쳐다보았다.

"그 모든 걸 너 혼자 해낸 것 같니? 이래안?"

"그럼, 이오스 네가 도와 준 거야?"

"적어도 돕긴 했지."

이오스는 하품을 했다.

"아쉽게도 지금 필립 알게이더는 죽었어."

"필립이…… 당했단 말이야?"

"의회장으로 가는 길에 필립이 잠깐 졸았나봐. 렘 미스티가 근처의 공격 가능한 공간으로 차를 밀어 넣고 권총으로 사살했어. 시신은 완전히 분해해서 사라진 상태야."

나는 이오스의 말이 충격 자체였다. 아무리 이전의 이래안의 기억이 없더라도 필립 알게이더를 지키는 몫은 내 자신이 해야 했다. 필립을 믿고 그 혼자 행동하는 걸 아무런 의심 없이 지켜보았던 것이 문제였다. 필립은 오히려 내가 돌아와서 제대로 일을 해내는 걸 보고 방심했던 것이다.

"오하스 빌린더가 필립을 없애고 의회의 의원들을 잡아들였어. 대부분 굴복했고 남은 이래안 너를 사살하러 렘 미스티가 필립 알게이더의 모습으로 온 거지."

이오스가 명확하게 설명하자 나는 할 말이 없었다. 내 오열이 시작되고 그것이 그친 후 이오스는 꽤 먼 곳까지 나와 그녀가 들어있는 녹색 태양을 이동시킨 모양이었다.

"완전히 안전한 공간은 만들어질 수 없을까?"

"네가 신이야? 왜 그런 생각을 해? 완전히 안전한 공간을 만들려면 차원의 모든 문제를 해결해야 하는 데 그건 인간에게 허락된 문제가 아니야. 물론, 나야 좀 가능할지 몰라도……."

"필립을 살려내!"

나는 이오스의 멱살을 쥐었으나 곧 그녀가 만든 전류에 감전돼 쓰러졌다.

"이해는 하지만 어쩌겠어. 아직 필립을 살릴 때가 아니야. 네가 더 잘해야 돼."

나는 녹색 태양에서 나가려고 버둥거렸다. 그럴수록 녹색 태양은 더 탄력 있게 되어 나를 자꾸 안쪽으로 튕겨낼 뿐이었다. 그런 나를 한심하다는 듯 이오스가 팔짱을 끼고 쳐다보았다. 그녀는 성큼성큼 내게로 다가오더니 그녀의 트랜스포메이션 카드를 내 머리에 세게 쳤다. 그것이 부서질 때의 충격으로 내 머리도 순간 멍멍해졌다.

"이 바보 멍텅구리야. 모든 것을 지키려면 더 강해져야지. 현재의 약점을 계속 극복해야할 것 아니야. 필립이 죽은 건 네 잘못이 아니야. 저들은 계획하고 있었고 필립이 약점을 드러냈고 공간도 필립의 안전에 완전하지 못했으니까. 하지만 완전한 안전의 공간 즉 지금으로서는 5차원적 공간을 네가 조직하겠다는 생각을 버려. 백만 단위의 차원 공간 요소까지 검토하기 시작하면 정신분열이 시작될 테니까. 넌 인간이야. 게다가 트랜스포메이션 기술의 초보자고, 알겠어?"

나는 정신이 번쩍 들었다.

"하지만 필립은…… 더 이상 살아…… 있지 않잖아."

"네 잘못이 아니래두. 이래안은 수많은 사람들을 잃어오면서 강해졌어. 그걸 기억해."

이오스는 냉정하게 딱 잘라 말했다.

"이래안은 그가 사랑했던 정이은도 잃었어. 그리고 그 순간에도 아무 것도 할 수 없었어. 그런 그가 그 후에 트랜스포메이션 전쟁을 지휘했다고. 그리고 나의 마지막 결정에 아무 말 없이 따라줬고 그래서 네가 나타난 거야."

이오스는 여전히 정이은의 모습을 하고 있다. 나는 이오스를 보아도 떨리지 않는다. 다만 그녀가 나에게 말해주는 것들이 이 세계에서 내가 알아야 할 중요한 것들임은 부정할 수가 없다. 몸이 다시 떨려오고 나는 필립을 기억했고 로봇 태권 V의 피규어를 기억했다. 이미 황동 직육면체의 집에서 로봇 태권 V의 피규어는 사라졌을 것이고 '네메시스의 눈'도 사라졌을 것이다. 그런데 문득 호주머니가 두텁다. 만져보니 딱딱하고 꺼내보니 '네메시스의 눈'이다.

'네메시스의 눈'을 보고 이오스가 다가온다.

"꽤 귀한 걸 필립이 죽기 직전에 이동시킨 건가 보네. 이걸 보고 필립을 기억해. 하지만 당분간은 내가 압수해두도록 하지. 왜냐하면 넌 이걸 감당할 수가 없거든."

나는 필립이 남긴 것이기에 '네메시스의 눈'이 의미 있을 뿐이지 그것의 가치 따위야 아무래도 상관없었다. 나는 순순히 이오스에게 '네메시스의 눈'을 건넸고 이오스는 그걸 스커트 호주머니에 넣고는 아무렇지도 않은 체 했다. 이오스는 다시 렘 미스티가 보내오는 추적 신호를 방어하기 시작했다. 이오스가 제법 하루는 견딜만한 방어벽을 쳐놓고는 내게 꼬박 하루 동안 트랜스포메이션 카드의 사용법이며 트랜스포메이션 기술의 생성과정을 생생하게 설명해주었다. 그렇게 집중해서 온 하루를 공부에 힘을 쏟았다. 그리고 방어벽이 다시 약해지자 이오스는 다시 그걸 방어하기 시작했고 나는 녹색 태양 안에서 이오스와 한 공간 속에서 트랜스포메이션 기술에 대해 다시 생각했다. 천만 단위의 차원 공간 요소에 대한 생각에 이르고 문득 이오스가 나를 쳐다보고 있었다.

"어, 가능한 상태가 되네? 수억 단위까지 높여봐."

이오스는 내 두뇌 상태에 도박을 걸고 있었다. 정신분열이 시작되는지 아니면 제대로 일을 해내는지 궁금한 모양이라도 되는 듯 했다. 나는 천만 단위에서도 해결하지 못한 공간 요소들을 수억 단위의 차원 공간 요소에서 몇 가지 찾아내고 분석해서 그녀에게 설명해주었다. 이오스가 고개를 끄덕이더니 내가 준 아이디어로 거의 완전한 안전 상태와 가까운 4차원을 형성하기 시작했다.

"이제 그건 없어졌어. 제한된 범위 내에서의 파괴적 공간의 형성 말이지. 이제 아주 어려운 상황에 들어선 터라 겨우 10차원적 공간 요소를 해결한 렘 미스티와 넌 상대가 안 되겠어. 물론, 아직 트랜스포메이션 기술에 있어서는 초보긴 하지."

"이 기술이 있었다면 필립은 죽지 않았을 텐데."

나의 한탄에 이오스가 이번에는 나무라지 않는다.

"아주 약간의 문제가 남았는데 이젠 그것들이 회전하면서 혼돈의 공간을 조직하고 있기 때문에 그 혼돈을 분류하여 하나씩 해결하는 건 무척 어려워. 해볼 만은 하지. 좀 전보다는 상황이 나아진 상태야."

이오스는 상황에 대해 해석해주었다. 그러나 내 귀에 들리던 삼촌, 형, 하던 목소리의 필립은 이제 어딘가에도 없었다. 나는 녹색 태양 안에서 바닥에 털썩하고 주저앉았다. 이오스의 걱정하는 소리가 들려왔으나 나는 정신을 잃었다.

깼을 때 이오스의 얼굴이 보이긴 했지만 나는 심하게 어지러운 걸 느끼고 그대로 정신을 잃었다. 다시 깼을 때 이오스가 장미를 꺼내 내 코에 대고 살랑살랑 흔들었다. 그것이 별로 효과가 없자 그녀는 로즈마리 잎을 꺼내 내 코에 비비어댔다. 간지러워서 재채기를 했고 그러자 나는 어지러움이 가셨다.

그녀가 앉아서 나를 쳐다본다.

"널 극한의 정신 상태로 몰고 간 건 아쉽게도 수억 단위의 차원 공간 요소를 생각하는 것도 아니었고 필립이었네."

"필립을 살릴 수 있어?"

나는 그녀라면 능히 그럴 수 있을 거라 믿었다. 내 믿음이 강해질수록 이오스는 날 외면하지 않을 거라고도 믿었다. 이오스는 그런 내 간절한 눈빛과 마음을 읽고 있었는데 안쓰러운 표정만 짓고 있었다.

"지금 필립을 살려내면 또 죽어. 어쩔 수 없어. 필립이 너무 오랫동안 중간 우주의 총수를 해왔기 때문에 그는 권위 자체고 오하스 빌린더의 조직도 너무 거대해. 하지만 한 가지 약속할 수 있는 건 필립이 영원히 죽은 상태에 있지는 않으리라는 거야. 지금은 때가 아니니까 다만 지금 방어해야 할 인물이 하나 접근하고 있어. 처리할 줄 알겠지?"

그녀는 내 몸 전체에 어떤 투명한 일렁임을 씌웠다.

"새로운 트랜스포메이션 기술이야. 사용법은 알아서 알아내."

그녀가 나를 녹색 태양에서 내몰고 나는 공간 중에 떠 있었다. 비행선 하나가 접근하는가 싶더니 나는 공간 중에 오른손을 대고 무언가를 열듯이 열었다. 그 속에는 아이콘으로 여러 대의 자동차와 비행선이 있었다. 낯익은 차 한 대를 선택했다. 바로 90년대식 그랜저였다. 내가 그 아이콘을 클릭하자 나는 어느새 90년대식 그랜저 안에 있었다. 그걸 운전해서 상황을 벗어나려다 그만 나보다 빠르게 다가와서 내 앞에 멈춰선 비행선에 주춤했다. 이동 궤도를 수정해서 가려는 것도 나보다 더 빠르게 이동하는 그 비행선에 주춤했고 나는 다시 공간 중에 손을 뻗어 다른 비행선을 구해보았다. 꽤 좋은 성능의 설명을 확인하고 비행선의 아이콘을 클릭했다. 나는 순간 나를 쫓던 비행선으로부터 순식간에 멀어졌는데 녹색 태양은 이제 보이지도 않았다.

하지만 이 공간이 어떤 공간인가. 공간 이동쯤이야 그저 평범한 기술로서 취급받고 있는 세상이 아닌가. 이제 공격 가능한 공간도 없어진 지금 남은 혼돈한 공간 요소를 사용해서 공격을 할 수 있는 것도 쉬운 일은 아니었다. 나는 천천히 나를 공격하는 인물의 얼굴이나 볼까 싶어 비행선을 세우고 기다렸다. 1분도 채 걸리지 않아 은빛의 비행선이 나를 쫓아왔다. 나는 비행선에서 내려 다시 오른손을 공간을 조금 펼치고는 수많은 무기들 중에 데저트 이글을 골랐다.

'노진아 같은 여자가 걸려봐라. 아주 그냥.'

그 비행선에서도 사람이 하나 내렸다. 선글라스를 끼고 미니스커트를 입고 있었고 그녀는 자그마한 권총을 손가락으로 돌리고 있었다. 나는 다시 공간을 펼치고는 저 여자의 신체 중에 선글라스를 제거할 것을 명령했다. 선글라스가 벗겨지고 그녀는 잠시 당황했지만 나는 그녀의 정체를 쉽게 알 수 있었다. 그녀는 한국인과 말 안 한다던 박모리였다.

나는 천천히 입술에 비웃음을 띠고 내 비행선을 몰고 녹색 태양을 찾았으나 이오스는 녹색 태양을 드러내지 않았다. 아직 그녀에 대해 할 일이 남은 것 같아서 나는 다시 4차원 우주 공간의 어디쯤에서 그녀를 기다렸다. 역시나 박모리는 나를 찾아냈다.

그녀는 나를 보고 아주 당황스러운 표정을 지었고, 그녀가 나를 향해 권총을 쏘아도 눈썹도 까딱하지 않았다. 발사된 총알들은 모두 날아오는 중간에 속력이 떨어지며 우주 공간에 똑똑 하는 소리를 내며 떨어질 뿐이었다.

"여기가 공격가능한 공간인 줄 아는가 보지? 바로 직전까진 공격 가능 했지. 하지만 여긴 이제 그런 장소가 아니야. 한국 사람은 원래 친절하게 설명해줘. 어쭙잖은 재미동포 아가씨."

박모리는 나를 노려보더니 다시 비행선에 탔다. 나는 오른손으로 공간을 여는 동작을 통해 공간 중에 그녀의 비행선만 소멸시켰다. 그녀는 공간에 딱 멈춘 채였고 트랜스포메이션 카드를 쥐었다. 나는 공간을 여는 동작을 통해 그녀의 신체에서 트랜스포메이션 카드와 권총 그리고 기타 물품을 수거해 제로화시켰다. 그녀는 손바닥만한 미니스커트를 입고 상체에 딱 달라붙는 조그만 민소매 티셔츠를 입고 있을 뿐이었다. 더는 제거할 것이 없어 내가 비행선에 타는 데 그녀가 내게로 달려왔다.

그녀가 다급하게 비행선의 창을 두드리기에 창을 내렸다.

"이대로 가시게요?"

"한국 사람하고 말 안한다면서요? 게다가 오하스 빌린더의 편인가 본데."

"오하스 빌린더 총수님께서 당신을 가만두지 않으실 겁니다."

그새 오하스 빌린더가 총수의 자리에 오른 건가 싶어 나는 그 자리를 떠났다. 녹색 태양의 신호가 감지되고 나는 녹색 태양 앞에 비행선을 세우고 내렸다. 오른손을 펼쳐서 공간을 여는 동작을 하자 수많은 비행선 아이콘들의 대열로 내가 타고 온 비행선도 아이콘으로 바뀌어 그 자리에 들어갔다. 녹색 태양 안으로 들어서자 이오스가 어떤 수술대를 마련해놓고 으스스한 분위기를 연출하고 있다.

"어차피 박모리는 오하스 빌린더 측에서 데리고 갔을 거야."

이오스가 내 양심을 불편하지 않게 하려고 배려한다.

"알고 있어."

나는 그건 상관없다는 듯 대답했다.

"지금 할 일은, 너에게 필립을 기억시키는 거야."

이오스가 그렇게 말하고 메스를 집어 들자 나는 그녀의 가까이에 전기톱까지 있는 걸 발견했다.

"내 머리통을 자르려고?"

나는 덜컥 겁이 났다. 이오스가 무슨 일이야 못할까 싶었다.

"아니 심장 수술이야. 마취는 필요 없고 그냥 숨만 깊게 참으면 돼. 그냥 끼워 넣을 테니까."

"뭐?"

나의 의지와는 상관없이 나는 이미 수술대 위에 누워있었고 몸은 아무리 움직이려 해도 움직일 수 없었다. 완전히 마취 중 각성 상태였다. 이오스는 '네메시스의 눈'을 꺼내들더니 황금 테두리에서 레드 다이아몬드를 빼냈다. 투명한 레드 다이아몬드는 마치 누군가의 심장 같았다. 나는 저걸 내 심장에 끼워 넣는구나 싶어 한숨이 나왔지만 어딘가로 도망갈 수도 없었다. 몸은 완전히 말을 듣지 않으니 말이다.

"잘 들어. 이걸 네 심장에 끼워 넣을 거야. 필립이 왜 이걸 너에게 그 간단한 시뮬레이션 게임을 통해 주려고 했을까? 이건 필립의 심장이고 마음이고 진심이야. 그걸 받을 수 있는 곳은 바로 네 심장 밖에 없어. 잘 보관해. 언제고 내가 다시 꺼낼 테니까."

'네메시스의 눈'의 레드 다이아몬드가 필립의 심장이란 말에 나는 어떤 고통도 감수하고자 아무런 저항도 하지 않았다. 내 심장에 필립의 마음이 사는 것이다. 그런 생각도 잠시 이오스는 레드 다이아몬드를 내 가슴 위에 올리고 그걸 꾹 눌렀다. 무언가가 온 몸에 스미는 기분이 들고 갑자기 나른해졌다. 정신도 함께 희미해졌다.

깼을 때는 이오스가 내 곁에 서 있었다.

"필립을 기억해. 앞으로 어떤 일들이 닥치더라도 필립을 기억해. 그 오랜 시간 동안 삼촌을 기다린 필립을 말이야. 너는 이제 이전의 이래안의 기억도 가져야 하는 거야. 그게 이래안의 모습이니까."

이오스의 말에 나는 절로 눈물이 났다. 그리고 이 운명을 받아들이고자 마음을 먹었을 때 심장 박동 소리가 두근두근 나는 것을 귀로 들을 수 있었다. 이오스는 어느새 내 곁에 없고 녹색 태양만이 어딘가로 움직이고 있었다.

Flame

으스스한 수술대와 전기톱도 사라지고 없고 녹색 태양 안에는 조그마한 식물이 심어져 있는 화분 하나와 몇 백 권의 책이 꽂힌 책장이 자리 잡고 있었다. 나는 아무 책이나 책장에서 꺼냈다. 어떤 책은 인문학 서적이었고 어떤 책은 수학 서적, 어떤 책은 소설, 어떤 책은 과학 서적이었다. 책이 몇 권쯤 되는 지 세어보니 딱 400권이다. 이오스는 이 모든 걸 내가 내 것으로 만들기를 바라는 마음에서 필요한 책을 엄선해 선정해주었을 터였다. 내 앞에 놓여있는 것이 거대한 게임이라는 것에 동의한 나는 책들을 꽂혀있는 순서대로 한 권씩 독파하기 시작했다. 그리고 책을 한 권 독파할 때마다 나무에는 오렌지가 열렸고 나는 책을 한 권 끝낸 기념으로 오렌지를 따서 까먹었다. 그리고 오렌지를 먹을 때마다 뭔가 내 속에 힘이 충전되는 기분을 느꼈다.

얼마만큼의 시간이 흘렀는지 모르겠지만 나는 꽤 단기간에 400권의 책을 모두 독파했다. 동시에 내가 먹은 오렌지의 개수도 400개가 되었다. 며칠 동안은 전혀 배가 고프지 않을 정도로 힘이 충전된 것 같았다. 천천히 녹색 태양이 옅어지기 시작했다. 녹색 태양은 완전히 투명한 막이 되더니 톡 하고 터져버리고 나는 공간 중에 홀로가 되었다.

공간을 열고 무언가 필요한 걸 꺼내는 힘이 아직도 남아있나 싶어 나는 오른손으로 공간을 여는 시늉을 했다. 그리고 정렬되지 않은 온갖 것이 아이콘으로 나타났고 그 아이콘에 손을 대자 물건에 대한 사용설명이 자세하게 나타났다. 나는 설명을 보고 간단하게 자전거 모양의 이동 장치의 아이콘을 선택했다. 내 앞에 나타난 최신형의 자전거를 타고 공간 중을 달렸다. 페달을 밟아서 속도가 빨라지면 공간 이동의 속도도 빨라졌고 속도가 천천히 느려지거나 아예 멈추면 그 지점에서 정지해서 주변을 살펴볼 수도 있었다.

온통 장미의 향기로만 형성된 것과 같은 아름다운 공간일 뿐인 그곳을 오랫동안 목적 없이 달리고 멈추기를 반복하자 그곳들도 지루해지기만 했다. 이오스가 내가 파악한 차원 공간 요소로 형성한 4차원은 거의 안전하고 아주 아름다운 공간이었다. 권총을 제대로 사용할 수 있다는 것은 이 공간에 대한 이해가 극에 달한 자만이 가능한 거였다. 문득 읽었던 400권 중에 있던 자기계발서의 문구 중에 모든 것을 가능하게 하라, 라는 말이 생각나고 나는 오하스 빌린더와 렘 미스티를 제거하기 위해서라도 4차원 내의 공간을 부분적으로 3차원으로 만들어 그들을 권총 내지는 다른 무기로 공격할 수 있어야겠다고 생각했다. 나는 그 기술을 연구하기 위해서 다시 녹색 태양을 설계하고는 그 속으로 들어가고 방어막을 쳤다.

'이오스는 분명 내 근처에서 날 지켜보고 있을 거야.'

난 그런 생각에 거의 확신을 가졌는데 흩어져버린 녹색 태양이 다시 형성된 것만 봐도 이오스가 나의 생각을 지지하기 때문에 그 기술을 형성할 공간을 허락한 거라고 생각되었다. 나는 천천히 4차원 공간을 지배하는 차원 공간 요소인 5차원의 힘을 사용하는 방법을 연구했다. 5차원의 차원 공간 요소만이 4차원을 부분적으로 3차원으로 바꿀 수 있었기 때문이었다. 나는 지금 컴퓨터를 만들어내고는 4차원의 형성에 적용된 수억 단위의 차원 공간 요소 그 이상을 컴퓨터가 연기가 나서 부서지도록 새로운 컴퓨터를 만들어내며 계속 계산해 올라갔다. 이오스가 말한 수억 단위 이상의 차원 공간 요소들의 혼돈의 실마리를 풀고 있었다.

컴퓨터에서 무한, 무한, 이라는 말이 들려오고 컴퓨터가 박살나버렸기 때문에 나는 그 컴퓨터 보다 앞선 컴퓨터를 제작해 다시 과정들을 입력했다. 다시 컴퓨터는 엄청난 속도로 계산을 하기 시작하고 무한, 무한, 이라는 말을 내뱉고는 무한 이상을 계산하기 시작했다.

'무한 차원 공간 요소였어. 답은.'

5차원의 힘을 형성하는 것은 무한 차원 공간 요소였고 그 힘은 절대 안전성이었다. 그 어느 누구도 그 힘을 뚫을 수는 없었다. 무한 이상을 계산하는 컴퓨터는 자유롭게 계속 그 계산을 이어가고 있다. 나는 컴퓨터의 계산을 중지시키고 4차원이 넘지 못할 절대 안전성의 공간인 5차원을 형성하는 무한 차원 공간 요소를 하나씩 분석하기 시작했고 그걸 몇 번 반복 학습한 후에 컴퓨터를 완전히 분해해서 없애버렸다.

'5차원을 손에 쥐었어.'

나는 5차원을 형성할 생각이 없었다. 5차원을 형성하게 되면 절대 안전성의 공간이 나타나기 때문에 나는 저들을 제거하려면 내 사고 전체를 바꾸어 새로운 6차원을 설계해야했기 때문이다. 그리고 절대 안전성의 공간인 5차원을 이기는 힘을 생각해내려면 내 인문학적 사고가 전환되어야 하는 데 아직 절대 안전성을 넘어서는 개념을 생각해내지 못했다. 다만 오하스 빌린더와 렘 미스티의 실력이 어디까지 이르렀는지 지금 가진 5차원의 힘으로 파악하기 시작했다.

수천 단위의 차원 공간 요소를 렘 미스티는 막 넘어서고 있었고 그들이 서 있는 4차원의 공간에 그들이 파악하지 못한 요소들이 아주 많이 형성되었다는 것에 적잖이 놀라고 있을 뿐이었다. 지금 당장 공격을 하면 내가 이길 수 있다. 나는 5차원의 힘을 사용하므로 4차원은 내 손에서 3차원에 불과한 것이다. 차원 설계에서의 원칙은 보다 상위 차원에서 보다 하위 차원을 세밀하게 조종할 수 있다.

이오스는 다시 나를 쳐다보고 있다.

"그 기술 나에게도 가르쳐줘."

이오스가 새침한 듯 부탁하자 그녀의 부탁이 귀여워서 나는 하나씩 차근차근 설명해주었다. 제법 설명하는 데도 사흘 정도의 시간이 걸렸다. 이오스는 5차원을 정확하게 파악하고는 나를 인정했다.

"넌 이전의 이래안으로 완전히 복귀했어."

나는 그걸 칭찬으로 들었다.

"언제 없앨까? 필립을 죽인 그들을."

"조직이 거대하기 때문에 제법 밑에 있는 사람들과도 싸워야 이길 수 있어. 그들의 상황을 살펴보는 것이 지금은 좀 필요해. 그리고 5차원의 힘을 완전히 쓸 수 있겠어? 시뮬레이션은 필요하지 않아?"

"괜찮아. 충분히 쓸 수 있어. 내가 개발한 것들이야. 그리고 그 책들, 오렌지 고마워."

"나는 모든 걸 알고 있지는 않아. 5차원 기술도 너한테 배운 거고. 하지만 현재의 상황에서 다음 방향은 알고 있어. 그래서 너에게 책들을 준 거야. 너더러 해내라고 말이지. 그 오렌지 400개 말이지."

"응. 말해."

"아무것도 안 먹고 1년은 살 수 있는 에너지가 비축된 거야."

그건 적잖이 놀라웠다. 전투를 하거나 힘을 집중해야 할 때 먹는 것에 신경 쓰지 않고 그것에만 집중할 수 있기 때문이다. 이오스는 나를 다시 쳐다본다.

"그리고 5차원에서 키운 오렌지는 하나만 먹어도 영원을 버틸 수 있을 정도. 이제 필요할 때마다 힘을 조절해서 쓰고 5차원의 기술을 이용해서 궁극적으로 이기길 바라겠어. 어쨌든 이 기술 고마워. 난 좀 가야 할 데가 있어서."

이오스는 내 앞에서 문득 사라져버렸다. 나는 녹색 태양 안에서 5차원을 부분적으로 형성시켰고 그 안에서 오렌지 나무를 키웠다. 단 하나의 오렌지를 맺히게 한 다음 그걸 꺼내 먹었다. 이로써 필립의 원수, 아니 이 모든 것을 다시 바로 잡을 때까지 아무것도 먹지 않고 버틸 수 있게 되었다.

이오스는 완전한 존재가 아니라 성장해가는 존재였다. 그 성장의 방향을 정확하게 잡고 있다는 것이 그녀의 장점이었다. 그녀는 나를 도와 내가 이루는 것을 함께 가지고 또 나를 이끌어갈 것이다. 트랜스포메이션 기술의 영혼이 문득 그 기술의 극한에서 저절로 생겨났고 그녀의 도움으로 결국 이전의 이래안은 그 모든 걸 이룰 수 있었다. 나 또한 그럴 것이다. 두려움은 없다. 그저 판단하고 행동하고 마무리 지을 것이다. 그리고 이오스가 당근과 채찍을 쥐고 나를 지켜보길 바란다.

나는 녹색 태양에서 나와 천천히 계단을 오르듯 녹색 태양의 둥근 표면 위를 걸어 올라가 구체의 꼭대기에 앉았다. 손으로 화면을 만들어 5차원 형성 직전의 4차원을 더듬고 있었다. 때가 되면 5차원을 형성해 보통 사람들을 그곳으로 이동시켜야 함을 안다. 그리고 내가 머무르던 우주에 있는 지구의 사람들은 어떻게 해야 할까, 라는 데 생각이 닿았다. 그들을 이동시키려면 3차원 지구의 곳곳에 4차원의 막을 형성하고 그들을 4차원으로 이동시킨 뒤 다시 4차원에서 통로인 막을 형성하고 5차원으로 이동시켜야 하는 것이다. 그걸 내가 할 수 있을지 가능성을 재보았다.

손 안에서 형성된 화면은 빠르게 계산을 하고 있다. 계산 결과 기술적 문제가 아니라 인문적 문제가 남았기 때문에 지금은 무리라는 것이 컴퓨터의 답이었다. 나는 뭐 그럭저럭 생각하고는 녹색 태양 위에서 4차원 우주 공간의 시원한 기류를 들이쉬었다. 뭔가가 쿵 하고 소리가 난 것도 그때였다. 내 녹색 태양이 불타오르고 있었다. 나는 순간 공간 이동을 통해 그곳에서 멀리 벗어나 녹색 태양에서 벌어진 일을 분석했다.

아쉽게도 렘 미스티가 5차원 형성에 대한 이론적 분석을 마치고 5차원 형성 직전이라는 것과 그것을 통해 오하스 빌린더와 그들의 명예를 회복하고 나와의 전쟁을 마치겠다는 심산이었다. 시간이 없었다. 나는 내가 먼저 제대로 된 5차원을 형성하고 4차원의 사람들을 그곳으로 공간 이동시켰다. 그리고 나는 그들이 보는 트랜스포메이션 카드에 내 모습이 담긴 영상을 띄웠고 5차원에 그들이 진입했으며 5차원을 형성한 것이 바로 나, 이래안이라는 것도 명확히 밝혔다. 나에 대한 기대가 하늘을 찌르고 그들이 절대 안전한 공간에 위치한 것에 사람들은 환호했다.

그도 그럴 것이 5차원에서는 공간이 완전히 생명 친화적으로 움직인다. 칼과 같은 것도 휘어지며 사람의 살에 닿지 않으며 권총 같은 것도 작동되지 않는다. 불이 나도 그건 곧 진화되며 물에 빠지더라도 물이 곧 사라진다. 공간이 생명의 신호를 감지해 그에 대해 자동적으로 기능하는 공간이다. 자동차나 비행선이 공간에 몰리더라도 공간이 더 생겨나서 정체 현상을 해소해주며 궁극적으로 충돌이 일어나지 않는다. 충돌이 가능한 상황을 미리부터 차단하는 공간이다.

물론, 4차원과 5차원은 철저히 기본 가정 아래 차원 공간 요소를 더

해가며 계획되고 설정된 공간으로서의 의미이지 수학적이거나 물리학적 의미에서의 차원은 아닌 셈이다. 어쨌든 내가 한 발 빨리 5차원을 형성했으므로 4차원에 살던 사람들은 5차원에 오자마자 나의 힘을 믿고 나를 지지했다. 오하스 빌린더는 더 이상 낡은 4차원에서 총수직을 유지할 수 없게 되자 잠적했고 렘 미스티는 계속 나를 추적하고 있었고 나는 그를 계속 따돌렸다.

녹색 태양이 사라지자 아쉽긴 했다. 이번에는 하얀색 캠핑카를 만들고는 그걸 몰고 4차원 공간 내를 달리기 시작했다. 5차원은 매력적인 공간이지만 싸울 수 있는 데가 없었으므로 그저 평범한 사람들의 행복과 평화를 위해 마련한 것일 뿐이었다. 나는 4차원을 천천히 돌아다녔다. 텅 빈 4차원은 스스로의 질서에 의해 식물을 키우고 성운을 만들었으며 공간 자체의 질서를 영원히 유지할 것 같았다.

나는 공간 속에 수많은 무기들을 만들어 차곡차곡 배열해놓았으며 공간을 여는 동작으로 필요한 무기를 공간 중으로 꺼내 사용할 수 있게 끔 했다. 지구에서 볼 수 있는 무기들이 아니라 그저 이름 없는 무기들이었고 그 성능을 보고 필요한 때 꺼내 쓸 수 있게 했다. 그리고 공간 중에 수많은 이동 수단들을 마련해놓고 그것들도 공간을 여는 동작을 통해 꺼내 쓸 수 있도록 했다.

4차원은 이제 생활공간으로서가 아니라 3차원과 5차원의 통로로써 중요해질 것이고 동시에 필요한 때 오하스 빌린더 일당과 내가 싸울 장소였다. 4차원에서 어떤 공간이 안전하고 안전하지 않은지에 대한 조사를 마치고 나는 느긋하게 녹색 태양을 하나 설계하고는 그걸 만들어내 그 구체 위에 앉아 있었다. 안전한 곳으로만 흐르도록 설정해 놓았기 때문에 기습적으로 렘 미스티의 공격을 받을 우려는 없었다. 다만 렘 미스티가 지금 5차원 창조를 제 손으로 해내지 못한 일에 대해 분을 삭이고 있어서 조만간 그가 미친 듯이 나를 추적할 것이고 불편하게도 그와 맞서야 하는 일이 생길 걸 나는 이해하고 있었다.

손에 꽉 끼는 검은 가죽 장갑을 끼고 나는 주먹을 몇 번 쥐었다가 펴기를 반복했다. 손에 힘이 들어오는 것이 장갑을 끼고 싸워야겠다고 생각했다. 몽둥이를 한 번 휘둘러도 이걸 낀 손이 훨씬 낫겠다는 생각이 든 것이다.

그리고 렘 미스티가 그가 가진 5차원의 힘을 이용해 4차원 공간을 부분적으로 조종하며 안전한 공간을 삭제하고 있는 것이 내가 손으로 만든 화면에서 나타났고 나는 녹색 태양에서 뛰어내려와 스텔스기 모양의 검은색 비행선에 탔다. 나는 물론, 그걸 조종할 수 있었다. 렘 미스티가 탄 전투기가 레이더에 잡히고 나는 그 전투기를 중심으로 반경 100m까지 빽빽하게 폭격했다. 렘 미스티가 폭격을 감지하고 공간 이동해 그가 내 뒤에서 날린 폭격을 내가 비행 기술로 피하고 나서 나는 4차원 내를 부분적으로 3차원 공간으로 바꾸었다. 실제 하늘에서 벌어지는 것 같은 전투가 시작된 것이다.

굳이 전투기 하나를 맞히는 데 핵폭탄을 쓸 필요는 없었고 3차원 공간 내에서 공간 이동을 통해 미사일을 계속해서 공급받고 싶지도 않았다. 3차원처럼 전투기 내부에만 있는 제한된 미사일로 그에게 승부를 걸려고 했다. 미사일을 남용하는 것이 허락되지 않았으므로 나는 3차원 공간 트랜스포메이션을 걸며 공간 변이를 통해 그가 미사일을 과도하게 사용하도록 했으며 비겁하게도 그는 공간 이동을 통해 그의 미사일을 계속 공급받고 있었다.

나는 그가 비행하면서 인간적으로 지치길 바라면서 나는 나의 체력이 고갈되지 않는 것에 깊이 만족했다. 우리는 사흘 째 비행하면서 서로 쫓고 있었다. 원래 내가 탄 스텔스기 모양의 전투기는 연료 공급이 필요 없는 거라서 그건 걱정하지 않았다. 내가 싸우는 공간을 계속해서 3차원으로 유지하자 렘 미스티는 서서히 체력 고갈과 신경의 문제에 시달리기 시작했다. 나는 렘 미스티를 제거할 좋은 기회를 포착했지만 서서히 그저 4차원에 진입했을 뿐이다.

스텔스기 모양의 전투기를 다시 공간 중에 넣고는 나는 내 무기고의 무기가 휘황찬란한 데 감탄했고 또 5차원까지의 공간 기술을 사용할 수 있기 때문에 여러 모로 어떤 공격에도 지지 않을 수 있었다. 나는 내 녹색 태양을 불러내 그 안으로 들어가 컴퓨터를 만들고 어느 정도 무한의 범위를 넘어서는 차원 공간 요소는 더 이상 없으며 그러나 이론적으로 공간 요소 외에 다른 요소를 생각할 수 있음을 알았다. 즉, 무한 차원 공간 요소가 완전히 적용된 5차원 공간을 넘어서려면 이 다른 요소를 적용한 공간 즉 6차원을 만들 수 있는 것이고 6차원이 절대 안전한 공간임은 확실히 아직까지는 알 수 없었다.

나는 내가 지금 가져야 할 힘이 이 6차원을 형성하는 힘임을 알았으며 제법 한 달이 넘게 걸린 연구에서 나는 6차원이 절대 안전한 공간인 5차원을 제어할 수는 없되 자체 독립적으로 만들어 질 수 있다는 것만 파악했다. 그리고 한 가지 더 재미있는 사실을 며칠 뒤에 파악했는데 그것은 6차원이 다소 사악한 공간으로 만들어 질 수 있다는 거였다. 즉, 자신을 형성한 주인을 알아보는 공간이라는 것이다. 그 주인의 마음대로 6차원에 진입한 모든 것의 운명은 결정되는 것이다. 왜냐하면 객관적 무한의 공간 요소 조건을 만족시키는 걸 넘어서면 주관적 파악 요소의 세계가 시작되기 때문이다. 6차원은 내가 주관적으로 파악한 요소들로 형성된 나만의 공간이 될 수 있었다.

그리고 이오스가 나타나서 꼼지락대며 6차원에 대해 알려달라고 했고 나는 이걸 공간 중에 실현시킬지 어떨지 이오스에게 물어보았다. 이오스의 답은 당장해내라는 거였고 나는 무한을 넘어서는 요소 분석을 통해 얻은 것들로 형성한 주관 요소들로 그야말로 나의 공간 6차원을 조그맣게 형성한 다음 폭발적으로 넓혔다. 렘 미스티는 아직 6차원의 존재조차 감지하지 못했다. 더 이상 그런 그는 나의 상대가 될 수 없었고 오하스 빌린더도 마찬가지였다.

나는 6차원을 형성하고 6차원의 난점을 발견했는데 그것은 누구라도 무한을 넘어선 요소들을 분석해 형성한 주관적 요소를 통해 자기만의 6차원을 만들 수 있다는 거였다. 서로 다른 6차원이 가능하며 각각의 6차원은 주인을 인지하는 공간으로서 성(城)이나 요새에 가까웠다. 물론, 렘 미스티가 이에 이를 수 있다면 싸움은 할 만한 것이 될 거라고도 생각했다.

나는 좀 더 요소 분석을 통해 나만의 6차원을 좀 더 완벽하게 형성해 나갔다. 그 공간은 나를 인지하고 있었고 나를 제외한 존재에 대해 분석해서 적절히 공간 자체 내에서 대응할 수 있었다. 내가 형성한 6차원은 나에게는 안전한 공간이지만 다른 이에게는 어떤 일도 일어날 수 있는 공간이었다. 딱 5차원에서 절대적 안전성이 확보되었을 뿐 정작 나의 6차원은 나를 제외한 다른 사람들의 안전을 장담할 수 없었다.

6차원은 확실히 주관적 공간이었다. 그리고 나는 나의 6차원 공간을 채워나가기 시작했다. 어떤 부분에서는 잔디를 깔고 성(城)을 지었으며 강물을 흐르게 했고 동시에 밑이 보이지 않는 부분에서 공간의 끝을 알 수 없는 부분까지 빌딩을 세웠다. 동시에 6차원에서도 공간을 열면 필요한 모든 것이 갖추어지도록 설정했다. 나의 6차원은 나의 집이자 요새였으며 지금까지의 내 활동 중에서 개인적으로 가장 만족할 만한 결과물이었다.

그리고 나는 6차원 설계에 대한 정보를 렘 미스티에게 흘렸다. 렘 미스티는 즉각 무한 차원 공간 요소를 뛰어넘는 요소들에 대해 분석하기 시작했고 그도 자신만의 요소로 6차원을 형성하기 시작했다. 수많은 6차원들이 나타날 가능성이 다분한 가운데 텅 빈 4차원만이 홀로 외로워보였다. 그러나 때때로 6차원의 힘을 가지고 있으면서도 부분적으로 4차원이나 3차원을 형성해서 싸울 필요는 있었기에 차원들이 각기 특성을 지닌 것에 대해서는 특별한 생각을 하지 않았다.

나는 내 6차원을 '레기아'라고 부르기로 했다. 레기아는 나의 집이자 요새고 또 다음 차원을 형성할 수 있는 토대였다. 그러나 도무지 7차원을 형성하는 것에 대해서는 아무 생각도 떠오르지 않았고 내가 싱싱한 잔디가 깔린 내 성(城)에 들어가자 이오스가 나타나서는 구시렁댔다.

"렘 미스티와 박모리가 결혼한다는 군."

"그래?"

"렘 미스티가 그만의 6차원을 형성하고 너처럼 성을 짓고 절세미인인 박모리에게 청혼했고 박모리가 이를 받아들여서 곧 결혼한다는 군."

"절세미인 좋아하네."

나는 비꼬았다. 마음이 그 모양이어서 어떻게 여성이 아름다울 수 있는지 의문이 들었던 것이다. 그녀는 결코 아름답지도 않았고 게다가 정신의 한 부분이 촌스런 편견으로 가득 찬 여자였다. 이오스는 나를 쳐다본다.

"박모리가 너한테 반한 적이 있었어."

"뭐? 생각만 해도 질리는 군."

"그때 박모리의 비행선과 총, 트랜스포메이션 카드를 빼앗고 그녀를 그냥 내버려두고 가버린 것에 반했지. 그러나 그런 그녀를 접수한 건 너를 빠르게 따라붙은 렘 미스티였어."

"상관없어. 두 사람 모두 결국 내가 싸워야 할 상대니까. 어때, 재밌지 않겠어? 누가 무한 너머의 요소들을 더 파악하는가에 따라 자신만의 6차원이 계속해서 형성될 거고 누가 더 강력한 6차원을 형성하는가가 전투의 승패를 가르겠지. 두 공간의 대결이기도 하겠고."

나는 무한의 개념 너머의 요소들을 계속 파악해 내 6차원을 계속 업그레이드 시키고 있었다. 내 속도가 렘 미스티의 속도보다 빨랐기에 렘 미스티는 나에게 그 어떤 공격도 하지 못하고 있었다. 그의 약혼녀에게 잘 보이기 위해서라도 나를 이겨야 할 텐데, 라고 나는 슬며시 그에 대해 걱정했다.

이오스는 내가 발견하는 요소들을 내 6차원에 적용하는 걸 그대로 그녀도 흡수하고 있다. 그녀와 함께 내가 성장해가는 것이리라 그런 생각이 들었다. 이오스는 끊임없는 내 노력을 보면서 나를 '플레임'이라고 불렀다. 불꽃처럼 내가 최선을 다하고 있는 모습에 격려를 보낸다는 의미였다.

이오스는 나의 노력에 그녀의 시선을 보태가며 또다시 내가 막혀있을 때 나를 이끌 것임이 분명했다. 이전의 이래안을 믿고 그를 인도했던 이오스는 이제 나를 믿고 또 인도할 것이다. 나에게 분명한 아군을 곁에 두고서 나는 안도했다.

내 6차원의 형성에 대해 계속해서 나타나지 않은 요소들을 파악해 6차원의 공간에 적용하면서 나는 이곳이 진정 나의 공간이 되어가고 있다는 걸 느낄 수 있었다. 내 주관적 공간이자 나를 지킬 수 있는 공간이었다. 힘을 내고 새로운 요소들을 추가하기 위해 극한의 노력을 경주했다. 이미 렘 미스티는 초기 6차원 형성에 머물러 있을 뿐 무한의 개념을 넘는 요소들을 발견하는 데 지친 모양이었다.

나는 장난이라도 칠 겸 렘 미스티에게 결혼 축하문을 보냈다.

그대들이 구축한 사랑의 성(城)을 언제라도 파괴해드리리다.

물론 축포와 함께.

그리고 그가 보낸 답장은 내 6차원의 경계에서 차단당했다. 나는 최대한 강한 내 6차원을 형성하기를 마치고 무기들을 종류별로 점검하기 시작했다. 나는 렘 미스터의 6차원을 뚫어 그를 4차원으로 공간 이동시켰다. 우리의 무기는 단 한 자루의 권총이었다. 우리가 서 있는 공간을 3차원으로 제한하고 탄알의 수도 제한했다. 그는 나와의 총격전에서 치명상을 입었고 나는 그의 머리통을 날려버렸다. 그리고 그가 죽은 사진을 찍어 박모리에게 전송했다.

한국 사람과 이야기하지 않는다는 재미동포 아가씨에게 내가 한 짓은 나도 네 남편이랑 더 이상 맞부딪히고 싶지 않다는 메시지였다. 박모리의 충격에 빠진 모습을 영상을 통해 확인하면서 나는 다시 내 6차원으로 이동했다.

이제 그녀는 나를 타깃으로 삼겠지만 그녀는 그저 불 앞에서 어른거리는 하루살이의 실력에 불과했다. 나는 그녀에게 줄 상처가 좀 더 남았다고 생각했고 내가 조금씩 잔인해져가는 것에 도덕적인 잣대를 그녀가 있는 렘 미스터가 구축한 6차원의 밤하늘을 온통 축포를 쏘아 올리는 걸로 치워버렸다.

박모리가 상처를 받는 것에 대해 더 이상 고민할 게 없었다. 여자란 오히려 악의적으로 먼저 상처를 준 것에 대해서는 기억하지 못하니까. 그런 여자에 대해 나는 그녀의 약혼자를 제거함으로써 깨끗하게 되갚아 준 것이다. 그것도 축포를 쏘아 올리며 말이다.

아직 필립이 죽은 것에 대해 앙갚음을 해주려면 멀었다. 5차원에 있는 보통 사람들은 무슨 일이 일어나는 지도 모르고 늘 파티를 열고 즐거움 속에 빠져있다. 그들의 즐거움을 빼앗을 생각도 없지만은 동시에 남이 해준 절대 안전한 공간에 빠져 자기 개혁이나 혁신을 잊어버린 그들에 대해서 하등 생각할 것이 없다고 생각했다. 그들은 절대 안전한 공간에서 끝까지 즐거워하면 되는 것이다. 그들에게 더 이상 인생의 고뇌는 없고 문학이 탄생되어도 즐기는 것 외엔 아닐 거라고 생각했다. 5차원은 형성하기는 어려웠지만 배울 건 없는 차원이었다.

내 6차원에서 나는 박모리가 혼자 덩그러니 있는 그녀의 6차원을 꿰뚫어보고 있었다. 이제 박모리가 정신을 차리고 나를 제대로 공격하기를 기다리고 있는 것이다. 분노에 차서 나를 파괴할 만한 의지를 가지고 돌진해주기를 바랐다. 여자라고 해서 봐주고 할 게 아니다. 나는 그녀를 소멸시킬 의지마저 단단히 매고 있었다.

이런 나의 변화에 대해 이오스는 딱 한 마디했다.

"이래안이 어디까지 변화하는지 알 수가 없어."

그건 나도 알 수가 없었다. 필립의 죽음으로 생겨난 내 안의 분노는 수그러들 기색이 없이 더욱 커지고 있었다. 나는 나를 제어해야 했다. 단지 필립 때문인가, 하고 문득 생각했을 때 나는 보이지 않는 앞으로의 일들에서 내가 이루어야 할 일들에 대해 더욱 초점을 맞추자고 생각했다. 그러나 박모리를 충분히 상처 준 뒤라서 나는 그것마저도 뒷감당을 해야 했다.

이오스는 반양말을 신고는 일어서서 스커트를 이리저리 털어댔다.

"랭크 더 펄스트, 대회가 열려."

"그건 뭐지?"

"아직 3차원에서 서로 다른 빅뱅으로 형성된 우주들이 '3차원 대통일'을 이루어내지 못한 상태거든. 그러한 우주들은 3차원의 곳곳에 떨어져 있어. '3차원 대통일'을 이루어내고 형성한 '통일 3차원'에 대해 지

302

배권을 다투는 대회야. 이 대회에 대해서는 4차원을 형성하게 되면 진행하자는 신인류의 결정이 있었고 5차원에 들어선 신인류가 이 대회에 대해 드디어 개최를 결정한 거야."

"그렇군. 서로 떨어져 존재하는 3차원 우주들 간의 대통일을 이룬 자가 결국 3차원에 대해 지배권을 가진다는 거군."

나는 매우 흥미를 가졌다.

"더군다나 신인류로부터 신뢰와 명예를 받게 되지."

나는 잠시 랭크 더 펄스트 대회에 대해 생각해보았다. 그걸 앞두고 렘 미스티가 죽어버렸으니 상대할 사람이 없겠다고 생각했다. 그러나 잠시 박모리의 상황을 확인해본 결과 그녀는 미친 듯이 무한 차원 공간 요소를 넘어선 새로운 요소들에 대해 광적으로 파악하고 있었다. 그녀가 내가 상대해야 할 참가선수라는 생각이 들고 반쯤 미쳐있는 박모리의 마지막 자존심을 밟아주기 위해 나는 5차원으로 가서 랭크 더 펄스트 대회의 참가 신청서를 제출했다.

차원 통일

'3차원 대통일'을 이루어 3차원에 대한 실질적 지배권을 행사하는 자를 가리는 랭크 더 펄스트 대회가 열리는 날이었다. 실질적으로 랭크 더 펄스트는 신인류의 지구인이 4차원으로 이동했을 때 3차원을 지배하기 위해 설정한 대회였으나 그들은 5차원이라는 기가 막힌 차원으로 이동함으로써 실제적으로 3차원에 대한 지배욕에 제법 심드렁해진 상태라 랭크 더 펄스트의 참가하는 인원 혹은 팀은 일곱에 불과했다.

박모리, 나, 레니 비오만, 이스턴 형제, 가수인 헤블론 레베러, 강아지 플로벳과 주인 델마시, 그리고 사칭 왕자라 일컫는 파라미르가 랭크 더 펄스트 대회에 참가했다. 5차원에 모인 그들은 서로를 견제하는 듯한 신경전을 벌이며 랭크 더 펄스트 대회를 시작했다.

'3차원 대통일'은 누가 서로 다른 빅뱅들이 만든 우주들 사이 공간을 새로운 빅뱅으로 정확하게 잇는지가 관건이었고 랭크 더 펄스트 참가자들은 누구나 할 것 없이 그러한 방법을 통해 빅뱅으로 탄생된 우주를 잇는 빅뱅을 일으키고 있었다. 나도 물론, 그 작업을 수행하고 있었지만 나로서는 지금 가능한 6차원의 차원 공간 요소들을 한데 끌어 모아 '6차원 대통일'까지 동시에 수행하고 있었다. '6차원 대통일'을 위해 무한 차원 공간 요소 이상의 요소 검토를 극한까지 밀고가기 시작했으며 그것이 어떤 원리로 접착되는 순간 나는 '6차원 대통일'을 완수했으며 이제 6차원은 나만의 공간이 되었다. 그리고 완전히 통합된 6차원 공간은 깨끗하게 5차원의 질서를 위협할 수 있다는 것도 알았다. 나는 6차원의 모든 요소를 계산하고 나서 다시 3차원 대통일에 뛰어들었다.

나는 우선 경쟁자들의 상황부터 파악했다. 박모리는 3차원 대통일을 위해 3차원 우주들 사이의 공간에 공간 형성을 위한 빅뱅을 계속 일으키고는 있었으나 그건 통일된 절차가 아니라 산발적으로 일으키는 데 불과했고 그저 기계적 행동의 반복이었다.

레니 비오만은 단연 압도적으로 3차원 공간을 통합해오고 있었는데 그를 지켜볼 생각이었다. 이스턴 형제는 그들의 의견 차이로 제대로 된 공간 통합을 하지 못하고 있었으며 가수인 헤블론 레베러는 3차원에 비행선을 띄워놓고 노래만 줄기차게 부를 뿐 애초에 이 대회에 참가한 목적이 없는 것 같았다. 강아지 플로벳과 주인 델마시는 그저 조그만 빅뱅을 일으키며 그것이 보여주는 강력한 힘을 보며 박수만 치고 있었고 자칭 왕자라 일컫는 파라미르는 3차원을 다니면서 앞으로 그는 황제가 될 것이라 일컬으며 행성들을 지휘하는 척만 하고 있었다.

견제해야 할 상대는 레니 비오만으로 압축되고 나는 빠른 속도로 레니 비오만의 반대쪽 3차원에서 공간 통합을 시작했다. 나는 6차원을 형성한 힘으로 순식간에 3차원 내 막혀있던 공간들을 모두 열고 통합했으며 레니 비오만이 형성한 공간 통합까지도 삼켜버렸다. 실제적으로 '3차원 대통일'을 해낸 이가 가려지는 순간이었다.

내가 이겼다는 소식에 박모리는 분한 듯 자신이 탄 비행선의 조종키를 두 손으로 팍 때렸으며 그리고도 분이 풀리지 않아 분노를 삭이고 있었다. 나는 4차원으로 이동해 다시 5차원으로 돌아오는 그녀를 지켜보았고 나 또한 6차원에서 5차원으로 이동했다.

대회의 시상식이 열리고 나는 5차원의 모든 이가 동의한 가운데 3차원의 실질적인 주권 행사를 승인받았다. 순간 저들이 내게 3차원의 지배권을 준들 그건 그들의 권한이 아니라는 걸 알았다. 3차원으로서는 아직 3차원에 남아있는 자들의 그들만의 공간일 뿐이다. 나는 그 점에 대해서 연설했고 3차원의 주인은 3차원의 사람들이며 그러한 3차원 사람들의 그들의 권한이 위협될 때 내가 나서서 싸우겠다고 했다. 이에 감동한 5차원의 사람들이다.

아직 5차원 사람들은 6차원에 대해 전혀 파악하고 있지 못했다. 6차원을 형성하는 요소 분석이 어느 순간 원리로 점착되었을 때 나는 가능한 6차원의 공간을 모두 통일할 수 있었고 6차원은 내 공간이 된 것이다. 나는 6차원으로 돌아와 '암호명 Z'라는 프로젝트를 설정하고 차원 형성에 대한 일반 원리를 지도화하기 시작했다. 그리고 6차원을 뛰어넘는 7차원이상의 형성 가능성에 대해서도 조심스럽게 탐구하기 시작했는데 결국 차원적인 공간 형성이란 끝까지 가능하다는 게 내 생각이었다. 새롭게 7차원, 8차원, 그리고 무한 차원에 이르기까지 가능하다는 것이다. 무한에 이르러서는 그야말로 지루하지 않은 자유를 만끽할 수 있겠다는 생각이 들었고 무한이라는 것이 계속 무한으로 연결되는 개념인 만큼 무한에서 계속 이어지는 차원 공간은 계속 아름다운 그 무언가를 보여줄 수 있을 거라 생각했다. 그러나 인간이 영원히 차원을 형성해도 차원 형성은 끝이 없어서 계속 할 일거리를 던져줄 뿐이었다.

나는 차원 형성에 대한 일반 원리를 지도화한 후 그 자료와 기술을

6차원의 내 장소에 보관하고 지금으로서 발견한 재미있는 차원 형성이 '개별 차원'이라는 개념의 차원이라는 걸 알았다. 1~2개의 기본 개념으로 형성한 조그만 풍선만한 차원으로서 어떤 개념으로 형성하든지 그 개념의 특성을 나타내는 장난감 같은 차원이었다. 예컨대, 오렌지와 사과라는 개념을 이용해 조그마한 화분을 만들어 오렌지와 사과가 동시에 열리는 나무를 만드는 것도 하나의 조그만 '개별 차원'이었다. 또, '눈꽃이 휘날리는 성(城)'이 들어있는 조그마한 물체 속으로 들어갔다가 다시 나올 수도 있는 것이 개별 차원이었다. 내가 궁극적으로 개별 차원을 형성한 이유는 어린 아이들의 행복을 위한 것이었고 나는 6차원에서 수많은 개별 차원을 형성해 5차원의 어린이들에게 하나씩 나누어 주었다.

느림보 5차원 사람들은 내가 던져준 '개별 차원'의 개성적이면서도 간단한 차원 형성의 힘을 알기 위해 노력을 보여주고 있었다. 나는 그들이 보이는 흥미에 대해 조금 떨어져서 생각하고 있었다. 내 자신은 이미 공간으로서 차원 형성이 보여주는 것 자체에 대해서는 흥미를 잃어가고 있었다. 아무리 5차원이 절대 안전한 공간으로 설정되었다지만 6차원은 두렵게도 언제라도 5차원을 한 번에 부정할 수 있었다. 그리고 나는 7차원의 설계를 앞둔 시점에서 그것을 잠정적으로 보류하고 6차원에 남아서 내 공간에서 머물렀다. 가끔 아이들을 위해 수많은 코끼리 떼들의 등에 선물로서 '개별 차원'을 실어서 내려 보낼 뿐이었다. 코끼리 떼들은 수많은 보석이 박힌 천으로 장식되어 있었고 그들은 내가 마련해둔 수많은 '개별 차원' 선물들을 아이들에게 실어 날랐다.

그러면서도 지금부터 6차원까지 접수한 내게 중요한 것은 무엇일까, 하고 생각했다. 그건 사랑도 아니었고 증오도 아니었다. 이제부터는 내가 풀어야 할 문제란 매일 다가오는 것일 뿐 그래서 매일의 문제에 충실해야 하는 것뿐이었다. 그리고 얼마 후 오하스 빌린더와 박모리가 모의해 7차원을 형성해 나를 공격하려한다는 사실을 알았을 때 나는 '암호명 Z'를 이용해 8차원을 형성했다. 사실 무한 공간 요소를 적용해 완성한 5차원이나 무한 공간 요소 너머의 가능한 요소들을 모두 찾아내 통합한 6차원이상이 되면 차원들은 하나의 굵직한 특징만을 가지고 바로 하위 차원을 지배할 수 있게 된다. 나는 7차원을 뛰어넘고 8차원을 형성해 그들을 기다렸다.

박모리는 렘 미스티로부터 6차원의 형성에 대해 들었을 것이고 이를 오하스 빌린더에게 말한 것이었다. 그들은 5차원에서 이론적 분석을 통해 6차원을 분석한 후 7차원을 만들어내는 데 성공했다. 그리고 내가 8차원에서 기다리고 있는 걸 몰랐던 모양인지 그들은 나의 6차원을 박살냈고 동시에 나도 박모리와 오하스 빌린더가 나를 비웃고 있는 틈을 타 7차원과 함께 그들을 박살냈다. 박모리와 오하스 빌린더를 렘 미스티의 곁으로 보내고 나는 내가 마음만 먹으면 어떤 8차원 이상의 고차원도 형성해내 필요한 만큼 일을 처리할 수 있다는 걸 깨달았다.

나는 곧 소멸된 6차원과 7차원을 복구하고 5차원 사람들에게 7차원까지 이주해올 수 있도록 했다. 이제 내 공간은 8차원이 된 것이다. 8차원은 텅 비어 있는 채 그저 공간의 질서만 8차원적으로 둘 뿐 아무것도 채워 넣지 않을 생각이다. 그저 공간 중에 내가 있고 필요할 때 무언가를 만들어내면 될 뿐이다. 나는 '암호명 Z'도 더 이상 필요하지 않아 그걸 소멸시켰다.

나는 8차원 공간에서 손으로 화면을 만들어내고 객관적 무한 공간 요소에 대해 나열했다. 또 그것을 9차원 형성부터 적용해 무한 차원까지 형성해내는 데 성공하고 상대적으로 고차원에서 저차원으로 통로를 형성하는 것까지 무리 없이 마쳤다. 차원 통일을 통해 하나의 차원 세계가 완성된 것이다. 무한 차원 공간 요소를 적용해 만든 절대 안전의 5차원에서 이미 8차원까지 이르렀기 때문에 계속적인 공간 형성이 가능하고 그로 인한 피흘림을 막기 위해 현실의 공간적 요소가 보다 복잡해지도록 움직인 것이다.

실제적으로 무한 차원까지를 형성했다고 해서 내가 고고해지는 건 아니었다. 나는 이미 내 손에 세 명의 피를 묻힌 채 서 있었다. 렘 미스티를 내 손으로 쐈고 오하스 빌린더와 박모리를 7차원에 넣은 채 7차원과 함께 그들을 없앤 것이 그것이었다. 나는 오하스 빌린더의 세력이 점차 와해되는 걸 지켜보면서 일반 대중들이 3차원부터 무한 차원에 이르기까지 이동할 수 있는 시대가 온 것을 파악하며 차원 유저라는 개념을 도입했다.

나는 일반 대중들을 위해 고차원에서 형성한 차원 지도(map)를 준비하고 차원 사용에 대한 일반 지침을 조그마한 책자로 만들어 배포했다. 차원 유저라는 개념은 보통의 사람들이 차원 지도를 토대로 차원의 통로를 이용하면서 보다 고차원과 보다 저차원을 이동할 수 있는 차원 사용자를 일컫는 말이다. 좀 더 적극적인 범위에서 말한다면 차원 유저는 차원의 개념을 추가한 트랜스포메이션 기술을 이용해 스스로 필요한 차원을 형성할 수 있는 데까지 이른다.

차원이나 공간은 이제 사용자가 편의에 따라 그것을 이용하고 사용하는 개념으로 바뀌고 자신이 원하는 걸 하기 위해서 차원을 사용할 수 있었다. 동시에 그 어떤 고귀한 이유도 없이 차원을 사용할 수 있었으며 차원들이 정렬되고 또 계속 트랜스포메이션 됨에 따라 복잡한 질서 속에 놓인 차원 유저들은 서로에 대해 공격할 수도 있게 되었다. 5차원 형성에서 끝나야 할 차원 형성은 곧 더 복잡한 공간 이해의 시대로 접어들었고 차원을 어떻게 사용하느냐의 문제는 곧 차원 유저 개인의 판단에 달려있을 뿐이었다.

　나는 그러한 사항에 대해서는 언급하지 않았다. 분명 어떤 사람은 복수극을 벌일 것이고 또 다른 어떤 사람은 살인을 즐길지도 모른다. 그리고 또 분명한 한 가지는 그걸 막는 경찰과도 같은 일반 대중들의 조직 또한 치밀해질 것이라는 거였다. 차원 세계 속에서 감옥이란 또다시 존재할 무엇이었다. 새로운 법이 제정될 것이고 차원 유저들은 지금 기본적인 무한 차원까지의 공간을 트랜스포메이션 해서 더욱 개성적이고 복잡하게 발전시켜 나갈 것이다.

　트랜스포메이션 기술을 기본적으로 익힌 일반 대중들은 자신만의 트랜스포메이션 기술을 통해서 보다 복잡한 차원 형성을 일상으로 하며 차원을 형성시켰다가 소멸시키기를 매일 식사를 하듯 일상적으로 할 것이다.

　실제적으로 차원은 기본 객관적인 범주에서 통일되었다. 바로 내 손에 의해서 말이다. 이쯤 되면 이오스가 나타나서 나를 쳐다보아야 할 것 같다는 생각이 들었고 내가 8차원에서 공간 중에 붕 떠서 커피의 액체를 공간에 띄운 채로 부어놓고 그것의 흐르는 모양이 보여주는 색깔을 구경하고 있을 때 나는 문득 커피 속에 풍덩 빠진 나를 발견했다. 완전히 커피가 강이 되어 흐르고 있었고 이오스가 강둑에서 나를 쳐다보며 깔깔대고 있었다. 이오스가 커피 강을 원래의 강으로 바꾸고 나는 겨우 강둑까지 올라왔다.

　다시 강과 강둑이 사라지고 이오스와 나는 보라색과 분홍색이 어우러진 공간 한가운데에 그저 붕 뜬 채로 걸었다.

　"대단해. 이전의 이래안을 능가해버렸어. 이래안은 원래 자신을 극복해가는 존재이긴 했어도 이 정도일 줄이야."

　이오스는 어깨를 으쓱했다.

"이래안은 과연 어디까지 트랜스포메이션 기술을 발달시킬까? 물론, 이래안이 발달시킨 기술을 모두 트랜스포메이션 기술의 영혼인 내가 모두 흡수해 내 것으로 만들겠지만 말이지."

나는 그저 이오스의 이야기를 듣고 있다. 굉장히 복잡한 일을 해치웠는데도 머릿속은 모든 것이 떠나간 듯 맑고 조용하기만 했다. 나는 내 머릿속을 완전히 비워버렸다. 그럼에도 차원에 대한 복잡한 사용법은 그대로 내 머릿속에 박혀 있었다. 언제라도 필요하다면 모든 요소를 검토해 가장 최적으로 일을 해낼 수 있었다.

'여기까지인가?'

내가 그렇게 생각하고 있을 때 이오스는 공간 중에서 마른 낙엽을 제법 수북이 쌓고는 그걸 순식간에 구운 쇠고기 안심으로 바꾸어 놓았다. 냄새가 기가 막혔기 때문에 나는 사양하지 않고 그걸 모두 먹어치웠다.

"난 네 판단이 마음에 들어."

이오스가 한 말이었다.

"넌 주어진 일을 해내고도 다음으로 해야 할 일에 대해서도 생각하고 또 그걸 반드시 이루어내지. 그리고 그 후에 떠오른 일에 대해서도 이루어내고 말이야. 이루어야 할 것들을 끝까지 이루어내는 데는 인내도 한몫 하지만 그렇게 일을 하도록 결정하는 네 판단이 정말 마음에 들어."

이오스는 계속 내 칭찬이다. 나는 그런가 싶기도 했지만 내 손으로 피를 묻힌 뒤라 이오스의 칭찬이 그리 달갑지는 않았다. 필립 알게이더에 대한 복수라면 확실히 했다. 그리고 내가 행한 지대한 공헌 때문에 나는 차원 세계의 일반 대중들로부터 면죄부를 받기도 했다. 내가 세 사람을 죽인 행동에 대해서 일반 대중은 필립 알게이더에 대한 복수이면서도 상당히 정의로운 행동으로 받아들인 것이다. 필립 알게이더는 아주 오랫동안 중간 우주의 총수로서 일반 대중의 사랑을 받은 인물이었다.

이오스가 조그마한 원을 그리고 그 안에 영상을 띄운다. 이미 차원 유저들의 활동이 활발하게 나타나고 있고 그들은 기본 차원의 특성을 연구하면서도 자신만의 차원을 형성하기 위해 트랜스포메이션 기술의 응용에 대해 연구하는 동아리 모임들을 이미 수를 셀 수 없을 만큼 많이 만들었다. 그들은 한결같이 '자유'에 대해 이야기 하고 있다. 공간 중에 갇혔던 3차원의 기억을 가졌던 그들인지라 더욱 4차원 이상의 차원 세계가 그들에게는 놀라운 개인적인 자유의 공간으로 나타났던 것이다.

어느새 이오스도 하품을 하고는 총총 어딘가로 가버린다.

역시나 일반 대중들은 현명하게도 엄격한 심사를 통해 차원 세계에서 유일한 조직으로 경찰 조직 즉 'Police Organization(PO)' 하나만 형성했다. 경찰 조직 내의 인재들은 차원 세계에서 일어나는 일들 중에서 범법 행위에 대해 확실하게 조사하고 징계할 수 있는 권위를 가졌다. 오직 이 조직만이 하나의 규율이었고 차원 세계에서 다른 모든 건 자유였다.

재화를 만들어내는 것도 이미 간단했고 공간은 끝없었다. 가지고 싶은 만큼 가져도 되었고 그리고 그 모든 걸 소멸시키고 싶어도 그렇게 되었다. 새롭게 무언가를 만들어내기를 원한다면 그들은 트랜스포메이션 기술을 사용해서 그걸 만들어냈다. 새로운 자유 공간인 4차원 이상의 차원 세계는 계속 발전해나갔고 차원 세계의 사람들이 어느 순간 공통적으로 지켜본 조그만 무엇은 바로 3차원에 남겨진 원래의 지구였다.

원래의 지구를 그대로 두느냐 아니면 4차원을 통해 5차원까지 끌어올려 그들 또한 새로운 시대의 삶을 누리게 하느냐에 대한 문제를 두고 일반 대중들 사이에 토론이 격렬하게 벌어졌다. 원래의 지구를 4차원

이상의 차원 세계에 들이는 것에 반대하는 측의 주요 입장은 트랜스포메이션 기술을 이해하지 못하는 대부분의 일반 사람들이 차원 세계의 질서를 이해하지 못하고 또 그럼으로써 말썽거리가 된다는 거였다. 그리고 반대로 원래의 지구를 4차원 이상의 차원 세계로 이동시켜야 한다는 측의 주장은 그들이 누리고 있는 것을 함께 나누어도 전혀 해가 될 게 없다는 주장이었고 3차원의 제한된 공간 속의 인류를 이대로 두고 볼 수만은 없다는 박애주의를 그들의 주장 앞에 내걸었다.

그러나 그들은 치열한 공방 끝에 결론을 내리지 못하고 나를 불렀는데 나는 그 문제에 대해서는 나에게 맡겨달라고 했고 나의 결론을 따라줄 것을 부탁했다. 이에 두 입장 모두 나의 주장을 인정했을 뿐이다.

나는 차원 세계의 질서를 한 번 더 검토하고 이동할 좌표를 3차원의 지구로 정하고 샌프란시스코에 도착했다. 지구의 사람들은 여전히 그들이 쓸 재화를 구하기 위해 열심히 일하고 있다. 가판대의 흑인 판매원도, 공원 버스를 운행하는 버스 기사도, 베이커리의 여 종업원도 그러하다. 호주머니 속에 든 지갑에 채워온 달러를 꺼내 휴대전화를 하나 구입하고 햄버거를 하나 물고 골목길에 비스듬히 등을 기대고서 그걸 트랜스포메이션 장치로 바꾸었다.

우선 내가 확인한 사실은 그때 트랜스포메이션 캠프 참가 요청서가 서로 다른 곳에서 두 번 내게 배달된 사실이었고 내가 받은 건 필립 알게이더가 보낸 것이며, 필립이 없앤 건 데릭 중령이 보낸 우편물이었다. 나는 어느새 데릭 중령이 보낸 트랜스포메이션 캠프 참가 요청서를 들고 그걸 꺼내 모두 구경하고는 쓰레기통에 처넣었다. 오늘이 바로 트랜스포메이션 캠프가 열리는 날이다. 서을과 더루가 도착했을 거고 나도 천천히 그곳으로 이동했다.

데릭 중령은 지루한 트랜스포메이션 시뮬레이션 게임에 대해 설명하고 서울과 더루는 나를 경계하는 눈치다. 그도 그럴 것이 내가 살갑게 굴지 않고 그들이 묻는 걸 차가운 어투로 되받아쳤기 때문이다. 나는 데릭 중령이 트랜스포메이션 시뮬레이션 게임을 위해 각자에게 두 장의 하얀색 카드를 나눠주는 걸 보고 이제 시작되었군, 하고 생각했다.

나는 역시나 독수리가 되었고 이전의 이래안이 그랬던 것처럼 똑같이 했다. 정리까지 그럴듯하게 마친 나는 천천히 시간 트랜스포메이션 카드가 가동되길 기다렸지만 그건 나타날 기미를 보이지 않았다. 서울과 더루가 트랜스포메이션 시뮬레이션 게임의 후유증에 시달려 한국으로 돌아갔을 때 나는 공항에서 다시 트랜스포메이션 캠프가 열린 장소로 이동했다.

페터슨 대령이 탄 차가 건물로 들어서고 나는 그가 차에서 내렸을 때 트랜스포메이션 기술에 대해 어느 정도 알고 있다, 고 내 자신을 소개했다. 페터슨 대령은 당장 나를 그 건물의 그의 사무실로 불렀다.

"우리는 미래의 생존 환경에 적합한 개량형 인간을 연구하네. 하지만 트랜스포메이션 기술은 그러한 우리의 목표 보다 진보한 기술로써 우리가 꿈꿔왔던 것이지. 자네가 연구한 기술이 트랜스포메이션 기술이라면 조금이라도 보여줄 수 있겠는가?"

나는 내 휴대전화를 꺼내 그걸 책상 위에 놓은 다음 그 위로 홀로그램을 형성하고 나무 하나를 키워 열매까지 맺히게 한 뒤 나무를 고정해서 실제로 현실 속에 존재하도록 했다. 하나의 트랜스포메이션 기술의 예였다. 페터슨 대령은 직접 그 나무에서 열린 과일을 먹기까지 하고는 내가 선보인 기술에 놀라기는커녕 감탄하면서 자기를 좀 도와달라고 했다. 나는 내가 이룬 차원 통일에 대해서는 언급할 때가 아니라고 생각했다.

"자네가 바로 내가 찾던 개량형 인간이네. 트랜스포메이션 시뮬레이션 게임의 마스터를 넘어선 수준이지."

그는 자신의 사업에서 필요한 조건들을 나열했는데 식량과 에너지 분야에서 세계적인 성과를 냄으로써 이에 대한 시장 점유율을 높여 자신의 입지를 높이고 궁극적으로 자신이 세계에서 가장 중요한 사람이 되는 거라며 귀띔까지 했다. 자신의 목표를 그렇게 쉽게 타인인 나에게 알려주는 것치고는 그가 사람을 너무 쉽게 믿는 게 아닌가 싶을 정도였다.

그리고 이 일은 천천히 진행되어 나는 곡물과 기타 식량들, 그리고 에너지 분야에서 성과를 내기 위한 트랜스포메이션 기술을 간단히 형성해 필요한 제품을 대량 생산하고 에너지 기술까지 선도적으로 발전시켰다. 나에게서 기술을 전수받은 페터슨 대령은 직접 그의 사업을 확장해나갔고 내가 만든 트랜스포메이션 기술을 적용해 만든 제품들과 에너지는 충분히 재화로서의 특성을 만족시키고도 남았다.

페터슨 대령은 아프리카에 식량 지원을 선두로 해서 아시아의 빈곤 지역에 식량을 지원하고 유럽과 북미 대륙, 일본에 대해서는 고급 식량을 팔았으며 이윤을 남겼고, 전 세계적으로 에너지 형성에 있어 획기적인 기술을 수출함으로써 이에 따른 이윤을 지속적으로 얻게 되었다. 페터슨 대령은 막대한 부를 축적했고 나는 그런 그를 지켜보고 있었다. 그러면서 동시에 고차원에서 일어나는 일들을 내 휴대 전화 속의 트랜스포메이션 기술로 확인하고 있었다.

이럼으로써 트랜스포메이션 카드는 만들어지지 않은 셈이 된다. 트랜스포메이션 기술 자체를 쓰는 방법이 나옴으로써 트랜스포메이션 카드 자체는 불필요한 셈이 된 것이다. 그럼에도 나는 내 트랜스포메이션 기술로 혼합형 트랜스포메이션 카드를 만들어 사용해보고는 그걸 폐기처분했다.

페터슨 대령은 의외로 야망이 크지 않았다. 그는 그저 그가 원했던 트랜스포메이션 기술을 직접 사용할 수 있다는 것에 큰 만족을 느끼는 것 같았다. 그리고 전 세계가 가져간 그의 에너지 생성에 대한 기술은 기본적으로 3차원에서도 트랜스포메이션 기술을 과학적인 범주에서 적용할 수 있는 범위 안에 있는 것이어서 나는 3차원의 기술자들이 트랜스포메이션 기술까지는 도달하지 못하더라도 그 원리가 들어간 기술을 실제로 사용할 수 있다는 것에 점수를 높이 주었다.

지구에서 점차 식량과 에너지 두 부분에 대한 해결이 이루어질 것을 기대하며 나는 시간을 빨리 흐르도록 돌렸다. 정확하게 15년 뒤로 시간을 설정했다. 그때 내 눈에 들어온 것은 페터슨 대령이 나 없이 트랜스포메이션 기술을 무리하게 혁신시키려다 정신분열에 시달려 십년간 정신병원 신세를 진 것이고 동시에 식량과 에너지 문제의 핵심을 쥔 당사자가 정신분열에 시달림으로써 지구에는 식량과 에너지 문제의 해결은커녕 아무런 변화도 일어나지 않았던 것이다. 에너지 문제는 계속 요청되는 혁신을 만족시키지 못해 더 이상의 개발이 중단된 상태이기까지 했다.

나는 다시 상황을 관망했다. 페터슨 대령이 퇴원하는 날을 맞추어 병원 앞에 가서 서 있었다. 그는 나를 보고 흠칫 놀랐는데 자신은 더 이상 트랜스포메이션 기술에 대해서는 알고 싶지 않다고 말하고는 도망쳤다. 치료가 제대로 되긴 됐군, 이라고 생각한 나는 천천히 3차원에 개인이 혹은 차가 혹은 비행기가 이동하는 경로에 직사각형의 투명한 막을 설치하고 한 존재씩, 혹은 차를 통째로, 비행기를 통째로 4차원으로 이동시키는 작업을 해내갔고 마침내 지구가 동물들까지도 완전히 비었을 때 나도 내 휴대전화를 통해 4차원으로 공간 이동하고 나서 3차원을 완전히 폐쇄하고 동시에 소멸시켰다.

이제 생명이 거하는 차원은 4차원부터였으며 기존의 신인류들은 내가 행한 과정을 지켜보면서 박수를 보냈다. 3차원에서 온 동물들은 쉽게 4차원에 적응하였지만 3차원에서 온 지구인들은 4차원에 발을 디디면서 공간의 변화를 느끼고 이에 얼떨떨해했다. 신인류의 3차원에서 온 지구인들에 대한 조심스러운 접근이 이루어지고 3차원의 지구인들은 천천히 차원 개념과 차원 사용에 대해 익혀갔는데 특히 온라인 판타지 게임에 빠져 살던 대한민국 청소년들의 환호는 열광적인 것이었다. 그들은 공간 내에 그들 자신만의 자동차가 수십만 대를 넘어서고 또 그러한 것들을 더 만들 수 있다는 것에 거의 감격했다. 한동안 대한민국의 청소년들의 자동차를 탄 공간 중의 폭주가 4차원과 5차원의 공간을 시끄럽게 만들었고 이곳에서의 운전은 자동차든 비행선이든 공간이 안전하게 운전을 제어하기 때문에 면허가 필요 없었고 그래서 청소년들의 폭주가 한동안 이어진 것이다.

대한민국 청소년들의 폭주를 보고 전 세계의 청소년들의 폭주가 이어지고 한 동안의 그러한 비행 후 그들은 왜 이러한 현상이 가능한 것인지 의문을 품기 시작했고 트랜스포메이션 기술에 대해 강렬한 호기심을 가졌다.

신인류는 문제를 해결한 나에게 공식적으로 감사를 표했으며 나로서도 3차원을 완전히 폐쇄할 수 있어서 좋았다. 4차원부터는 충돌 현상이 거의 드물어서 비교적 생명에 친화적인 공간이었고 보다 고차원은 사용하기가 복잡한 만큼 안전했다. 나는 4차원의 어디쯤에서 공간을 열고 아무 비행선이나 꺼내 천천히 우주 공간을 여행했다.

진정한 의미에서 차원 통일을 해낸 셈이었다. 불필요한 3차원을 없애고 다 같이 새로운 삶을 모색하는 고차원 시대에 접어든 것이다. 나는 비교적 만족을 느끼고 있었고 동시에 이러한 시대에도 내가 풀어야 할 문제는 나타날 것이라는 데 무게를 두었다. 그러나 지금 나는 문제에 대해서는 모두 잊고 여행을 하고 있다. 고차원을 즐기고 있는 것이다.

그리고 펜과 종이를 꺼내 지금까지 형성된 차원의 상황을 정리해보았다. 그리고 그걸 신인류에게 배포할 예정이었다. 3차원을 다시 형성하는 건 4차원에서 가능했지만 그건 금지 사항으로 알릴 예정이었다. 3차원의 공간 요소는 지금의 상황에서는 형성해서는 안 되는 무엇이었다.

차원 통일 후의 차원에 대한 정리 및 요청 사항

1. 차원 세계는 4차원부터 무한 차원에 이르기까지 존재한다.
2. 차원 유저들의 개인적 차원 형성은 그의 트랜스포메이션 기술에 대한 사용 능력에 따라 자유다.
3. 차원 세계에서도 질서를 유지하는 기관인 PO가 있다.
4. 3차원적 공간 요소를 부분적으로 적용해 사용하는 건 자유이지만, 3차원 자체를 형성하는 것은 금지다.

나는 그 매뉴얼을 PO의 승인을 받아 차원 유저들에게 전송했다. 분명 내가 처음 4차원에 도착했을 때보다 우리는 더 진보해 있었다. 그러나 그 진보가 인간의 삶을 위해 사용되어야 하는 것은 수많은 차원 유저들의 몫이었다. 나는 다시 고차원에서 온 몸을 쭉 펴고 그 어느 때보다도 진한 꽃향기를 맡고 있었다.

이오스가 내 얼굴을 발로 밟았을 때 나로서는 내가 넘어설 수 없는 상대가 오직 이오스라는 데 생각이 미쳤다. 내가 괴성을 지르며 일어나 앉자 이오스가 멀뚱멀뚱 나를 쳐다본다. 나는 그녀가 장난을 치는 거라고 생각하고는 소리를 꽥 질렀다.

"이오스!"

"음. 이상한 점은 없는데."

그녀가 중얼대며 돌아섰다.

"왜 건드리냐구, 이오스!"

그녀는 다시 돌아서서 내 곁으로 와서는 나를 빤히 쳐다보았다.

"별로 이상하게 생기지도 않았는데, 참 별나다니깐."

"내가 왜 별난데?"

"그럼 너는 네가 정상이라고 생각하는 거니? 그 두뇌를 빼앗고 싶을 만큼 참하다니깐."

나는 이오스가 왜 그런지 눈치를 채고 얼굴에 묻은 흙을 털어냈다.

"그저 매순간 해야 할 일에 집중한 것뿐이었어. 내가 한 일이 잘못된 건 아니라는 걸 나도 아니까 건드리지 마. 지금은 좀 쉬고 싶으니까."

나는 이오스에게 퉁명하게 말하고는 뒤로 돌아서서 다시 공간 중에 자리를 잡고 누웠다. 이오스는 강아지풀을 가지고 내 코를 살랑살랑 건드리는 바람에 내가 재채기를 했고 이번에는 벌떡 일어서서 이오스를 노려보았다. 그러나 이오스를 노려보는 건 애초에 내게 허락된 일이 아니었다. 정강이를 차이는 응징을 당하고 나는 항복했다.

"3차원에서 온 지구인들을 교육하는 건 신인류가 알아서 잘 할 거야. 다만, 우리가 형성한 엄청난 공간들에 잡아먹히지 않도록 좀 더 노력하는 게 필요하고 그리고 간혹 이래안 너에 대해 이유 모를 반감을 가진 자들이 나타나고 있기 때문에 긴장을 늦추지 말아야 해. 여기에서는 부분적으로 3차원을 형성해 싸울 수 있기 때문에 너는 그러한 블랙리스트들에 대해 예기치 않은 상황에서 싸워야 할지도 몰라."

"예상하고 있는 바야. 모든 걸 내가 처리했기 때문에 나에 대해 반감이 생길 수도 있지. 충분히 알고 있는 거니까 하지만 경계하도록 할게."

"하나의 정보를 주자면 지난 번 랭크 더 펄스트 대회에서 네가 우승

함으로써 심기가 불편해진 레니 비오만과 이스턴 형제, 가수인 헤블론 레베러, 그리고 자칭 왕자라는 파라미르가 너에 대해 불편하게 생각하고 있어."

이오스의 말에 승부를 깨끗하게 인정하지 않는 자들의 뒤끝에 경멸이 일었다.

"레니 비오만은 공간 사용에 있어서 최대한도로 습득하려고 노력하는 중이고 이스턴 형제는 형인 레빈 이스턴과 동생인 토르빈 이스턴이 따로 움직이면서 레니 비오만과 같은 노력을 하고 있으며 가수인 헤블론 레베러는 노래를 부르면서 차원을 이해하고 있어. 그리고 반정신병자인 파라미르는 엉뚱한 기술을 익히고 있는데 그가 결국 무슨 일을 벌일지는 지금으로서는 알 수가 없어."

나는 이오스가 길게 말하는 것의 핵심을 읽어냈다.

"결국 나를 이겨서 영구적인 명예를 얻고자 함이로군. 물론, 나를 제거하는 거겠지만."

나의 농담조의 말에 이오스가 심각한 표정으로 되받아친다.

"이들 외에 제법 세력을 키운 자들이 꽤 된다구. 객관적인 범위에 있어서 차원 형성의 모든 걸 밝혔기 때문에 벌어진 일이야."

이오스의 말에 나는 변명을 단다.

"어차피 결국에는 공개되어야 할 기술이었어. 그리고 나로서는 차원을 직접 형성했기 때문에 그 누구보다도 트랜스포메이션 기술을 사용한 차원적 질서에 대해 잘 이해하고 있고 또 그래서 누가 덤비더라도 이길 자신이 있어. 단, 이오스 너만 제외하고."

이오스가 내 자신감에 쿡 하고 웃는다.

"그 정도의 자신감이면 충분해. 꼭 살아남도록 해. 그리고 누구도 너의 권위를 빼앗지 않도록 방어 잘 하고 말이지."

"지금도 누가 나를 떠보려고 내게로 접근 중이군. 가수인 헤블론 레베러군. 그저 나와 한 번 겨루기 위한 심산으로 왔을 거야."

이오스는 내 뺨에 가볍게 키스하고 문득 사라졌다.

접근해오는 비행선에서 무언가가 발사되거나 부분적으로 우리가 있는 공간을 3차원으로 형성한 후 나에게 총격을 가할까 생각하고 있었다. 헤블론 레베러는 통기타를 하나 가지고 그의 비행선에서 내려 내게 간단히 인사를 건네고 안부를 묻고는 노래를 한다. 그가 가수라고 하기에는 노래 실력이 너무 형편없었다. 자칭 싱어송라이터라고 말하는 그는 노래 가사도 형편없었고 곡도 형편없었다. 게다가 노래를 부르는 톤 또한 훈련되지 못한 초보자의 그것이어서 나는 최대한 얼굴을 찡그리지 않고 들으려고 애썼다. 그가 노래를 마치고 여유롭게 뭐 듣고 싶은 곡이 없냐고 물었다. 나는 특별히 노래를 좋아하지 않는다고 말했을 때 그가 잠시 시무룩해지긴 했다. 그러더니 그는 본론을 꺼냈다.

"차원이란 말 자체가 어렵다는 건 알지만 실제로 차원이라는 말에서 꺼낼 수 있는 모든 것을 현실화한 이래안 씨 당신이 존경스러워요. 내가 따라갈 수 있는 데까지 따라가 본 후에 차원에 대한 대결을 신청해도 될까요?"

나는 그저 그를 간단히 이길 심산으로 그러자고 했다. 그는 기쁨에 들떠서 다시 노래를 부르기 시작했는데 나는 귀를 막고 싶을 지경이었다. 그는 좀 더 발성이나 가사를 정확하게 전달하는 것에 대해서도 연습이 필요할 듯싶었다. 헤블론 레베러가 돌아가고 다시 나를 찾아온 이는 레니 비오만이었다. 곧 이스턴 형제도 도착했는데 우리는 차원을 이용한 게임을 설정하고는 누가 이기는 지 시합했다. 이 시합에서 레니 비오만이나 이스턴 형제가 이긴다면 그 사실에 대해 공식적으로 발표한다는 조건이 걸린 시합이었다. 트랜스포메이션 시뮬레이션에 대해 충분히 숙지한 나로서는 이번 게임을 시뮬레이션 게임하듯 했으며 간단하게 8차원적 요소로 그들이 형성한 차원을 모두 없애버렸다.

차원은 정직하게 그것을 하나씩 검토하고 형성한 자에게 그 사용에 있어서의 실력과 자유를 준 것이 분명했다. 레니 비오만이 이를 갈고 돌아가고 이스턴 형제는 서로 상대방의 탓이라고 멱살을 쥐고 싸워서 내가 그들을 먼 곳으로 이동시켜버렸다. 곧 찾아온 이는 파라미르였는데 그는 차원에 대해서 제대로 이해하고 있는 게 없고 오직 그의 소원대로 이루어져라, 라고 명령을 내리는 통에 나는 그가 귀찮아져 그 또한 멀리 다른 곳으로 보내버렸다.

마지막으로 찾아온 이는 강아지 플로벳과 주인인 소녀 델마시였다. 델마시는 나와 겨루러 온 것이 아니고 차원을 보다 재미있게 사용하는 방법을 물으러 왔다. 나는 차원에 대한 다양한 사용법을 그녀에게 직접 알려주었고 그녀는 인사까지 하고 강아지를 데리고 내 곁을 떠났다.

다시 혼자 남은 나는 차원 통일이 가져온 현재의 상황을 한 번 더 검토하고 나서 여기에서 새롭게 시작될 어쩌면 개인적으로 감당해야 할 싸움들과 임무를 동시에 해나가는 것에 대해 그 일을 받아들이기로 했다. 나에게 적이 생겨나고 있음을 나는 확실히 감지할 수 있었는데 내가 있는 고차원의 내 눈 앞에 별이 폭발한 것이 그것이었다. 그러나 차원 통일은 반드시 필요한 과정이었고 그걸 한 것에 대해 어떤 후회도 없다.

아폴론의 심장

　나는 문득 심장이 터질듯이 아프다는 걸 느끼고 재빨리 쉴 공간인 녹색 태양을 만들어내고 그리로 들어갔다. 거기에는 다시 수술대를 마련해놓고 여러 개의 메스를 준비한 채 이오스가 의사의 흰 가운까지 입고는 나를 기다리고 있었다. 그녀가 어떻게 들어온 것인지는 모른다. 다만 이오스는 내가 형성한 힘을 전부 그녀의 것으로 받아들이는 데에 어떤 망설임도 없었고 그렇기에 강했다.

　내가 심장께를 움켜쥐고 헉, 하고 무릎을 꿇었을 때였다.

　"필립 알게이더를 다시 보길 원하지?"

　나는 얼굴이 고통 때문에 심하게 붉어졌음에도 고개를 끄덕였다.

　"네가 이룬 차원 통일이 필립 알게이더의 영구적인 생존을 가능하게 했어. 네 심장에 각인되어 있는 그의 기억과 생명을 불러올 때야. 누워."

　"지금이라면 필립이 다시는 사라지지 않을 수 있는 거야?"

　"바보야. 네가 계산해 봐도 그건 알 수 있잖아. 왜 나에게 확인을 하려고 해?"

하긴 그렇긴 했다. 잠시 필립을 잊고 있었다. 내 심장에 들어있는 필립이 보존된 네메시스의 눈을 꺼내야 했고 그건 필립의 심장이 될 터였다. 나는 이오스의 생각을 잠시 읽어냈다. 이오스가 눈을 흘기고 나는 다시 심장에서 느껴지는 고통이 격렬해지자 거우 일어서서 수술대에 누웠다. 이번에는 이오스가 진짜 메스를 꺼내 들었다.

이오스는 내 머리를 한 번 세게 내려쳤는데 나는 바로 기절해버렸다. 얼마의 시간이 지났을까 다시 의식이 돌아왔을 때에는 심장 부분이 약간 우리긴 했지만 더 이상 극심한 고통은 없었다. 돌아선 채 있는 사람은 슈트를 입은 남자였다. 그는 분명 필립이었다.

"필립?"

필립의 어깨가 심하게 떨리고 나는 내가 수술을 받는 동안 '네메시스의 눈'을 심장으로 하고 내 심장에 각인된 그의 기억을 바탕으로 그가 다시 태어난 걸 알 수 있었다. 이오스가 정교하게 해낸 이 작업에 그녀에게 감탄을 표하는 찰나 이오스는 나에게 인사도 하지 않고 심드렁한 표정으로 하품을 하고는 녹색 태양 밖으로 나가버렸다. 동시에 수술대도 사라져서 나는 바닥에 폭삭하고 떨어졌다.

허리를 문지르며 일어서는 데 필립이 돌아선다.

"원망했었어?"

나의 말에 필립은 잠자코 고개를 젓는다.

"때가 되어야 했고 형을 믿었어."

필립은 울먹이며 그렇게 말하고 나를 껴안고는 떨어지려고 하지 않았다. 얼마나 울어대는지 달래지도 못했다. 그가 한참 후에 나에게서 떨어져나가고 그는 내가 시키는 대로 그동안의 달라진 공간의 상황에 대해 빠르게 학습하기 시작했다. 필립은 아주 빨리 차원에 대한 접근 방법을 익혔고 나는 그에 아주 만족했다.

"위험해질 수도 있어. 하지만 상황에 따라 복합적인 차원 형성을 해낼 수 있어야 하고 가장 중요한 건 판단이기 때문에 네 판단대로 이겨 나가야 해. 그리고 PO가 범죄에 대한 부분은 맡고 있으니까 그렇게 큰 걱정은 없지만 어쨌든 너 혼자 당할 상황이 올 수도 있으니까 저번처럼 당해선 안 돼. 시뮬레이션이 필요하다면 해주지."

내 말에 필립이 빙그레 웃는다.

"형과 싸워보고 싶어요."

"뭐 죽지 않을 정도로만 상대해주지."

필립과 나는 이미 녹색 태양을 벗어나 있었다. 이오스가 수술 마무리를 덜했는지 아직 심장께가 우릴 정도로 아팠다. 그건 그렇고 나는 단계별로 고차원을 형성해 차원들을 필립에게 던졌다. 필립이 보다 고차원을 뚫고 나올 수 있는지 보기 위해서였다. 필립은 시간이 다소 걸리긴 했지만 제법 9차원 정도까지 뚫고 나와 내 앞에 서 있었다.

나는 고개를 갸웃하고 필립이 있는 공간을 부분적으로 3차원으로 바꾸어 충격을 퍼부었다. 사실 그 충격은 필립의 피부에 닿으면 곧 5차원의 방어막을 만나 소멸될 예정이었는데 필립은 이미 다른 고차원의 힘을 이용해 자기 주변에 둘러쳐진 3차원을 소멸시키고 내가 있는 차원을 계산해 나보다 고차원으로 이동했고 나는 도리어 필립의 공격을 받게 되었다. 그래서 나는 필립의 주변에 두 개 이상의 복합 차원을 형성하고 그러한 차원과는 다른 또 다른 차원의 힘으로 필립의 주변을 어수선하게 만들었다. 필립은 차분하게 복합 차원을 뛰어넘는 고차원을 형성해 복합 차원을 소멸시키고 내가 있는 차원으로 와서 내 앞으로 뚜벅뚜벅 걸어왔다.

그 정도면 충분했다. 스스로를 방어하고 차원을 제대로 사용할 수 있다면 필립에 대해 내가 바라는 건 없다. 필립과 나는 공간을 열어 샴페인을 한 잔씩 나누고 공간 중에 나무로 된 벤치를 만들어 나란히 앉았다.

"확실히 그때의 4차원과는 달라요. 그때의 4차원에서는 부분적으로 위험해지는 걸 감지할 수 없었는데 여기에서는 차원 변이가 확실히 느껴지고 그에 대해 대비도 할 수 있어요. 그저 기본 4차원 내에서도 보다 고차원적 요소가 있는 것 같아요."

"차원이 통일되었잖아. 4차원과 같은 저차원에서도 고차원의 요소를 만들 수 있고 고차원에서도 3차원의 요소를 형성할 수 있어. 이제 차원은 더 복잡해질 것이고 차원 유저들이 이를 이해하는 능력을 언제나 키워야 할 뿐이야."

내 설명에 필립 알게이더는 고개를 끄덕인다.

"로봇 태권 V는 그냥 버려둬. 대신 내가 있으니까."

내 말에 필립이 또 고개를 끄덕였다. 그건 필립이 나를 기억하기 위한 것이었지 내가 다시 그의 곁에 있는 지금으로서는 필립에게 물건에 얽힌 옛 기억은 불필요했다. 좀 더 나아가기 위해 힘을 쏟아야 했고 옛 기억에 마음을 주는 건 내가 원하지 않았다. 필립은 계속 샴페인을 마시고 공간을 열어 여러 색깔과 향기로만 조합해 만든 칵테일을 내게 만들어주더니 그도 그걸 만들어 마셨다.

"차원 세계는 검은 우주 공간에 온갖 별들과 기타 가로등이 전등 역할을 하고 어두컴컴한 것이 술 마시기에는 제격이야. 공간을 열고 원하는 대로 술도 만들어 마시고 말이지. 바가 따로 없군."

나는 오랜만에 몸과 마음이 이완되는 걸 느끼며 필립이 계속해서 만들어주는 칵테일을 마시고 제법 술에 취했다. 그러나 필립이 나를 몇 번 뒤흔들자 술기운이 완전히 가셨는데 그때 가까이에서 몇 개의 별이 폭발했다. 나는 별을 폭발시킨 배후를 손으로 화면을 만들어 계산하면서 조사했고 그저 청소년들이 저지르는 비행이라는 걸 알고 너털웃음을 웃었다. 별이야 계속 만들면 되고 뭐 청소년들이 몇 개쯤 폭발시켜도 문제가 될 건 없었다.

필립도 화면을 만들어 뭔가를 보는 중이었다. 그는 복잡한 코드의 계산을 수행하고 있었는데 잠시 후 그가 밝힌 것이 다소 놀라웠다. 신인류의 PO가 방금 전에 승인한 안건이었는데 그건 바로 내가 3차원에서 데리고 온 사람들이 신인류에게 죽은 사람들을 복원해달라는 것이었다. 그리고 그 순간 PO에서 내게로 연락이 왔고 나는 필립을 두고 PO 건물로 순간 이동했다.

PO의 총책임자 델 마쿠르가 나에게 이 일을 수행할 매뉴얼을 준비해달라고 했다. 나는 잠시 생각한 끝에 그에게 종이와 펜을 얻어 메모를 건넸다. 그들로서는 그들의 기술로 이 일이 가능하지만은 그 과정을 정확하고 빠르게 수행하기 위해 내 도움이 필요했던 것이다.

내가 작성한 메모는 다음과 같다.

1. 과거로 시간을 돌리되 개별 인간의 시간을 단위로 한다.
2. 개별 인간이 생존해 있는 동안의 특정한 시간에 4차원으로 통과하는 막을 설치하고 그걸 통해 개별 인간을 현재의 4차원으로 데리고 온다.
3. 과거의 개별 인간을 현재의 4차원으로 데리고 온 후 그 과거의 시간을 잘 봉인한다.
4. 과거의 모습 그대로 현재의 4차원으로 이동한 개별 인간을 차원 세계에 잘 적응시킨다.
5. 이때 모습을 바꿔주길 원하면 그대로 해준다.

내 매뉴얼을 받아든 델 마쿠르가 감사를 표하고 나는 다시 필립에게로 돌아왔다. 필립은 녹색 태양을 잠깐 붉은 태양으로 바꾸어놓았다. 그는 자신의 심장이 뛰는 걸 느껴보라고 내 손을 그의 심장께에 댔다.

"이 심장은 형의 심장이 지킨 거예요. 붉은 태양의 신 아폴론의 심장과 같은 거예요. 태양의 신인 그의 심장을 가진 제가 될 거예요. 그만큼 강한 심장을 지닌 남자가 될 거예요. 지켜봐 주세요."

나는 필립의 어깨를 가볍게 안고 우리는 붉은 태양 안에 비교적 생활이 가능한 집을 꾸미고 다시 어딘가로 이동해가기 시작했다. 제법 시간이 지났을 때 나는 오스트랄로피테쿠스를 보러 어딘가로 다녀왔으며 그들 또한 여기가 어딘지 황당한 모양이었다. 과거의 사람들을 만나는 건 두려운 일이었지만 나는 오스트랄로피테쿠스와 간단한 인사만 나누고 커다란 고깃덩어리를 그의 창에 끼워주고 다시 필립과 나의 붉은 태양으로 돌아왔다.

"차원을 이용한다면 외모를 바꾸는 것도 쉬운 일이에요."

필립이 그렇게 말했을 때 나는 이미 그 사실을 알고 있었기에 오스트랄로피테쿠스가 현대의 절세가인이 되는 것도 쉬운 일이라는 걸 알고 있었다. 중요한 건 인간의 형상 자체이며 또한 마음의 깊이였다. 나는 필립이 근본적으로 선하기에 그를 아끼고 믿고 있었다.

곧 PO에서 오스트랄로피테쿠스를 비롯한 과거의 인간들이 현대 인간의 모습으로 대대적인 성형이 이루어졌다고 알려왔고 이것도 차원적인 힘으로 이루어질 수 있었다고 했다. 나는 PO에서 날아온 설명에 고개를 끄덕이고 있었으나 우리가 가진 힘이 너무 거대해졌다는 걸 느끼고 있었다.

나는 이번 죽은 사람들의 복원이 한 번이라도 생존했던 인간 모두에 대해 적용된 것임을 잘 알고 있었고 이전의 페터슨 대령과 오하스 빌린더에게도 적용되었으며 동시에 반 알게이더에게도 적용된 것을 알고 있었다. 필립은 아버지를 만난다는 게 그렇게 설레는 것처럼 보이지는 않았다. 나 역시 정이은의 생명 신호를 확인하고 당황했으니 말이다.

악당도 고차원에서는 PO의 관리 하에 살아갈 수도 있는 거였다. 나는 머리가 어지럽다는 걸 느끼고 녹색 태양으로 들어서려는 찰나 박모리의 머리채를 쥐고 흔드는 정이은을 볼 수 있었다. 나는 내가 헛것을 본 것 같아서 다시 녹색 태양으로 들어가려고 했으나 확실히 목소리며 모습이 너무 선명해 그녀들 앞으로 순간 이동해서 갔다.

"지금 뭐하는 거지?"

"이래안, 이 여자애가 또 이래안을 죽이려고 꼼수를 쓰고 있었단 말이야."

"훗, 누구의 지시지? 박모리?"

"그걸 너에게 말할 필요가 없는 것 같은데? 아악!"

정이은은 박모리의 머리채를 한 번 휘감아 돌리고는 그녀의 배를 발로 걷어찼다. 정이은은 어디에서 배웠는지 태권도 실력을 발휘해 기어이 박모리의 쌍코피를 터트렸다. 박모리가 정이은을 피해 공간 이동하고 정이은은 그녀를 그대로 내버려둔다.

"그렇군. 박모리도 살아 돌아오는 거였어. 내 적이 너무 많아진 걸?"

"곧 알렉스도 올 거야. 로날드는 모든 게 피곤한 모양인지 정신도 늙어버렸어."

나는 내 직접적인 기억에는 없는 이들이 과연 이전의 나와 관련을 맺은 자들임에는 틀림이 없구나 싶었다. 특히 정이은은 내가 손쓸 틈도 없이 나타난 박모리를 충분히 혼내주었고 동시에 이오스와는 다르게 내 마음을 흔들 정도로 그런 매력이 있는 여자였다. 나는 알렉스와의 경쟁에서 꼭 정이은을 내 여자로 만들고 싶었다. 하지만 아직 그것에 대해 이야기할 때가 아니다. 우리는 이제 다시 만났으니까.

필립이 어디 갔는지 조사해보니 반 알게이더를 만나러 갔다. 그들의 모습을 보니 울지는 않는다. 반 알게이더에게 그동안의 모든 걸 담담하게 설명하는 필립이다. 그들이 시간을 좀 더 보낼 수 있게 두고 알렉스가 스케이트보드를 타고 미끄러지듯 우주 공간 위로 오는 것이 보였다. 알렉스와 나는 가볍게 손을 부딪치며 인사를 건네고 정이은과 나, 알렉스는 녹색 태양 안으로 들어갔다.

"와우, 태양 안이 집이야."

알렉스가 소리쳤다.

"뭐든 무슨 공간이든 집으로 만들 수 있는 무한 상상의 터가 바로 여기야."

"그런 여기를 바로 네 힘으로 형성했다니."

알렉스가 귀에 꽂힌 이어폰을 빼면서 말했다.

"리키 마틴의 곡을 듣고 있었어."

"내가 이곳의 공간을 형성했다는 걸 어떻게 알았지?"

나는 문득 궁금했다.

"아는 사람은 모두 알아. 네가 필립 알게이더의 측근이니까 행동이 거의 모두 노출되는 건 쉬운 문제라구."

"그나저나 다시 살아나니까 기분이 어때?"

"근사한데? 그때 헤르메스 세미튼 의원 밑에서는 도무지 아무런 해결책도 없었지. 차원적인 공간 문제 해결이 가져다준 건 정말 자유야."

알렉스가 그렇게 말하고 나는 고개를 끄덕였다.

"여기 공간의 사용법에 대해선 좀 알아?"

"물론이지. 여기에 도착하자마자 시간을 정지시키고 흡수하듯 배웠어. 그건 정이은도 마찬가지일 텐데 정이은이 박모리를 감지하고 교육 중에 튕겨져 나와서 좀 덜 배웠을 거야."

알렉스가 싱긋하고 웃었다.

"알 만큼은 안다구."

정이은이 입을 삐죽댔다.

"이곳 우주의 이름을 알아?"

알렉스가 물었다.

"아직 정해진 것이 없다고 알아."

"아니. 방금 전에 투표에서 '네오버스'라고 정해졌고 총수로 '필립 알게이더'가 선출되었어."

생각보다 일이 빨리 진전되는 것에 놀랐으며 내가 정보를 일일이 확인하지 않는 한 나도 이곳에서 무식쟁이가 되는 것이 굉장히 쉽다는 것에 놀랐다. 그리고 문득 나의 주요 적이었던 이전의 페터슨 대령과 오하스 빌린더가 뭘 하고 있는지 고차원의 힘을 이용해 살펴보았다. 그들은 적어도 지금의 상태에서 일반 대중의 인기를 독차지하고 있는 필립 알게이더에게 도전장을 내밀 생각은 없는 것 같았다. 야망에 대해 고민하고 있긴 했지만 그들로서는 지금 선뜻 나서기 어려운 모양이었다. 게다가 죽었다가 살아났으니 조금 얼떨떨한 것 같기도 해보였다.

곧 필립 알게이더의 연설이 있을 거라는 소리가 어딘가에서 부드럽게 들려오고 나는 고장 난 라디오를 뚝딱 만들어서 그걸로 주파수를 잡느라 애를 먹었다. 알렉스가 내 꼴을 보고 다가와 라디오를 고쳐주었고 곧 필립 알게이더의 연설이 시작되었다.

굉장히 짧은 연설이었다.

네오버스의 안녕과 평화를 위한 일 외에 자신이 할 일은 없으며 이 모든 일의 뒤에서 이래안 형이 있어줘서 고맙다는 내용이었다. 나는 뭘 그런 말까지 하는가 싶어 조금 우쭐해졌고 이런 내 모습을 보고 정이은이 쿡 하고 웃었다.

"역시, 이래안이야. 우리가 믿을 수 있는 유일한 요원 말이지."

정이은의 말이었고 알렉스 정이 고개를 끄덕였다.

우리는 오랜만에 식사를 함께하고자 녹색 태양 밖으로 나가서 나무를 키워내 나뭇잎을 고기로 만들어 숯불화로에 구워먹으면서 이야기를 나누었다. 나는 그들과의 일을 영화에서 보고 있었기에 대충은 알 수 있었고 그때의 나도 분명 나였기에 이들을 죽음으로써 맺은 동료라고 생각하기로 했다. 그들은 나대신 죽음 속에 들어간 것이고 나는 숙제처럼 그들이 남긴 자리를 파야했다.

곧 필립이 돌아오고 필립은 정이은과 알렉스와 인사를 나눌 새도 없이 나를 어딘가로 데리고 갔다. 그곳은 PO의 본부였다. '반(反) 필립-이래안 노선'의 모집에 제법 많은 네오버스의 사람들이 가입하고 있으며 그들의 목적은 '필립-이래안의 원칙을 분쇄'하는 것이었다. 그들 자체의 힘에 의한 공간 구조에 대한 변형을 내포한 발언이었다. 나는 나타날 수 있는 공간 구조와 이 공간을 제어하는 다른 큰 힘으로써의 공간 구조에 대해 알아보겠다고 하고 다시 녹색 태양으로 돌아왔다. 필립과 내 노선이 붕괴되는 건 있을 수 있는 일이었으나 그들이 주장하는 것이 다시 대부분의 사람들을 그들 소수의 노예로 전락시키는 일이라는 걸 알고 있었기에 나는 좀 더 노력해야 했다.

녹색 태양에서의 연구가 이루어지고 알렉스와 정이은이 내가 새롭게 형성한 '통제적 자유 공간'에 대한 검토를 해주었다. 나는 내가 자유사상에 대한 검열관이 된 느낌을 지울 수 없었으나 지금의 자유 공간을 통제하는 수준의 거대한 공간 요소 기술을 PO에 전송했다. 그리고 단이 기술의 사용은 네오버스의 안녕과 평화를 지키기 위해서만 사용될 뿐이며 반(反) 필립-이래안 노선의 활동 금지를 위해 사용되는 것이 아님을 밝혔다. 필립이 나의 의도를 충분히 이해했다며 메시지를 전송해주었다.

얼마 후 PO로부터 네오버스의 공간 질서가 기본 5차원으로 설정되었음을 알려왔으며 보다 고차원을 이용해 다른 차원적 공간을 부분적으로 형성할 수 있도록 했다고도 알려왔다. 나는 PO가 고민 끝에 내린 공간 구조 질서 재편에 대해 긍정할 수 있었다. 그리고 동시에 필립 알게이더는 PO의 총책임자이자 네오버스의 총수가 되었으며 나는 이상하게도 필립이 내게 연락해 오지 않는 동안 필립에 대해 의문이 생기기 시작했다. 그의 아폴론의 심장은 서서히 야망을 향해 가열되고 있었던 것이다. 그는 공간에 대해 때때로 불필요한 선에서도 차원 유저들의 공간 사용에 통제를 가했고 동시에 차원 유저들의 공간 활용에 대해서도 정보를 모으기 시작했던 것이다.

필립 알게이더의 뒤에 있는 사람들은 반 알게이더와 어이없게도 오하스 빌린더였다. 그들은 점차 PO를 장악해나가기 시작했으며 어떤 부분에 있어서는 차원적 힘이나 트랜스포메이션 기술의 사용에 있어서의 제한을 규정하기도 했다. 나는 필립 알게이더와 한 번 만나야겠다고 생각하고 녹색 태양을 나섰다. 공간을 열고 비행선을 선택해 PO의 본부까지 이동해갔다. 의외로 필립은 나를 만나주었다.

"형이 곧 찾아오리라 짐작하고 있었어."

필립은 다소 딱딱하고 차가운 말투로 대답했다.

"용건도 알고 있겠지?"

"그것에 대해서 말해주기보다 먼저 내가 형이 필요했던 이유부터 말할게. 물론, 형에 대한 그리움도 있었어. 하지만 보다 크게는 네오버스의 형성까지 형이 필요해서였고 이제 이 영원한 제국에 형의 보다 진보한 기술은 우리에게 걸림돌이 될 뿐이야. 그러니까 형은 더 이상 그 어떤 일에도 나서지 말고 조용히 살아. 내가 해줄 수 있는 마지막 배려야."

나는 이상하게도 분노가 치밀지 않았다. 내가 필립에게 오기 전까지 필립은 수많은 신인류를 책임져야 할 총수였고 그로인해 오랫동안 벽에 가로막혀있던 트랜스포메이션 기술을 급속도로 발전시켜야 했던 것이다. 그리고 그 요원으로 그 오랜 시간 동안 나를 기다린 것이고 나는 필립에게 충분히 그 역할을 해준 것이다. 더 이상 내 힘은 이미 영원한 제국을 실현한 그들에게 귀찮은 일만 될 뿐이었다. 원래 필립이 그의 일에 있어서 가진 지배자의 성향을 파악하지 못한 내가 어리석었을 뿐이다. 나는 돌아서서 나왔다. 더 이상 어떤 대답도 들을 필요가 없었던 것이다.

녹색 태양으로 돌아오는 길에 이오스의 호출이 있고 호두나무 아래에서 만난 그녀는 엉뚱하게도 나의 어머니의 모습이었다.

"왜 이 모습을 택한 거야?"

"진짜 정이은이 돌아왔으니 나는 다른 모습으로 바뀌되 이래안의 어머니의 모습을 선택한 거야."

"그래도 불편하게시리."

내가 투덜대자 어머니 모습의 이오스가 깔깔 웃는다.

"그게 지배자 필립 알게이터의 본 모습이야."

이오스가 담담하게 말했다.

"알고 있었어?"

"아니. 필립은 이제 자신의 야망을 드러낸 것뿐이야. 이전에 그는 총수로써의 책임 의식은 있었지만 너에 대해서 생각할 때만큼은 순수했었어. 분명한 건 그의 야망이 그를 파멸로 몰아갈 거라는 거고 너는 그에 대해서는 간섭하지 않았으면 좋겠어. 그가 파멸되든 말든 신경 쓰지 말았으면 좋겠다는 말이야."

이오스는 냉정하게 딱 잘라 말했다.

'그건 어떨지 잘 모르겠어.'

내 생각을 읽은 이오스는 빨래 방망이로 내 온몸을 두들겨 팼는데 흡사 어머니가 어릴 적에 그렇게 때리는 것과도 같아 맞으면서도 흠씬 놀랐다. 녹색 태양으로 돌아와서 내 팔의 이곳저곳에 멍이 들어있자 정이은이 깜짝 놀란다. 알렉스 정은 자초지종을 듣고는 이오스에 대해 깔깔 웃었고 그나저나 필립 알게이더가 등을 돌리고 돌아섰다면 새로운 생존 방법을 마련해야하는 것이 옳지 않겠냐고도 말했다.

"다행히 공간은 기본 5차원에서 설정이 끝났어. 아주 미세한 부분에서 3차원이 적용될 수도 있는데 그때에는 방어해야지."

내 안일한 말에 알렉스가 반박한다.

"차원을 보다 세분화시켜 이해하고 그에 대한 기술을 마련해두어야 할 거야. 예를 들면, 3.6차원과 3.4차원의 차이는 3.6차원은 4차원에 조금 더 가까운 차원 공간 요소를 가지고 있고 3.4차원은 3차원에 조금 더 가까운 차원 공간 요소를 가지고 있는 거지. 이런 식으로 차원을 세분화해서 분석해 그 기술을 마련해둬야 실제 3차원이 적용되었을 때 살아남을 수 있어."

알렉스 정은 아주 정확한 대안을 내놓았고 나는 그대로 기술을 차원 내에서 세분화하기 시작했다. 그리고 트랜스포메이션 기술을 내가 사용하기 쉽도록 공간 중에 설치해놓고는 더 이상의 트랜스포메이션 기술의 개발을 네오버스와 필립 알게이더를 위해 해주지 않을 작정이었다.

나 또한 차원 유저로써 내 차원을 사용하고 있었고 PO와 필립 알게이더의 제한 범위를 이해하면서도 나도 내 살 길을 찾았다. 정이은과 알렉스 정이 빠른 속도로 내 차원 사용의 힘을 이해하고 그들의 것으로 만들었으며 우리는 시험 삼아 만들어둔 게임 시디 몇 장을 결합해 차원 속으로 들어가 빛이 나는 검을 쥐고 판타지 인물들의 복장을 하고 싸웠다. 물론, 처음에는 내가 밀렸지만 궁극적으로 게임 아이템을 많이 획득한 쪽은 나였다. 게다가 실제로 판타지 물품들을 대부분 획득해 그걸 공간 중에 잘 보관해두었다.

수많은 검들과 마법 용품들이 쌓여가고 나는 몇몇 차원 유저들이 내가 가진 아이템들에 대해 거래를 하기를 원한다는 걸 알았다. 그도 그럴 것이 내가 사용하는 게임 시디는 내가 개발한 것이라서 내 자신의 판타지 영역이기 때문에 다른 차원 유저들이 갖지 못한 아이템이 게임 시디 안에 있고 또 내가 그걸 게임 내로 들어가 이겨서 획득한 것이기 때문이다. 그러나 나는 그것들을 팔고 싶은 생각은 없어서 거래를 하고자 하는 차원 유저들을 돌려보냈다.

그리고 정이은과 알렉스 정도 꽤 많은 판타지 아이템들을 모았는데 그들은 그걸 거래하는 걸 꽤 즐기는 모양이었다. 사람들과 만나서 이야기를 나누며 그들이 가진 물건들과 판타지 아이템들을 거래했는데 내가 보기엔 밑지는 장사였다. 판타지 아이템들은 유일한 것들인데 보통의 사람들이 가져오는 것이란 평범한 나무나 꽃, 피규어 등이었기 때문이다. 그래도 나는 정이은이나 알렉스 정이 그러는 걸 막지 않았다.

보통의 차원 유저들이 내가 제작한 판타지 게임 시디 속의 게임에 참여하고 싶어 하는 욕구가 부정적으로 분출되는 걸 막기 위해 정이은과 알렉스 정이 그러는 걸 잘 알고 있었다. 그도 그럴 것이 나는 어쨌든 네오버스의 차원 형성자고 그래서 판타지 게임을 차원 속에서 가장 잘 구현해낼 수 있는 제작자였기 때문이다. 나는 이 일이 재미있어서가 아니라 하나의 시뮬레이션 게임의 형태이자 보물 창고로서 판타지 속에서 싸워 이기는 게임 시디 제작에 들어갔고 그것을 시판하기에 앞서 고민했다. 문제는 시디 한 장의 가격이 엄청나다는 것이었는데 시디의 소유자는 시디가 담은 판타지 게임 속의 전쟁이나 모험에 대해 참여자를 결정할 수 있는 권한이 있기 때문이었다. 게다가 아무도 참여시키지 않고 혼자 게임 속에 참여해 모든 검들과 마법 용품들을 가질 수도 있었다. 그렇게 얻은 아이템들은 실제로 그러한 기능을 하는 검들과 마법 용품이었다.

제법 수많은 종류의 판타지 게임 시디를 제작하고 나서 나는 공개적으로 차원 유저들에게 내가 보유한 판타지 게임 시디에 대해 알렸으며 열광적인 호응과 함께 모든 게임 시디를 동시에 열었으며 수많은 차원 유저들이 게임 속으로 들어갔다. 뒤늦게 이를 파악한 PO가 나에게 당장 게임을 중지하라고 했지만 이미 시작한 건 끝이 나야 한다고 나는 둘러댔다. 내가 인기를 얻을까봐 불편한 심기의 PO였다.

나는 팔짱을 끼고 수많은 게임 속을 지켜보고 있었으며 게임이 하나씩 끝날 때마다 원하는 아이템을 획득한 차원 유저들을 격려했다. 모든 게임이 끝나고 PO에서는 나에 대해 재판이 열린다고 통고해왔지만 아무래도 이오스 덕분에 PO건물이 파괴되는 바람에 나에 대한 재판은 흐지부지되고 말았다. 굉장한 차원적 힘 때문에 무소불위의 PO건물이 파괴됨에 따라 그 범인을 찾고자 필립 알게이더 측이 열을 올렸지만 분명한 것은 내가 그런 것은 아니라는 것은 그들이 분명히 알고 있었으므로 그들은 나에게서 관심을 돌렸다. 분명 나를 넘어서는 더 굉장한 차원 유저가 이 일을 꾸민 것이라고 생각하고 있었다. 그리고 그런 존재는 솔직히 이오스 밖에 없고 또 내 몸에서 멍이 사라지면서 그 멍은 '이오스의 짓'이라고 피부 표면에 슬쩍 은빛으로 쓰고 사라졌던 것이다.

나를 때린 것도 이오스의 짓이었으나 PO건물을 파괴한 것도 이오스의 짓인 셈이다. 어쨌든 그녀가 나에게 하는 행동은 이유가 있는 것이니 막을 생각은 없다. 다만, 며칠 후 나는 필립 알게이더를 소환하고 시간을 정지시킨 후 '모던의 숲' 판타지 시디를 꺼내 플레이를 시작했다.

필립 알게이더가 나와의 플레이에 응하고 우리는 '모딘의 숲'에 감춰진 보물 '트레밀다'를 찾기 위해 움직였다. 그건 태양의 신 아폴론을 위해 특별히 제작된 태양 마차였다. 우리는 누가 뭐랄 것도 없이 트레밀다를 얻기 위해 수많은 지형을 뚫고 적들과 싸웠으며 차원의 힘을 이용해 공간을 제어해나갔다.

트레밀다에 대한 것은 아폴론의 심장을 가졌다고 자처하는 필립 알게이더의 자존심을 위해서도 중요한 일이었다. 그걸 모를 리 없는 내가 이 게임 시디를 제작하고 필립을 끌어들인 데에는 이유가 있다. 바로 내 심장에 각인된 필립의 존재를 제거하기 위해서다. 나는 긁히는 상처들을 입으면서도 '모딘의 숲'으로 자꾸 다가갔고 그건 필립 알게이더도 마찬가지였다.

우리가 마침내 모딘의 숲으로 통하는 마지막 구름다리 앞에서 만났다. 우리는 은빛의 검으로 겨루었으며 필립은 흡사 그 검으로 나를 벨 기세였다. 그에게 나란 존재는 이미 어떤 의미 조각이었는지 나는 씁쓰레한 뒷맛을 삼키며 그를 방어했다. 내가 검의 성능을 계속 향상시켜가자 필립은 자신의 검으로 다리를 매고 있는 밧줄을 끊어버리고 도약해 숲의 입구에 안착했다. 필립은 나를 향해 비웃고는 숲으로 들어갔다.

이제 태양의 신으로부터 태양 마차를 얻는 일만이 남았다. 나는 지금의 비열한 필립으로서는 그걸 해낼 수 있다고 믿지 않는다. 그것도 아폴론의 심장을 가졌다고 자부하는 자의 자만심을 태양신 아폴론은 꿰뚫어보고 있으리라고 생각했다. 그러나 내 생각과는 달리 필립 알게이더는 포효하는 말이 이끄는 태양 마차를 타고 하늘로 날아올랐다. 나도 도약한 다음 숲의 입구까지 안착했다. 숲으로 들어가니 태양신 아폴론이 오른손에 '네메시스의 눈'을 가지고 있다.

"설명이 필요하겠지, 젊은이?"

아폴론이 말했다.

나는 고개를 끄덕였다.

"이미 그의 심장이 자리 잡은 네메시스의 눈이 그 의미를 잃었지 않느냐고 물었다. 그도 그것이 불편하다고 했다. 그래서 네메시스의 눈과 태양 마차를 바꾸었다. 어차피 태양 마차는 숙련된 이가 몰지 못하면 불길에 휩싸여 바닥으로 추락할 터. 예전의 태양신의 아들 파에톤처럼 그 또한 그렇게 될 운명."

나는 설명을 듣자마자 밖으로 나와 공간을 열고 비행선을 타고 필립 알게이더의 태양 마차를 추격했다. 태양 마차는 이미 말들이 제멋대로 움직이고 있었고 필립은 위태위태하게 고삐를 잡고 있었다. 나는 비행선을 최대한 태양 마차 가까이로 몰아 태양 마차에 올라타고는 필립을 휙 안아서 뛰어내려 그와 함께 비행선으로 돌아왔다. 곧 태양마차는 불이 붙어서 땅으로 떨어지고 성난 말들은 뿔뿔이 흩어져버렸다.

나는 필립을 비행선에 두고 다시 모딘의 숲까지 공중의 공간을 발돋움하면서 도착했다. 다시 숲으로 들어가니 아폴론이 앉아있던 자리에는 서한과 '네메시스의 눈' 만이 있었다. 그의 서한은 그리스어로 적혀있었으나 나는 그걸 번역기를 이용해 영어로 번역해서 읽었다.

"아폴론의 심장을 가진 자에게 네메시스의 눈이 그 심장이 되리라."

무언가 심장께가 욱신거렸을 때 네메시스의 눈도 사라지고 없었다. 필립이 내 뒤에 서 있었다. 서한은 내 손에서 불에 타서 사라졌다.

"내 네메시스의 눈을 돌려줘."

필립 알게이더가 말했다.

"네가 아폴론에게 줬잖아."

"어디 있느냐고!"

필립이 소리쳤다.

"네가 버린 나에 대한 마음속에 함께 버려졌겠지. 이젠 잿더미 속에서도 찾아볼 수 없겠지. 썩어서 악취가 나기까지 한……."

필립이 내 뺨을 날렸다.

"입 조심해. 네깟 건 이제 깔리고 깔렸어. 내 네메시스의 눈을 찾아내고 말겠어. 필요하다면 네 심장을 도려내서라도."

갑자기 심장에 불이 이는 것 같았지만 참았다. 휙 돌아서서 숲을 나가는 필립의 뒷모습에 내가 과연 무얼 위해 여기까지 왔을까 하는 생각이 들었다. 필립이 완전히 사라지고 숲은 더 어두워졌으나 나는 여기에서 도무지 나갈 생각을 하지 않고 있었다. 굉장히 조그만 사람이 내 옆에 나타나서는 내 손을 잡았다. 그의 손은 쭈글쭈글했고 딱딱했다. 그는 늘어진 남색 고깔모자를 쓰고 있었는데 크고 동그란 눈을 반짝이며 내 손을 잡고 나를 어딘가로 안내했다.

숲의 안쪽에 그의 집이 있었다. 붉은 지붕의 갈색 흙집이었다. 밖에서 보기에 집이 굉장히 작았으나 들어가니 내가 서 있어도 될 정도로 높고 실내 또한 넓었다.

"나는 모딘이야."

나는 그저 숲의 이름을 모딘으로 했을 뿐인데, 모딘이라는 사람이 숲에 살고 있을 줄이야 생각도 하지 못했다. 잠시 계산을 통해 확인하니 내가 형성한 판타지 세계들이 게임이 끝난 후 하나의 세계로 자리 잡아 그 자체로 확장해나간다는 사실을 알았다. 놀라운 일이로군, 이라는 생각을 하고 나는 그가 주는 수프를 사양하지 않고 먹었다.

시뮬레이션은 하나의 세계가 되어가고 있었고 그 속에서는 수많은 존재가 스스로를 형성하며 나타나고 있었다. 시뮬레이션 속의 그들은 이제 실제로 그 세계의 주인으로서 살아가게 된 것이다. 나는 놀라움을 감추지 못하고 필립의 세계와 PO의 질서가 소용없게 된 현실을 생각했다. 다양한 존재들과 다양한 사람들의 그들의 세계 속에 신인류의 질서 따윈 그 전체적 질서를 형성할 수 없는 무엇일 뿐이었다.

모딘은 숲의 전설을 들려주고 나를 친히 숲 밖으로 배웅해주었다. 나는 선물로 나무판자에 '모딘의 숲'이라고 써서 숲 앞에 나무 말뚝을 박고서 그 위에 판자를 걸어놓았다. 모딘이 팔짝 뛰며 나를 안고자 했고 나는 고개를 숙여 그를 껴안아주었다. 그는 순간 귀가 좀 더 길어졌고 얼굴은 좀 더 젊어졌다.

모딘과 인사하고 나는 공간을 열고 나의 비행선들 중에서 아무 거나 골라 타고는 나의 녹색 태양으로 돌아왔다. 알렉스는 판타지 공간 형성에 열중하고 있었고 정이은은 공간 중에 화장품 세트를 만드느라 아주 공을 들이고 있었다. 우리는 창조하고 있었고 그것은 허락된 일이었으며 동시에 우리에 의해 창조된 자들도 창조할 권리를 갖고 있었다. 그 누구도 그 누구를 간섭할 수 없고 지배할 수도 없었다. 우리는 새로운 질서를 형성해가고 있었다. 그것은 모든 자의 권리였으며 동시에 자유였다.

Above Beyond

이오스가 나타나 내 앞에 서 있다.

그녀가 무엇에 대해 말할지 나는 벌써 느끼고 있다. 이오스는 이미 모든 것이 일어나버린 것에 대해 다소 무표정한 채 나의 생각을 읽으려고 애쓴다. 나는 내 생각을 깊은 어둠 속에 묻어두고 그녀를 다정하게 바라본다. 어머니의 모습이 사라진 채 이오스는 다시 정이은의 모습 그대로다.

"어디까지 오길 바랐던 거야?"

나는 그녀에게 다정하게 물었다.

"지금까지 말이야."

그녀가 부드럽게 대답했다.

"이 모든 것이 여기에 도착할 거라는 걸 미리부터 알고 있었던 거야?"

내 물음에 그녀는 고개를 젓는다.

"하지만 빅뱅 이전으로 시간을 돌린 후에도 다시 네가 나타날 때까지 기다릴 만한 가치는 있다고 생각하고 있었어."

"키스해도 될까?"

내 제안이 채 입 밖에서 사라지기도 전에 나는 정강이를 걷어차였으나 내가 딛고 있는 여기 이곳의, 차원의 자유가 실현된 우주 공간의 하늘에 마음먹기만 하면 내가 닿을 수 있다는 것을 느낀 순간이었다. 하늘을 올려다보았을 때 이오스가 만들어준 끝없는 은하수의 행렬에 푹 빠져버린 것이었다.

Transformation

초판 1쇄 인쇄 2012년 8월 16일

　　지은이 Hyunjeong, Jang
　　발행인 김재홍
　책임편집 이은주, 이현주
　　디자인 권다원
　　마케팅 이연실

　　발행처 도서출판 지식공감
　등록번호 제396-2012-000018호
　　　주소 경기도 고양시 일산동구 견달산로225번길 112
　　　전화 031-901-9300
　　　팩스 031-902-0089
　홈페이지 www.bookdaum.com
　전자우편 book@bookdaum.com

　　　가격 13,000원
　　　ISBN 978-89-97955-09-1 03810